传统文化经典读本系列

毕宝魁 著

中国古典诗词
鉴赏与写作

中国出版集团
现代出版社

图书在版编目（CIP）数据

中国古典诗词鉴赏与写作 / 毕宝魁著. -- 北京 ：
现代出版社，2024.7
ISBN 978-7-5231-0904-5

Ⅰ．①中… Ⅱ．①毕… Ⅲ．①古典诗歌－鉴赏－中国
②诗词－创作方法－中国 Ⅳ．①I207.2

中国国家版本馆CIP数据核字(2024)第111959号

中国古典诗词鉴赏与写作

著　　者	毕宝魁　著
出 版 人	乔先彪
责任编辑	赵海燕　马文昱
责任印制	贾子珍
出版发行	现代出版社
地　　址	北京市安定门外安华里504号
邮政编码	100011
电　　话	(010) 64267325
传　　真	(010) 64245264
网　　址	www.1980xd.com
印　　刷	固安兰星球彩色印刷有限公司
开　　本	710mm×1000mm　1/16
印　　张	24.75
字　　数	379千字
版　　次	2024年8月第1版　2024年8月第1次印刷
书　　号	ISBN 978-7-5231-0904-5
定　　价	58.00元

目 录

七言绝句

五言律诗

3

七言律诗

五言古诗

七言古诗

乐府

唐宋词

下编 写作篇

前　言

　　从 1984 年读研究生开始，唐诗宋词便是我主攻方向之一。毕业后，一直在高校任教，讲授之课程也以唐宋段为主，始终没有离开古典诗词之阅读、欣赏、讲授与写作。日积月累，渐有体会。

　　自 1996 年始，在辽宁大学开设"古典诗词选讲"的跨系选修课。后来，又开设跨校选修课，选修学生很多，一般都在百名以上，且颇受欢迎。

　　从 2002 年开始，本课程又开设到东北大学，同样很受欢迎。前后已开设近十轮，受业学生亦在千人以上。然而一直没有教材，给教学带来了极大麻烦。诸如鉴赏与写作的内容许多书上都未涉及。学生之书五花八门，讲授的一些重要篇章有的书上亦未收录，学生听起课来很吃力。于是我便产生编著一本专用教材之念，首先在辽宁大学、东北大学及文化传播学院内非中文专业的学生中使用。开始只想选编作品，作为讲课时之蓝本。写作中突生一念，即干脆将自己多年来关于新式古典诗词写作的一些主张也写进来，对于古典诗词鉴赏与创作提出一些己见。尤其是古典诗词之写作，确实已到推陈出新之关键时刻。于是我便将其纳入其中，作为新式古典诗词写作之规范。写作中，我的思路逐渐清晰，写得较全面而有系统。但愿这一点能够引起广大学生的注意和响应，更希望能够引起同行的批评指正。

通过十几年的大学教学生涯以及讲授各种校外课程，接触学生可谓多矣。据我观察及与一些同学交谈，爱好古典诗词的学生亦可谓多矣。但一提到创作，他们则都显出难色，多摇头表示不敢想。为此，我常感到困惑，难道古典诗词真的要失传，真的要成为博物馆中的收藏品？我们只有欣赏的份儿？何况，没有创作的欣赏是有局限的，是很难达到最高水平的。经过多年的思索，我感到古典诗词的创作难点在于没有新的规则，老的规则又太难太烦琐，尤其是入声字今日平声读法以及平水韵韵部分得太细太烦琐这两大难关，更是古典诗词写作的两大绳索，牢牢捆住了今人的手脚，也桎梏了今人的头脑。

这两点在现实生活中已完全失去实用功能和价值，生活节奏加快，谁还能去背诵平水韵韵部的字以及入声字呢？恐怕只有那些无所事事的闲人才会有这种闲心，但这些人的生活热情已经消退，闲情逸致多而豪情壮志少，故也难以创作出令人动心的诗词来。为此，笔者才不揣冒昧，提出这套新规则，解开两大绳索，砸坏两大桎梏，开拓新的途径。唯愿这样能够推动新式古典诗词的创作，并在实践过程中不断完善和提高。这一观点我曾经写过专题论文《新式古体诗词创作的意见思考》，在2004年由陕西师范大学和《文学遗产》编辑部等在华山脚下联合举办的"第三届唐诗宋词国际学术研讨会"上发表，引起与会者的极大兴趣，2006年在《中华诗词年鉴》上全文发表。

于是在2003年，我和学生艾丽辉合作写成《中国古典诗词鉴赏与写作》一书，由辽海出版社出版。出版后比较受欢迎，曾经再版过两三次。具体几次和册数我都不知道。十几年后，感觉又有一些新的体会，又得到现代出版社领导和编辑的首肯，希望再版此书，我很感激，感谢他们的信任。并想借此机会，把十二年来积累的新学识和新人生体验再融入其中，使书增加一些分量。这次重新出版，我对全书进行了修改增补。上编部分更加丰富具体，并分出一些层次。中编部分在评析中增加了一些写作方法的介绍，用来陶冶写作的素养。下编写作部分增补最多，从新格律和章法、句法、字法、比兴、用典等具体内容方面作一些介绍，对于初学者可能最有帮助，可谓有津梁之效。

盛夏来临，希望古典诗词创作的高潮随着我国国势的强盛而不断提升。唐诗的兴盛背靠唐代的盛世，中华文化的伟大复兴也一定在国家的伟大复兴之后，古典诗词之复兴正是这华夏文化大复兴浪潮顶尖上最美丽的浪花。

感谢现代出版社，感谢臧永清先生和张晶、赵海燕女士。

乳燕飞华屋
悄无人
桐阴转午
晚凉新浴
手弄生绡白团扇
扇手一时似玉
渐困倚
孤眠清熟
帘外谁来推绣户
枉教人
梦断瑶台曲
又却是
风敲竹

石榴半吐红巾蹙
待浮花
浪蕊都尽
伴君幽独
秾艳一枝细看取
芳心千重似束
又恐被西风惊绿
若待得君来向此
花前对酒不忍触
共粉泪
两簌簌

卷絮风头寒欲尽
坠粉飘红
日日香成阵
新酒又添残酒困

上
——
编

半篙波暖
回头迢递便数驿
望人在天北
凄惘
恨堆积
渐别浦萦回
津堠岑寂
斜阳冉冉春无极
念月榭携手
露桥闻笛
沉思前事
似梦里
泪暗滴

隋堤路
渐日晚
密霭生烟树
阴阴淡月笼沙
还宿河桥深处
无情画舸
都不管
烟波隔前浦
等行人
醉拥重衾
载将离恨归去

因思旧客京华
长亭傍疏林
小槛欢聚
冶叶倡条俱相识

冻云黯淡天气
扁舟一叶
乘兴离江渚
度万壑千岩
越溪深处
怒涛渐息
樵风乍起
更闻商旅相呼
片帆高举
泛画鹢
翩翩过南浦
望中酒旆闪闪
一簇烟村
数行霜树
残日下
渔人鸣榔归去
败荷零落
衰杨掩映
岸边两两三三
浣纱游女
避行客
含羞笑相语
到此因念
绣阁轻抛
浪萍难驻
叹后约
丁宁竟何据
惨离怀
空恨岁晚归期阻
凝泪眼

鉴赏篇

雪云散尽
放晓晴池院
杨柳于人便青眼
更风流多处
一点梅心
相映远
约略颦轻笑浅
一年春好处
不在浓芳
小艳疏香最娇软
到清明时候
百紫千红花正乱
已失春风一半
早占取
韶光共追游
但莫管春寒
醉红自暖
柳阴直
烟里丝丝弄碧
隋堤上
曾见几番
拂水飘绵送行色
登临望故国
谁识京华倦客
长亭路
年去岁来
应折柔条过千尺
闲寻旧踪迹
又酒趁哀弦

第一节　怎样鉴赏古典诗词

诗词是文化中的文化，是精品中的精品，是检验一个人文化程度的试金石。孔夫子云：不学诗，无以言。即不学诗歌便不能很好地表达思想感情。其实，只要不是哑巴，所有的人都会说话，但说话有高雅粗俗之分。孔子所说的说话是指说高雅的话，说令人愉快的话，满嘴粗话的人必定令人不舒服。没有诗歌或缺少诗歌的生活是单调的、贫乏的。充满诗意的生活是人们普遍向往的。

一提到诗歌，我们不能不想到唐代。那是一个充满活力、充满浪漫、充满温情、充满诗情画意的时代，令人神往，令人陶醉。一个人在阴天傍晚无聊，想请朋友过来喝点酒，居然也写出"绿蚁新醅酒，红泥小火炉。晚来天欲雪，能饮一杯无"的诗章。友人赠送一盒茶叶，卢仝居然能写出《走笔谢孟谏议寄新茶》那样精彩的诗篇，成为千古流传的精品。刘禹锡和白居易偶然在扬州重逢，在酒席上相互写诗唱和，其中便有"沉舟侧畔千帆过，病树前头万木春"那样警拔的诗句。访问朋友不见，留下诗；朋友被贬，写诗安慰；妻子死了，写诗悼亡；牙掉了，写诗自慰。贺知章告老还乡，皇帝命其他大臣写诗相送，竟有几十人写诗，至今保留在《全唐诗》中的居然有三十多首，令人叹为观止。上至皇帝公主、王公大臣，下至歌儿舞女、农夫渔民，莫不能诗。嬉笑怒骂，七情六欲，均出之于诗。无事不诗，无时不诗，无地不诗，无人不诗。与之相比，我们现代生活中的诗不是太少了吗？因此，大幅度提高诗词鉴赏水平和创作水平便是非常迫切、非常必要的了。这对提高全民族的生活质量和文化品位是极其重要的一个方面。

创作的前提是鉴赏，鉴赏的前提是读懂。一般的懂不难，真正的懂则不容易。要读懂一首诗，需要有丰富的生活经验和敏锐的艺术感受能力，还要有一定程度的社会历史文化知识修养、艺术理论修养及诗词技巧方面的知识。这几方面知识和修养的高低直接影响鉴赏水平和能力，深者所见自深，浅者所见自浅。下面，从以下几个方面具体谈一下如何提高鉴赏能力。

一、要有一定的历史文化知识

要基本了解作品产生的大背景和小背景。每个人的思想感情和对于社会生活的认识都是在特定的环境下产生的，思想感情和认识构成诗词作品的灵魂，对其认知和感受则必须将其放置在它所依托的历史环境中，这样才可以把握和理解。对于背景资料一无所知，那么把握和理解诗词是很困难的。

所谓大背景便是一个特定历史时期的政治背景和文化背景，即在某一历史时期，绝大多数社会成员所拥有的相同或近似的思想倾向和社会生活基础。如盛唐的意气风发、中唐的务实求真、晚唐的忧患颓丧等都有很深的时代烙印。再如北宋的新旧党争，南宋的和战之争，都反映到许多诗词作品中来。只有大体了解这些时代特点，才可能读懂这些时代所产生的文学作品。

如果不了解南宋建炎三年金兵追赶隆祐太后到造口壁下的这段国耻的历史，便很难读懂辛弃疾"郁孤台下清江水，中间多少行人泪"（《菩萨蛮》）中的辛酸和愤慨；如果不清楚开元天宝之际重武轻文，唐玄宗溺爱斗鸡小儿使之飞扬跋扈的情况，便难以理解李白"君不能狸膏金距学斗鸡，坐令鼻息吹虹霓。君不能学哥舒，横行青海夜带刀，西屠石堡取紫袍"（《答王十二寒夜独酌有怀》）中的犀利深刻。

所谓小背景，指的是作家生活的具体年代以及具体的生活经历和人生遭际。如不知道陈子昂随同武攸宜征讨契丹时的特殊遭际，便难以理解《登幽州台歌》中痛心疾首的忧患与悲愤；不知道李商隐由于政治上的磨难而导致爱情生活的艰辛，便难以理解那些痛彻心扉而又缠绵悱恻的无题诗；不知道李清照前后期生活的巨大落差，便难以真正理解《声声慢》中近似绝望的幽怨。如果知道李清照早年与丈夫赵明诚每当黄昏便同在书斋校阅图书时互相嬉戏的欢乐情景，再去理解"守着窗儿，独自怎生得黑"的意蕴，当会别有滋味。因此，对于诗人生平了解的程度越深越细，对于作品的理解就会越深刻。孟子所云的"颂其诗，读其书，不知其人，可乎？"指的正是这个道理。

二、掌握起码的古典诗词知识和语言表达技巧

古典诗词，有其特殊的语言规范和音韵格式，这是必须掌握的，包括格律体式和语言习惯等方面。格律体式的知识掌握越多越熟练，对于诗词的品味就会越精确、越到位。当我们掌握了五律的要求和知识后，再欣赏王维的《山居秋暝》，便会领会其形式的精致及炉火纯青的艺术造诣。关于格律体式方面的知识，我们在后面还要专门阐述。下面重点谈语言表达技巧问题。

诗词语言与其他文学不同，因其受字数和形式的限制，故极其凝练概括，在极小的篇幅中有很大的感情容量，因此有很大的灵活性和不稳定性。有时为了修辞或平仄格律的需要，还经常出现互文、倒装等情况，乍一读来，觉得语法不对，不太明白，须仔细琢磨分析方可读懂。在某种意义上说，不能用常规的语法知识来衡量诗词作品，而要用变通的、灵活的思维来理解。

如王维的"竹喧归浣女，莲动下渔舟"一联，实际的语序应当是"浣女归竹喧，渔舟下莲动"，因为洗衣服的女人归来，才会在竹林外传来说说笑笑的声音，因为打鱼的小船顺流而下，才会使河面上的莲花摇曳纷披。但仔细琢磨，王维诗句的本意又不仅如此，其意蕴比现实生活中的因果关系要复杂得多。可以理解王维是先闻其声再分辨声音的来历和原因，先见其形再体悟莲动的起因，符合认知的过程。因此，其中既有平仄的因素，也有内容的因素。

再如王昌龄《出塞》中"秦时明月汉时关"一语，便是典型的互文见义，如果按照通常理解，则为"秦朝时的月亮照耀汉朝时的边关"，如堕五里雾中，不得其解。如果知道诗词的互文法，则好明白，即秦汉时期便修筑了边关，秦汉时的明月已开始照耀关塞，形象地说明秦汉以来便有边塞战争的问题。

再如辛弃疾《水龙吟·登建康赏心亭》中"遥岑远目，献愁供恨，玉簪螺髻"三句，两处是倒装，"遥岑远目"是远目遥岑，即眺望远处的山岭。"献愁供恨，玉簪螺髻"还是倒装，即玉簪螺髻，献愁供恨，那些尖山、团山仿佛都在向我述说着它们的忧愁和怨恨。不了解这些特殊的句法，便会成为理解的障碍。再如杜甫名句

"香稻啄余鹦鹉粒，碧梧栖老凤凰枝"，如果按照正常语法逻辑来阅读理解，则看不明白，只有按照诗词特殊句式才能理解，方能品出其中的韵味。实际是强调长安物产之美。即香稻——鹦鹉啄余粒，碧梧——凤凰栖老枝。那里的香稻是鹦鹉啄食后剩下的稻粒，那里的梧桐树是凤凰曾经栖息过的树枝。总之，诗词中经常出现互文、倒装、侧重等情况，而且跳跃性大，省略成分多，需要多读、熟读方能解其妙味。

三、要尽量多掌握一些古代文化知识

古代诗词是古代人对于生活和自己的表现，因此了解古代社会生活便非常重要。尤其是要尽量多地了解古代文学与古代历史知识，多了解一些历史掌故。古代诗词作品大部分都用典，不熟悉所用典故的意义也难以准确把握作品的意蕴，会成为理解上的一大障碍。如李商隐《安定城楼》诗中"贾生年少虚垂涕，王粲春来更远游"两句分别用西汉初年贾谊和东汉末年王粲两个人怀才不遇的典故来抒发自己不为时重的感慨。了解两个历史人物的境遇和李商隐当时的处境，对于理解全诗有重要作用。而这两个典故又与李商隐的身世处境有类似的地方，他怀才不遇的情况和贾谊类似，寄人篱下又和王粲相仿，知道这些因素才能够真正理解诗句的含义和美妙之处。

许多典故仿佛是多面体，每个使用该典故的人可以各运用其一面，甚至会出现同一典故从正反两个方面来运用的情况，因此理解典故时，应当仔细琢磨参悟，要从典故本身的含义和运用典故之人的用意两个方面来理解体会，方能理解其准确用意。如贾谊是个著名才子，关心国事，向文帝提出许多建议，不但没有被采纳，反而遭到谗毁被贬逐长沙。李商隐在运用这一典故时主要侧重其关心国事不被采纳信任一点，与贬谪关系不大。因为李商隐也非常关心国家大事，在甘露之变前后，他写了多首揭露宦官等邪恶势力的诗，但当政者根本不予理睬。他也正是年少之时，与贾谊上疏时年龄相仿，故发如此深慨。

再如同样运用项羽当年战败时宁可自刎也不肯过乌江逃跑的历史故事，李清照和杜牧则表现出截然相反的态度。李清照《夏日绝句》说："生当作人杰，死亦为鬼雄。至今思项羽，不肯过江东。"她对于项羽宁可战斗到最后自刎而死也决不逃跑之行为给予高度的歌颂和礼赞。我们必须理解李清照写作此诗的特殊背景，方可知道该诗的思想意义。南宋初年，高宗赵构和许多投降派大臣畏敌如虎，金兵打来便一味逃跑。一个泱泱大国的皇帝带领文武百官从北向南一路跑开去，最后居然跑到海上。与项羽比起来，简直是天壤之别，项羽最后只剩下几十骑兵，依然和敌人进行殊死的、顽强的、血腥的战斗，最后宁可自刎也不逃跑。李清照本诗的重点并不是歌颂项羽，而是在讽刺到处逃窜的南宋君臣。如果联系前两句，其意更明确。杜牧《题乌江亭》诗则说："胜败兵家事不期，包羞忍耻是男儿。江东子弟多才俊，卷土重来未可知。"对于项羽宁可自刎而不逃跑的迂腐行为则表示批评。杜牧是颇有实际才能的人物，对于军事很内行，他是从军事斗争与政治斗争的高度来评价项羽的。因出发点不同，故李清照和杜牧对于项羽自刎不逃跑便采取不同的态度，我们没有必要评判谁对谁错。辛弃疾的词用典多而灵活，如果对其中的典故不了解，几乎无法读懂。可以说，典故的运用是古代诗词中的重要组成部分，也是我们理解其意蕴所必须越过的障碍。

当然，学问再大，也难以将所有的典故都烂熟于心，一些典故看一下注释便可解决。但大多数常用的典故则应当基本掌握。更主要的是能够辨别诗词作品中哪些地方用了典故，并知道到什么地方去查索。唐诗中的典故，在中国社会科学院文学所范之麟、吴庚舜主编，湖北辞书出版社出版的《全唐诗典故辞典》中基本都可以找到，该书编排合理，使用方便，学术性也很强，实用价值高。另外，还有其他此类工具书。

四、要用形象思维进行解读

诗是文学最精练的形式，文学的特点便是用形象反映生活，传达思想感情，诗词作品尤其如此。因为是用形象创作的，理解时也必须用形象思维。这里有一个形象认知转换的过程。首先，诗词作者是通过具体的形象表达抽象的情思和感情，即情思和感情已经融化在作品的形象中。这种融进作者感情的形象在文学评论或阐释时通常称为"意象"，我们便这样使用。读者在阅读时，需要通过自己的生活经验和审美感知来解开意象背后的情思，而被解读展开的情思如果与读者的生活经验和感受有契合点时，便会引起认同感，产生所谓的共鸣。因此，欣赏本身实际上已经介入作品中，参与了审美创作。

为此，读者的生活积累和审美感知共同构成的悟性是很重要的。理解古代诗词，要有现代意识，要有自己的切身经验，即"以今逆古，以己度人"。用我们今天的社会生活状况去推想体悟古人当时的处境，用我们自己的生活经验来体悟作者的处境与心情，方能读出味道来，读出人性来，方能真正理解古人。

举例来说，当初我读杨万里的《闲居初夏午睡起》一诗时，怎么也品味不出好在什么地方，只觉得这首诗是个饱食终日无所事事的大地主或大官僚的消遣品。一个人吃酸梅把牙都吃倒了，然后便倒下睡午觉。一觉醒来，牙倒的滋味还没有过去。起来后一个人百无聊赖，没有什么心情，便到外面去看儿童们捕捉飘飞的柳絮。十足的闲人，十足的无聊，真不理解那么多的"诗选"都选该诗的道理。后来，经历丰富了，尤其是在知道该诗写作的特殊背景后才恍然大悟。杨万里是在被政敌诬陷打击而无故落职的情况下写作此诗。他的上级——主战派大臣张浚担心他难以忍受如此打击，看到此诗后，放心地说："廷秀胸襟透脱矣！"如此理解，杨万里此诗便有在逆境中保持平和闲适心态的意义，便有向关心自己的朋友和诬陷自己的政敌表明态度的意义。言外之意是：这点小事算什么，我不在乎，你们这些小人打不倒我。你们看，我不依然很有闲心吗？大有"任凭风吹浪打，胜似闲庭信步"的大丈夫气概。因为人生在世，被人误解、被人陷害的事情会经常发生，尤其是被人蓄谋陷害而饱受冤屈时，度量和自信便更重要了。而这首诗正是度量和自信的表现，是意志顽强、生命有韧性的表现。如此理解，这不是一首很有思想价值的好诗吗？

一般情况下，诗中的抒情主人公便是诗人自己，如屈原的《离骚》、阮籍的《咏怀》、嵇康的《幽愤诗》、陶渊明的《饮酒》、李白的《行路难》等诗均如此。某一诗人在其作品中反复出现的意象往往有相同或近似的意蕴，如屈原的香草美人、陶渊明的飞鸟青松、李白的月亮砧声、李商隐的落花细雨等，需要仔细品味。在一些诗中，诗人采用代言体的形式叙述事件，委婉抒发自己的感情和对于事件的看法。这类诗往往是反映社会问题的叙事诗，如杜甫的《兵车行》主体部分是借"役夫"的口道出，白居易《杜陵叟》的后半部分则是杜陵叟直接出面痛斥官吏的豺狼本性，杜甫的《新婚别》全部是新娘子的口吻。这种手法给人以真实感和亲切感，而我们则必须通过这些形象去观察理解事件的社会历史意义，从而挖掘诗人在其中寄托的情怀，理解其对该事件的看法。

五、要注意全面把握，不要断章取义和牵强附会

艺术品都是完整的有生命的整体，要对其精神实质进行总体理解把握，千万不可断章取义或牵强附会。有时乍看好像很消极颓废，但细品全诗，则别有体会。李白的《将进酒》《春日醉起言志》等诗都有这种感觉。前者为熟篇，后者较生疏，为说明问题，今将后者全诗录出：

处世若大梦，胡为劳其生？所以终日醉，颓然卧前楹。觉来眄庭前，一鸟花间鸣。借问此何时？春风语流莺。感之欲叹息，对酒还自倾。浩歌待明月，曲尽已忘情。

诗人何其芳以诗人的感觉和眼光分析此诗，很有启发性。他说："你看他第一句就说人生如梦，首尾都鼓吹喝酒，这不是提倡消极颓废吗？但是，这首诗里最吸引人的形象是春天的景色，是生命的活动，是作者对于春天的景色和生命的活动的赞美。喝酒也好，唱歌也好，都不过是表现作者对于生活的爱好而已。所以这首诗的主要的客观意义并不是厌弃生活，而是对于生活充满了兴趣。"（《诗歌欣赏》）何其芳是诗人，因此，他读出了李白诗中的意蕴。这对于我们是很有启发意义的。这是诗人解诗的例子，我们再举一首学者解诗之例。

李白《越中览古》诗曰："越王勾践破吴归，义士还家尽锦衣。宫女如花满宫殿，只今惟有鹧鸪飞。"一般理解，本诗是咏叹历史兴衰无常的作品，感叹世事渺茫，荣华富贵不能常在。这样理解基本正确，但当我们读完傅庚生先生的解释后，便会有进一步的感受。他说："此诗以三句写当年之盛况，而以一句寓伤逝之情。虽只一句，而力足将三句扳倒。'只今惟有'四字有扛千钧鼎力。此中更有虚实之分际，前三句载叙者虽多，止是'想当然耳'，镜中花，水中月也。'鹧鸪飞'虽只三字，乃是当

前实景也。此中尤有牵系之渊源，用'鹧鸪飞'三字足以点化上三句，夺'锦衣''如花'为'鹧鸪'之魂魄，敛'还''满'为'飞'之帮衬，今日越宫之鹧鸪疑若为昔时锦衣战士，如花宫女所蜕变也者。水流湿，火就燥，百川汇海，故此诗之尾句乃克为全篇之帅也。"（《中国文学欣赏举隅》）

这对于理解本诗的精妙颇富启发。多阅读这样的分析文字，也可以很快提高我们的鉴赏能力。

"诗无达诂"，即诗歌没有绝对正确的解释，对于同一首诗不同人会有不同的理解，这里既有对错的差异，也有深浅的差异。因此，我们看到与自己理解不同的说法亦不必大惊小怪。遇到这种情况，不要盲从，也不要固执己见，应当仔细分析琢磨差异是如何产生的，到底应当如何，并往深一层思考，这时往往容易发现新问题。如果两种理解均可，则不必在一个问题上花费太多的精力。等到知识积累和生活积累都达到一定程度的时候，就很容易明白了。

还有一点要说明，即欣赏品鉴古典诗词要以古代音韵格律为标准，因为唐宋时期的规则就是如此。欣赏品鉴唐诗，就要按照唐代的规则和标准，那么，如何知道唐代当时的标准是什么？通过工具书和多看多记，便可基本掌握这些知识。其实，要了解和掌握这些知识，并不是什么太困难的事，可以从两个方面下功夫。一是掌握平水韵，二是掌握古代入声字归入现代平声字的部分。下面，分别谈这两个问题。

据王力先生考证，唐代人在作诗时实际使用的就是平水韵。现存最早的诗韵是《广韵》，《广韵》的前身是《唐韵》，《唐韵》的前身是《切韵》。《广韵》共有206韵，《唐韵》《切韵》也应当如此。据当代学者考证，《切韵》原来只有193韵，但大体相近。韵部分得越多越细越不容易把握，写诗所受限制太大。稍不留神，便逸韵或出韵。唐朝初年，许敬宗等人奏议，建议将206韵中邻近的韵部合并起来，减少韵部，得到批准。于是在唐代便由礼部颁发《礼部韵略》，是唐代科举考试和全社会作诗用韵的标准。但唐代的《礼部韵略》现在没有流传。到南宋淳祐年间，江北平水人刘渊著《壬子新刊礼部韵略》，合并206韵为107韵。既然称《壬子新刊礼部韵略》，便肯定是根据旧版刊刻印刷的。而其依据的旧版，很可能是从唐代流传下来的。因此，认为刘渊的《壬子新刊礼部韵略》与唐代之《礼部韵略》的内容大体一致是可以接受的。到清代，改称平水韵为"佩文诗韵"，又合并为106韵。但人们仍习惯以平水韵称之。平水韵的106韵部附后，可查阅，如果要知道每一韵部各有多少字，则需要查阅《韵书》。

古代汉语声调分平、上、去、入四声，虽然也是四个声调，但与现代不同。平声不分阴阳，字数最多。古代只有平声属于平仄中的平声，而另外三个音调上、去、入都属于仄声。现代汉语中将平声分为阴平和阳平，依然都属于平声，上声和去声保留，依然属于仄声，与唐代同。最麻烦的是入声。因为在现代汉语中入声被取消，将原先属于入声的字分别分配到新的四个音调中。这样，隶属于上声和去声的入声字依然在仄声中，尚无问题，但隶属于阴平和阳平的入声字就麻烦了。因入声在古代是地地道道的仄声，而进入现代汉语阴平和阳平的部分今天读来则属于平声。这种归属的变化是我们今天阅读欣赏古代诗词的一大障碍。

我们应当遵循这样的原则，即欣赏品鉴古典诗词时，要依据古音实际，将这类字作为仄声字来理解和处理。如杜甫名诗《登高》首句"风急天高猿啸哀"中的"急"字，今天读是平声，而其属于入声字，则必须读为仄声，否则这句诗的平仄就成问题了。我在讲课时，有的学生非常认真，他们按照格律的要求向我提出一些问题，往往都出在这部分字中。有学生问："老师，您说王维《山居秋暝》诗是标准五律，但'随意春芳歇'的'春芳歇'三个字都是平声，不但不合于格式，而且属于三平调，不是作诗之大忌吗？"对于该学生的认真我予以表扬，并告诉他，"歇"字是入声字，属于仄声。类似情况很多。而基本上掌握由入声转入平声的常用字，这一难题便可迎刃而解了。为了学习方便，我将此类字列表于后，共262字，在阅读古代诗词作品遇到此类问题时，可去查阅，次数一多，便会逐渐掌握。但必须说明，此处指的是常用字，并非并入平声的入声字仅有这么多。

为了能够鉴赏，我们首先需要了解基本的格律知识。下面先将其主要内容介绍一下。

第二节　近体诗格律常识

从大的方面来分，古诗可分为古体诗和今体诗两部分。今体诗又称近体诗，均是唐代人当时的称呼，不过由于一直被沿用至今，我们只能如此使用了。近体诗是从初唐开始定型，盛唐时期广为流传兴盛的崭新的诗体，即我们现代意识中的格律诗。古体诗虽然也有一些规律，但与近体诗相比，较少限制，随意性较强，近体诗则有很严格的要求和规范。我们现在只将近体诗的规范阐释一下，如果能够判定近体诗，本着非此即彼的原则，便可以轻易判定哪些是古体诗了。

近体诗在形式方面有严格规定，主要表现在句数、句式、平仄、粘对、对仗、用韵几个方面。近体诗最常见和最常用的是五律、七律、五绝、七绝四种，我们只讲这四种。如果从最简单形式看，律为八句，绝为四句，每句几字则为几。如五律即每句五字，共八句。依此类推，五绝为五言四句，七绝为七言四句，七律为七言八句，这是最起码的要求。但光具备这种形式还远远不够，还必须同时具有以下几方面的特点，才能称为近体诗。

一、平仄与粘对格式

先说平仄与粘对。平仄是指平声和仄声交替组成的格式。关于平声和仄声的知识前面已经讲过。其实，以五言为例，平仄格式的句型只有四种，即：

甲：仄仄平平仄　　　　乙：平平仄仄平

丙：平平平仄仄　　　　丁：仄仄仄平平

带▨的字表示可平可仄。根据前面两个字的平仄（主要是第二字）和尾字的平仄，上述四个句型可以定名为，甲：仄起仄收式，乙：平起平收式，丙：平起仄收式，丁：仄起平收式。

　　这四个句型的交互组合，便成为五言律诗或五言绝句。上面四个句型的排列，便是标准的五绝。先说五律，因为出句不是韵脚，故要选用仄收式。仄收句只有两种，起句必居其一，如果起句确定，那么对句的平仄与起句必须完全相对，这样便只有一个。这两句诗成为首联。每联诗的出句和对句在平仄格式上都必须相对，这就叫对。下一联诗的出句也是唯一的平仄句式。根据粘的要求，下一联诗出句开头两字的平仄与前一联诗对句前两字的平仄必须相同，而又必须是仄收句，这样，符合条件的便只有一个句式。同样道理，此句的对句也是唯一的。以此类推，连续粘对三次，八句五律的平仄格式便完成了。

　　举例来看，仄收的句式只有甲和丙两个，我们姑且用甲开篇，平仄是：仄仄平平仄，对句要求与出句平仄完全相对，便只有乙符合其条件，即平平仄仄平，而第三句最关键，要符合粘的要求，即要求该句是平起仄收，因为上联的第二句是平起，故本句必须平起，否则就是失粘，是作诗之大忌，而此句处在单句的位置上，又要求必须是仄收，这样便只有丙句符合，即平平平仄仄，该句的对句便是丁，即仄仄仄平平。这样，可以看出，只要首句诗出来，以后的任何一句都是唯一的平仄格式，没有任何选择的余地。按照这种方式推演下去，八句诗的平仄格式便完成了，我们将其归纳在一起，以便掌握，是这样的：

仄起仄收式	春夜喜雨　杜甫
仄仄平平仄	好雨知时节，
平平仄仄平	当春乃发生。
平平平仄仄	随风潜入夜，
仄仄仄平平	润物细无声。
仄仄平平仄	野径云俱黑，
平平仄仄平	江船火独明。
平平平仄仄	晓看红湿处，

仄仄仄平平　　　　　　　　花重锦官城。

应当指出，首句的"节"、第五句的"黑"都是入声字，故属于仄声。第七句的"看"字发阴平的音，属于平声字。这样一排列，粘的情况极其分明，请看二、三句的开头都是平平，四、五句的开头都是仄仄，六、七句的开头又都是平平，而每一个句型都是唯一的。从创作角度看，失对是小毛病，失粘则是大毛病。因为一旦失粘，那么前后两联的平仄格式便完全一样，这是作诗绝对不能允许的。故失粘是大忌，要特别注意。

与此同理，平起仄收式的格式是这样的：

平起仄收式　　　　　　　山居秋暝　王维
平平平仄仄　　　　　　　空山新雨后，
仄仄仄平平　　　　　　　天气晚来秋。
仄仄平平仄　　　　　　　明月松间照，
平平仄仄平　　　　　　　清泉石上流。
平平平仄仄　　　　　　　竹喧归浣女，
仄仄仄平平　　　　　　　莲动下渔舟。
仄仄平平仄　　　　　　　随意春芳歇，
平平仄仄平　　　　　　　王孙自可留。

这是最常见的两种格式。因为近体诗通常押平声韵，如果首句入韵，那么首联的平仄便不可能全部相对，因为必须是由两个平收句构成，即只有乙和丁两种。如果乙句为首句，那么便必须以丁句为对句，即"平平仄仄平，仄仄仄平平"。李商隐的《晚晴》便属于此类。首联是"深居俯夹城，春去夏犹清"。以下粘对方式与前相同，不多举例。

五言律诗平仄粘对的基本知识大体如是。

二、对仗和用韵

五言律诗

律诗要求中间两联即颔联和颈联对仗。对仗也叫对偶，即要求一联诗中的出句和对句句法结构一致，相对应位置上的词语词性，词的构成方式必须相同，名词对名词，动词对动词，形容词对形容词，偏正结构对偏正结构，主谓结构对主谓结构等。如王维《山居秋暝》中间两联："明月松间照，清泉石上流。竹喧归浣女，莲动下渔舟。"前一联的情况是："明月"与"清泉"相对，名词对名词，而且都是偏正结构；"松间"对"石上"，都是方位名词；"照"对"流"，动词对动词。后一联的情况是："竹喧"对"莲动"，主谓结构对主谓结构；"归"对"下"，动词对动词；"浣女"对"渔舟"，偏正结构名词对偏正结构名词，天衣无缝，精妙至极。如果从意义上来看，月光是自上而下的，是视觉形象；泉声是由远至近的，是听觉形象，上下明暗交错，真是美极了。

再如杜甫的《登高》中间两联是："无边落木萧萧下，不尽长江滚滚来。万里悲秋常作客，百年多病独登台。""无边落木"对"不尽长江"是偏正结构对偏正结构，"萧萧下"对"滚滚来"，也是偏正结构对偏正结构，如果从意义来看，一山上，一江面；一是自上而下，一是自远而近。下一联则是写人，"万里"对"百年"，名词对名词，一空间一时间。"悲秋"对"多病"，偏正结构对偏正结构。"常"对"独"，副词对副词，一是经常，一是孤独，意义也对应。"作客"对"登台"，动宾对动宾。从意义上来看，上句是从空间上拓展，概括其到处漂泊的人生经历，下句则在时间上向纵深勾勒，描绘出大半生穷困潦倒的喟叹。唐诗中对仗多有妙句，值得仔细品味琢磨。

在用韵方面，律诗一般都押平声韵，要一韵到底，不准换韵。如果发现换韵，便可将该诗从近体诗中排除。韵部限制较严格，只有少数一些邻近的韵脚可以通押，首句入韵者也较灵活一些。唐代律诗，绝大部分用韵比较严格。一般律诗是四个韵脚，即每个对句的最后一字便是当然的韵脚。如果首句入韵，则是五个韵脚。如王维的《山居秋暝》，首句不入韵，四个韵脚是秋、流、舟、留。属于下平声"十一尤"部。李商隐的《无题》（相见时难别亦难）首句入韵，便是五个韵脚，分别是难、残、干、寒、看。属于上平声"十四寒"部。唐代律诗所用是平水韵，106韵，邻韵一般不通押，首句入韵的要求稍微宽松一点，即是可以通押的。至于今天创作诗词在用韵上则是另外的问题，后面写作篇再讲这个问题。因为在古代只有平水韵这个标准，不存在其他问题，因此我们在欣赏分析时则必须严格遵守这一用韵规则。

至此，五律形式方面的要求已基本交代清楚，概括说即：平仄、粘对、对仗、用韵。古人的观念中，五绝便是截取五律的一半而成，故其平仄格式与五律完全相同。既然是截取一半，当然怎样截取都是可以的。有人喜欢截取前半，则后面一联便要对仗；有人截取后面一半，则前面一联要对仗；有人截取中间，则两联都对仗；有人截取首尾，则完全不必对仗。总之一句话，绝句与律诗在平仄粘对和用韵的要求方面完全相同，但在对仗方面没有要求，诗人可以随意。

七言律诗

五律基本清楚了，七律就容易讲解了。在五律的四个固定句式前面各延伸两个字的平仄，便构成七言律句的句型。即：

甲：平平仄仄平平仄　　乙：仄仄平平仄仄平

丙：仄仄平平平仄仄　　丁：平平仄仄仄平平

看一下这几个句型，按照韵脚看（指最后两个字），四个句型分别是：甲是平仄脚，乙是仄平脚，丙是仄仄脚，丁是平平脚。

说明一下一个习惯的说法，即前人有一个口诀："一三五不论，二四六分明。"意思是说，对于七言近体诗来说，处在"一三五"位置上的字语音平仄可以不论，而处在"二四六"位置上的字语音平仄则必须准确分明。这对于初学者掌握平仄的基本规律是有帮助的，但不全面不科学。我们观察上面四个句型，可以发现甲和丙是符合这种说法的，而乙和丁则不可以。乙句型如果第三个平声字换成仄的话，那么除了韵脚一个平声外，整个句子便只剩下一个平声字，这叫"犯孤平"，是大病，故此字必须平声。丁句型的第五个仄声字也不能平，因为此字如果平声的话，和后面的两个平声连在一起，在一句诗的末尾出现连续的三个平声，叫"三平调"，也是律诗之大忌。古体诗则没有这些忌讳。将这两点理解好并记住，这个口诀还是有帮助的。

还有一点应当强调，即"犯孤平"是旧时留下来的术语，专门指乙句型，就仄平脚的句型而言，别的句型没有此说。如丁句型五言"仄仄仄平平"的话，除韵脚外，也只有一个平声字，但规定即如此，不但不算孤平，而且是标准句型。"犯孤平"是封建科举时大忌，在考试时，如果有此病，只一点就算不及格。

按照五律的粘对格式，我们举例来看一首标准七律：

仄起仄收式　　　　　　　　　　闻官军收河南河北　杜甫

仄仄平平平仄仄　　　　　　　　剑外忽传收蓟北，

平平仄仄仄平平　　　　　　　　初闻涕泪满衣裳。

平平仄仄平平仄　　　　　　　　却看妻子愁何在，

仄仄平平仄仄平　　　　　　　　漫卷诗书喜欲狂。

仄仄平平平仄仄　　　　　　　　白日放歌须纵酒，

平平仄仄仄平平　　　　　　　　青春作伴好还乡。

平平仄仄平平仄　　　　　　　　即从巴峡穿巫峡，

仄仄平平仄仄平　　　　　　　　便下襄阳向洛阳。

至于平起仄收句，只是将这种式的颔联提到首联，其他毫无变化。首句入韵式，除首联必须由两个平收句构成而不必平仄完全相对外，其他规律与上两式完全相同，不再浪费笔墨。

与五律和五绝的关系一样，七绝也可看作七律的一半，在平仄粘对和用韵方面与七律没有区别，而在是否对仗上没有任何限制。这样，任何形式的七绝格式我们都可以熟练掌握了。至此，有关近体诗格律方面的常识我们便都基本讲授清楚，我们应当将这些知识与实际作品结合起来，多读、多分析、多琢磨，自然便可逐渐领悟，逐渐消化理解。这是创作的前提。

古代入声转入现代平声中的常用字一览表

（共262字）

一屋（22字）

屋、竹、服、福、熟、族、菊、轴、逐、伏、读、犊、粥、哭、幅、斛、仆、叔、淑、独、秃、孰

二沃（8字）

俗、足、曲、烛、毒、鹄、督、赎

三觉（12字）

觉、角、捉、卓、琢、剥、驳、雹、浊、擢、学、镯

四质（13字）

出、实、疾、一、壹、吉、七、虱、悉、侄、茁、漆、膝

五物（4字）

佛、拂、弗、屈

六月（16字）

骨、发、伐、罚、卒、竭、忽、窟、歇、突、勃、筏、掘、核、曰、蝎

七曷（14字）

曷、达、活、钵、脱、夺、割、葛、拔、豁、掇、喝、撮、咄

八黠（10字）

黠、辖、札、拔、猾、滑、八、察、杀、刷

九屑（24字）

节、绝、结、穴、说、洁、别、缺、决、折、拙、切、辙、诀、杰、哲、鳖、截、跌、揭、桀、薛、噎、碣

十药（20字）

薄、阁、爵、约、脚（"脚"又读 jué，通"角色"之"角"）、郭、酌、托、削、铎、灼、凿、着、泊、勺、嚼、桌、搏、礴、昨

十一陌（27字）

石、白、泽、伯、迹、宅、席、籍、格、帛、额、柏、积、夕、革、脊、隔、掷、责、惜、择、摘、藉、骼、翮、瘠、昔

十二锡（17字）

锡、击、绩、笛、敌、滴、镝、檄、激、翟、析、狄、获、剔、踢、涤、戚

十三职（21字）

职、国、德、食、蚀、极、息、直、得、黑、贼、则、殖、植、值、棘、织、识、即、逼、亟

十四缉（19字）

缉、辑、集、急、湿、习、十、拾、什、袭、及、级、揖、汁、蛰、执、汲、吸、楫

十五合（8字）

合、答、杂、匝、阖、鸽、盍、拉

十六叶（12字）

帖、贴、接、牒、蝶、叠、捷、颊、协、谍、挟、辄

十七洽（15字）

狭、峡、匣、压、鸭、乏、劫、胁、插、押、狎、柙、夹、浃、侠

（据王力著《诗词格律概要》）

平水韵 106 韵

上平声

一东　二冬　三江　四支　五微　六鱼　七虞

八齐　九佳　十灰　十一真　十二文　十三元　十四寒　十五删

下平声

一先　二萧　三肴　四豪　五歌　六麻　七阳

八庚　九青　十蒸　十一尤　十二侵　十三覃　十四盐　十五咸

上声

一董　二肿　三讲　四纸　五尾　六语　七麌　八荠

九蟹　十贿　十一轸　十二吻　十三阮　十四旱　十五潸　十六铣

十七筱　十八巧　十九皓　二十哿　廿一马　廿二养　廿三梗　廿四迥

廿五有　廿六寝　廿七感　廿八俭　廿九豏

去声

一送　二宋　三绛　四寘　五未　六御　七遇　八霁

九泰　十卦　十一队　十二震　十三问　十四愿　十五翰　十六谏

十七霰　十八啸　十九效　二十号　廿一个　廿二祃　廿三漾　廿四敬

廿五径　廿六宥　廿七沁　廿八勘　廿九艳　三十陷

入声

一屋　二沃　三觉　四质　五物　六月　七曷　八黠

九屑　十药　十一陌　十二锡　十三职　十四缉　十五合　十六叶

十七洽

至于每个韵部包括多少字，因受篇幅限制，此处不列出。读者诸君如果需要查阅，一般韵书都有此项内容。王力主编的高校文科教材《古代汉语》第四册附录中也有《诗韵常用字表》，查阅很方便。

下面，我们便以具体的作品为例，通过实践来提高鉴赏水平，到唐诗宋词的精品中去浏览一番，请看中编"作品篇"。

乳燕飞华屋
悄无人
桐阴转午
晚凉新浴
手弄生绡白团扇
扇手一时似玉
渐困倚
孤眠清熟
帘外谁来推绣户
枉教人
梦断瑶台曲
又却是
风敲竹

石榴半吐红巾蹙
待浮花
浪蕊都尽
伴君幽独
秾艳一枝细看取
芳心千重似束
又恐被西风惊绿
若待得君来向此
花前对酒不忍触
共粉泪
两簌簌

卷絮风头寒欲尽
坠粉飘红
日日香成阵
新酒又添残酒困

中编

半笺波暖
回头迢递便数驿
望人在天北
凄恻
恨堆积
渐别浦萦回
津堠岑寂
斜阳冉冉春无极
念月榭携手
露桥闻笛
沉思前事
似梦里
泪暗滴

隋堤路
渐日晚
密霭生烟树
阴阴淡月笼沙
还宿河桥深处
无情画舸
都不管
烟波隔前浦
等行人
醉拥重衾
载将离恨归去
因思旧客京华
长偎傍疏林
小槛欢聚
冶叶倡条俱相识

冻云黯淡天气
扁舟一叶
乘兴离江渚
度万壑千岩
越溪深处
怒涛渐息
樵风乍起
更闻商旅相呼
片帆高举
泛画鹢
翩翩过南浦
望中酒旆闪闪
一簇烟村
数行霜树
残日下
渔人鸣榔归去
败荷零落
衰杨掩映
岸边两两三三
浣纱游女
避行客
含羞笑相语
到此因念
绣阁轻抛
浪萍难驻
叹后约
丁宁竟何据
惨离怀
空恨岁晚归期阻
疑泪眼

作品篇

诗词鉴赏与写作都需要有一定作品为样板，
故本书选择唐诗宋词中的精品，
一是进行鉴赏，
二是作为写作的参考。
故在简明扼要指出其精妙之处后，
也要进行一点写作方法的分析。
这样对于初学者会有一定启迪。

雪云散尽
放晓晴池院
杨柳于人便青眼
更风流多处
一点梅心
相映远
约略颦轻笑浅
一年春好处
不在浓芳
小艳疏香最娇软
到清明时候
百紫千红花正乱
已失春风一半
早占取
韶光共追游
但莫管春寒
醉红自暖
柳阴直
烟里丝丝弄碧
隋堤上
曾见几番
拂水飘绵送行色
登临望故国
谁识京华倦客
长亭路
年去岁来
应折柔条过千尺
闲寻旧踪迹
又酒趁哀弦

五言绝句

鹿　柴①

王　维

空山不见人，但闻人语响。返景②入深林，复照青苔上。

【译文】

空荡荡的山中看不见人影，却听到了说话的声音。一缕夕阳的余晖射进密林深处的青苔之上，显得格外的明朗和温馨。

【注释】

① 鹿柴（zhài）：即鹿寨，养鹿场。② 返景：夕阳返照的光线。景：同"影"。

【评析】

本诗是王维组诗代表作《辋川集》中的一首，虽为短章，却能很好地体现王维山水诗的艺术特点。

王维山水田园诗的重要特点是诗中有画，诗中有禅趣，这两点在本诗中都可以得到体现。前两句以动写静，空谷中的"人语"给人的印象是何等强烈。而这声音更能显出山谷中的静谧和清幽。后两句由声及色，以明写暗，描绘林间的幽深灰暗。透过树木枝叶间反射进来的一缕阳光，使幽深昏暗的林间立刻产生温暖光明的感觉，从而大大地加强了周围环境的阴暗程度。那缕阳光照射的又是树荫下石头上的青苔。青苔生长在阴暗潮湿处，很不引人注目，诗人将其拈出，大有深意。连那斑驳杂沓的点点青苔都依稀可辨，足见这一缕阳光尚很明亮，而且也传达出诗人的欣慰之情。从空间看，这一缕阳光给密林深处的局部带来一点光明，所照射之处可以看到自然景物的真实存在，而周围的环境则显得昏暗不清，阳光所照射之处与周围昏暗的空间相比，显得又是那么小，那么有限，以有限衬无限；从时间看，太阳的回光返照是极其短暂的，恐怕连一两分钟都难以停留，待这"返景"消失之后，留给人们的不就是长时间的黑暗吗？是以瞬间衬长夜。如果联想到短暂而渺小的人生之光，在茫茫天地和无始无终的宇宙中不就像这瞬间的阳光吗？它是那么短暂，那么有限，但却会带给人温暖和安慰，不更值得珍惜吗？这便是本诗的精妙细微之处。

竹里馆①

王　维

独坐幽篁②里，弹琴复长啸③。深林④人不知，明月来相照。

【译文】

我独自坐在幽深的竹林里，一边弹琴一边长啸，尽情宣泄心中的苦闷与牢骚。竹林深深，也没有人知道，只有那明亮的月光把我照耀。

【注释】

①竹里馆：王维辋川别墅中的一景。②幽篁：因丛竹茂密而幽深之处。屈原《九歌·山鬼》："余处幽篁兮终不见天。"吕向注："幽，深也。篁，竹丛也。"③啸：撮口发出一种悠远清越之声，是魏晋时期名士表示洒脱情怀的一种行为。④深林：指竹林深处。

【评析】

王维早期曾有大志，想追随贤君明相干一番事业。但唐玄宗晚年开始荒淫怠政，罢黜贤相张九龄而重用大奸臣李林甫。此后直到安史之乱爆发，政治黑暗，群小竞进。王维虽然一直在官场中虚与委蛇，但内心十分苦闷，精神生活极其孤独。本诗便是这种心境的艺术写照。

独坐竹林，弹琴长啸，巨大的孤独感和强烈的幽愤情绪已经包含在这形象和行为中。弹琴是人抒发情感的手段和行为，而这还不够，还要长啸，可见其内心的压抑感是多么严重。而诗人的这种发泄并没有人知道，更无人理解，因为在竹林深处，根本无人知晓，只有那轮无知的明月依然在照耀。忧愤孤独的情绪扑面而来，令人为之动心。

丛竹、弹琴和长啸的形象不禁使我们联想到竹林七贤中的阮籍。阮籍最常用的宣泄郁闷情怀的手段也是弹琴和长啸。阮籍等人也愿意在竹林中高谈阔论，抨击时政和虚伪的名教。阮籍虽然孤独，但尚有嵇康等友人，而王维此时呢？尽管王维和阮籍的性格很不相同，但在忧愤孤独方面却是一致的。

相 思①

王 维

红豆②生南国③，春来发几枝。愿君多采撷④，此物最相思。

【译文】

红豆树生长在美丽富饶的南方，春天来临时将生长出许多新枝。我希望你多多采摘，因为红豆最能寄托人的相思。

【注释】

① 相思：尤衰《全唐诗话》卷一载：安史之乱后，李龟年奔放江潭，曾于湘中采访使筵上唱本诗。② 红豆：俗称相思子。李时珍《本草纲目》载："相思子生岭南，树高丈余，白色，其叶似槐，其花似皂荚，其荚似扁豆，其子大如小豆，半截红色，半截黑色，彼人以嵌首饰。"又，《广东新语》载："相传有女子望其夫于树下，泪落染树结为子，遂以名树云。"③ 南国：指岭南一带。④ 采撷：采集、采摘。

【评析】

本诗的写作年代、背景均未详，但当是一首爱情诗，是写给情人或妻子的。由于我们对王维的婚姻生活状况不清楚，故此诗的写作对象难以指实。

本诗借红豆起兴开篇，写出红豆生长的地方和其旺盛的生命力。"春来"有的版本作"秋来"，认为相思树秋天结果实，故用"秋"字。但两相比较，还是"春"字为好，因为树木在春天发出新枝嫩叶是常识，且给人以苍翠清新的美好感受。诗歌是有时空跨越的，采撷红豆虽是秋季，但并不影响春天发出新枝。

篇末点题。经过前三句的逐层铺垫和推进，最后揭出谜底：为什么希望对方多采撷呢？因为"此物最相思"。多采撷便是多相思之意，一般来说，还是用在男女感情方面较普遍，因此我创作《王维传》时，便将其作为王维爱情生活的诗篇处理，作为其爱情生活的主旋律反复书写。"相思"是人类最普遍的感情之一，那些晶莹剔透，仿佛红色宝石的红豆果实不知被古人融进了怎样的情思和故事，确实能够令人产生许多联想或遐想，故也最能引起人们最广泛的共鸣。

望终南^①余雪

祖　咏

终南阴岭^②秀，积雪浮云端。林表^③明霁^④色，城^⑤中增暮寒。

【译文】

终南山阴面的景色非常秀美，积雪仿佛飘浮在白云的上端。雨过天晴后的树林色彩很明快，城中之人也好像能感受到阵阵清寒。

【注释】

①终南：指终南山，距长安城南约60里。②阴岭：山的北面。终南山在长安南，从长安望山，所见只能是北面。③林表：树林的顶部，即森林树梢部分。④霁：雨雪后初晴为霁。⑤城：指长安。

【评析】

据计有功《唐诗纪事》卷二十载，本诗是诗人应试之作。按照唐代考试规定，考试的律诗是排律，要求六韵十二句。现在保存的应试诗均是如此。但祖咏却只写完四句就交卷了。监考问为何不答完，他回答说"意尽"。宁可担当被淘汰的风险也不肯画蛇添足，倒是位很有性格的人。这首诗在当时广为流传，这也是个重要因素。

本诗能够引起社会的普遍热爱，还有一个更重要的原因，即与当时的社会风情有关。当时的长安人特别爱在春天观看终南山的远景，唐诗中时常可以看到关于这种情况的描写。尤其是晚饭后黄昏时，许多人家在庭院中张开屏风，摆上瓜果点心眺望欣赏终南山。这样，关于终南山描写的诗文便备受关注和喜爱。而在诸多描写终南山的诗歌中，本诗短而精彩，故引起时人的极大兴趣。

小诗确实很精彩，首句一个"秀"字写出了终南山阴岭景色的总体特点。次句写山顶之景，画面生动鲜明，动态感极强。白雪好像在浮云上面飘浮，逼真地表现出云气浮动的景象。第三句写山腰部分的景色，雨后初晴的阳光特别明亮，照射在郁郁葱葱的山林之上，色彩鲜明清新，分外赏心悦目。最后一句写在长安城中观赏者的主体感受，而这恐怕是观景人都有而没有表达出来的带有共性性的感受。因此，本诗受到人们的极大喜爱也就在情理之中了。

宿建德江 ①

孟浩然

移舟泊烟渚 ②，日暮客愁新 ③。野旷 ④ 天低树 ⑤，江清月近人。

【译文】

我乘船停泊在新安江畔，日暮黄昏，新的愁绪又充满我的心田。江边的原野空旷辽远，远处的天仿佛在树的下面；江水非常清澈，水中的明月就在人的身边。

【注释】

① 建德江：指新安江流经浙江衢县至建德县的一段。② 烟渚：水汽笼罩的小洲。③ 客愁新：又添新的羁旅漂泊之愁。④ 旷：远，辽阔。⑤ 天低树：远处的天比树还低。

【评析】

本诗抒写旅途中的乡思。首句叙事点题，随着船的行进自己停泊在雾气迷蒙的江渚旁边。次句点时抒情，"客愁新"为全诗主旨所在。"新"字暗示原来已经有愁，此时是又添新愁。愁的具体内容是什么没有指出，但在后两句的景物中可以体会出来。平野空旷寥廓，诗人乘坐的小船显得极其渺小，而诗人本人也更觉孤单。那轮近人的月亮更增加诗的意蕴。月亮近人，与人亲近，更显出诗人的孤单寂寞。月亮是圆的，而人却不能团圆，如此美好的月夜，诗人在外奔波，与亲人不能团聚。至此，愁的内容便可体会出来。情景交融，含蓄有致。

春 晓

孟浩然

春眠不觉晓^①，处处闻啼鸟。夜来风雨声，花落知多少。

【译文】

春天的睡眠真是又甜又香，不知不觉已出现黎明的曙光，蒙眬中可以听见到处都是鸟的歌唱。潜意识里觉得昨夜好像又刮风又下雨，不知道有多少花儿飘零凋伤。

【注释】

① 不觉晓：不知道拂晓。

【评析】

这是一首惜春怜春的小诗，内容很简单，但所抒发的感情却极其丰富细腻，风情旖旎，饶有情趣，颇耐品味。

本诗所表现的是清晨乍醒还有些蒙眬时的瞬间感受，而这种感受是人类普遍经历的，故阅读时便不知不觉随着进入情境之中。"春困秋乏夏打盹"是句饱含生活经验的俗语，春天的睡眠最惬意，不知不觉间天快亮了，但诗人还不知道。这时从外面传来叽叽喳喳清脆的鸟叫声，诗人才感觉到：噢，天亮了。这时，蒙眬的意识唤起回忆，夜间好像听到了风雨之声。再清醒一些时进行进一步确认，是的，昨夜是刮风下雨了，真不知那些花被风雨摧残凋落多少呢？诗人刚刚醒来，所关心的便是花朵是否凋零，可见其惜春怜春的一片深情。这是对于美好的一种挽留，是人类最普遍的感情之一，故最能打动人心。

应该说，小诗所表现的景色是非常美好的。夜间的风雨过后，是个晴朗明快的早晨，否则群鸟不会歌唱。这是一个充满美景的春天的早晨，但诗人却表现出淡淡的惆怅，因为他隐约感觉到了美中不足，那就是美好的春天即将过去，而这又是无可奈何的。追求完美，而完美又是不可能的，这便是小诗情感内容极其丰富的原因。

夜 思①

李 白

床前明月光，疑是地上霜。举头望明月，低头思故乡。

【译文】

床前呈现一片银白色的月光，我以为那是一层薄薄的轻霜。抬起头来看见天空中悬着一轮明月，才发现那不是轻霜而是月光。看到如此美好的月色，不由得低下头来思念起我的故乡。

【注释】

① 夜思：诗题一作"静夜思"。

【评析】

这是一首脍炙人口、妇孺皆知的小诗，刚会说话的儿童几乎便能背诵，可见其深入人心的程度。除其表现的思乡主题是人类最普遍的情感外，语言的质朴和行为描写的自然也是重要因素。

这是一个普通的夜晚，诗人客居在外。至于是否住旅店实在无法确定，也没有多大关系。前两句写主体产生的错觉，在床的前面是一片银白色，他恍惚间觉得仿佛是地上的霜。但忽然间觉得又不是，是不是月光？于是才抬头观察天空，验证一下自己的判断，果然是一轮明月高挂苍穹。看到如此美好的月色，低头沉思时，思念故乡的感情更加强烈。

这里有一个结需要解开，即诗人为何怀疑地面上是"霜"，这是破译本诗思想内涵的关键，而目之所及尚未见有注意此点者，故此处重点解说。霜是秋天的物候特点，象征秋天的到来，而秋天是成熟的季节，也是人类应当回家的季节，故成为客居在外思乡的典型季节。因此，我们可以这样考虑：诗人是在外漂泊时间太久，以为秋天已经来临，先产生思乡之情，故才会把月光错当成霜。当从错觉中醒悟过来，认识到那不是霜而是月光时，想到如此的良辰美景不能与亲人团聚却要一个人漂泊，思乡之情则更为强烈。由思乡而错觉，因错觉而验证，因验证而看到月色之美，则思乡之情更甚。行为自然，感情真挚，这便是本诗最动人处。

八阵图^①

杜 甫

功盖三分国，名成八阵图。江流石不转，遗恨失^②吞吴^③。

【译文】

诸葛亮的功绩超越三国时期的所有英雄，他的成名则在于那扑朔迷离的八阵图。江水日夜奔流，而八阵图的石头并不移动，仿佛在对历史进行倾诉，蜀汉的最大失误，便是大动干戈兴兵伐吴。

【注释】

① 八阵图：故址在今四川省奉节县南，由天、地、风、云、龙、虎、鸟、蛇八种阵势所组成的军事操练和作战的阵图。由诸葛亮创造。刘禹锡《嘉话录》："八阵图聚石分布，宛然犹存。峡水大时，三蜀雪消之际，濒涌滉漾，大木十围，枯槎百丈，随波而下。及乎水落川平，万物皆失故态。诸葛小石之堆，标聚行列依然，如是者近六百年，迄今不动。"除奉节外，于弥牟镇、棋盘市均有八阵的遗迹。② 失：失误。③ 吞吴：想要吞掉吴国。指刘备伐吴事。

【评析】

本诗写于杜甫初入夔州时的大历元年（766），在去游览凭吊八阵图遗迹时即兴所作。本诗赞美诸葛亮的丰功伟绩。首句写诸葛亮为建立蜀汉政权立下汗马功劳，是出现三国鼎足而立局面的关键人物，故功绩最高。次句切合题面，用高度概括的笔法赞美诸葛亮的军事才能，八阵图的存在便把诸葛亮运筹帷幄、胸有雄兵百万的军事家的风度和才能突出出来，以点带面，以少胜多。"江流石不转"既是实景，又有暗示作用，借八阵图的坚固，历经六百余年的沧桑而不改变，暗示诸葛亮的丰功伟绩也是永垂千古的。最后一句，当是对历史的评价，有人说是对诸葛亮的批评，即诸葛亮没能阻止刘备伐吴之举。我理解更主要的是对诸葛亮功业未成的遗憾和惋惜，即蜀汉最大的失误就是发动对东吴的战争，从某种意义上说，这也是造成诸葛亮"出师未捷身先死"的重要原因，故此句的潜台词极其丰富，值得深深思索。

登鹳雀楼①

王之涣

白日依山尽，黄河入海流。欲穷②千里目③，更上一层楼。

【译文】

白日傍依着中条山缓缓沉没，黄河朝着大海的方向滚滚东流。如果想要看得更加辽远，就要往上再登一层高楼。

【注释】

① 鹳雀楼：一作"鹳鹊楼"，故址位于今山西省永济县西南，前面是中条山。② 穷：极尽。③ 千里目：视野的最远处。

【评析】

这是一首流传最广，几乎所有国人皆能背诵的小诗。寥寥二十字中，有如此开阔之境界、如此深邃之哲理，实在令人赞叹。前两句写登楼所见，白日向远山降落，渐渐贴近，再一点点隐没，黄河向东方大海的方向滚滚奔流，视野开阔，画面生动，意境雄浑，令人心醉神迷，并为后两句的叙事说理作好形象上的铺垫。

后两句理寓事中。非常简单的生活常识却蕴含着深邃的人生哲理。如果想要看得更远，那么就要更上一层楼。这既是谁都能理解和有亲身体会的生活常识，又包含着这样的哲理：如果想要在人生境界或某一领域取得更大的成就，那么就要提升自己的能力和品位。这是极富启发意义的。

小诗干净简洁，写景、抒情、说理巧妙地结合在一起，浑化无迹。诗人以如橼大笔勾勒出白日依山和大河奔流的苍茫雄浑气势，表现出诗人阔大的胸襟和孜孜不倦的追求精神，也体现出朝气蓬勃的盛唐气象，确实给人以鼓舞和启迪。

新嫁娘

王　建

三日^②入厨下，洗手作羹汤。未谙姑^③食性，先遣^④小姑^⑤尝。

【译文】

　　结婚第三天的新娘，按照规矩亲自下了厨房，要为公公婆婆做一碗羹汤。因为不熟悉婆婆的口味，先让小姑子尝一尝。

【注释】

　　① 新嫁娘：诗题一作"新嫁娘词"，共三首，这是第三首。② 三日：古代习俗，新媳妇过门后第三天，须首次下厨房为公婆做饭。称"三朝下厨"或"参厨"。③ 姑：婆婆。此处也包括公公，是姑舅的略文。④ 遣：让、请。⑤ 小姑：丈夫的妹妹。

【评析】

　　这是一首表现民俗生活的小诗，风情旖旎，生活气息浓烈，给人强烈的印象。

　　前两句叙事。按照当时习俗，新娘子在婚后第三天，要亲自下厨房为公公婆婆做第一顿饭菜，既表示对公婆的孝敬，也表示正式成为丈夫家的家庭成员，同时也显示一下新娘的烹调手艺。这顿饭菜能否可口称心，对于新娘在家庭中的地位及与公婆的关系颇为重要。而羹汤当是必须有的一道菜，对于烹调技术要求很高，此菜的口味如何是最关键的。

　　后两句是一个小细节，新娘不知道公婆的口味，便让小姑子先品尝一下。这一细节颇生动有趣，刻画出新娘的聪明机智。小姑子是婆婆的女儿，在婆婆的身边长大，她如果能够欣赏爱吃，婆婆就不会有问题。而且妈妈和女儿的关系最好，新娘如果能够和小姑子搞好关系，那么和婆婆的关系也就会好处得多。仅此一点，便可看出新娘的机灵与活泼。

江 雪

柳宗元

千山鸟飞绝，万径①人踪②灭。孤舟蓑③笠④翁，独钓寒江雪。

【译文】

千座山岭都看不见飞鸟的身影，万条道路都看不见人的踪迹。山岭大地都隐藏在皑皑白雪里，整个宇宙没有一丝生机。只有一个老翁披着蓑衣，戴着斗笠，独自在寒冷的江面上垂下钓丝。

【注释】

①径：小道。②踪：踪迹，此处特指人的脚印。③蓑：用棕皮或草编织成的雨具。④笠：斗笠，戴在头上的雨具。

【评析】

本诗以景托情，表现一种高洁的志向和伟岸的人格精神。前两句写雪之大之广之无所不在，表现气候的极端恶劣。山上看不见鸟的踪影，路上看不见人的踪影，一切有生命的东西都远离恶劣的环境，不再出来活动，可见环境恶劣的程度该多么严重。这是大画面，是气氛渲染。后两句则精雕细刻，刻画一位藐视一切困难，独钓寒江的高洁伟岸的志士形象。在没有任何生物活动的大雪天，一个老翁，披着蓑衣，戴着斗笠，顶风冒雪，独自在那里钓鱼。他根本没有把风雪放在眼里，没有把险恶放在眼里，没有把困难放在眼里，悠闲自在。这是一种精神，是一种人格。联系柳宗元在永贞革新后备受打击而坚贞不屈的伟大人格，品味本诗的精神境界，我们不能不对其肃然起敬。

行　宫①

元　稹

寥落古行宫，宫花寂寞红②。白头宫女在，闲坐说玄宗③。

【译文】

一座冷清萧条的古老的行宫，宫中的花儿在寂寞中依然是姹紫嫣红。那些经过盛唐的宫女已经白了头发，坐在那里闲聊当年的风流天子唐玄宗。

【注释】

① 行宫：本篇或作王建诗，题为"古行宫"。行宫：皇帝在京师以外之地的宫殿。本诗所写当是上阳宫。② 寂寞红：写花独自开放而没有人去欣赏。③ 玄宗：唐明皇李隆基的庙号。

【评析】

本诗以极其精练的笔触，撷取社会生活中的一个小侧面，却反映出唐王朝由盛转衰的历史剧变，具有凝重的历史感和深沉的忧患意识。含蓄有致，精彩绝伦。

前两句描写行宫环境的寥廓冷清，为后面的人物活动提供典型环境。"寥落"写出行宫中的冷清、空旷和寂寞，给人以总体印象。用"寂寞"写宫中之花，再度渲染气氛，花儿都感觉寂寞，何况人乎？后两句是一个特写镜头，几个白头的宫女还在，因为寂寞无聊，便聊起唐玄宗当年的风流韵事来。唐玄宗是个极其复杂的历史人物，他是开创盛唐气象的伟大帝王，也是唐王朝由盛转衰的历史罪人，因此后人对他的感情也很复杂，关于他的事迹人们也最感兴趣，这便是《长恨歌》经久不衰的重要原因。这样，最后一句便把诗的内容扩展开来，令人产生无限的遐想。

本诗概括力强，虽是短章，内容却很丰富，且语言精练，表现生动，颇受后人青睐。瞿佑《归田诗话》云："乐天《长恨歌》，凡一百二十句，读者不厌其长；元稹之《行宫》，才四句，读者不觉其短；文章之妙也。"

问刘十九 ①

白居易

绿蚁 ② 新醅 ③ 酒，红泥小火炉。晚来天欲雪，能饮一杯无 ④？

【译文】

新酿的米酒上面漂浮一层绿色的碎沫，烫酒用的红泥小火炉烧得红红火火。晚上天色阴沉好像就要下雪，能不能过来喝杯酒暖和暖和？

【注释】

① 刘十九：诗人在江州时的友人，名字生平未详。作者另有《刘十九问宿》诗中云"唯共嵩阳刘处士"，可知刘十九是河南登封人，隐居未仕。② 绿蚁：新酿制未经过滤的米酒上面漂浮绿渣如蚁，故称绿蚁。③ 醅：没有过滤的酒。④ 无：表疑问的语气词，相当于"否"。

【评析】

这是一首请人同饮的诗，小巧玲珑，生活味十足，可见唐代人的生活中充满诗情，无事不可诗，无时不作诗，令人羡慕。

前两句对比描写："绿蚁"和"红泥"的色彩很显眼，一个是酒上漂浮的色彩，一个是取暖用具的色彩，而炉火也是红色的，给人以赏心悦目的感觉。第三句点明时间和气候，天色已晚，又要下雪，一个人冷冷清清，多么无聊，能过来喝一盅吗？你看，酒是新酿的，小火炉也生得红红火火，傍晚的雪天，喝多少随便，这样请人喝酒，谁能不去？小诗一气贯注，如话家常，简明亲切，值得品味和借鉴。

何满子①

张 祜

故国三千里，深宫二十年。一声何满子，双泪落君②前。

【译文】

　　离开故乡三千多里，来到深深的皇宫已二十多年。初次为圣上演唱《何满子》的乐曲，不由得双眼流泪涕泣涟涟。

【注释】

　　①何满子：诗题一作"宫词"，原作有二首，此是第一首。何满子：一作"河满子"。白居易《听歌六绝句》其五《何满子》自注："开元中，沧州有歌者何满子，临刑，进此曲，以赎死，上竟不免。"苏鹗《杜阳杂编》载："文宗时，宫人沈翠翘为帝舞《何满子》，调辞风态，率皆宛畅。"可知何满子初为人名，后演化为歌曲名、舞蹈名。②君：指皇帝。

【评析】

　　《唐诗纪事》（卷二十五）张祜条载："（唐）武宗病笃，目孟才人曰：'吾即不讳，尔何为哉？'（孟才人）指笙囊泣曰：'请以此就缢。'上悯然。（孟才人）复曰：'妾尝艺歌，请对上歌一曲，以泄其愤。'上许。乃歌'一声何满子'，气亟立殒。上令医候之，曰：'脉尚温而肠已断。'"这是一个感人肺腑、引人遐思的故事。这个故事使本诗声名鹊起，流传甚广。同时，也可证明本诗在这件事发生之前已经广泛流传，尤其在宫中更是大受欢迎，并引起宫女的广泛共鸣，孟才人选择此曲演唱以抒发自己的愤懑，便是最有力的证明。

　　本诗属于宫怨词，是为宫女写的。前两句从时空上落笔，抒写她们产生怨恨的原因。她们离开自己的家园几千里地，被选进宫中，实际上等于住进了体面的监狱，成千上万的女人服侍一个男人，其竞争之激烈是无法形容的。绝大多数女子只能是独守空房，在痛苦的企盼中消磨着美好的青春。杜牧说"有不得见者，三十六年"绝非夸张。正因如此，当她们在君主面前歌唱这首感伤的曲调时，立刻便会伤心得泪流满面。

　　如注解所云，"何满子"当初是名歌手，他可能自己创作了一支曲子，曾经想用此曲来挽救自己的生命，但没有成功。此曲可能本身就极度感伤，再加上他的鲜血染濡，则更加凄楚忧伤。张祜根据何满子的曲调和故事创作本诗，而本诗的演唱又使孟才人气绝身亡，更增加其凄楚迷人的色彩，也仿佛是对封建制度尤其是宫女制度的血泪控诉。

登乐游原 ①
李商隐

向晚 ② 意不适 ③，驱车登古原。夕阳无限好，只是近黄昏。

【译文】

临近傍晚时心情特别不舒畅，便驱车来到京师东南那古老的乐游原上。夕阳西下时的晚景真是太美了，只是天色渐渐地黯淡和昏黄。

【注释】

① 登乐游原：诗题一作"乐游原""登乐游"。乐游原：长安城东南风景区，地势高，视野开阔。汉宣帝时曾建筑乐游苑，是汉唐时期著名旅游区。② 向晚：傍晚。③ 意不适：心情不好。

【评析】

本诗是触景生情之作，但所生之情是什么，则有不同理解。较流行的即有"悲哀身世遭际""慨叹时光流逝""忧患时事政局"等说法。这几种说法在诗中似乎都可以略微体会出来，将其综合在一起大致不错。

前两句叙事，意思很明白。傍晚的时候心情不好，于是乘车登上古老的名胜风景区乐游原。后两句含义丰富，令人遐思。那夕阳的景色是很美丽的，但可惜的是已经接近黄昏，美好的景色很快便会逝去。这一意象和议论可以引发许多想象。可以理解为好景难驻，表现对逝去时光的惋惜和对美好晚年的留恋。同时，夕阳意象中也蕴含着忧患国家前途，预感国运不永的感伤。总的情调当是伤感而非喜悦，首句便可确定。即使"夕阳无限好"一句有喜悦之情，也是短暂的，是为后面的伤感作的铺垫。

寻隐者①不遇

贾 岛

松下问童子②，言师采药去。只在此山中，云深不知处③。

【译文】

我去寻访隐者却只在松树下见到了他的书童，书童说他的老师为采药进了山中。只见山里白云飘荡云气朦胧，老师肯定就在眼前的这座山里，但究竟在什么地方实在难以说清。

【注释】

① 隐者：隐士。有德才而无官位之人。② 童子：指隐者的书童或徒弟。③ "只在"二句：只知道在这座山里，但山里云气缭绕，究竟在什么位置则不知道。

【评析】

本诗表现隐士生活的清高闲适，风情摇曳，神韵十足。首句直接写到隐者家门前的情形，省略了路上及寻找的过程，简洁洗练。在松树下面询问隐者的书童，环境本身就非常清幽高雅。"言"字以下则是书童的答话，答话中有动作、有景色，活灵活现，宛如在读者的眼前。那书童说他的老师进山采药去了，并用手指着山深处白云缭绕的地方以不知道具体的地方来回答诗人的问话。隐者高雅清幽的生活环境和高洁闲适的生活态度都在这一问一答中展现出来，给人以赏心悦目的感受，同时也能使读者的精神为之一振，仿佛暗夜中的一束光明，酷热中的一阵清风，干渴时的一碗凉水，饥饿时的一张馅饼。无拘无束，无忧无虑，无荣无辱，无挂无碍，这才是人生的最大自在。妙哉！

渡汉江 ①

李 频

岭外 ② 音书 ③ 断，经冬复历春。近乡情更怯 ④ ，不敢问来人 ⑤ 。

【译文】

　　我被贬谪在岭外而与家中断了音信，经过寒冷的冬天而又过了立春。返回时离家越近心中越忐忑，竟不敢询问路上遇见的熟人。

【注释】

　　① 汉江：即汉水，长江支流，在武汉市汇入长江。② 岭外：岭南，指五岭以南的广大地区。③ 音书：家书和消息。④ 怯：畏惧、犹疑。⑤ 来人：指家乡的熟人。

【评析】

　　本诗写游子离家很久返归，接近家乡之时复杂细腻的心态。前两句叙事，为后文张本。首句说离乡之远，通过诗题可知，诗人是汉水以北的人，而他所在之处却是岭南，几千里的路程，在那年月可不是短距离，而且"音书断"，家中的信息一点儿也不知道。次句写离乡时间之长，经过了冬天而且过了立春。长时间没有家中的音信，家中到底是怎样的情况，一无所知。于是顺势产生下面的心理活动：快到家时心里更加害怕、犹疑、惦念、忐忑不安，这段时间家中怎样？即使遇到从家乡来的熟人也不敢询问。既惦念而又怕发生什么意外的矛盾、复杂甚至有点儿反常的心理刻画得十分生动逼真。离别是人类经常遇到的问题，而久别返乡的人也会产生同样的感受，这便是此诗颇为后人赏识的原因。

春怨①

金昌绪

打起②黄莺儿，莫教枝上啼。啼时惊妾梦，不得到辽西③。

【译文】

赶快打跑树上的黄鹂鸟，别让它在那里没完没了地叫。它的叫声惊醒了我甜蜜的梦境，不能到遥远的辽西与丈夫团聚欢笑。

【注释】

① 春怨：一作"伊州歌"。② 打起：打跑、赶走。③ 辽西：辽河以西，今辽宁省西部。

【评析】

本诗属于边塞诗中的征妇怨，风格活泼，感情真挚，有民歌情味。表现手法很独特，先写结果，再摆原因，给读者造成悬念。黄莺即黄鹂，叫声婉转好听，小鸟的模样也挺好看，招人喜欢。可本诗中的主人公却为何要将其打跑，不让其在树枝上啼叫？有些反常。

后两句女子自己说出了原因，原来是这只鸟的鸣唱惊醒了她的美梦，使她不能在梦境中到辽西去。到辽西去干什么，不言自明，是与丈夫团聚。由此知道女子的丈夫是位为国戍边的战士，女子的身份到最后一句才暗示出来。并以此倒贯全诗，这是一个征人的妻子。如果我们仔细体会，还有许多潜台词。黄鹂的鸣叫肯定不在夜间，最常见的情况是早晨，孟浩然的"处处闻啼鸟"可证。那么可以想象女子清晨尚在梦中，彻夜在思念丈夫。夫妻长期两地分离已经令人痛苦，而连在梦境中相逢的短暂虚幻的幸福还被鸟的啼叫声破坏，难怪她如此恼怒。迁怒于鸟是没有道理的，但却恰切地表达了思妇相思之情的浓烈，这便是悖理入情。

七言绝句

回乡偶书①

贺知章

少小离家老大回②，乡音无改③鬓毛④衰⑤。儿童相见不相识，笑问客从何处来。

【译文】

年轻的时候就离开故土，老年才返回家乡。家乡的口音虽然没有改变，但两鬓已斑白如霜。村里的儿童都不认识我，笑着问我来自什么地方。

【注释】

① 回乡偶书：原作共二首，本诗是第一首。② "少小"句：贺知章37岁中进士，此前已离开家乡，后一直在外地为官，86岁始致仕还乡。③ 无改：一作"难改"，没有改变。④ 鬓毛：两鬓的头发。⑤ 衰（cuī）：稀疏衰减。

【评析】

本诗是诗人在耄耋之年返回故乡的即兴之作，同时创作两首，表现同一感受，即客居在外的时间太久，回归故乡时自己已是白发苍苍的老人。其感慨良多是可以想象的。

全诗的抒情重点在第二句"鬓毛衰"三字，首句叙事交代特殊背景，即少小时离开家乡老年才回来，次句的"乡音无改"和"鬓毛衰"形成对比反衬，虽然口音没有什么改变，但容颜却已完全不同。人之衰老不可避免，而自己的大半生都是客居在外度过的，直到晚年才回归故土，其感慨很深沉。后两句是一幅生动的画面：几个儿童不认识诗人，笑着打听诗人是从什么地方来的。本来是回归故乡，可故乡的孩童反而问自己是从何处而来，其中意蕴也很丰富。一是回应首句，离乡太久，家乡的孩子都不认识自己；二是本来是回，而儿童却以为是来，反衬出自己久别归乡的喜悦。

小诗生动活泼，尤其第二句的"乡音无改"表达出诗人对故乡的认同和亲和感，这是中国人传统观念中故土情结的典型表现，故为人所激赏。

为更好地理解本诗的感情，录出第二首以供参照赏析。"离别家乡岁月多，近来人事半消磨。惟有门前镜湖水，春风不改旧时波。"

　　元朝杨载《诗法家数》说："绝句之法，要婉曲回环，删芜就简，句绝而意不绝，多以第三句为主，而第四句发之。有实接，有虚接。承接之间，开与合相关，反与正相依，顺与逆相应。一呼一吸，宫商自谐。大抵起承二句固难，然不过平直叙起为佳，从容承之为是，至如婉转变化工夫，全在第三句，若于此转变得好，则第四句如顺流之舟矣。"这段话对于绝句写法很有启发性，要仔细体会。

桃花溪①

张　旭

隐隐②飞桥隔野烟③，石矶④西畔问渔船⑤。桃花尽日⑥随流水，洞⑦在清溪何处边。

【译文】

隐隐约约的一座高桥隔着层层烟雾，在水边一块大石头的西边询问渔夫，整天都可以看见桃花随着流水漂下，桃花源的洞口究竟在什么去处？

【注释】

①桃花溪：湖南桃源县桃源山有桃源洞，传说是晋陶渊明在《桃花源记》中所描写之桃花源所在地。本诗即以此为题材。桃花溪在桃源洞北。②隐隐：隐隐约约，不清楚。③野烟：山野间自然生成的云气雾霭。④石矶：水边突出的岩石。⑤渔船：代指打鱼人。《桃花源记》中一个武陵渔人曾去过桃花源。⑥尽日：终日、整天。⑦洞：指通向桃花源的山洞。

【评析】

本诗表现对理想社会和理想境界的追求，意象鲜明灵动，意境幽雅含蓄，意蕴丰富。

桃花溪是通向传说中的桃花源这一世外仙境的溪流，诗人以此为题，本身便具有引人入胜之高致。首句便有一种朦胧神秘的感觉，隐隐约约中的一座飞桥又被云雾所笼罩，可见这座桥通向的地方也一定高远深邃，可见路径的不同寻常。次句写问路，问的对象是渔船上的渔夫，而《桃花源记》中也正是一个渔夫曾经无意中误入桃花源，因此向他问路是明智的。问的内容便是后两句：终日看到桃花随着流水漂下来，可去桃花源的洞口究竟在什么地方？诗到此戛然而止，给人以扑朔迷离的感觉，给读者留下丰富的想象空间。那个神秘的、引人入胜的洞口究竟在哪里？是否真的存在？渔人知道吗？都值得深思。不必说诗人时代的这位渔人距离陶渊明时代已经三百多年，即便是当年去过桃花源的那位渔人在回来之后，也再找不到那个洞口了，何况是唐代的渔人，答案不问自明。那么，诗人所要追寻的桃花源便只能在理想之中了。

诗中的意象很美，充满动态感和神秘感，那云雾缭绕中忽隐忽现的飞桥，那漂浮着桃花的流水，都给人以仙界的感觉，而那通往桃花源的神秘的洞口不就更神秘了吗？另外，还有一点亦应当提及，即诗中的"飞桥"这一意象大有深意。因为在《桃花源记》中绝没有桥出现，而此桥便是诗人精心设计的，桥是"飞"的，可见其高，可见其连接之处的险峻，而且又在云雾之中隐隐约约，故将其理解为诗人心目中通向仙界之桥恐怕也不无道理，但桥仿佛也是可望而不可即的，更增加诗的意蕴。诗人是著名的草书大家，诗中也有草书灵动、飞白潇洒的意蕴。

首句景起，隐约朦胧；次句写问；三句写桃花流水，扣合题目；四句写问之内容。全诗从《桃花源记》檃栝而来，"何处"是意脉之关键。

九月九日①忆山东②兄弟

王　维

独在异乡为异客，每逢佳节倍思亲。遥知兄弟登高处，遍插茱萸③少一人。

【译文】

独自在外地客游孤单寂寞而伤神，每到佳节的时候更加思念亲人。我知道在那遥远的故乡，兄弟们一起登高时会欣喜万分。他们都佩戴着茱萸欢度佳节，却偏偏只少了我一个人。

【注释】

① 九月九日：重阳节，也称"重九"，是古代民间比较重视的节日。这一天有登高、野游、赏菊、饮酒、佩戴茱萸等习俗。此节形成于秦汉之间。② 山东：指华山以东。③ 茱萸：植物名。有香气，又名"越椒"。古人认为佩戴茱萸、登高、饮酒可以避灾。

【评析】

据题下小注，本诗是诗人17岁时所写。但由于感情真挚且带有普遍性，故深受后人喜爱，传唱不衰。

本诗最精彩之笔在第二句，即"每逢佳节倍思亲"，由于这句诗是发自诗人肺腑的真情的流露，故打动了古今中外所有人的心弦，也引起最广泛的共鸣。首句先说自己的处境，两个"异"字强调了远离家乡亲人的孤独感，为次句抒情提供典型环境，而且可以隐约感觉到诗人不但远离家乡，而且身边没有知己朋友，又是如此年轻，因此才会产生次句的感受。次句的"倍"字是句眼，其潜台词是平时也思念亲人，但每逢佳节时思亲的感情更加强烈，属于加倍的写法。另外，"亲"字也很重要，拓展了诗的内容含量。王维本诗是思念兄弟的，但如果说思"兄"则大为逊色，因为这样就极大地缩小了情感的指向。而一个亲字则把人类亲人之间的思念都囊括进来，夫妻子间、姐妹之间、母子父子之间、兄弟之间等只要有亲情关系的人都会产生共鸣，于是本诗便成为贯通古今、超越国界、超越阶级、超越种族的为全人类所共享的精神财富。后两句则将思念具体化，给人以形象感，使情感的抒发更加具体细腻。

下面这条材料可以说明本诗的永恒的魅力和其深远广泛的影响。"在庆祝 1990 年法国国庆节的日子里，巴黎又推出了一个独特的节目，即在市中心的多幢高楼大厦的外墙上，用激光投影出多首中国古典诗歌，其中惹人注目的便是王维的名作：'独在异乡为异客，每逢佳节倍思亲。遥知兄弟登高处，遍插茱萸少一人。'"（王丽娜《王维诗歌在海外》，引自《王维研究》第一辑，中国工人出版社 1992 年版，第 362 页）

渭城曲 ①

王 维

渭城朝雨浥 ② 轻尘，客舍 ③ 青青柳色新。劝君更尽一杯酒，西出阳关 ④ 无故人。

【译文】

渭城早晨下了一场小雨，沾湿了地面上的灰尘，客馆内外一片清新，柳树的嫩黄色更加喜人。尽管您的酒意已经很浓，但我还是将您的酒杯斟满，再喝一杯吧，因为出了阳关后，便再也没有您认识的人了。

【注释】

① 渭城曲：一作"送元二使安西""阳关三叠"。渭城：指咸阳旧城，故址在今陕西省西安市西渭水北岸。② 浥：沾湿，使湿润。③ 客舍：驿站客馆。④ 阳关：古关名。故址在今甘肃省敦煌县西南，因其在玉门关之南，故曰阳关。为唐时通往西域之主要关口。

【评析】

本诗一出，很快便被谱入乐府，当成送别曲，人们在送别仪式上总要演唱这首诗，中唐时期的诗中便可时常见到关于本诗的词语，而唐诗宋词中引用此诗者有数十首，可见影响之广泛深远。

前两句点明送别时间、地点，描写环境气氛。雨过天晴，空气清新，适宜行人赶路，客舍是临时居所，柳树是离别象征，为后面的抒情作好铺垫。后两句一气呵成，语浅意深。绝句篇幅短小，最为精练概括。诗人只选取最后告别的深情话语和真诚的祝酒词表达惜别的深情。省略中间很多环节，"更"说明二人已经饮了很多酒，说了很多话。而且祝酒词也不是什么豪言壮语，而是最普通的告别话，西出阳关后再也没有熟人和朋友了。这最后的一杯酒中饱含着主人的深情厚谊，有对远行友人旅途艰辛的担忧和对前途命运的关切。壮怀中略感凄清，惜别中寓有关注，感情容量相当丰富。最普通的、最真挚的感情才是最感人的，也最容易引起所有社会成员的共鸣，这便是本诗取得巨大成功的原因。

本诗题目开始时叫"送元二使安西"，谱入乐府后当称"渭城曲"，因其演唱特点又称"阳关三叠"。据苏东坡讲,唐代的唱法在宋代已经发生变化,为何叫"阳关三叠",当初他也不明白,宋人演唱时,每句唱两遍,应当叫"两叠",如果从四句的角度看,则应当叫"四叠",都不是三叠。后来到密州时看到了古本《阳关》,这才恍然大悟,原来唐代演唱此诗时,首句不叠,只唱一遍,从第二句开始重叠,每句唱两遍。因为三句叠唱,故叫"三叠"。白居易《对酒诗》云:"相逢且莫推辞醉,听唱阳关第四声。"自注云:"第四声,劝君更尽一杯酒。"以此验之,可知唐时首句确实不叠,首句如果叠唱,则此句当为第五声矣。

喻守真说:"渭城指送别之地,'朝雨''柳色'是点时令景物。三句是写临别再留,四句是道声珍重之意。送别诗除写景外,总须从情感上立言,方能动人。"时间、地点、景物和真情是送别诗的要素。

芙蓉楼① 送辛渐②

王昌龄

寒雨连江夜入吴③，平明④送客楚山孤。洛阳⑤亲友如相问，一片冰心在玉壶。

【译文】

凄寒的风雨连着江面，在夜间侵入古代吴国的领地。天刚蒙蒙亮时，我送客人来到这里，一座孤独的楚山傲然挺立。洛阳的亲戚朋友如果询问我的近况，请告诉他们：我的精神世界仿佛是玉壶冰那样洁白剔透。

【注释】

① 芙蓉楼：故址在今江苏省镇江市。② 辛渐：王昌龄朋友，生平未详。③ 吴：与下句的"楚"字为互文，指春秋时期吴国楚国故地，指诗人送客的江南镇江一带。④ 平明：黎明，天刚亮。⑤ 洛阳：辛渐应当是回洛阳。

【评析】

王昌龄仕途不顺，几次被贬。天宝初年，被贬谪为江宁丞，本诗即写于江宁丞任内。从语气及所反映的心情看，当是刚到任所不久，朋友辛渐前去看望，他在送客时写下这一千古名篇。

前两句写景兼叙事，描绘了一个凄寒冷清的环境氛围，为后文的抒情作好铺垫。"寒"字奠定全篇的抒情基调，一夜风雨，遮天盖地，平明时开始送客，心情可以体会。下句的"孤"字是重点词，暗示出诗人内心世界的孤独寂寞，也可暗喻诗人孤高的人格，为最后一句蓄势。第三句转折，为最后一句自我表白提供前提。"一片冰心在玉壶"如掷地有声地宣言：我的内心世界洁白无瑕，尽管我遭受贬谪，但这并不能玷污我的人格品行，亲友们放心吧！这既是向亲友的表白，也是向自己的政敌及卑鄙小人们的抗议，全诗表现出一种桀骜不驯的精神气质。

喻守真说："本诗首句是夜雨饯别，二句是平明相送，'入'字与'送'字相呼应，三句是临别致意，并且辛渐系回洛阳，'相问'是问自己近状，四句却出人意表，不说思念之情，不说客居之感，偏说自己光明磊落，清廉自守，如一片冰之在玉壶，可以告慰诸亲友，在文字上是奇特的结发，在事实上是提高自己的人格。"

闺　怨

王昌龄

　　闺^①中少妇不知愁，春日凝妆^②上翠楼^③。忽见陌头^④杨柳色，悔教夫婿觅封侯^⑤。

【译文】

　　深闺中的少妇不知道忧愁，春天中浓妆艳抹登上绣花楼。忽然看见大路边上的杨柳一片翠绿，那盎然的春色实在令人着迷忘忧。看到这种良辰美景，一种难以名状的孤独和忧伤忽然间涌上心头。真是懊悔莫及，当初为什么让夫婿去追求功名？

【注释】

　　① 闺：闺房，指女子居室。② 凝妆：盛妆。③ 翠楼：装饰华丽的楼阁。④ 陌头：街道边或大路边。⑤ 觅封侯：指追求功名。

【评析】

　　本诗是王昌龄闺怨诗中的精品，刻画一位被春色撩动感情波澜的少妇形象，描写细致入微。首句平起，先点明少妇身份，为尾句张本。她开始时不知愁，而且浓妆艳抹登楼观赏春色。第三句转折，她忽然看到路边杨柳的盎然春色，那美好的景色立刻唤起她的春情，于是顺理成章地出现最后一句的感情波澜，即后悔让丈夫离开自己去追求什么功名富贵。感情的变化极其自然，心理活动的轨迹也符合人们的常规。"人禀七情，应物斯感"，人们见到特定情景便会产生感情的波动，而这位少妇正是见到最令人兴致勃发的春色才会产生后悔念头的。在此之前，可以想象，少妇是支持丈夫远行求取功名的。而当看到美丽春色时，情战胜了理，夫妻恩爱厮守在一起不比什么都重要吗？虽然仅是短短的四句，却合情合理地描写了少妇的一次心理活动，也揭示了真挚的爱情高于功名这一观点。前两句说不知愁，而且"凝妆上翠楼"，第三句"忽见"春色而出现情感转折，最后揭示出其感情波澜。

长信怨①

王昌龄

奉②帚平明金殿开，暂将③团扇④共徘徊。玉颜不及寒鸦色，犹带昭阳⑤日影⑥来。

【译文】

手中拿着扫帚等待着天亮时宫门开启，打扫卫生的劳苦工作马上开始。有时拿把团扇心中徘徊疑虑。难道我如此姣好的颜面还赶不上乌鸦美丽？乌鸦还能飞临昭阳殿的上空，感受沾染万岁的气息。

【注释】

① 长信怨：一作"长信秋词"。共五首，这是第三首。据《汉书》载：成帝时班婕妤美貌无双，且贤而能文，很得宠。后成帝专宠赵飞燕、赵合德姊妹，班婕妤恐怕被害，主动请求到长信宫侍奉太后，以度余生。② 奉：同"捧"，即拿的意思。③ 将：持、拿。④ 团扇：此暗用班婕妤《团扇歌》诗意。诗云："新裂齐纨素，皎洁如霜雪。裁成合欢扇，团团似明月。出入君怀袖，动摇微风发。常恐秋节至，凉飙夺炎热。弃捐箧笥中，恩情中道绝。"此处暗示持扇人与团扇的命运相同。⑤ 昭阳：宫殿名，赵飞燕姊妹所居，成帝长居于此。⑥ 日影：太阳光，古代常以日代指君主，故日影比喻君恩。

【评析】

王昌龄擅长写闺怨类题材，而宫怨是闺怨中的特殊类型。本诗借班婕妤先受宠而后被冷落遗弃的悲剧命运，表达对宫中广大嫔妃宫女长期遭受禁锢不得自由之命运的深切同情。

起句"奉帚"写侍奉太后事，次句之"团扇"即用班婕妤自身典故。本诗之妙是后两句，主要艺术特点是含蓄。手拿团扇徘徊的女子怨恨君王寡恩抛弃自己，但不直接诉说，却用一种极其曲折的方式表述。自己本来容貌美丽姣好，可还不如在空中飞翔的令人讨厌的丑陋的乌鸦，因为乌鸦尚可看到君王，尚可从昭阳宫的上方飞，而我却连君王的身影都看不到，徒有如此的美貌和才华。在这鲜明的对比反衬中，在美人羡慕丑陋之乌鸦的心理描写中，罪恶的封建制度下的宫中女性的悲惨遭遇和精神折磨的深度便入木三分地刻画出来，具有震撼人心的艺术力量。

出　塞①

王昌龄

秦时明月汉时关②，万里长征人未还。但使龙城飞将③在，不教胡马度阴山④。

【译文】

在遥远的秦汉时代，边境地区便设置了边关。千年来也没有停止边塞的争战，万里长征的将士们至今也未返还。倘若飞将军李广还在，就不会让敌人的骑兵越过阴山。

【注释】

①出塞：一作"从军行"。共二首，这是第一首。②"秦时"句：互文见义，谓秦汉时期的明月照耀秦汉时期的边关，谓秦汉时期便在边境地区设置边关。③龙城飞将：指西汉飞将军李广，在抵御和讨伐匈奴的战争中屡立奇功。曾镇守过卢龙城。故龙城一作"卢城"。④阴山：在今内蒙古自治区南境，汉时匈奴常越过阴山南侵。

【评析】

本诗是非常著名的边塞诗，传诵不衰。首句起笔极有气势，有一种深沉凝重的历史感和强烈的忧患意识凝聚其中。其中的含义是：边塞问题自秦汉以来就始终困扰着在中原建立国家的朝廷，是一个历史悠久而应当特别重视的大事。后两句则指出解决问题的关键是将帅，如果将帅选用得当，则可遏制外族的入侵，国家和百姓得以安宁；否则就会战争不断，朝廷不得安宁，百姓深受其苦。关于这一主旨，清人沈德潜早已指出："'秦时明月'一章，前人推奖之而未言其妙。盖言师劳力竭而功不成，由将非其人之故，得飞将军备边，边烽自熄，即高常侍《燕歌行》归重'至今人说李将军'也。"（《说诗晬语》）

凉州词 ^①

王之涣

黄河远上白云间^②，一片^③孤城万仞^④山。羌笛^⑤何须怨杨柳^⑥，春风不度玉门关^⑦。

【译文】

顺着蜿蜒的黄河向上游望去，它的源头好像一直延伸到遥远的白云之间。一座孤零零的城堡背靠着万丈高山。戍边的将士何必如此哀怨，羌笛吹奏出的《折杨柳》那忧伤的曲调令人意乱心烦。须知，这里寸草不生极其荒寒，春风从来也不会吹过玉门关，又哪里去寻找杨柳来折攀。

【注释】

① 凉州词：一作"出塞""凉州歌"。② "黄河"句：一作"黄沙直上白云间"。③ 一片：一座，形容周围没有人烟。④ 仞：古代以七尺或八尺为一仞。⑤ 羌笛：指古代西北羌族人所吹之笛。⑥ 杨柳：指用羌笛吹的《折杨柳》曲。北朝乐府《鼓角横吹曲·折杨柳枝》："上马不捉鞭，反拗杨柳枝。下马吹横笛，愁杀行客儿。"后人诗中常将折柳、吹笛和离别相联系。⑦ 玉门关：在今甘肃省敦煌县西，唐时为凉州西境，是通往西域要道。

【评析】

这是一首脍炙人口的边塞诗，在描绘寥廓苍茫的塞外风光中表现了戍边将士生活环境的艰苦，委婉批评了朝廷不关心体恤戍边将士的错误做法。意境苍凉雄浑，抒情婉转含蓄。

起笔高拔突兀，从纵的方向表现边塞旷远。其实，边塞地区已经属于黄河的上游，如果再顺着河流往上游看，确实可以看到黄河仿佛是从远处的白云间经过崇山峻岭逶迤而来的壮观景象。次句则从横向的角度表现边塞地区的广袤苍凉，万仞高山下的一座孤城显得非常萧条冷落。两句诗把边塞环境的特点表现得很充分，为后面的抒情张本。后两句抒情很委婉。"羌笛"句暗示羌笛吹奏的是《折杨柳》的曲调，此曲调之内容正是戍边战士抒发思乡的哀怨。但加上"何须"二字和最后一句"春风不度玉门关"的配合，便使本诗的意蕴极其丰富，颇耐品味。因为曲调名称是"折杨柳"，而春风不度玉门关，那么边塞地区当然也就不会出现杨柳依依的景象，而没有杨柳又怎么折？故曰"何须"。表面看是写环境气候恶劣，实际是说在京师中享受荣华富贵的皇帝和大臣不关心体恤边防将士，朝廷的恩泽不能到达边塞。明代的杨慎在《升庵诗话》中说："此诗言恩泽不及于边塞，所谓君门远于万里也。"是深中肯綮之见。

凉州词 ①

王　翰

蒲萄美酒 ② 夜光杯 ③，欲饮琵琶马上催。醉卧沙场君莫笑，古来征战几人回？

【译文】

葡萄美酒斟满了精制的夜光杯，刚要开始饮酒的时候，军乐队演奏起音乐前来助威，仿佛催促将士们高举酒杯。让我们开怀畅饮吧，即便是喝得酩酊大醉，谁也不要笑话谁，因为自古以来战争就最为残酷，谁知道能有几个人全身返回？

【注释】

① 凉州词：一作“凉州曲”。凉州：今甘肃省河西、陇右一带，治所在今武威市。② 蒲萄美酒：蒲萄即葡萄，本产于西域，可酿制美酒。汉时传入中原。③ 夜光杯：玉制的精美的酒杯。《海内十洲记》载：“周穆王时西胡献夜光常满杯。杯是白玉之精，光明夜照。夕出杯于庭，天比明，而水汁已满。”

【评析】

本诗是边塞诗中的名篇，但关于其主题、抒情倾向及表现的是战前还是战后的问题却有不同的理解。此处只阐释笔者之理解，而不作比较和考释。

前两句切合边塞来写，“蒲萄美酒”“夜光杯”均是精美之物，而且都是从西域引进的物产，诗人将其置于篇首，创造出一种豪迈的气氛，产生了一种壮美，为全诗的抒情倾向奠定基调。后两句则抒发豪饮的壮怀，有一种蔑视敌人、报效祖国而舍生忘死奔赴沙场的英雄气概，有一种“身在壮士籍，安得中顾私。舍生赴国难，视死忽如归”的气度。当然也隐隐有悲壮的感伤情怀。施补华在《岘佣说诗》中说此诗：“作悲伤语读便浅，作谐谑语读便妙，在学人领悟。”故将此诗作为即将奔赴沙场前的战前总动员的誓死大会上的豪饮更加稳妥一些。如果是战后，则有幸灾乐祸之嫌，诗之境界也不美了。喻守真说：“此诗妙处，全在顿挫得法。首句从酒说起，二句‘欲饮’一顿，在句法为上二下五。三句催自催，饮自饮，‘醉卧沙场’又一顿，‘君莫笑’用力一挫。四句再来一挫，跌出正意，是说战争之时，不知命在何日，有几人能安然回乡。故作旷达的话，尤见其内心的悲愤。”分析比较中肯。

送孟浩然① 之广陵

李 白

故人西辞黄鹤楼②，烟花③三月下扬州。孤帆远影碧空尽，唯见长江天际流。

【译文】

老朋友辞别了西面的黄鹤楼，在这风景如画的三月顺江而下去游览扬州。我伫立在黄鹤楼头，凝视着渐渐远去的一叶孤舟。只见那一片帆影越来越小，最后终于完全消失在天的尽头，只能看见滚滚的大江在天边奔流。

【注释】

① 孟浩然：李白朋友，盛唐著名山水田园诗人。② 黄鹤楼：武昌西有黄鹤山，山西北有黄鹤矶，矶上有黄鹤楼。传说仙人王子安曾驾鹤过此，故得名。黄鹤楼曾被毁，后重建，在今武汉长江大桥武昌桥头。③ 烟花：指鲜花盛开的春日美景。

【评析】

这是久负盛名的水路送别诗，一直备受欢迎。前两句叙事，交代送别的地点、时间和特定场景，情寓事中。而"烟花三月"一词至关重要，正因这一美景才使全诗虽有淡淡的感伤而格调并不低沉。两句中有对分别的可惜也有不能同行的遗憾。

后两句写景，仿佛是个动态的画面，好像影视作品中的一个推移的特写镜头。孟浩然乘坐的小船在宽阔的江面上向远方航行，逐渐远去，船帆的影像越来越小，渐渐消失在视野中，只剩下大江奔流的空镜头。而这一动态景象是伫立在黄鹤楼头的诗人眼中所见，这就通过时间的流程曲折表现了依依惜别的深情。委婉含蓄，饶有风致。喻守真说："行人自长江'东'下，所以首句用'西'字，二句用一'下'字，并且首句标出送别之地是'黄鹤楼'，二句标出送别之时间是'三月'，送往之地是'扬州'。结构非常绵密。"

下江陵 ①

李 白

朝辞白帝彩云间，千里江陵一日还。两岸猿声啼不住，轻舟已过万重山②。

【译文】

清晨我告别了高山上的白帝城，顺水而下很快便到了夔门。此时我回头一望，只见白帝城处缭绕着绚丽的彩云。船行的速度异常迅疾，千里的途程一日便回到了江陵。尽管两岸的猿声凄凉尖厉，但我的小船早已驶过了重重山峰。

【注释】

① 下江陵：一作《早发白帝城》。白帝城：故址在今四川省奉节县东白帝山上。东汉公孙述据此，称殿前井中曾有白龙跃出，因自称白帝。山称白帝山，城称白帝城。城高险峻，如入云霄。② "两岸"两句：化用《水经注·江水》中："有时朝发白帝，暮到江陵，其间千二百里，虽乘奔御风，不以疾也。……每至晴初霜旦，常有高猿长啸，属引凄异，空谷传响，哀转久绝，故渔者歌曰：'巴东三峡巫峡长，猿啼三声泪沾裳。'"

【评析】

安史之乱中，李白遭受第二次打击，因受永王李璘的牵连而被长流夜郎。流放途中到达夔州时，忽然得到被赦免的喜讯，他恢复自由，可以回到生活了大半生的第二故乡——长江中下游地区，其喜悦之情不难想象。本诗正是这种喜悦的生动表现。

首句起势突兀，叙事中有景色，为全篇奠定基调。"彩云间"三字色彩感和动态感都很强，既写出了白帝城景色的绚丽多彩，饱含诗人的喜悦之情，同时也写出了白帝城地理位置之高，为下句船速迅疾作好铺垫。"千里"一句用空间距离之远与所用时间之短进行对比，突出船行进速度的惊人之快。此句虽然从《水经注·江水》中的一段话化出，但已经完全融入诗人自己所创造的境界中，达到出神入化的程度，确是大家手笔。三句一转，别开生面，抒写自己乘船飞越三峡时的主观感受，为全诗神韵之所在。两岸凄厉的猿声此起彼伏，一叶轻舟在猿啼声中顺流直下，速度如飞，根本不在意猿的声音，那是何等的惬意！猿声为全诗增添了音响效果，且以不在意猿的哀啼反衬出诗人内心的喜悦，神韵飞动。施补华说："中间用'两岸猿声啼不住'一句垫之，无此句则直而无味，有此句走处仍留，急语仍缓，可悟用笔之妙。"（《岘佣说诗》）最后一句进一步描述船速度的迅疾，最妙在"轻"字，既表现船行水上的迅疾轻飘，又暗喻诗人心情的轻松，轻松之人乘坐轻松之舟飞奔在顺流的江面上，两旁高山上猿声相伴，真如神仙境界一般。

李白是个充满激情的诗人，此诗又写于充满激情之时，诗中洋溢着一种难以抑制的激情。正是这种激情，可以给不同时代、不同阶层的人带来喜悦，因此获得了永恒的艺术生命。

逢入京使①

岑 参

故园②东望路漫漫，双袖龙钟③泪不干。马上相逢无纸笔，凭④君传语⑤报平安。

【译文】

我来到这遥远荒凉的边疆，日夜都在思念我的故乡。向着东面故园的方向眺望，只能是云山雾罩一片迷茫。思乡的泪水难以遏止，竟沾湿了我的衣裳。骑在马上遇到一位返回京师的特使，想要写封家书又没有笔墨和纸张。只好请他给亲人捎句话，告诉他们我在这里平安健康，以免亲人们挂肚牵肠。

【注释】

① 入京使：返回京师的使臣。入：因从边地返回内地，故称入。② 故园：故乡。诗人是江陵人。此处当指诗人在长安的家。③ 龙钟：形容泪水纵横的样子。④ 凭：托、靠。⑤ 传语：带个口信、捎句话。

【评析】

岑参是盛唐时期著名的边塞诗人，他有过两次长时间的边塞生活。本诗便是表现他在边塞偶然遇到回京师的使者时所产生的思乡情怀。

岑参两度出塞，均在西北边陲，前两句是逆入，首句云"故园东望"。次句承前，直抒胸臆，感情如大江奔腾，泪水如泉水流淌，竟达到把两个衣服袖子都揩湿了还不能擦干眼泪的地步。显然是夸张，但却生动地表达了难以遏制的思乡之情。第三句转折，诗人与对方都是骑在马上相逢，而且是不期而遇，当然不会有什么准备，故没有纸和笔，无法写家书，但还要把自己的信息传达给亲人，于是灵机一动，想出一个唯一的办法，请对方带个口信，向家人报平安。

其实，诗人是在遇到入京使后才产生思乡之情的，但他却把这一细节安排在第三句，使诗的情感变化产生波澜。感情变化微妙但可以体会出来。正是这一感情波澜将思乡之情表达得入木三分，使人读后经久不忘。

江南①逢李龟年②

杜 甫

岐王③宅里寻常见，崔九④堂前几度闻。正是江南好风景，落花时节又逢君⑤。

【译文】

在岐王的宅院中我们经常见面，在崔九的大堂里我多次欣赏你美妙的歌声。现在正是江南风景最美的时候，在落花的暮春时节我们又重新相逢。

【注释】

①江南：杜甫于大历五年（770）在湖南潭州（今长沙市）遇见李龟年。古人称湘江一带亦为江南。②李龟年：唐玄宗时著名歌手，"后流落江南，每遇良辰美景，常为人歌数阕，座客闻之，莫不掩泣"（《明皇杂录》）。③岐王：唐玄宗之弟李隆范，宅邸在尚善坊。杜甫在十四五岁时因才华出众而经常出入岐王宅。④崔九：即殿中监崔涤，中书令崔湜之弟。与唐玄宗关系密切，有宅在遵化里，杜甫亦常出入其门。⑤君：指李龟年。

【评析】

本诗所写只是与老朋友的一次重逢，乍看内容很简单，但其包含的感情容量却很大。前两句写开元年间二人的交情。岐王李隆范和崔九在当时都是显赫的人物，一般人很难跨进那高高的门槛。而杜甫特意说出在这两个贵族宅院里的相见，在抬高对方的同时也在抬高自己，更主要的是对往昔繁荣昌盛景象的回忆。李龟年是盛唐时期宫廷中的著名歌手，为朝气蓬勃的盛唐气象曾放喉歌唱，而杜甫"闻"的也是盛唐之音。

后两句则明扬暗抑，无限感慨深藏其中。先说美景，再说重逢，表面看似是喜事，应当欢乐。但到底怎样呢？诗人和友人李龟年自有体会，我们也可感悟出来。"又逢君"是全诗重点，而此次见面与以前的交往时空跨度太大了。时间上相隔四十年，空间上一个是京师长安一个是数千里外的潭州。而两人的社会地位和身份则变化更大，杜甫简直成了四处漂泊的流民，李龟年也成为流落江湖的靠演唱谋生的歌手，而这一切都是怎么造成的？无限的历史沧桑巨变和深沉的人生慨叹都包含在四句诗中，可见其感情容量是多么巨大和深沉。内容丰富而深藏不露是本诗最大的艺术特色，元人范德机评此诗为"藏咏"，指的就是这一点。另外，以乐景衬哀情也是本诗一个特点。本诗的景致是很美丽和谐的，如果仔细体会，其中恰恰暗示物是人非山河依旧的哲理的思考。

滁州^①西涧^②

韦应物

独怜幽草涧边生，上有黄鹂深树鸣。春潮带雨晚来急，野渡^③无人舟自横。

【译文】

　　嫩小幽雅的春草遍布西涧的两边，黄鹂鸟的歌声来自涧上高树的密叶之间。春天的潮水挟带着风雨，在傍晚时来势凶猛而突然。野外渡口，有一条被湍急的潮水冲得横了过来的小船。

【注释】

　　① 滁州：今属安徽省。时韦应物任滁州刺史。② 西涧：在滁州城之西，俗名上马河。至宋时此河已淤塞。③ 野渡：荒芜之处或村野的渡口。

【评析】

　　韦应物是位有志节有政绩的官员，在山水田园诗的创作方面是中唐前期的代表人物，这首绝句是其山水诗代表作。滁州西涧本来是一条极平常的小河，却因此诗而成为当时的一处胜景，可见文学的重要功能。

　　本诗之特点在于有声有色又有立体感。地面上的"幽草"和在树深处鸣叫的黄鹂，一上一下、一隐一显、一音一形，构成一幅立体春涧图。两句诗的景物均属于近景，而第三句"春潮带雨"则拓展空间，增加了画面的动态感，渲染气氛，并为最后一句的特写提供大背景，正因为风雨交加而春潮来得迅猛，才把本来顺着河岸放置的一条小船冲得横了过来。全诗刻画了一幅幽雅但又有风有雨的春景，在表现对自然美景喜爱的同时，也有对天下形势风雨飘摇的淡淡忧伤。

枫桥^① 夜泊

张　继

月落乌啼霜满天，江枫渔火对愁眠^②。姑苏^③城外寒山寺^④，夜半钟声^⑤到客船。

【译文】

月亮沉下去，繁霜满天遍地，乌鸦在躁动不安地乱啼。江边的枫树摇摆纷披，渔船上的点点星火闪耀凄迷。面对这样凄清的景色，我实在难以入睡安歇。正在这失眠难熬之时，寒山寺的钟声在夜空中响起，原来是又有客船到达这里。

【注释】

① 枫桥：在苏州阊门外枫桥镇边，距苏州城九里。旧作"封桥"，因张继此诗后改名枫桥。
② 愁眠：指自己，谓睡眠时忧愁之人，实际暗示未能入睡。③ 姑苏：苏州城的别名，因城西南有姑苏山而得名。④ 寒山寺：在枫桥西一里，苏州名胜之一。初建于南朝梁代，唐时有著名诗僧寒山、拾得居此寺，故名。曾多次毁于战火，现存寺院为清末重建。⑤ 夜半钟声：唐时寺庙有半夜敲钟之习惯，称无常钟、定夜钟。

【评析】

本诗情景交融，深情绵邈，流传甚广，近年的流行歌曲《涛声依旧》的歌词便是根据此诗改造的，更增加了此诗的知名度。

若要真正理解本诗，必须先抓住主旨和灵魂，即本诗到底表现怎样的情感，然后便可以执一御万，对全诗之意境理解透彻了。本诗借秋夜居住客船之上所见所感抒发羁旅思乡之愁。首句写入夜时的整体环境，是大的背景，渲染气氛，造成凄凉清冷的氛围。次句写失眠人眼中所见，更增凄楚。影影绰绰的枫树和忽明忽暗的渔船灯火更显出暗夜的凄凉寂寥，给人以不寒而栗的感觉。第三句转折，写寒山寺传来的钟声。可以想象，寂静的暗夜中的钟声是多么悠扬清亮，令人精神为之一振。钟声是告知人们：又有新的客船到达码头了。随着新到客船的游客们夜餐或其他活动，诗人大概更难以入睡，而思乡、思念亲人的感受则更加强烈。喻守真说："此诗时间完全是在半夜，所以首句便说'月落'，与末句'夜半'相呼应，并以'乌啼'与'钟声'相呼应。'霜满''江枫'隐指时令为秋。将所见所闻，两两互写，组织成一幅秋泊愁眠的图画。"

寒　食①

韩　翃

春城无处不飞花②，寒食东风御柳③斜。日暮汉宫传蜡烛，轻烟散入五侯④家。

【译文】

春天的宫城中到处飘飞着杨花柳絮，寒食节气候宜人春风习习，御道旁的柳树嫩枝在春风中飘摆依依。黄昏日暮时汉朝的宫城中传赐蜡烛燃火，那缕缕轻柔的烟气，分散着进入五侯家里。

【注释】

① 寒食：节日名，在清明前一天或两天，相传为纪念介子推而设立此节，另说源于周代禁火旧制。是日，民间禁止烟火，只吃冷食，故曰寒食。② 花：此处指杨花柳絮。关中平原在寒食前后柳絮已经飞落。③ 御柳：皇宫内或御道两旁之柳树。④ 五侯：西汉成帝时，外戚王谭等五人同日封侯，时称五侯。东汉顺帝时，也有外戚五人同日封侯，亦称五侯。桓帝时，五名宦官同日封侯，又称五侯。大体来说，五侯指外戚集团或宦官集团，也可泛指享有特权的高门贵族。

【评析】

对于本诗主旨的理解历来有不同说法，有人说有讽刺，有人说只是描述京师寒食节时妩媚可爱的春景而已。因这是理解本诗的关键，不得不将其厘清。

笔者认为，此诗是有讽刺意义的，这要从两方面来考虑：一是"汉宫"和"五侯"；二是唐代当时的历史状况。众所周知，汉代社会政治最突出的两大症结是外戚干政和宦官专权，而"五侯"恰恰与这两点都有直接的关系。唐代从中唐开始宦官干政专权的问题日益严重，代宗、德宗两朝更是关键。至德宗时，宦官掌握禁卫兵大权，从此宦官专政便成定局。本诗的写作时间虽然难以确定，但大约在代宗、德宗时期是不成问题的。而宦官专权是唐王朝生死攸关的大事，故诗人对这一现象进行讽刺是可以体会出来的。清人吴乔在《围炉诗话》中评此诗曰："唐之亡国，由于宦官握兵，实代宗授之以柄。此诗在德宗建中初，只'五侯'二字见意，唐诗之通于《春秋》

者也。"所言大致可信。喻守真也说："首二句只说寒食时节的风景。写'花'偏说'飞'，写'柳'偏说'斜'，下字已含轻薄之意。三句以'传蜡烛'的典故，扣住'寒食'。四句不说别处，偏说'五侯家'则是明指宦官之得宠，而能传赐蜡烛。寓意深刻，不加讥刺，而已甚于讥刺。"

月 夜

刘方平

更深月色半人家^①，北斗^②阑干^③南斗^④斜。今夜偏知春气暖，虫声新透绿窗纱。

【译文】

夜已深，更已阑，月亮悬挂南天，迷人的月色照射到房屋的一半，没有照到的地方依旧是灰暗一片。随着时间的推移，北斗和南斗的方位都在改变。我知道今夜的春气非常温暖，因为虫声传进纱窗的窗帘，它们仿佛在欢迎和歌唱这美好的春天。

【注释】

① 半人家：谓月光照射的地方仅是房屋的一半，另一半处在背光。② 北斗：星宿名，共七颗，属于大熊星座。其中三星为斗柄，四星为斗身。其位置和方向随着季节的变化而变化。③ 阑干：横的意思。北斗星的斗柄指东，天下为春天，指南为夏天，指西为秋天，指北为冬天。④ 南斗：星宿名，共六颗，形状如古代舀酒之斗，故称斗星。在不同季节位置也发生变化。

【评析】

这是一首描写春天月夜之美的小品，仿佛一首韵律悠扬的小夜曲，仿佛一幅淡雅的水墨画，有声有色，令人陶醉，有极高的审美价值。

首句如同绘画的明暗着色，立体感和空间感都非常强，那月光照射下半明半暗的房屋宛如立在目前，真是神来之笔。次句用天象表现季节的特征和夜晚时间的推移。古代没有机械计时器，人们都善于观察天象来测定大致的时间，属于生活常识。后两句运用细腻的笔法表现春色和春气的迷人宜人。前后是因果关系，即我之所以知道春气暖，是因为窗外传来在自然界中刚刚产生的虫声。此处的"新"字是关键，从字面看，是修饰"透"的，即虫声才透过窗纱传进来。但如果从意念上说，新字也兼有修饰窗纱的意味。由于春气变暖，主人公晚上睡觉时打开窗户，并安上绿窗纱。正因为开窗，细微的虫声才能透过窗纱传进。而每年春天初次打开窗户并开窗睡觉时，人们呼吸着新鲜带有芳香的空气，那将是怎样惬意啊！这是须仔细体会方可悟出的。从结构看，前两句是看，后两句是听。"上半因月色而及星象，下半因虫声而知春暖，都是互为因果的句法。读此诗即觉有一种静穆幽丽的环境横在眼前。写静境的诗，这样最能动人。"（喻守真语）

夜上受降城①闻笛

李　益

回乐峰②前沙似雪，受降城上月如霜。不知何人吹芦管③，一夜征人尽望乡。

【译文】

回乐峰前的沙碛上白蒙蒙的好像雪，受降城里到处白茫茫的好像是霜。不知是谁吹起了幽怨的芦笛，弄得将士们彻夜难眠，都焦虑地朝着家乡的方向张望。

【注释】

①受降城：唐代受降城有东、中、西三城，均是唐中宗神龙年间由朔方主管张仁愿为抵御突厥入侵而筑。东城在胜州，西城在灵州，中城在朔州。此处指西受降城，故址在今内蒙古自治区杭锦后旗乌加河北，狼山口南，距本诗中之回乐峰最近。②回乐峰：指回乐县一带的山峰。回乐县故址在今宁夏回族自治区灵武县西南，唐时属灵州。峰：一作"烽"。③芦管：指芦笛，从诗题可知。

【评析】

李益是中唐前期边塞诗人的代表，从此诗便可体会出盛唐与中唐边塞诗的不同。本诗的主题是最后两字"望乡"，即表现戍边战士的思乡之情。

前两句用地名展开空间，点明地点和刻画环境氛围。"雪"和"霜"都是错觉，实际上就是月光。但这种错觉造成一种凄凉阴冷的悲剧效果，为全诗抒情渲染气氛。第三句的笛声是转折，使整个画面活了起来，并成为末句抒情的媒介。在寥廓的清空中的一曲幽怨笛声，打破了沉闷和寂寞，也引发了军营中官兵的思乡之情。"尽望乡"表明这是全体官兵的情绪，从而委婉地表现了厌战的心理。"一夜"说时间之长，谓征人无时不在思乡，"尽"说所有官兵无人不在思乡，可见笛声使整个军营的官兵都彻夜难眠。

乌衣巷①

刘禹锡

朱雀桥②边野草花，乌衣巷口夕阳斜。旧时王谢③堂前燕，飞入寻常④百姓家。

【译文】

六朝时繁华无比的朱雀桥边，如今到处是荒草野花。当年贵族豪宅集聚的乌衣巷，处在夕阳余光的笼罩之下。往昔寄居在王谢庭堂里的小燕，都飞进平常的百姓之家。

【注释】

①乌衣巷：当时金陵城中一条街道名，位于秦淮河之南，与朱雀桥相近。三国时吴国曾在此设军营，士兵多穿黑衣，故称乌衣巷(参见《能改斋漫录》卷四引《丹阳记》)。东晋时王导、谢安等豪门贵族聚居于此。②朱雀桥：金陵城朱雀门外横跨秦淮河的大桥。③王谢：指以王导、谢安为代表的东晋两大士族。④寻常：平常。

【评析】

本诗是《金陵五题》组诗中的第二首，通过对朱雀桥畔乌衣巷口今昔景象巨变的描绘，揭示豪门贵族虽能权倾一时，最终却逃脱不了衰败的命运这一不可抗拒的历史规律，极力表现人世虚幻，有凝重深沉的历史沧桑之感。

开头两句描写实景。朱雀桥是当年最繁华的所在，如今野草已开花，可一年了也无人清除，而当年最热闹繁盛的乌衣巷，如今在夕阳中冷清寂寥。在对比中显示出昔盛今衰之感。第三句中的燕子是很重要的意象，是它的行为引起人们更深沉的遐想。以前王谢豪宅里的小燕，如今飞入寻常百姓的家，象征王谢贵族的衰落。但此处的寻常百姓到底是什么身份，人们的理解不一致。关于此点，清代施补华的意见很有启发性。他说："若作燕子他去，便呆。盖燕子仍入此堂，王谢冷落，已化作寻常百姓矣。如此则感慨无穷，用笔极曲。"(《岘佣说诗》)即燕子虽然依旧飞入王谢之家，但以前的王谢是显赫的大贵族，如今王谢的后代已经成为寻常百姓。这样理解更深刻，抒情更有张力。喻守真说："起首两句亦相对，妙在地名凑巧。'野草花''夕阳斜'是指现在的衰败，这是'抚今'，三句是悬想旧时此地的兴盛，偏借燕子来比较，意谓今日之燕，犹旧时之燕，但旧时王谢之家，已换作寻常百姓之家。这是吊古。凡是吊古诗，也往往用比较法来作，容易动人。"

题金陵渡①

张　祜

金陵津渡小山楼，一宿行人自可愁。潮落夜江斜月里，两三星火是瓜州②。

【译文】

我住在金陵渡口驿馆靠山的小楼，虽然只住一宿也挺孤独忧愁。听着江潮在半夜里渐渐落去，西斜的迷蒙月光更令人烦忧。在暗夜的远方闪耀着几点灯火，那个地方便是瓜州。

【注释】

① 金陵渡：在今江苏省南京市附近的渡口。一说在今江苏省镇江市附近的长江渡口。② 瓜州：一作"瓜洲"。今江苏省六合县，在长江边，与南京市隔江相望。一说在江苏省邗江县南，与镇江市隔江相对。

【评析】

本诗表现旅途中的忧愁，感情淡而有味。前两句叙事抒情。诗人住在依山而建的小楼里，视野比较开阔。这座小楼是金陵渡的驿馆。古代在大路边和主要水路的码头或渡口处建有驿馆，由国家统一经营，为来往客人提供食宿。次句说自己只住一夜，但也应当愁。为何而愁呢？这便是眼前的景色。你看，一轮西斜的朦胧月光下，江潮落了，一片寂静，远远望去，那闪烁着几点灯光的地方是瓜州。在漆黑的夜晚，看见有灯光本应有些安慰和温暖才对，为何诗人反而觉得愁呢？这便是艺术上相反相成的道理，因为闪烁灯光的地方是有人居住的处所，而生活在那里的人阖家团圆，没有一个人漂泊在外的苦恼和寂寞，因此更加重行人的思乡情怀。那几点灯火的作用与马致远的"小桥流水人家"有异曲同工之妙。这便是本诗颇受欢迎的原因。月亮西斜，已到下半夜，能听到江潮渐渐落去，也说明诗人一直未能入睡，其心绪烦躁的情形可以想象，在这种情况下，再看到那几点灯光，怎能不愁呢？喻守真的分析比较有启发性："首句指定渡口小楼，二句'行人'即诗人自称，风景虽可爱，而行人自有可愁所在。即以'愁'字转入下二句的夜景。三句是下望江中，四句是远望隔岸。长江夜景，几为道尽。尤其四句以寻常言语，为天然佳景，格外如情。"

宫中词 ①

朱庆馀

寂寂花时闭院门，美人相并 ② 立琼轩 ③。含情欲说宫中事，鹦鹉前头不敢言。

【译文】

鲜花盛开的仲春，一个宫院中却寂静无音，紧紧地关闭着宫门。两个美丽苗条的宫女并肩站立，凭依在白玉栏杆前。两人含情脉脉，刚要互相说宫中的什么事端，忽然看见前面有只鹦鹉，便都紧闭嘴巴什么也不敢谈。

【注释】

① 宫中词：一作"宫词"。② 相并：并肩而立。③ 琼轩：美玉建造的长廊。

【评析】

本诗属于宫怨类，揭示宫女生活的寂寞苦闷和精神生活的痛苦，批判宫女制度的残酷无情。开头两句如一幅静态的图画，春光宜人，百花盛开，本应该热闹，反而说寂寞。皇宫的一个宫院大门应该开放，反而紧闭，象征这里是与世隔绝的地方，给人一种封闭的感觉。暗示这里的宫人很久不见君王了。两名并肩而立的宫女袅袅婷婷正在赏花，说明失宠者不是个别人，而是很多，赏花反衬宫女的爱美之心，又必有心事，引出后两句。后两句通过叙事点出主旨，她们本来都满腹心事想要相互倾吐，但看到鹦鹉便不敢说了，因为怕被鹦鹉学舌传到别人的耳朵里。在鹦鹉面前便如此，在人的面前不更可想而知吗？于此可以想象宫女们在精神生活方面所受到的禁锢该是多么严酷。宫女们生活在恐怖和禁锢中，后宫仿佛是一个女性精神的监狱，这便是本诗的主旨。至于宫女想要说的话是什么内容，至于鹦鹉是否真的能学舌都不重要，有人在这两方面分析评价，实在没有必要。

近试上张水部①

朱庆馀

洞房昨夜停红烛，待晓堂前拜舅姑②。妆罢低声问夫婿，画眉深浅入时③无④？

【译文】

昨天夜间洞房里红烛高照而彻夜通明，新娘等待着早晨去拜见婆婆和公公。化妆完了低声询问夫婿，你看我的妆饰是否新潮和时兴？能否符合公婆的眼光？能否使他们有个好心情？

【注释】

①"近试"句：诗题一作"闺意献张水部"。近试：临近科举考试之时。张水部：指张籍，时任水部员外郎。②舅姑：公婆的旧称。③入时：时髦。④无：否。

【评析】

这是一首比兴诗，在新娘与新郎的对话这一细节中委婉征求对方的意见。先看表面意义。新媳妇次日清晨要拜见公婆，新娘怕自己的打扮公婆不喜欢，因此化完妆便征求丈夫的意见，如果丈夫认可，公婆可能就会认可，因为丈夫最了解他的父母。而且万一公婆不认可，丈夫也会从中说情斡旋。可见这是个有心计的新娘。表层意义明确，其比兴意义自然清楚。

唐代进士考试不糊名，即主考官和评卷人可以直接看见考生的姓名。这样，先给主考官以好的印象就是能否及第的重要因素了。因此唐代盛行行卷的风习，举子在考试前要先向政界要人或权贵或文坛名人呈献自己的诗文作品，名义是请教，实际是变相请托。如果得到这些人的认可和推荐，及第的希望就很大。本诗便是行卷时交的。很明显，诗中的新娘是诗人自己，夫婿是张籍，舅姑是主考官。画眉深浅句是问我的诗文是否合乎主考官的口味。张籍当然看懂了，写诗回答曰："越女新妆出镜心，自知明艳更沉吟。齐纨未足时人贵，一曲菱歌敌万金。"暗示诗人，你的水平没有问题，因为现在的人喜欢自然美，你的菱歌价值无比。果然，朱庆馀高中金榜。二人的诗歌往来也成为诗坛一段佳话。

将赴吴兴①登乐游原②

杜 牧

清时③有味是无能，闲爱孤云静爱僧。欲把一麾④江海去，乐游原上望昭陵⑤。

【译文】

　　太平盛世里本应当大有作为，而我还有闲情逸致便是无能，所以我喜欢清闲飘浮的孤云，爱看参禅打坐清净的僧人。现在将要到远离京师的地方去担任职务，于是我感慨万千登上乐游原，去眺望远方的昭陵。

【注释】

　　①吴兴：今浙江省湖州市。隋时曾名湖州，唐天宝年间改为吴兴郡。②乐游原：在长安城东南，地势高敞，是汉唐时期登临游览胜地。③清时：政治清平的太平盛世。此处是反语。④一麾：一面旗帜，表示官员身份的物件。古人称出外地任郡守为"建麾"。⑤昭陵：唐太宗李世民的陵墓，在今陕西省礼泉县东北。

【评析】

　　杜牧颇有才能和志向，但生不逢时，处在党争夹缝中，饱受压抑。本诗是大中四年（850）秋诗人48岁时所作。此前，他曾三上宰相书请求外任，得到批准，出为湖州刺史。行前登上乐游原而作此诗。

　　关于本诗主旨，人们理解有歧义，或云歌颂清平，或云对朝政失望，最关键的是对后两句如何理解。前两句是反语，谓在清平时代而不能干一番事业便是无能的表现，而自己正如此，喜爱清净的云和僧。那么，是否诗人真的无能呢？绝对不是。为何如此说？前人似乎未涉及此点。杜牧当时任吏部员外郎之职，可能是不被重视，没有独立执政权，而处在一种清闲的地位，无法施展才能，而朝廷政治亦庸庸碌碌，无所作为，故主动要求外任。后两句说在将要出任地方官的时候，登上乐游原眺望昭陵。登乐游原游览便是对前两句诗的具体诠释，也是有味的具体表现。最后一句将视线和思绪宕开，他登乐游原是要眺望昭陵。昭陵是唐太宗的陵墓，诗人向往贞观盛世，向往唐太宗那样的圣明君主的感情都委婉地表现了出来。而这不正是对于现实失望的举动吗？意在言外，情在理中。

赤　壁①

杜　牧

折戟沉沙铁未销，自将磨洗认前朝。东风不与周郎②便，铜雀③春深锁二乔④。

【译文】

一支折断的戟沉没在江边的沙滩，铁还没有完全腐蚀完，我自己亲自蘸水磨洗掉斑斑铁锈，仔细辨认字迹知道那是前朝的物件。这不禁使我浮想联翩：当年如果不是东风给周瑜提供方便，恐怕他实在难以打胜赤壁大战。东吴的两位美女大乔和小乔，也将会被俘虏而藏进铜雀台的房间。

【注释】

① 赤壁：指赤壁山，三国时赤壁大战战场。在今湖北省蒲圻县西北长江南岸，耸峙江边。又，湖北省黄冈市城外有赤鼻矶，后人误认为赤壁。杜牧曾于会昌二年（842）至会昌四年（844）任黄州刺史，此诗当作于此时。② 周郎：即周瑜。赤壁大战时年仅24岁，吴国人爱称其为周郎。③ 铜雀：台阁名。建安十五年（210）曹操在邺城（今河北临漳县西南）所建，因楼顶有大铜雀而得名。曹操姬妾均居住其间。④ 二乔：东吴乔公两个女儿，是两位倾国倾城的美女，大乔嫁孙策，小乔嫁周瑜。

【评析】

本诗是见物生情，借怀古之酒浇自己心中块垒的咏怀之作。欲真正理解本诗意旨，必须先了解杜牧其人。

杜牧有很高的实际才能，对于军事、经济、地理等都进行过研究，尤其是军事才能，在唐代诗人中是最优秀的，在同时代大臣中，也无人能与他相比。他注解的《孙子兵法》流传至今。但由于当时党争激烈，他不受重用，经常做幕僚或中下级官吏，从未掌握重权，郁郁不得志，才能当然无法施展。当他在江边沙滩捡到一支沉埋数百年的戟时，便引发一系列的联想，写下此诗。

诗的表面意义很好理解，前两句叙事，说他在沙滩捡到一支戟，经过一番磨洗后辨认出是三国时期的兵器。后两句议论，说当年的赤壁大战多亏是东风为周瑜提供方便，否则，周瑜难以胜利，而东吴的两位特殊身份的美女大乔和小乔也将被曹操俘虏而为其所占有。二乔的被俘暗示东吴的亡国，这是以小见大之法，也是用生动的具体事例代替抽象的议论。总之，其结论是周瑜的胜利是借助东风，对于这一点，没有异议。但如果仅理解到此，则未真正理解杜牧真意，若隔靴搔痒，未触痒处。其实，理解本诗的关键是"东风"一词，确实如此，如果没有自然界的东风，周瑜无法建立如此名垂青史的伟业。但自然界的东风是偶然的，仅此一点并不能干成什么。周瑜成功的关键是国主孙权抗战的坚定决心和对周瑜的绝对信任和支持。故此处的东风已经扩大了内涵，象征社会提供的一切客观条件。周瑜的成功正是得力于此。因此，可以理解，杜牧的潜台词是：周瑜成功是当时历史所提供的客观条件玉成的。我杜牧缺少的正是这种东风。

泊秦淮①

杜　牧

烟笼寒水月笼沙，夜泊秦淮近酒家。商女不知亡国恨，隔江犹唱后庭花②。

【译文】

朦朦胧胧的夜晚，水汽和烟雾笼罩着河水和沙滩，我的船停泊在秦淮河边，对岸便是一个大酒店。那些卖唱的女子似乎不知道亡国的怨恨和遗憾，居然演唱使陈亡国的《玉树后庭花》，靡靡之音弥漫在秦淮河的两岸。

【注释】

① 秦淮：即秦淮河，在今南京市内。从六朝到唐代，秦淮河一直是官僚富商追逐声色的繁华之地。② 后庭花：《玉树后庭花》的略语。《玉树后庭花》是南朝陈后主所作的靡靡之音，被后世称为亡国之音。

【评析】

本诗抒发感时忧愤之情。首句描写环境，是全诗大背景和色彩基调。两个"笼"字将秦淮河一带雾气蒙蒙、月色暗淡、凄清阴冷的气氛渲染出来，是整个社会环境的缩影。次句"夜泊秦淮"紧承前句点题，"近酒家"三字下启后两句。因为距离酒家很近，才能听清楚商女歌唱的内容而引起感慨。后两句重点在"犹唱后庭花"。商女是歌女，演唱什么歌曲并不是自己说了算，而是由那些听歌的达官贵人点，类似现代的点歌。因此，诗人批评的重点不在歌女，而在点歌者，便是那些进行声色享乐的官僚富豪们。这便是借题发挥，是委婉含蓄的表达法。《玉树后庭花》是靡靡的亡国之音，作为社会既得利益者的这些权贵只图自己拥红抱翠、纸醉金迷地享乐，根本不考虑国家前途和大事，居然如此欣赏亡国之音，可见已经没了心肝。权贵如此，本来已经每况愈下的国势不就更令人忧虑吗？全诗意脉清晰，意境朦胧，以景托情，韵味弥足。

遣 怀①

杜 牧

　　落魄②江湖③载酒行，楚腰④纤细⑤掌中轻⑥。十年⑦一觉扬州梦⑧，赢得青楼薄幸⑨名。

【译文】

　　十多年来我仕途偃蹇困顿，终日到处饮酒打发内心的苦闷，或者到娼楼妓院去欣赏红裙，与那些妖艳风骚的青楼女子日夜厮混。如今犹大梦初醒非常悔恨，不想再那样荒唐颓废而要振作精神，然而已经得到放荡轻薄的不好名声。

【注释】

　　① 遣怀：抒发情怀。② 落魄：潦倒失意。一作"落拓"，意同。③ 江湖：一作"江南"。④ 楚腰：用楚王好细腰之典。此处指身材苗条的妓女。⑤ 纤细：一作"肠断"，意为可爱至极。⑥ 掌中轻：相传西汉成帝皇后赵飞燕身轻，能为掌上舞，此形容妓女体态轻盈可爱。⑦ 十年：表示时间之久。杜牧从 26 岁进士及第一直到 36 岁，十年间基本在各大幕府中当幕僚，其中在扬州牛僧孺幕府三年。此概而言之。⑧ 扬州梦：杜牧在扬州幕府时曾流连迷恋声色歌舞，常出入娼楼妓院。事后回忆，仿佛梦境，微含悔意。⑨ 薄幸：薄情。

【评析】

　　本诗流传极广，得到世人尤其是文人激赏，宋词中多有运用此典者，元人则以此诗为题材创作出杂剧演出。之所以如此，是因为本诗所表现的生活情景和思想情绪在古代文人中最具有普遍意义。

　　诗意不难，前两句刻画出一个活脱儿的风流浪子形象，一是酒楼，二是妓院，而这两处可以说是古代大多数文人心向往之的，故引起人的欲望而产生共鸣。后两句思想内涵比较丰富，人们又可以各取所需，仁者见仁，智者见智。仔细体会，其中交织两种情绪：一是对于自己仕途困顿的不满和愤懑，政治不明，官场不公，害得自己整整荒废了十年的大好时光。这十年自己干什么了，只得到一个青楼薄幸的名声。简直如同大梦一般。二是对于自己的这段生活颇有后悔之意，不能再这样生活，这样颓废了，应当改变，应当奋发。若仔细品味，后悔中还夹杂点自我欣赏的味道，虽然不浓，但可以品尝出来。追求风流，欣赏风流，是古代绝大多数文人的共同心态，而痛恨政治黑暗，珍惜时间，追求事业功名也是古代绝大多数文人的共同心态，两者均可在本诗中得到，这便是本诗流传甚广的原因。喻守真说："首句是追叙到扬州，二句是指扬州妓女，三句'十年'言流连美色之久，至今始觉其非，四句即承上句反结。十年艳游，所赢者只有青楼薄幸之名，则其他所输者可想而知。言下满露悔恨之意。亦即佛家所谓放下屠刀，回头是岸之意。才子之笔，可以感人。"

赠别二首（其一）

杜 牧

娉娉袅袅①十三余，豆蔻②梢头③二月初。春风十里扬州路④，卷上珠帘⑤总不如。

【译文】

刚过13岁的你美丽而苗条，好像二月初豆蔻梢头那含而不放的喜人的花苞。春风里走遍扬州最繁华的十里长街，所有的珍珠门帘都卷得高高的，里面的美人在向游人舞眉弄眼卖弄风骚，但却无一人能够比得上你的花容玉貌。

【注释】

① 娉娉袅袅：形容女子容貌美丽体态苗条，婷婷玉立。② 豆蔻：多年生草本植物，初夏开花，二月初尚含苞未放，故常用以比喻少女。后称十三四岁女子豆蔻年华，即本于此。③ 梢头：枝头、梢端。枝头之花先开放，自然先含苞。④ 十里扬州路：唐代扬州有一条街，最繁华，是妓院集中区，长近十里。⑤ 卷上珠帘：将珠帘卷起来，以使外面能够看到里面之人。

【评析】

这是一首美的赞歌，极力表现自己意中人无与伦比的美貌。首句正面描写女子的美丽，采取避实就虚之笔法，"娉娉袅袅"是体态轻盈美好，"十三余"是说芳龄，只七字，一位美貌动人的少女形象便呼之欲出，非常高明。次句用一精彩贴切的比喻，便为后世创造一个"豆蔻年华"的成语，更是神奇。豆蔻产于南方，花呈穗状，初生时在嫩叶中包裹，叶渐展开，花从中伸出渐渐开放，颜色由深红转淡。南方人称其含苞待放者为"含胎花"，常用来比喻处女。以此花比喻"十三余"的女孩，极其贴切，而且此花在梢头随风轻轻摇曳，其神韵也酷肖开头的"娉娉袅袅"四字，可见此句之妙。后两句是加倍写法，写诗者称为"尊题格"，即强此以弱彼，加强自己描写对象的某一方面，而弱化其他，用对比手法给人造成强烈印象。为突出意中人之美，先描绘一个可以参照的背景，以明媚的春天为时间背景，以最繁华热闹闻名天下的扬州十里长街为舞台背景。这里是美女荟萃的地方，但所有的美女都将自己的珠帘卷起来，向人们展示其美，却"总不如"。不如谁，不言自明。能在荟萃美女的十里长街中站住脚的所有美女都很美，这是一层；而在如云美女中，诗人的意中人又是其中翘楚，其美便可称天下第一了。这便是加倍法。

赠别二首（其二）

杜　牧

多情却似总无情，唯觉樽①前笑不成。蜡烛有心②还惜别，替人垂泪到天明。

【译文】

本来多情的人却好像总是无情，只是端着酒杯想笑也笑不成。蜡烛有芯还知道珍惜离别，好像在替我们俩一直流泪到天明。

【注释】

① 樽：酒杯。② 蜡烛有心：蜡烛有芯。心：同"芯"。

【评析】

本诗与前一首为组诗，前首重点赞美丽，本首重点写惜别。前两句用白描手法写情人分别时的场面。有人认为是反语，其实不然，此乃人之常情。人在最动情之时，往往反而不知说什么好，反而木然。简练的两句诗便写出了一种情境。后两句用蜡泪衬托人泪，抒情极其强烈。蜡烛流泪，自人眼中看出，实际便是人垂泪。而"垂泪到天明"暗示一对有情人彻夜未眠，守蜡而坐，难舍难分的情形历历在目。喻守真说："首句是自致歉意，谓以前欢聚何等多情，而今别去，转觉无情。二句是离宴寡欢，又是紧承'多情'，三四句以蜡烛垂泪象征别情，仍以'有心'与'多情'相呼应，并非说人反无心。读此正觉两人一往情深，有难舍难分之态。"

夜雨寄北^①

李商隐

君问归期未有期，巴山^②夜雨涨秋池。何当共剪西窗烛^③，却话巴山夜雨时。

【译文】

你催问我什么时候回去，我现在还无法预期。巴山夜间的秋雨很大，秋水已经灌满外面的水池。真不知道什么时候才能回到家里，我们在西窗下缠绵相依，一边共同剪掉灯花，一边倾诉今日雨夜的刻骨相思。

【注释】

①寄北：寄给北方的亲人，指妻子。诗人当时在蜀地巴山，长安在巴山之北，故云。一作"寄内"，内，即内子，妻子的别称。②巴山：即大巴山，又叫巴岭，山脉横亘于今四川、陕西两省边境。一般泛指今川东地区。又，唐代有巴山驿，在今湖北省巴东县大江北岸。③剪烛：剪去蜡烛结的灯花，以使其更亮。

【评析】

关于本诗的写作对象，有不同说法。有的说是写给妻子王氏的，有的说是写给朋友的。从感情和语气来看，当是写给妻子的。

首句一问一答，包含妻子来信催促和自己暂时无法回归两方面的内容，是全诗情感的出发点。次句以景托情。巴山的茫茫夜雨，绵绵细密，淅淅沥沥，烘托出诗人愁绪的缠绵悱恻。后两句拓展时空，由目前的巴山联想到将来长安的团聚，以未来相聚的幸福反衬当前两地相思的孤独痛苦，情味绵长。本诗之妙，正在于此。盼望"共剪"，则此时思归之切可知，而一人守着蜡烛寂寞无聊之景可见；盼望"却话"，则此时独听巴山夜雨，百无聊赖也可想而知。诗人的思绪飞回到妻子身旁，指向未来的团聚，再返回现状，则凄苦之状自现，相思之情更苦。抒情回环往复，缠绵细腻，感人至深。"共剪西窗烛"化用杜甫《月夜》诗尾联"何当倚虚幌，双照泪痕干"的意境而更洗练。此情此景只有夫妻关系才会出现，故此诗是寄给妻子之诗当无问题。本诗最大的特点就是"巴山夜雨"的重复出现，最能表现缠绵的情致，由身处的现境设想未来见面时回忆此时的景致和感情，无限婉转和缠绵。

隋 宫①

李商隐

乘兴南游②不戒严③，九重④谁省谏书函⑤。春风举国裁宫锦⑥，半作障泥⑦半作帆。

【译文】

兴致一来便开始南游也不戒严，深深的皇宫里没有人去看大臣谏书中的意见。美好春光中全国人都在裁剪进贡给皇宫的锦缎，一半用来做南游时护驾马匹的障泥，一边用来做南游时龙舟上的船帆。

【注释】

① 隋宫：隋朝宫殿。当指京师长安。② 南游：指隋炀帝三游扬州。扬州方位在长安以南，故云。③ 不戒严：封建制度下，皇帝出行要严格戒严。为显示天子气派和粉饰太平，隋炀帝南游时不戒严，任凭百姓观看。④ 九重：指皇宫，因为宫门甚多，且九为数之极，为阳数，天子多用之。⑤ 谏书函：函封给天子的谏书。⑥ 宫锦：皇宫专用的锦缎，也可指地方上贡给朝廷的贡品。⑦ 障泥：即马鞯，垫在马鞍下垂于马体两旁遮挡泥土的布垫。

【评析】

这是一首讽刺意味很浓的咏史诗，思想意义很深刻，是诗人晚年江东之游时写下的。

隋炀帝是历史上著名的荒淫误国的昏君，为了游览玩乐，三下扬州，规模巨大，龙舟豪华壮观，文武百官、后妃宫女大多随行，船队前后长达二百里，两旁骑兵护卫，锣鼓喧天，彩旗飘扬。李商隐以此为题材创作两首同题咏史诗，另一首是七律。前两句写隋炀帝南游的肆无忌惮和不计后果，而且根本不理睬大臣的意见，一意孤行。后两句选择一个典型事例，通过夸张的手法将隋炀帝之荒淫奢侈表现得淋漓尽致。"宫锦"是百姓的血汗，是国家的物资储备，但一半被用作骑兵护卫的马坐垫，一半被用作水面上的船帆和锦旗，全部被挥霍掉了。这样的败家子当皇帝，焉能不亡国？诗人抓住"宫锦"做文章，以小见大，手法很高明。还应指出，李商隐对于统治阶级的荒淫奢侈非常痛恨，其咏史诗的矛头多指向此点，也有针砭时弊之意。

瑶池①

李商隐

瑶池阿母②绮窗③开，黄竹④歌声动地哀。八骏⑤日行三万里，穆王⑥何事不重来。

【译文】

住在瑶池的西王母将那漂亮花纹的窗户推开，正在耐心等待。《黄竹歌》的歌声极其悲哀，惊天动地令人难以忍耐。周穆王的八匹骏马每天可以奔驰三万里，可他为什么不能再来？

【注释】

①瑶池：神话传说中的地名。《穆天子传》说，周穆王西游至昆仑山，遇西王母。西王母在瑶池设宴招待。临别时西王母作歌："白云在天，山陵自出。道里悠远，山川间之。将子无死，尚能复来。"穆王作歌回答，约定三年后重来会见。②阿母：西王母，又称玄都阿母。③绮窗：花纹格式的窗户。④黄竹：传说中的古歌名。《穆天子传》说，周穆王在去黄竹的路上看到有人挨冻，作《黄竹歌》三章表示哀怜。⑤八骏：据说穆天子有八匹骏马，名曰赤骥、盗骊、白义、逾轮、山子、渠黄、骅骝、騄耳。⑥穆王：西周天子，姓姬名满，后世传说他曾周游天下，《穆天子传》即写他西游的故事。

【评析】

中唐以后的帝王，有的荒唐，向往神仙，追求长生不老；有的荒淫，追求声色犬马之乐，穷奢极欲。李商隐的咏史诗，多是针对这两种现象而发，本诗便是讽刺前者的。

周穆王是个好游玩的天子，关于他的传说很多，是古代帝王中追求长生的典型人物。但他的追求却化为乌有，还是和凡人一样埋在了地下。他会见西王母本来是传说，是虚的，而本诗则在虚的基础上进一步虚构，以表明一个道理。传说穆王见过西王母，西王母约他三年后再去相会。但结果却没有下文。李商隐根据这则传说，创造出西王母在优美高雅的环境中等待周穆王的情景，穆王的八骏虽然快，结果还是没有再来。为什么不来，结果也在不言中，即穆王没有成仙，他死了，当然就去不成了。试想，穆王曾经见过西王母，西王母是神仙，她都不能帮助穆王成仙，其他帝王连西王母都没有见过，想要成仙不更是痴心妄想吗？四句诗两度扬抑，首句美景，次句哀歌，三句马快，四句不能来，一波三折，颇耐品味。喻守真说："凡作咏史诗，最好就史事做翻案文章，或就事寄慨，以隐讽时事，才有意义。"

贾 生^①

李商隐

宣室^②求贤访逐臣^③，贾生才调更无伦^④。可怜夜半虚前席^⑤，不问苍生问鬼神。

【译文】

贤明的汉文帝访求贤人，在宣室中咨询被贬逐过的大臣，贾谊的才气格调都无人可以相提并论。可惜的是文帝在半夜时徒自往前挪动席位，不询问如何治理天下，却询问怎样才能成仙成神。

【注释】

① 贾生：指贾谊，西汉初著名政论家，曾被贬逐为长沙王太傅。② 宣室：汉代未央宫前殿正室，文帝在此处接见刚刚被召回的贾谊。③ 逐臣：遭贬被逐的大臣，指贾谊。④ 无伦：无与伦比，没有人能比得上。⑤ 前席：向前挪动座位，是二人对谈时听得入神的下意识动作。据史书记载，汉文帝在宣室接见贾谊时向他询问鬼神的本源，贾谊做详尽的回答，一直谈到半夜。文帝听得入神，便不自觉地向前移动座位。

【评析】

本诗属于咏史诗，采取先扬后抑的手法，批评统治者不关心国计民生而求仙访道的荒唐做法，也曲折抒发了自己怀才不遇的郁闷和感伤。

前两句叙事，汉文帝是历史上著名的明君，贾谊是著名的贤臣。明君访求贤臣，本来是鱼水相合、风云际会之举，而且二人谈得确实非常融洽，但用"可怜"和"虚"两词一转，给人造成悬念，最后揭示主旨，原来文帝询问的都是鬼神之事，并没有国计民生方面的内容。于是，便把帝王迷信求仙的弊端轻轻点出。唐代皇帝多迷信追求长生，咏古多有讽今之意。对于贾谊遭际的同情也委婉抒发了自己才能不得施展的郁闷和感伤。

瑶瑟怨 ①

温庭筠

冰簟②银床③梦不成，碧天如水夜云轻。雁声远过潇湘④去，十二楼⑤中月自明。

【译文】

白色的竹席非常凉，床上一片银白色的月光，我辗转反侧也无法进入梦乡。只见深碧色的天空浮云轻轻飘荡。大雁的叫声早已远去，可能已到遥远的潇湘。我独自居住在这华丽的高楼里，心情感到万分失落和忧伤。

【注释】

① 瑶瑟怨：以瑟倾诉怨情。瑶瑟：以美玉装饰的瑟。② 冰簟：白色的竹席。③ 银床：镶嵌银饰的精美之床。④ 潇湘：湖南有湘水，在零陵西与潇水汇合，称潇湘。旧传为大雁南飞后居住之所。⑤ 十二楼：《神仙传》说"昆仑阆风苑有玉楼十二，立台九层"。此处借指主人公居住之高楼。

【评析】

温庭筠是描写女性柔情的高手，这方面的词水平尤高，而这首诗也是一篇精品。全诗均是景物描写，人并没有出现，通过环境气氛的渲染，委婉表达人的感情，使我们似乎可以感觉到抒情主人公的脉搏在跳动。

"冰簟银床"有冰清玉洁之意，是冷色调，象征女子的心凉。她想要做梦却做不成，暗示其严重失眠。正因为梦不成，才会看到下面的景色。晴空万里，有如水洗一般，浮云在轻盈地飘。水和云如同雨和云，云雨象征男女情爱，而天如水，云在飘浮，都不着边际，不正是这位女子渴望爱情而没有着落的象征吗？远过潇湘的雁声也寄托了女子的情色，即希望鸿雁能够将自己的刻骨铭心的相思传达给远方的他。但一切都是枉然，一轮明月依旧高挂苍穹。女子也只能望着明月出神。生活条件极其优越，自然景色非常优美，越是这样，越是感到空虚寂寞和忧伤。这样的女性生活古今中外都不乏其人，故其有广泛的社会意义。喻守真说："此诗以'梦不成'作主意，其间所描写的，都是梦不成后的情景。时令是初秋，故云'冰簟'，二句写所见，三句写所闻，'十二楼'仍应首句。'月'又与'轻云'相呼应。篇中无一怨恨字面，而怨恨自见。"

马嵬坡^①

郑 畋

玄宗回马^②杨妃死，云雨^③难忘日月新^④。终是^⑤圣明天子事，景阳宫井^⑥又何人。

【译文】

唐玄宗从成都返回长安的途中，经过马嵬坡时感情奔涌，想到杨贵妃死前的凄惨情景，他感到无限思念，万分懊悔和揪心。他对于贵妃的思念，绵绵不绝与日俱增。唐玄宗的所作所为到底是一位圣明的天子，而携带爱妃藏匿到景阳井中的陈后主算是个什么人。

【注释】

① 马嵬坡：唐代马嵬驿所在地，杨贵妃被缢死处。据传晋人马嵬曾于此筑城，故名。在今陕西省兴平县西。② 回马：指安史之乱平定后，唐玄宗从成都返回长安。③ 云雨：比喻夫妻恩爱的男女情事。出自宋玉《高唐赋》，巫山神女对楚王云："妾在巫山之阳，高丘之阻。旦为朝云，暮为行雨。朝朝暮暮，阳台之下。"后人便借"云雨"为男女欢爱之词。④ 日月新：如日月般长久长新，此是赞美玄宗思念杨贵妃之语。⑤ 终是：终究是、毕竟是。⑥ 景阳宫井：指陈后主偕张丽华、孔贵嫔入景阳宫井避隋兵事。井在今台城（今江苏南京玄武湖畔）内，又名胭脂井、辱井。

【评析】

唐玄宗是个复杂的历史人物，死后颇不寂寞，尤其是马嵬坡悲剧，一直是人们议论的一个话题。本诗便以此为题，对此事件阐述一个观点，对于唐玄宗有一番评价，而且与此前诸人不同，有独到之处。

马嵬坡事件，诗人中观点各异，有责备杨贵妃误国的，有批评玄宗无情无义的，有同情贵妃惨死的，而本诗则表现对唐玄宗做法的赞同，同时也承认玄宗与杨贵妃之间真挚的爱情，是一种政治家的历史观。诗只撷取玄宗从成都返回途中见到贵妃惨死之处的伤感及日后的思念这一镜头，无限含义均在其中。后面两句用对比法肯定玄宗当年做法的明智。

陈后主是历史上著名的误国昏君，隋朝兵马已经进攻到城门了，他依旧在欣赏张丽华的《玉树后庭花》。当隋兵攻破宫门后，他带着张丽华和孔贵嫔躲入景阳井中，结果被俘受辱，国破家亡，留下千古笑柄。而唐玄宗在乱兵进行兵谏的危急关头，能够舍弃自己钟爱的杨贵妃稳定局势，赢得时间，取得重整江山的机会，相对比较，与陈后主不可同日而语。另外，诗人对唐玄宗对于杨贵妃的思念和爱情给予肯定和同情，亦未对杨贵妃口诛笔伐，这是其独特之处。

但陈后主是著名昏君之一，马嵬坡与景阳井的情况也不相同，难以相比，而诗人却将两者相比，在肯定玄宗的同时，也有淡淡的讽刺，仔细体会可以悟出。

台　城 ①

韦　庄

　　江雨霏霏 ② 江草齐，六朝 ③ 如梦鸟空啼。无情最是台城柳，依旧烟笼十里堤。

【译文】

　　春雨霏霏，雨丝绵密如织，江边的春草十分茂盛，一望无际而且长得整整齐齐。六朝的繁华如同春梦般过去，鸟仿佛在诉说那迷人的往事，但也是空自哀啼，无法阻止岁月的流失。最无情的是台城周围的柳树，在烟雨中依然茂盛纷披，用绿色笼罩着十里长堤。

【注释】

　　① 台城：一作"金陵图"。金陵，今江苏省南京市，为六朝古都。台城，也称"苑城"，在南京玄武湖畔，六朝时宫城所在地。《舆地纪胜》："台城一曰苑城，本吴后苑也。晋咸和中作新宫，遂为宫城，下及梁、陈，宫皆在此。晋、宋时谓朝廷禁省为台，故谓宫城为台城。" ② 霏霏：雨雪绵密的样子。③ 六朝：指三国吴，东晋，南朝的宋、齐、梁、陈，建都都在金陵。

【评析】

　　本诗除在《唐诗三百首》中题作"金陵图"外，其他版本均作"台城"，而诗人另有《金陵图》一诗，为避免混淆，故采用此题。

　　本诗属于咏史怀古类，由物是人非慨叹历史的兴衰变迁，给人以沉重的历史沧桑感。首句以"江雨霏霏"开篇，给读者一个凄迷黯淡的感觉，在此背景下的一切景物都染上迷蒙的感情色彩。接着的"江草齐"以无边无际的茂盛的春草的旺盛生命力反衬六朝的短命。次句用"六朝如梦"直接陈述主题，表达哀怨感伤之情，与首句的景物相呼应。后两句再以台城柳的茂盛回应首句的江草，强化主题：台城的自然景色并没有什么变化，江边的春草依然那样茂盛，周围的柳树依然那样茂盛，六朝的繁华已成过眼云烟，一切繁华都将成为过去，故人们苦心追求功名富贵的行为也没有什么意义，倒不如自由自在地按照本来的天性生活为好。在追求自然超脱的同时，也给人一种淡淡的历史虚无感，应当正确对待。

本诗在艺术手法上注意以景托情和以无情烘托有情。鸟仿佛有情，但却是空啼；而江草和柳树均是无情之物，而它们本来就应当无情，责备其无情，恰恰反衬出诗人的多情。

陇西行 ①

陈 陶

誓扫匈奴 ② 不顾身，五千貂锦 ③ 丧胡尘。可怜无定河 ④ 边骨，犹是春闺梦里人。

【译文】

戍守边关的战士奋不顾身，坚决要消灭来犯的敌人。可惜五千名英勇的战士，壮烈牺牲卧尸在荒草野原。可怜那些无定河边的白骨，依然出现在充满春意的闺房中，依旧是媳妇梦境中的活生生的心上人。

【注释】

① 陇西行：乐府旧题。主要表现边塞战争艰苦和闺人思夫的怨情。② 匈奴：此处代指侵入西北地区的外族。③ 貂锦：汉朝皇帝的羽林军穿貂裘锦衣。此处代指唐军将士。④ 无定河：黄河中游支流，在陕西北部，因水急沙多，深浅不一，故名。

【评析】

本诗属于边塞诗中的征妇怨一类，读来令人酸鼻。晚唐时期，唐王朝内忧外患严重，边塞战争多处不利状态，与盛唐迥异，故边塞诗的感情色调也大不相同，高昂的壮语已不多见，凄凉悲酸的伤感则占据主导地位，均是社会现实决定的。本诗前两句叙事，概括一次战斗的结局：五千唐军战士壮烈牺牲，抛尸荒郊野外，极为悲壮凄惨。后两句只选取一个特殊的视角揭示战争带给人们的深重灾难。一位战士已经成为白骨，可他的媳妇一点儿也不知道，在家中依然在盼望他的归来，在梦境中依旧和他团聚。战士的现实处境（已成白骨）与妻子的热切期待（在梦境中相会）成为鲜明的对比，暗示出妻子的等待实际是陷入自己挖掘的一厢情愿的深深的陷阱中而无法自拔，因为她并不知道丈夫已死这个事实，她苦苦的企盼将是怎样的结局不言自明。这便把战争的罪恶揭示了出来。因此，可以说这是一首反战意识很明确的诗篇，具有深远的普遍的社会意义。

金缕衣

杜秋娘

劝君莫惜金缕衣^①，劝君惜^②取少年时，花开堪^③折直须^④折，莫待无花空折枝。

【译文】

奉劝你不要舍不得那名贵的金缕衣，该穿的时候就应当毫不吝惜。劝你应当珍惜少年的大好时机，应当去努力拼搏和进取，因为大好的光阴最容易逝去。花儿开放的时候能折就该折取，不要等花儿凋零的时候再去折空荡荡的花枝。

【注释】

① 金缕衣：用金线织成的衣服，谓之极其华贵。一说金缕衣为古代曲调名。郭茂倩《乐府诗集》将其编入"近代曲词"，当产生于唐代，或许以本诗命名。② 惜：珍惜、爱惜。③ 堪：能、可以。④ 直须：应当。

【评析】

这是一首劝人珍惜时光，不要浪费光阴的警世诗，可以从积极和消极两个方面理解。其主旋律似乎用五个字即可概括：莫负好时光。前两句都用"劝君"二字开头，仿佛和读者交心，给人以亲切感。金缕衣是贵重之物，但诗人却劝人"莫惜"，不要珍惜，不要舍不得。而应当珍惜的是"少年时"，在这一弃一取之间，诗人的观点便很明确地表现出来：青春时光比任何贵重的东西都可贵。这是没有歧义的。但对于后两句的理解，则可从不同角度去思考。说把青春比作花季亦可，说把少女比作花儿也可，说劝人及时奋起，努力拼搏也可，说劝人及时行乐也可，仁者见仁，智者见智，这便是此诗的魅力所在。

五言律诗

望月怀远①

张九龄

海上生明月，天涯共此时②。情人③怨遥夜④，竟夕起相思。灭烛怜光满，披衣觉露滋。不堪⑤盈手⑥赠，还寝梦佳期⑦。

【译文】

浩瀚的海面升起一轮明月，远隔天涯的亲人同享这美好的月光。多情的人怨恨这夜晚太长太长，彻夜都无法消除思念与忧伤。吹灭蜡烛吧，却见月光满堂；推门来到外面吧，浓浓的露水又沾湿衣裳。有心用手捧起月光赠送给你，可月光又无法装满我的手掌。我无计可想，还是回到床上，盼望快点进入那甜美的梦乡。

【注释】

①怀远：怀念远方的亲人。②"天涯"句：远在天涯的亲人都在共同望月怀念对方。③情人：有情之人。诗人自谓，也暗指对方。④遥夜：漫长的夜晚。⑤不堪：不能。⑥盈手：满手，手里握满。此句从陆机《拟明月何皎皎》"照之有余辉，揽之不盈手"句中化出。⑦梦佳期：在梦境中得到相会的佳期。

【评析】

张九龄（678—740），字子寿，一名博物，韶州曲江（今属广东省）人。武后神功元年（697）进士及第，为著名贤相。被李林甫排挤罢相。工诗能文。有《曲江集》。

本诗通过对美好月光的无限怜爱表现对远方亲人的缠绵相思之情，将怀人和望月紧密结合，情景交融，风神摇曳。

首联境界阔大高远，情在景中，给人以极高的审美享受。一个"共"字便把诗人自己与思念之人包容进来，仿佛在窃窃私语。高远幽静之意境和甜蜜之思情的高度统一，使这联诗成为千古名句，也成为本诗的诗眼，成为后面抒情的出发点。颔联承前，写月夜下的情感活动。如此美妙宁静的夜晚却孤栖独宿，多情的人怎能入睡？因不能入睡才会产生颈联的举动。无论在屋里还是到外面都无法排遣思念愁苦的情怀，强调相思之情的深沉和悠长。尾联则是采用一种自欺欺人的方法，但也不失为一种智慧。梦境相会虽然像画饼充饥、望梅止渴，但毕竟可以在精神上得到一点安慰和解脱。居然想梦境相会，相思的程度之深不就更昭然若揭了吗？这便是含蓄委婉处。

喻守真说："这首诗重在'望'字和'怀'字，'天涯''相思''佳期'等词都是从这两字生发出来。又因为题目是'月'，所以描写的就应该是夜景，因此有'灭烛''露滋''寝梦'等词。可见无论做什么题目，总得扣住题字，因此拓展才有好诗。再照章法讲，第一句出'月'，三句出'望'，四句出'怀'，五六两句是'望月'，七八两句是'怀远'。全诗层次秩然不紊，将情和景融成一片，竟不能分辨出来。所谓景中有情，情中有景。才到作诗的极妙境界。"

送杜少府之任蜀州

王　勃

城阙①辅三秦②，风烟望五津③。与君离别意，同是宦游④人。海内存知己，天涯若比邻。无为在歧路⑤，儿女共沾巾。

【译文】

长安形胜，历经沧桑的三秦之地拱卫着长安宫城。你即将踏上遥远的征程，途中将要经过的五个渡口一片迷蒙。分别在即，我的心情与你一样悲伤深沉，因为我们都为谋生而远离家门。但我深信，如果是心灵默契的知己，距离再远也仿佛是近邻，因为我们有一颗永远相通的心。满怀豪情踏上征程吧，不要像普通人那样，让悲伤的泪水沾满衣襟。

【注释】

①城阙：指京师长安的城郭宫阙。②三秦：承汉初旧称。项羽曾分秦地为雍、塞、翟三国，称为三秦。此泛指长安附近的关中之地。③五津：岷江从四川灌县以下到犍为的一段，当时有五个渡口，名为白华津、万里津、江首津、涉头津、江南津。此处泛指蜀地，不必拘泥。④宦游：离乡到外地任职或谋职。⑤歧路：岔道口，此指分手之处。

【评析】

王勃（649或650—676），字子安，绛州龙门（今山西省河津市）人。出身望族，祖父是隋朝大儒王通，幼年聪慧，17岁应制举及第。曾任虢州参军。往海南探父，落海惊悸而死。与杨炯、卢照邻、骆宾王齐名，并称"初唐四杰"。清人蒋清翊有《王子安集注》。

本诗是王勃青年时期所作的一首送别诗。因其中的"海内存知己，天涯若比邻"一联一反常人离别感伤凄楚的情调，表现出一种乐观旷达的情怀，而使本诗成为高标千古的名篇。

首联以对起，属于"工对"中之"地名对"，极壮阔。出句写长安宫阙，点明送别之地，对句想象途中景象，点明友人将去之所。上句为实，下句为虚，用"风烟"和"望"两词将相隔数千里的秦蜀两地联系起来，境界非常开阔。颔联句式变缓，表达惜别之意。颈联奇峰突起，语义转折，格调高昂而且入情入理。天下无不散之筵席，很少有人能终身在一起，离别为难免之事，因此正确认识和理解这种现实并乐观对待就显得格外重要。如果心心相印，志同道合，分别又有何妨？如果貌合神离，同床异梦，朝夕相守又有何益？两句诗充满辩证法，道出了人世间朋友之义的最本质最深刻的思想内涵。它不仅适合于朋友之间，而且适合于其他各种社会关系之间，具有普遍的社会意义。因此，这联诗为后世人所激赏，成为千古流传的名言警句。

喻守真说："起首就离别的地点，引到之任的地点。具有缩地的手腕。堂皇豪迈，开口就不同凡响。颔联即说欲别之情，二人俱在他乡，别中送别，意虽悲而语却达，颈联推开一层讲，是说海内只要有知己的人，就是各处天涯也和比邻一般，这是转思别后之情。结句结出不必伤别，文字颠倒，意谓不必像儿女一般，在歧路上两泪共沾巾啊。此诗起首两句，亦各相对，唐诗中很多这种格律，只要事实凑得好，开始就可以对仗，并且可加强本诗的气魄。但通常以起首不对为原则。又上联用实字对，下联往往用虚字对，来挑松他。总要虚实互用，才见技巧。"

在狱咏蝉

骆宾王

西陆①蝉声唱，南冠②客思侵。不堪玄鬓③影，来对白头④吟。露重飞难进，风多响易沉。无人信高洁，谁为表予心。

【译文】

凄凉的秋风中传来蝉的哀鸣，身陷囹圄我悲愤难平。受诬含冤，两鬓白发陡生，更难以忍受蝉的悲声。露水太重，薄薄的翅膀无法飞行，风声太大，掩埋了我的悲苦之音。没有人相信我的高洁，又向谁去表达我的幽愤之心？

【注释】

① 西陆：指秋天。《隋书·天文志中》："日循黄道东行，一日一夜行一度。……行西陆谓之秋。" ② 南冠：《左传·昭公九年》"晋侯观于军府，见钟仪，问之曰：'南冠而系者谁也？'有司对曰：'郑人所献楚囚也。'"杜预注："南冠，楚冠。"后因以南冠作囚徒的代称。③ 玄鬓：蝉为黑头，故称。④ 白头：诗人自谓。又古乐府曲名有"白头吟"，音调哀婉凄楚。

【评析】

骆宾王（约638—684），婺州义乌（今属浙江省）人。出身寒门，7岁能诗。曾从军西域久戍边疆。曾任临海丞等职。徐敬业起兵讨伐武则天时，作《讨武曌檄》，兵败后不知所终，或云被武则天所杀，或云逃亡，或云为僧。"初唐四杰"之一。清人陈熙晋《骆临海集笺注》本最为流行。

本诗前有小序，自述创作此诗之缘由，对于理解此诗至为关键。序中说："每至夕阳低阴，秋蝉疏引，发声幽息，有切尝闻。岂人心异于曩时，虫响悲乎前听？……感而缀诗，贻诸知己。庶情沿物应，哀弱羽之飘零；道寄人知，悯余声之寂寞。非谓文墨，取代幽忧云耳。"这段文字是我们准确理解本诗，把握作者思想感情的重要参考。可知作者非为文墨而作诗，而是要寄托自己的隐忧。

这是一首咏物诗，虽序中明言有寄托，但寄托也必须借物像来表现，方为咏物佳构。咏物而不囿于物，抒情而不离开物，正是本篇之精妙处。开头对起，很工稳，首句写蝉，次句写己，与序言相应，述说情感产生之由来。颔联隔句相承，是诗词中常见之法。第三句承首句写蝉吟，第四句承次句写己悲。前两句重在听觉形象，由蝉及人，听蝉声而起客思。三四句重在视觉形象，由人观蝉，见到蝉的"玄鬓"而感伤自己的"白头"。抒情回环往复，笔法细腻精微。

　　后半首纯用比体，合写双方，句句写蝉，句句中都有人。"露重""风多"比喻政治环境的险恶。"飞难进"比喻仕途上的不得志，"响易沉"比喻言论上的不自由、受压抑。物亦是我，情借物现，物我融合为一。"谁为表予心"的"予"字很妙，既可理解为代言体的蝉，又可理解为诗人自谓。而理解为诗人直接出面抒情的"我"更好。这样，读来更感到真实亲切，仿佛诗人在与蝉谈吐心曲，交流感情，增强了抒情的力度。全诗章法严谨，抒情深微，比喻妥帖，语多双关，洵为咏物妙什。

次^①北固山^②下

王　湾

客路青山外，行舟绿水前。潮平两岸阔，风正一帆^③悬。海日生残夜，江春入旧年^④。乡书何处达，归雁洛阳边。

【译文】

水路漫漫，延伸向青山外的远方。一叶小舟，在绿色的江面上远航。江潮上涨，水面升高，两岸显得平坦宽敞；微风徐徐，风向很正，一片孤帆高悬在桅杆之上。一轮红日冲破残夜、冲破阴霾，送来曙光，送来新的一日中的喜悦和希望；江岸青青，春意盎然，尽管旧的一年尚未结束，但新的春天已来到身旁。新旧更替，我更思念我的家乡，如果北归的大雁能捎书带信，我一定把家书捎向洛阳。

【注释】

①次：停宿。②北固山：在今江苏省镇江市，北临大江，与金、焦二山并称"京口三山"。③一帆：一作数帆。④江春入旧年：旧的一年未尽，新春已开始，指立春日在春节之前。

【评析】

王湾，生卒年不详，洛阳（今属河南省）人。开元元年（713）进士及第。官洛阳尉。曾往来吴楚间，写景诗较著名。《全唐诗》存其诗十首。

在盛唐诗人中，王湾名气不大，但此诗却享有极高的声誉。当时文坛领袖又是政界要人的燕国公张说曾亲手把"海日生残夜，江春入旧年"一联题写在政事堂，"每示能文，令为楷式"（《河岳英灵集》）。可见其影响绝非一般。本诗在《河岳英灵集》中题为"江南意"，且有不少异文。

王湾是洛阳人，曾往来于吴楚之间。题为"江南春"的首联是"南国多新意，东行伺早天"，说明诗人是由西向东顺江而下。正是迎着朝阳升起的方向。本诗首联对起，工丽跳脱，色彩鲜明而有动感。"潮平"两句一远景一近景，组合成一幅视野开阔的画面，非常精彩。"风正一帆悬"仿佛是特写镜头，将视线聚焦在一片小帆之上。但仔细体味，其妙处不仅如此。王夫之曾指出本句诗的精妙在于"以小景传大景之神"（《姜斋诗话》卷上）。小船直行帆正的景象暗示给读者：江流宽阔而坦直，风向很正而且适中。如果江流弯弯曲曲或水流湍急，均不会有此景象；如果风向不正或风大，也不会有此景象。可见"一帆悬"的小景却传达出小舟行进在大江直流，平野开阔，风平浪静的大江上的神韵。

颈联最妙，在用精当的语言描绘出宇宙万物流转这一客观规律时，又给人以新的希望。为强调"日"和"春"这象征新生事物而又充满希望和诱惑情味的字眼，诗人将其置于句首进行强调，尤显出炼句之功。语序的变化带来神奇的效果，如果说"残夜生海日"则索然寡味矣。尾联的"乡书"暗应首联的"客路"，表达淡淡的乡思之愁。日暮年关，相思难免，此种感情带有普遍性，故容易引起人们的共鸣。

本诗之妙，当然在中间两联，但若无首尾两联的铺垫和烘托，全诗的整体意境便无法体现。就像美丽的眼睛长在俊俏的脸蛋上一样，精彩的诗句也出现在精彩的诗篇中。喻守真说："这诗也是对起，'青山'指北固山，绿水指长江，青山绿水寻常用了，未免近于俚俗，但此处加了'下''前'两字，却将北固山的位置，确定得不能用于别处。见得旅程介于水陆之间，因此和下联'两岸''一帆'描写水陆发生密切的关系。颔联完全是写景，其中'平''阔''正''悬'都是诗眼。因为潮平两岸即加阔，风正一帆像挂着。……作律诗要注重层次分明，倘然将其中两联前后互易，那就紊乱而不合理了。"

题破山寺寺^①后禅院

常　建

清晨入古寺，初日照高林。曲径通幽处，禅房^②花木深。山光悦鸟性，潭影空人心。万籁^③此都寂，但余钟磬音。

【译文】

清晨，我缓步走进这座古老的寺院，初生的朝阳送来温和而明媚的阳光。蜿蜒的小路曲曲弯弯，一直通向幽静的地方。那花团锦簇的幽深之处，正是僧人们居住的禅房。山光青碧，鸟儿正在欢悦地歌唱；潭水清澈，倒影晃漾，那情景更令人心静如水，宠辱皆忘。整个宇宙宁静和谐，没有一点儿声响，只有那钟磬的余音在静空中回绕荡漾。

【注释】

①破山寺：即兴福寺，在今江苏省常熟市虞山北麓。②禅房：也称寮房，僧侣的宿舍。③万籁：一切声音。籁，泛指自然界自然生发的声音，故也称"天籁"。

【评析】

常建，生卒年不详，开元十五年（727）与王昌龄同榜登进士第。曾任盱眙（今属江苏省）尉，仕途失意。后寓居鄂州武昌（今属湖北省）。诗多以山林寺观为题材，也有部分边塞诗。《全唐诗》存诗一卷。

本诗抒写清晨进入破山寺后见到的景色和产生的主体感受。最精彩的是中间两联，抒写细腻，状物精微。"曲径"两句把禅房环境的幽静雅致写得出神入化。"曲径"一作"竹径"，也可通，但还是以曲径为佳。一字之差，相去甚远。"曲"字写出诗人在竹木掩映的曲折蜿蜒的小路上行走时的情景和主体心境。转来转去，小路一直通向最幽深的地方，这才发现，在花木丛生的深处是禅房。"幽""深"二字将禅房所在位置的僻静凸显出来。禅房是僧人的宿舍，是其日常生活之所。此处静谧清幽，毫无世俗尘嚣的烦扰，令人心驰神往，可以荡涤胸中的一切苦闷和烦恼。下一联所表现的正是这种情韵，"悦鸟性""空人心"均是使动用法，进一步表现大自然和谐给人与鸟带来的愉悦。尾联的"钟磬音"本是僧人早晨礼佛诵经时伴奏的声音，是引导人们通往佛国的福音，给本来就清幽寂静的寺院增添了令人神往的神韵。

全诗语言朴实而深情绵邈，抒发了洒脱出尘的隐逸情趣，表现出对世俗污浊的厌弃和鄙夷，这正是盛唐乃至整个封建社会中士人所追求的高致，这便是本诗获得很高声誉的主要原因。

本诗在艺术手法上也有独到之处，作者不按一般律诗的常规来写，颔联不对仗而在首联对仗。吴乔在《围炉诗话》中称这种形式为"偷春格"。其次是语言洗练生动，欧阳修激赏"曲径"一联，"欲效其语作一联，久不可得，乃知造意者难工也"。喻守真说："本诗题目的题破山寺的后禅房，不是题破山寺，因此他所描写的完全是后禅房的景物，关于破山寺，只不过用'古寺'两字撇过，又可见作诗要认清题目，不能随便的。"

赠孟浩然

李　白

　　吾爱孟夫子，风流天下闻。红颜弃轩冕^①，白首卧松云。醉月频中圣^②，迷花不事君。高山^③安可仰，徒此揖清芬。

【译文】

　　我十分景仰爱慕您这位孟老夫子，天下早在流传您的风流儒雅。年轻时便遗世高蹈，不追求富贵荣华；到晚年依然淡泊高逸，隐居在青松之下。月下醉酒经常进入圣人的妙境，迷恋鸟语花香而不肯当官受人管辖。您像巍峨的高山那样只能仰视而不可超越，我只好向您高揖效仿，分得一点芬芳和高雅。

【注释】

　　①轩冕：古代卿大夫之车舆服饰，代指仕宦。②中圣：谓饮清酒而醉。《三国志·魏志·徐邈传》："时科禁酒，而邈私饮，沉醉校事。赵达问以曹事，邈曰：'中圣人。'"徐邈平日谓清酒为圣人，浊酒为贤人。因其饮清酒而醉，故曰"中（zhòng）圣人"，如果是饮浊酒而醉，则当说"中贤人"。③高山：比喻人道德高尚，难以企及。《诗经·小雅·车辖》："高山仰止，景行行止。"

【评析】

　　李白此诗大约写于寓居湖北安陆时期（727—736）。李白在这一时期到周围各处游历，与孟浩然相识并结下深厚友谊。本诗既表现对孟浩然的无比景仰爱慕之情，也委婉地表现了诗人自己的精神世界。

　　首联点题，开门见山，直抒胸臆，从意境上统摄全篇。"爱"为全诗的抒情主线，"风流"二字为孟浩然品格气质的主要特征，有提纲挈领之妙。中间两联具体写孟浩然的风流。寥寥20字，勾勒出一位高卧林泉、风流自赏、不为尘物所动的高士形象。"红颜"对"白首"，从纵的方面来写，概括出孟浩然大半生的风流情致。他宁肯丢弃达官贵人的车马冠服，也要高卧于松风白云之下。通过这一弃一取的行为上的对比，凸显出其超凡脱俗的气度风范。"卧"字尤精妙，活脱脱地刻画出一位潇洒出尘的隐士神态，确有不食人间烟火的情韵。"醉月"对"迷花"，从横的方面描写其隐居生活。两联诗各有侧重，错落有致。前联诗着眼于时间，即纵向概括，取意上先反后正，先弃而后取；后联诗着眼于空间，即横向拓展，取意上先正后反，由隐居而不事君。纵横交错，笔法灵活。尾联回应首联，再度表现对孟夫子的景仰之意。

　　本诗以情构篇，线索分明。开头写吾爱之意，中间写孟浩然可爱之处，最终表敬爱之情，形成抒情—描写—抒情的结构，随情而咏，自然流动。

送友人

李 白

青山横北郭^①，白水绕东城。此地一为别，孤蓬^②万里征。浮云游子意，落日故人情。挥手自兹去，萧萧^③班马^④鸣。

【译文】

绵延起伏的青山，横亘在城郭之北；清澈透明的白水，环绕在城郭之东。我们即将在此处分手，您将要踏上万里征程，仿佛随风飘转的孤蓬。空中的浮云飘浮不定，仿佛您行无定踪；将落的红日不忍遮下，宛如我的依恋之情。我们挥手告别，将从这里各奔前程。两匹马似乎也懂得主人的心情，不忍离别同伴而萧萧长鸣。

【注释】

①郭：外城。此处与下句的城互文见义，泛指城郭。②孤蓬：蓬草常常被风吹起，飞转无定，常用以比喻游子。③萧萧：马鸣声。《诗经·小雅·车攻》："萧萧马鸣。"④班马：离群的马。

【评析】

李白的律诗自然流动，不为格律所拘，透出一股飘逸灵动之气。前人评曰："李白于律，犹为古诗之遗，情深而词显，又出乎自然，要其旨趣所归，开郁宣滞，特于风骚为近焉。"（《李诗纬》）本诗即有这种特色。

首联对起，点明送别的地点。"青山""白水""城""郭"两组词均是互文见义，意谓青山白水环绕着城的东北方向。颔联用流水对法，自然流动。颈联对仗工稳，比喻妥帖，绝无斧凿痕迹。王琦注云："浮云一往而无定迹，故以比游子之意；落日衔山而不遽去，故以比故人之情。"甚为精到。末句以马写人，用侧面烘托之法表现两人的离愁别绪，情意深婉。"萧萧班马鸣"借用《诗经》中的成句，只增加一"班"字，却增加了无穷意蕴，使其完全融化在自己的诗境之中，尤能显示诗人用典的巧妙。

小诗写得灵动跳脱，新颖别致，不落俗套。诗中形象生动，色彩鲜明，青山白水相衬，红日白云互映，境界全出，长鸣的班马更增加画面的生气。自然美与人情美交织在一起。

夜泊牛渚①怀古

李 白

牛渚西江夜，青天无片云。登舟望秋月，空忆谢将军②。余亦能高咏，斯人不可闻。明朝挂帆去，枫叶落纷纷。

【译文】

牛渚江面的夜晚，一片晴空万里无云。我登上船头仰望秋天的明月，不由得缅怀起当年的谢尚将军。他虽是武将名臣，却能体会布衣士子咏史的慧心。邀请出身贫贱的袁宏彻夜谈论，使其名声到处传闻。我也能像袁宏那样吟咏意境高远的诗篇，却不能遇到谢尚那样开明的将军。明天早晨我还要高挂船帆继续赶路，陪伴我的只能是两岸的落叶纷纷。

【注释】

①牛渚：山名，在今安徽省当涂县西北，山北突入江中，名采石矶。②谢将军：指晋镇西将军谢尚。《世说新语·文学》篇载：镇西将军谢尚乘船行经牛渚，月夜闻客船上有人咏诗，叹赏不已，遣人询问，知是袁宏自咏他的《咏史》诗，大为赞叹，邀过船来交谈甚欢，遂订交。

【评析】

本诗题下有原注云："此地即谢尚闻袁宏咏史处。"为我们理解诗的内容提供了重要依据。

谢尚身为高门士族，镇西将军，却能赏识寒门出身的文学之士，不拘一格地提拔寒酸士子，表现出礼贤下士的宽阔胸怀。这件历史往事表现出一种令人向往追慕的美好的人际关系，即不因贵贱而妨碍心灵的沟通，共同的识见才华可以打破身份地位的壁障。这对于当时怀抱利器而不为世所用，到处干谒请托却无人赏识提拔的李白来说又具有多么大的吸引力啊！他真希望在现实生活中再出现一位像谢尚那样具有眼力和魄力的人物。

前半部分重在怀古，后半部分重在伤今。首联点明时地，渲染环境气氛。寥廓空明的天宇和浩渺苍茫的西江在夜色中融为一体，颔联写望月怀古，揭示主题。同是牛渚之地，同是一轮明月之下，袁宏吟诵自己创作的咏史诗能够遇到谢尚而时来运转，而自己却正在背运之时。时、地、景的完全巧合触开诗人感情的闸门，吟出"空忆谢将军"这一充满幽怨感喟的诗句。"空"字的情感开启下半首并贯穿全篇，大有"前不见古人，后不见来者"的韵味。生不逢时，人生苦短这些人类最普遍的感伤情绪完全浓缩在一字之中。

后半首重在伤今，"余亦能高咏"是诗人的自负之语。自己虽然才高八斗，但知音难觅，与袁宏相比又是何等不幸。"不可闻"回应前联的"空忆"，加重了世无知音的沉重感。尾联宕开写景，想象明早离去的情景，用寂寥凄清的秋声秋色烘托怅惘落寞的情怀。本诗"无一字属对，而调无一字不律"（王琦注引赵宦光评）。自然流丽，颇能表现诗人飘逸不群的性格。

春 望

杜 甫

　　国破山河在，城春草木深①。感时花溅泪，恨别鸟惊心②。烽火连三月③，家书抵万金。白头搔更短，浑④欲不胜簪⑤。

【译文】

　　国家虽然已四分五裂，但大好河山依然留存。美丽的春天已经来临，当年的京城繁华似锦，如今一派萧条草木深深。这种情景实在令人伤心，即使看到那艳丽的鲜花，我也会泪满衣襟；听到鸟婉转的叫声，我也会倍感伤情和吃惊。啊！原来又到了三月暮春，战火从去年三月一直燃烧到如今，与亲人千里阻隔，一年来没有音信。此时此刻的一封家信，足以抵过千金万金。忧愁和焦虑占据了我的心，满头的白发越挠越少，少得简直要插不住头簪。

【注释】

　　①"国破"两句：司马光《续诗话》说"山河在，明无物矣；草木深，明无人矣"。②"感时"两句：互文见义，意谓由于感时恨别，观花溅泪，听鸟伤心。一说，因感时，花亦溅泪；因恨别，鸟亦惊心。皆可通。③"烽火"句：一说战火连续三个月未停，一说战火连续着两年的三月份，即一年未停。以后说为好，且在文意上暗承"惊"字。④浑：简直。⑤不胜簪：插不上头簪。

【评析】

　　安史之乱中，杜甫曾被叛军俘获，被带到长安。但因他官职卑微，没有名气，所以未被囚禁，尚可以在城中到处闲逛，此诗即写于这一时期。

　　开篇点题，写春望所见之景。"破"字概括长安的满目疮痍，令人触目惊心。"深"字写尽荒芜冷落，满目凄凉之感。两句诗对仗工巧，自然圆熟。"国破"与"城春"对举，语义相反，对照强烈。"国破"本是衰残之景，反继之的却是"山河在"；"城春"本是明丽之色，反继之的却是"草木深"，前后相悖，又是一翻，极力表现山河美好而遭到蹂躏破坏的怅恨，情蕴极其丰富。明代胡震亨激赏此联，在《唐音癸签》卷九中说："对偶未尝不精，而纵横变幻，尽越陈规，浓淡浅深，巧夺天工。""感时花溅泪，恨别鸟惊心"两句后人理解有所不同，但本质精神却是相通的，即都是作者强烈的主观情感外射到花鸟之上的结果，花与鸟都带上诗人的主观色彩。"情哀则景哀，情乐则景乐"（吴乔《围炉诗话》），说的便是这一道理。颈联表达消息久绝，渴盼亲人音信的迫切心情，语言朴素，感情真挚，颇为后人传诵。尾联进一步表现感时恨别的哀愁。"白头"为愁所致，"搔"本是人们愁苦时的下意识动作。

本诗表现了诗人热爱国家、眷念亲人的美好情操，意脉贯通，层次明晰。前半首写春城败象，饱含感伤；后半首写惦念亲人境况，充满别恨。情景交融，虚实相生，颇有艺术感染力。喻守真说："作诗不可太露，要含蓄蕴藏，或寓意于物，或寓情于景，使读者自己细心去领悟。"

月 夜

杜 甫

今夜鄜州^①月，闺中^②只独看。遥怜小儿女，未解忆长安。香雾云鬟湿，清辉^③玉臂寒。何时倚虚幌^④，双照泪痕干。

【译文】

今天晚上的月亮格外明亮，在那鄜州深深的闺房中，只有你一个人在出神眺望。几个可爱的孩子，怎能理解你此时的百转柔肠？怎能理解你对我的惦念和盼望？夜已深了，露水该润湿你那散发着微香的云鬟，坐得久了，清冷的月光会使你那美玉般的手臂着凉。不知什么时候我们能够重逢，相互依偎在一起，挂起那又轻又薄的幔帐，尽情说着悄悄话，让月光照干我们脸上的泪痕，照着我们幸福快乐的模样。

【注释】

① 鄜州：唐时属关内道，郡治在今陕西省富县。② 闺中：闺中之人，指妻子。③ 清辉：指月光。④ 虚幌：悬挂起的帷幔。

【评析】

这是杜诗中传诵较广的一首爱情诗，是杜甫在特殊的历史背景下，在特殊的人生遭际中创作的，情深语工，颇耐品味。

天宝十五年（756）六月，安史叛军攻进潼关，杜甫携带妻小逃到鄜州，客居羌村。八月，杜甫离家只身赴灵武，欲为国效力，不料途中被叛军所捉，押回长安。此诗即为本年秋天所作。

本诗之妙，在于从对方写起，使意思更增进一层。首联想象妻子思念自己的情形。杜甫此时身处险境，已失掉自由，生死未卜，他当然也会为自己的处境焦心。但他更挂念的还是妻子儿女，这正是诗人至为仁厚之处。"独看"二字，含义甚丰，不可轻轻滑过。因丈夫未在，故曰独看，这是一层意思。但下联紧接着说"遥怜小儿女"，既然有小儿女在身旁，为何是"独看"？"未解"二字说明小孩子还不明白妈妈望月怀远的心情，有人而未解，更增情韵。此处须交代一下，这里的长安是借代的手法，诗人用来代指自己，与"闺中"的用法相同。有人在"长安"二字上发掘做文章，似未妥。杜甫的妻子怎能知道丈夫被叛军捉住带回长安呢？颈联进一步想象妻子凝神望月的情景。用词锦丽，意境朦胧美妙，表现出对妻子深沉真挚的爱。喻守真说："这一联风光旖旎，杜集中不大多见。"确是如此。尾联以美好的愿望结尾，使全诗之情味虽缠绵悱恻而不衰飒颓唐。

诗题为"月夜"，全诗便紧围月色来写，"独看""双照"为全诗之眼。"独看"是现实，虽全从对方落笔着墨，而诗人的"独看"自然包含其中。"双照"兼包回忆与希望，而更多的是希望。词旨深婉，章法细密。诚如黄生所云："五律至此，无忝诗圣矣。"

旅夜书怀

杜　甫

细草微风岸，危樯①独夜舟。星垂平野阔，月涌大江流。名岂文章著，官应老病休。飘飘何所似，天地一沙鸥。

【译文】

深夜静悄悄，微风轻轻吹拂着江岸上的小草。江边停泊着一只孤舟，独自树立的桅杆显得很高。放眼望去，平野空旷，亮晶晶的群星在天空中闪耀，月光照在江面上，微微看见涌动着的滚滚江涛。自己现在也有一定的名声，但并不是因为诗文精妙。辞去官职多年，是因为自己多病而衰老。带着全家乘坐一条小船到处漂泊，真像一只在暗夜中盘旋在这凄清夜空中的沙鸥鸟。

【注释】

① 危樯：高高的桅杆。危，高。

【评析】

唐代宗永泰元年（765）正月，杜甫辞去节度使参谋职务。四月，好友严武死去。他既无官职，又无靠山，便于五月携带家小离开成都草堂，乘舟东下，开始漂泊生活。此诗当是他经过渝州（今重庆市）、忠州一带时所写。

首联对起，状景精工。"用细、微、危、独几个形容词，将水陆两方面的情形，完全包举起来"（喻守真语）。颔联两句隔句相承，分写岸上与江面之景。这联诗境界雄浑阔大，为后人所称道。寥廓清旷的大背景反衬出诗人孤苦伶仃的形象和凄苦心情，并为尾联的比喻提供了环境。

后四句转向书怀。颈联带有自我解嘲的调侃意味。自己本不想只当一名诗人，却偏偏因为诗文而著名，这又岂是自己的初衷？年老多病，是该休官了，但自己辞官的主要原因却是官场的黑暗。两句诗表现诗人内心的愤懑不平，揭示出政治上的失意是他陷于困境、漂泊四方的根本原因。尾联用比喻抒情，用"一沙鸥"遥应首句的"独夜舟"，使全篇笼罩在孤独、凄凉的氛围中。

本篇题为"旅夜书怀"，前四句侧重写旅夜，即以写景状物为主；后四句侧重书怀，即侧重议论抒情。前实后虚，虚实相映，情景相生。前四句中，隔句相承，一、三句写岸上之景，二、四句写江中之景。杜甫的许多律诗用此结构。多读细思，便可悟出杜诗章法上的一些规律。

登岳阳楼①

杜 甫

昔闻洞庭水，今上岳阳楼。吴楚②东南坼，乾坤③日夜浮。亲朋无一字，老病有孤舟。戎马④关山北，凭轩涕泗流。

【译文】

早年便听说洞庭湖的水势浩瀚，今天才登上闻名遐迩的岳阳楼。洞庭湖的面积真是广阔，东南面的吴地和楚地，仿佛被它割裂。洞庭湖的水势真是浩瀚，仿佛整个天地日夜在波涛上漂浮。望着这浩渺的景象，我感到自己是那么渺小孤独，亲戚朋友没有一点消息，自己也老迈多病，只剩下这只随身漂泊的孤零零的小舟。可叹关山以北依然是烽烟滚滚，战乱直到今日也没有停休。凭依栏杆我极目远眺，默默地思索着这些国难家愁，禁不住伤心得涕泪交流。

【注释】

① 岳阳楼：岳阳城西门楼，下临洞庭湖。② 吴楚：指春秋时期吴国、楚国之地。③ 乾坤：指天地，也指日月。《水经注·湘水》："（洞庭湖）湖水广圆五百余里，日月若出没于其中。" ④ 戎马：指战争。

【评析】

这是一首咏岳阳楼的绝唱，与孟浩然的《望洞庭湖赠张丞相》诗合称题咏岳阳楼诗中的双璧，被大书在岳阳楼左序毯门间的两边而令后人不敢再题（见方回《瀛奎律髓》）。

首联直接入题，写刚刚登上向往已久的岳阳楼的复杂感受。清人仇兆鳌评此二句说"'昔闻''今上'，喜初登也"（《杜诗详注》）。但这仅仅是从字面来理解，未说到深刻处。两句诗并不是简单的登临的喜悦，其中还包含着自身漂泊天涯，怀才不遇等许多人生感触。本来早就听说过此楼壮观，可是直到今天，在流浪到此的时候才得以登临，其感情能仅仅是喜悦吗？显然不是。其中饱含悲怆的成分，这是不难体会的。颔联从面积和水势两方面描绘洞庭湖的浩瀚广阔，表现出一种涵天盖地、吞吐宇宙的宏伟气象，展示出诗人博大的胸襟与抱负，并为后面的抒情作好意境上的铺垫。颈联由远眺写景过渡到自伤身世。亲朋没有消息，孤独寂寞之情难耐；衰老而又多病，迟暮失落之感倍增。眼看着楼下的一叶孤舟，想到全家漂泊无依，没有着落，不但昔日的壮怀难以实现，就连基本生活都难以维持，这不是太惨了吗？而这种生活什么时候才能结束？作者在尾联作了含蓄的回答：战乱未靖，苦难不止。国不安宁，家不得生。诗人将家事与国家的前途联系起来，使抒发的情感更加博大深沉，与时代的脉搏紧紧相连，具有更深广的社会意义。

山居秋暝①

王　维

空山新雨后，天气晚来秋。明月松间照，清泉石上流。竹喧归浣女，莲动下渔舟。随意②春芳歇③，王孙④自可留。

【译文】

一场刚刚停止的秋雨仿佛清洗了空气中的浮尘，宁静的小山村更加清新。傍晚时凉爽宜人，人们这才觉得秋天已来临。雨后天晴，万里无云，皎洁的月光穿过松树枝叶的缝隙，洒向地面的绿茵。清澈的泉水流淌在砂石的小溪上，仿佛是一首美妙的音乐。竹林的那一面，忽然传来说说笑笑之声，那是洗衣服的女人们正在返回家门；水面上的莲花摇曳纷披，那是因为上游下来打鱼回家的渔人。已经到了黄昏，人们各有所归，阖家团圆享受温馨。尽管多彩的春天已经远去，但这里依旧是那么美丽迷人。那些想要脱离尘俗的王孙，依然可以留在这里返璞归真，忘掉一切机心而超脱出尘。

【注释】

① 秋暝：秋日黄昏。② 随意：尽管、任凭。③ 歇：消歇、过去。④ 王孙：《楚辞·招隐士》中有"王孙兮归来，山中兮不可以久留"。此处反用其意。

【评析】

本诗是王维山水田园诗的代表作之一。全诗描绘秋雨初停后的黄昏时节山居生活的恬静清幽，表现怡然闲适的心情和归隐生活的乐趣。

首联叙事，交代时间、地点、季节、气候，整体描画出秋雨初晴时山村中的清新景象。颔联摹写自然景色的清幽静谧。这正是王维所追求的人生的理想境界，是政通人和的社会理想的一种折射。两句所写为眼前实景。正因雨后天晴，因此月亮才格外明亮；也正因新雨刚过，山中才会有股股清泉。可以说王维的山水田园诗是对自然景象和社会生活图景高度概括的艺术表现，并非像有人所说是在佛教理想王国中凭空构造出来的幻影。颈联侧重描写人的活动。这里的人怡然自乐，无忧无虑，勤劳淳朴，循性而动，顺天应时，日出而作，日落而息。这种纯洁美好、不受外力干扰的生活图景正是诗人理想中的生活模式，反衬出他对卑鄙龌龊的官场现状的鄙夷厌恶之情。尾联表面看是劝人之辞，实际是作者自我心灵的剖白，委婉传达出自己要离开官场归隐田园的心态。

全诗意境浑融完整，又有工整精致的锦词丽句。中间两联看似平淡，实则意味无穷。两联同是写景，但各有侧重，前联侧重自然，后联侧重人事。四句中，两句写所见，两句写所闻，远近交错，隐显并举。寥寥二十字中，视点交叉变换，声、色、光、态无不囊括，上、下、远、近错落有致，意境清新，意蕴无穷，确实达到了炉火纯青的地步。

终南山①

王　维

太乙②近天都③，连山接海隅④。白云回望合，青霭⑤入看无。分野⑥中峰变，阴晴众壑殊。欲投人处宿，隔水问樵夫。

【译文】

巍峨的终南山高高耸立，它的主峰似乎接近天庭。它地域广阔，西连群山，东接海滨，一片郁郁葱葱。进入山中，在陡峭的山路上攀行，回头一看，雾气合在一起形成白云；向前望去，青色的雾气缭绕升腾，但当走进雾气时，又仿佛什么也没有，一切都无影无踪。终南山真是太大了，一峰阻隔分野便不相同，各个山谷在同一时间里有阴也有晴。我想要继续登山游览，但却难以发现人踪，只好隔着山涧向一位下山的樵夫打听路径。

【注释】

①终南山：在陕西长安县南五十里，又称秦岭，绵延八百余里，为渭水与汉水的分界线。②太乙：终南山的别名。③天都：指天帝所居之处。一说指唐代首都长安。④海隅：海角、海边。终南山并不临海，此是想象夸饰之辞。⑤青霭：青色的雾气。⑥分野：古人以二十八星宿的区分标识地面上的州郡界域，即不同的地区分属天上不同的星宿叫分野。

【评析】

本诗是王维以画家的眼光和手法来创作山水诗的典型篇章。如此短章却能把偌大的终南山形神兼备地刻画出来，确是大家手笔。

中国画讲究散点透视，移步换形，即在一个画面中可以有许多视点，可以变换观察角度来表现自然景观。本诗采用的正是这种方法。

首联是远望仰观式，勾勒终南山的总体轮廓，突出其高峻广阔。"近天都"或解释为地近首都长安，虽亦可通，但缺少神韵，不如释为夸饰山之高峻，简直要接近天庭，与下句极言山之面积广大相对。终南山并未"接海隅"，也是夸饰之辞。颔联换一角度，写登山时所见云气的变幻莫测，属近景。诗人观察细致，体会精微，刻画传神，如山水画中的云气，使整幅画面气韵生动，增添了朦胧美。

颈联再换角度，临顶眺望，属俯视，突出山之辽阔旷远。此联重点刻画山的脉络骨架，增强画面的立体感和重量感。尾联是局部点染刻画，以人物作为山水画的陪衬和点缀，其中的人物便是诗人与樵夫。日暮之时，上山的诗人与下山的樵夫隔着山涧问答的情态该是多么生动逼真。沈德潜评曰："或谓末二句与通体不配，今玩其语意，见山远而人寡也，非寻常写景可比。"（《唐诗别裁集》卷九）

我们可以换一角度来谈本诗与中国画的关系。中国山水画的传统技法讲究勾、皴、擦、点、染五个步骤，本诗与此正合。所谓勾，是用简练的线条勾勒出山石的总体轮廓，经营位置，首联是也。所谓皴、擦，是用不同浓度的墨色，用不同的笔法描画阴阳向背，厘清脉络，突出立体感，颈联是也。所谓点，是点苔点树点人物，刻画细部，尾联是也。所谓染，即用水分较大的笔触渲染云气以突出空间感，颔联是也。可见王维在本诗创作中确实融进了绘画的技法。

终南^①别业

王 维

中岁颇好道，晚家南山陲。兴来每独往，胜事空自知。行到水穷处^②，坐看云起时。偶然值^③林叟，谈笑无还期。

【译文】

中年时我已经爱好佛门的清净无为，晚年时隐居到终南山的山陲。兴致一来我便独自去游山玩水，那种愉悦的心情只有自己才能深深体会。有时沿着水流信步走去，走到水的尽头时又出现别的情味，那就是坐在石头上，悠闲自得地观察山谷间升起的云气。偶然遇到护林的老头儿，便无拘无束地谈天说地，聊得特别投机，不知什么时候才能回去。

【注释】

①终南：终南山。②水穷处：溪流的尽头，往往是泉眼。③值：遇到。

【评析】

唐玄宗开元后期，张九龄被李林甫排挤出宰相班子后，王维认识到朝廷政治由开明转向黑暗，思想由积极进取转向消极避祸，对于政事采取"无可无不可"的态度，向自然中寻找乐趣以求解脱，本诗所写正是这种情趣。

首联叙事，总摄全篇。"好道"为全诗情感之骨。"南山陲"则为以下六句的描写提供了环境。颔联写自己随兴出行的闲情逸致。"独往"表现出诗人的勃勃兴致，"自知"又表现出诗人欣赏美景时自得其乐而与万化冥合的精神状态。颈联即是"胜事"的具体内容，表现一种细致深微的心理感受，描写人与自然默契冥合时瞬间的解脱状态，意与象会，无迹可求，深得后人激赏。近人俞陛云在《诗境浅说》中说："行到水穷，若已到尽头，而又看云起，见妙境之无穷。可悟处世事变之无穷，求学之义理亦无穷。此二句一片化机之妙。"尾联写偶遇林叟而谈笑的情景，写人与人的和谐。林叟是年事已高而又脱却世俗尘务的老人。两人邂逅，谈笑无期，更丰富了诗的情味。

应该指出，"偶然"一词，有倒贯前文之效。"兴来每独往"是偶然，"行到水穷处"

也是偶然，遇到林叟，还是偶然，处处都是无心的遇合，更显出心中的悠闲，如行云自由飘荡，若流水任意流淌，无拘无束，自在徜徉，何其风流倜傥！本诗确实写出了诗人淡泊恬静、超然物外的风采。

本诗结构及抒情线索的安排也值得深味和借鉴。首联总领，"好道"为全篇感情之筋脉，"南山陲"为活动之环境。颔联总写"胜事"，颈联写人与自然之和谐，尾联写人与人之和谐。近人王文濡评此诗曰："第三句至第八句一气相生，不分转合，而转合自分，自是化工之笔。"（《历代诗评注读本》）

望洞庭湖赠张丞相

孟浩然

八月湖水平，涵虚混太清①。气蒸云梦②泽，波撼岳阳城③。欲济无舟楫，端居④耻圣明。坐观垂钓者，徒有羡鱼⑤情。

【译文】

八月的洞庭湖水势浩瀚，水面和岸边齐平。湖水混漾波动，仿佛包含着宇宙和天空。水汽充沛蒸腾，润泽着云梦两大湖泊的草木生灵。湖水的波涛声势浩大，仿佛在撼动着岳阳古城。想要渡过如此宽阔的水面，没有船只便无法启程。在这圣明的时代，安闲无事便是无能，令人羞耻而心中难平。观看他人在岸边垂钓，徒自产生欣羡仰慕之情。

【注释】

① 太清：指天空。② 云梦：古时云、梦是两个湖泊，在今湖北省大江南北，江南为梦泽，江北为云泽。后来大部分淤成陆地，合称云梦泽。③ "波撼"句：宋朝范致明《岳阳风土记》中载"孟浩然洞庭诗有'波撼岳阳城'。盖城据湖东北，湖面百里，常多西南风，夏秋水涨，涛声喧如万鼓，昼夜不息"。④ 端居：闲居、隐居。⑤ 羡鱼：《淮南子·说林训》中有"临河而羡鱼，不如归家织网"。

【评析】

这是一首充满比兴意味的诗。作者写此诗献给当时的丞相张说以求得赏识和提拔。为了保留身份，故借景言情，尽量隐藏干谒的痕迹。

前四句极力渲染洞庭湖的浩瀚气势，夸饰水面的宽阔，境界恢宏，气象万千，体现了生机勃勃的盛唐气象，并为后半首求仕无门的比喻作好形象上的铺垫。后四句委婉地向张丞相倾诉衷肠。情由景生，故显得自然而不生涩。面对汪洋无际的湖水，想要渡过去却缺少船只，诗人的处境与此类似。想要入仕，必须有人引荐，布衣与朝官隔着一条如同湖水般的难以逾越的鸿沟，必须解决渡水工具，即舟楫，方可问津，而自己正苦于没有办法解决这一问题。急于求人引荐的意旨甚明而又没有直说，这便是含蓄委婉处。"圣明"一词虽是颂扬皇帝，但也包含着对丞相的赞美之意。汲汲求仕之心也自在其中。尾联翻用典故进一步抒发自己因无官位而不得施展才能的淡淡幽怨，再表急于求仕之心。

全诗气象恢宏，比兴巧妙。虽有干谒之意，但写得得体，措辞不卑不亢，没有丝毫寒乞相，情格并高。

过^①故人庄

孟浩然

故人具鸡黍^②，邀我至田家。绿树村边合^③，青山郭外斜。开轩^④面场圃^⑤，把酒话桑麻^⑥。待到重阳日^⑦，还来就菊花。

【译文】

热情的老朋友准备好精美的饭菜，邀请我去清静的农家小院。绿树环绕在村庄的周围，青山在旧城的外面绵延。推开窗户正对的是菜地和场院，端起酒杯谈唠起桑麻的收成和生产。酒足饭饱的我心满意足，等到明年的重阳佳节还来赏菊饮酒和盘桓。

【注释】

①过：拜访、走访。这里是应邀为客的意思。②鸡黍：此处泛指精美的饭菜。黍，黄米。③合：树木稠密，连成一片，环绕村庄。④轩：一作"筵"。轩：窗户。⑤场圃：打谷脱粒的地方叫场，俗称场院。⑥桑麻：桑以养蚕，麻以织布。此处泛指农业。陶渊明《归园田居》："相见无杂言，但道桑麻长。"⑦重阳日：农历九月初九为重阳节。古人在这一天有登高赏菊饮酒的习俗。

【评析】

本诗所描写的只是一个普通的农庄，一次普通的农家宴请。但读完之后，却仿佛是一曲风光旖旎、清幽淡雅的田园交响曲，令人神往陶醉而回味不已。

首联仿佛是叙述家常，朋友有请我就去，毫无渲染，简单而随便。"鸡黍"二字显出农家的淳朴和热情，不讲虚礼和排场，这才显出主客之间的真情。颔联写"故人庄"自然环境的优美。一近一远，将小村绿树环绕、青山远映的景象刻画得生动逼真，历历在目，传达出诗人愉快的心情。正是在这样的自然环境中，宾主的心情都非常愉悦。开宴时推开窗户，面对宽敞平坦的场院和郁郁葱葱的菜地唠起农事来。这联诗不仅使我们能够领略到浓烈的农村生活风味，而且可以想象到宾主谈话时的欢声笑语。尾联写走时尚有不舍之意，余兴未尽，表示要在明年的重阳节再来做客。主客间的欢洽和谐之情不言自现，而且也暗示出此次邀请的时令。首联写赴宴、颔联写到主人家、颈联写把酒、尾联写告别预约明年再来，完全依照时间顺序，意脉极其清晰。

　　冒春荣《葚原诗说》卷一中说："诗以自然为上，工巧次之。工巧之至，始入自然；自然之妙，无须工巧。"强调诗贵在自然的道理，并推崇本诗为"不事工巧极自然者"。语淡而味浓，可谓孟浩然诗的总体特征，本诗便体现了这种风格。

新年作

刘长卿

乡心新岁切，天畔①独潸然②。老至居人下，春归在客先③。岭猿同旦暮，江柳共风烟。已似长沙傅④，从今又几年⑤。

【译文】

人们在欢天喜地庆祝新年，思念故乡的忧伤占据了我的心田。一个人在天涯海角孤孤单单，我伤心得泪下潸潸。已经到了老年，依然寄人篱下真是难堪。春天归来，我却无法返回家园。早早晚晚与山岭上的猿猴为伴，只能看见江边杨柳笼罩着的风烟。真像当年被贬谪的贾谊，从今后不知又是几年？

【注释】

①天畔：天边、天涯。时作者被贬潘州南巴（今广东省茂名市电白区）。②潸（shān）然：流泪貌。③"春归"句：谓春已归来而客子尚未返归故乡。④长沙傅：指西汉初年政论家贾谊。贾谊曾为执政大臣所谗，被贬为长沙王太傅。此处是作者自喻。⑤又几年：谓不知又淹留几年。

【评析】

刘长卿（？—790？），字文房，宣州（今属安徽省）人，一说河间（今属河北省）人。曾任随州（今属湖北省）刺史，世称"刘随州"。天宝后期进士及第，官长洲尉，摄海盐令。因事下狱，两遭贬谪。天宝后诗名颇著，与钱起并称"钱刘"。五言诗成就很高，自称"五言长城"。有《刘随州诗集》。

刘长卿出生在公元714年，比杜甫仅小两岁，但由于成名和步入仕途较晚，故一直被视为中唐诗人。他及第可能在肃宗至德二年（757），乾元元年（758）暂摄海盐（今属浙江省）令。不久，被罢免并身陷囹圄，后被贬为南巴尉。他的罪过是由于"刚而犯上"，是无辜的，对于这次贬谪，他感到无限悲愤和委屈。此诗即被贬南巴时所作。

本诗表现独处异地而又逢佳节时的悲慨。被贬远方，离乡背井，又逢新年，几重悲苦聚集心头，诗人难以忍受，故开篇即抒悲慨。"独潸然"三字笼罩全篇。颔联构思巧妙，句意从薛道衡《人日思归》"人归落雁后，思发在花前"两句中化出，但意义上增进一层，由单纯的思归而增加官居人下的悲愤，更增凄楚之感。此联诗虽然工巧，但有斧凿痕迹伤于自然。沈德潜评此联说："巧句。别于盛唐，正在此种。"（《唐诗别裁集》卷十一）颈联以景托情，写生活现状的孤独与悲苦，旦暮猿啼的凄清，风烟江柳的迷茫，都融入了诗人的感情。尾联用典，委婉表达被贬无期，返乡无望的哀伤，回应首句的"独潸然"，使全诗弥漫着感伤的情味。因是真情的流露，故艺术感染力很强。喻守真的意见值得参考，他说："凡是作情景兼顾的诗，用字遣词，总须平均分配，或是一句说情；或在一句中兼写情景；或是前联写景，后联写情。在起结句亦应适用这个方法。此诗伤感的成分比较多，因此抒情的词句，似乎也比写景来得多。首二句是情，三句是景，四句有景有情，五六两句是即景生情，七八句又是抒情。其中'新岁'是景，'几年'是情。无限离愁，跃然纸上。"

阙 题①

刘眘虚

道由白云尽，春与青溪长。时有落花至，远随流水香。闲门向山路，深柳读书堂。幽映每白日，清辉照衣裳。

【译文】

已爬上半山腰，白云在脚下荡漾，才来到通往别墅的路上。路旁有一道曲折的溪水，两侧到处是草碧花香。溪水有多长，春色就有多长。偶尔有落花随着流水而下，带来淡淡的缕缕清香。来到别墅门前，才发现山门正朝着山路开放。进入别墅的院子里，在绿柳掩映的深处才是主人的读书堂。尽管是晴空万里的白昼，这里也十分幽静高雅，清幽的水塘反射的亮光，映照着淡雅的衣裳。

【注释】

① 阙题：本诗当有题目，不知何故失落。殷璠《河岳英灵集》卷上录有此诗，未录诗题，后人遂以"阙题"命之。

【评析】

刘眘虚，生卒年不详，字全乙，一说字挺卿，洪州新吴（今江西省奉新县）人。开元二十一年（733）进士及第。淡泊名利。《全唐诗》存诗一卷。

刘眘虚存诗不多，但此诗却是精品，为历代所传诵。全诗描写走访一位隐居者的情景，用环境的清幽高雅衬托主人的高致。

首联写途中之景。上句写路之起点，白云尽处才开始走上通往别墅之路，可见此处的地势相当高峻。只此五字，便省略了前面爬山的一段文字，并暗示出此处离别墅已经不远，用笔省净。下句写路上的流水春光，溪水是从别墅流来的，沿着水流便可走到隐者的居所。颔联紧承上文，"至"和"随"两字用得很精当。落花随流水而至，表明是由上游漂下的，即从隐居者居处漂来的，暗示出别墅坐落在鲜花簇拥的地方。"随"字写出了花随水流动的动态感。颈联写到达别墅所见之景。上句写门外所见，以"闲"字状门，表现主人远离世俗尘嚣的闲情逸致。下句写入门后所见，院子里柳荫浓郁，长条飘拂，读书堂便坐落在柳荫掩映的深处。进一步刻画出主人治学环境的清幽宁静。尾联写在读书堂中的主体感受。这里安谧恬静，空气澄鲜，气候舒适，是治学著书、修身养性的最佳去处，主人公的闲适高洁便是不言而喻的了。

全诗由景语构成，景中含情。按空间顺序写来，使读者仿佛随着诗人的笔触游览了这位隐者的别墅。由远及近，从外向里而行。孙洙说："此以深柳句为主，言由白云尽处而来，见溪水长流，落花浮至，而门向山开，堂尽深窈，虽白日唯清辉幽映耳。"（《唐诗三百首》卷五）

喜见外弟①又言别

李 益

十年离乱后，长大一相逢。问姓惊初见，称名忆旧容。别来沧海事②，语罢暮天钟。明日巴陵③道，秋山又几重。

【译文】

经过十年的离乱，我们都已经长大成人，却在这异地他乡偶然相逢。问起姓氏，我惊讶这意外的初见，你说出名字，我不由得回忆起你当日的笑貌音容。自从分别以后，社会发生的沧桑巨变令人吃惊。当畅谈完十年来各自的情形，苍茫的暮色中响起了晚钟。可惜明天就要分手，你将要艰难地跋涉于千山万水。

【注释】

①外弟：表弟，指姑之子。②沧海事：用沧海桑田之典，指世事变化很大。葛洪《神仙传》："麻姑自说云：'接待以来已见东海三为桑田，向到蓬莱，水又浅于往者会时略半也，岂将复还于陵陆乎？'方平笑曰：'圣人皆言海中复扬尘也。'"③巴陵：唐郡名，郡治在今湖南省岳阳市。

【评析】

本诗抒写与外弟久别重逢旋又分手的复杂感情，在以人生聚散为题材的小诗中，是脍炙人口的名篇。首联写相逢的背景，语言平平，然含义丰富，起码有三层意思：一是离别已十年；二是离别的原因是战乱，是特殊的历史环境造成的；三是离别时本来是孩提，如今均已长大成人，容貌都有很大变化。正因如此，才会有颔联带有戏剧性的细节描写。颔联正面描写重逢时的情景。两句诗流传甚广，是表现故人重逢的名句。它非常生动、准确地传达出在特定环境下的情感体验，把人们久别重逢，尤其是孩提分手而成人后才相见的那种感受表现得十分传神。宋人范晞文在《对床夜话》中评此联曰："久别倏逢之意，宛然在目。想而味之，情融神会，殆如直述。"再往深层次探讨，两句诗的精妙之处还在于其艺术表现手法。它所表现的是表兄弟二人刚通姓名时那种将信将疑，一边端详对方一边在脑海中追忆以前印象的瞬间，并不描写确认后激情达到顶点时的场面，表现的是思维动向趋势而不是终点极限，给读者留下丰富的想象空间。颈联写见面后叙谈的深情。"沧海事"用典贴切。

"暮天钟"不仅表现时间已晚，而且暗示是钟声提醒二人，委婉表达出交谈的亲切忘情。尾联未说别字而别字自现。"秋山"点明别时的季节，又蕴含着伤别的情怀。喻守真说："此诗全是抒情，尤在层次分明，井井有条，自别后而相逢，初见面又不识，识而话旧，话罢又匆匆别去。一种亲昵之情跃然纸上，颔联是人人常有相遇的情形，也是人人意中所要说的话，经诗人一说，愈觉格外亲切。这种'家常话'在诗中能够偶著一二句，全诗就会生色不少。"

蜀先主庙

刘禹锡

天下英雄①气，千秋尚凛然。势分三足鼎②，业复五铢钱③。得相能开国，生儿不象贤④。凄凉蜀故妓，来舞魏宫前⑤。

【译文】

刘备经营天下的英雄壮举，千秋之后照样有凛凛生气，令人肃然而生敬意。白手创业，使天下鼎足三分，终生奋斗要完成光复汉室的伟绩。三顾茅庐，访到千古贤相诸葛亮，开创蜀汉的基业。可叹儿子又笨又愚，弄得国破家亡、分崩离析。可惜那些蜀国的宫妓，却翩翩起舞于魏国的宫殿里。没心没肺的刘禅，竟看得津津有味还非常欢喜。

【注释】

①天下英雄：《三国志·蜀志·先主纪》曹操曾对刘备说："天下英雄，唯使君与操耳。"②三足鼎：指魏、蜀、吴三国鼎立的局面。③"业复"句：五铢钱是汉武帝以后所用的钱币，王莽篡汉后废止不用。此句指恢复汉业。④象贤：效法先主的贤德。《仪礼·士冠礼》："继世以立诸侯，象贤也。"注："象，法也。"⑤"凄凉"两句：后主刘禅降魏后，被迁洛阳。"司马文王（昭）与禅宴，为之作故蜀伎，旁人皆为之感怆，而禅喜笑自若。"

【评析】

这是一首传诵很广的咏史诗。蜀先主即刘备，庙在夔州（今四川省奉节市）白帝城山上。

首联突兀劲挺，高唱入云。"天下"二字囊括宇宙，从空间下笔，极言英雄气之充塞天地；"千秋"二字贯穿古今，从时间着墨，极写英雄气之万古常存。表现出诗人对先主功绩的无比崇敬。颔联高度概括先主的英雄业绩。他百折不挠，屡经磨难，开创三足鼎立的局面。终生以光复汉室为己任，其志向可嘉。颈联转折，为先主功业未成而叹息。用刘备长于择相，知人善任与后人不肖相对比，感慨颇深。尾联用典，讽刺后主不能继承先人之业，致使国灭身俘，使先人事业半途而废。这一结尾大有深意。

诗人咏史怀古，多是有感而发。本诗前半咏盛德，后半叹业衰，在鲜明的对比中显示这样的主题：创业难，守业更难。后人的贤良与否是国家和事业能否发展兴旺的关键。中唐时期，多是昏庸平凡之君，诗人的感慨乃为此而发，读者不可不察。

草^①

白居易

　　离离^②原上草，一岁一枯荣^③。野火烧不尽，春风吹又生。远芳侵古道，晴翠接荒城。又送王孙去，萋萋^④满别情。

【译文】

　　碧绿茂盛的春草，欣欣向荣，绿遍了原野，绿遍了大地。尽管在秋冬季节干枯萎靡，但当春风吹来很快便恢复勃勃生机。漫天的野火也无法将它燃尽，在春风的吹拂下，它再度苏醒过来，为大地披上绿衣，漫山遍野，无边无际，显示出无与伦比的强大的生命力。春风习习，春草的芳香沿着古道伸向远方的天际；丽日高照，春草的翠绿连接着荒芜的古城废墟。又有人在欢送自己的朋友远去，春草萋萋，仿佛也充满了离情别意。

【注释】

　　① 草：诗题一作"赋得古原草送别"。"赋得"二字相当于"咏"字。② 离离：长貌，形容春草到处都是。③ 荣：茂盛。④ 萋萋：春草茂盛貌。《楚辞·招隐士》："王孙游兮不归，春草生兮萋萋。"

【评析】

　　关于本诗的写作背景，唐代张固在《幽闲鼓吹》中说："白尚书应举，初至京，以诗谒顾著作况。顾睹姓名，熟视白公，曰：'米价方贵，居亦弗易。'乃披卷首篇（即本诗），即嗟赏曰：'道得个语，居即易矣！'因为之延赏，声名大振。"此说虽未必属实，但可看出其在当时即广为流传，是白居易的成名之作。

　　诗题一作"赋得古原草送别"，"赋得"是限题作诗的一种形式。按照本诗题意，必须把"古原""草""送别"三者关系联系统一在一起，构成一个完整意境方可，不能缺少任何一个方面。

　　前四句重点写草，因这是中心词，是构成全诗意境的主体意象。开篇入题，"离离"形容草原的广袤与繁荣。"一岁一枯荣"道出草的生长规律。诗人未写荣—枯，而是写成枯—荣，强调草顽强的生命力，描状出一幅生生不息的图景，为下文蓄势。

颔联紧承枯荣二字写来，描绘出一幅非常醒目、令人激动不已的壮观场面。野火燎原，枯草成灰，一片黑色，大地焦灼，但等到春风一吹，野草复生，遍地绿色，野草旺盛的生命力令人敬佩，值得歌唱。这种在烈火中再生的壮丽也给人以鼓舞的力量。颈联侧重写古原。充满诗情画意的春草与"古道""荒城"这古色古香的词语组合在一起，意境很别致，并为尾联的送别提供了典型环境。尾联关合全篇，点送别之意，而且是在古原草的烘托下送别，写足题面。

蝉

李商隐

  本以高^①难饱，徒劳恨费声。五更疏欲断^②，一树碧无情。薄宦梗犹泛^③，故园芜已平^④。烦^⑤君最相警，我亦举家清。

【译文】

  你是住在高枝上的一个高洁的小生灵，餐风饮露本来就难以饱腹，何必幽怨而发出怨恨之声？这一切都是枉费徒劳，因为根本就无人肯听。你彻夜哀鸣，到五更时已声嘶力竭，但那满树的碧色却麻木不仁而毫无表情。我的官职卑微，像桃木梗一样四处飘零，流落何方难以确定。故乡的田园已经荒芜，何不归去隐居以求得自由宁静？麻烦你用自己的哀鸣，为我敲响警钟，我的家境和处境也是如此，贫寒困苦而又凄清。

【注释】

  ①高：蝉生活在树上，故曰高，也含有清高、高洁之意。②"五更"句：谓蝉彻夜鸣叫，到五更时力竭声稀。③梗犹泛：《战国策·齐策》："桃梗谓土偶人曰：'子，西岸之土也，挺子以为人。至岁八月，降雨下，淄水至，则汝残矣。'土偶曰：'不然。吾，西岸之土也，吾残，则复西岸耳。今子，东国之桃梗也。刻削子以为人，降雨下，淄水至，流子而去，则子漂漂者将何如耳！'"此句谓自己官小而四处漂泊。④"故园"句：化用陶渊明《归去来兮辞》中"归去来兮，田园将芜胡不归"句意。⑤烦：麻烦、烦劳。

【评析】

  这是一首咏蝉诗，因其妙契物性，巧寓己情，被清代学者朱彝尊誉为"咏物最上乘"。

  前四句写蝉，意义上句句生发，连贯而下。以"高"字为筋脉。首联起势突兀，造语奇硬，表面似自怨自艾，实含忧愤之情。蝉栖高枝，暗喻自己之清高；蝉难饱，也与诗人身世境遇相吻合。含恨而鸣又枉费徒劳，其中亦有潜台词。两句诗含有这样的意思：诗人因清高而仕途偃蹇，生活困顿，向有权势者陈情却无人理睬，无人真心帮助自己。颔联紧承首联而来，"上句即承'声'字，谓即力竭声嘶，亦无同情的人。

下句承'高'字，谓高栖于树，而树亦无情。字字咏蝉，却字字是自况"（喻守真语）。这几句分析入情入理，很得要领。颈联转折，抛开所咏之物，直抒胸臆。"薄宦"句用典抒写自己孤苦无依，到处漂泊的身世，言简意丰，非常精当。"芜已平"比"田园将芜"更甚，禾苗和野草已经连成一片，漫然而不可分，婉转表达诗人思归心情之迫切。这两句表面上看与蝉无关，但在精神实质上是相通的。因清高而薄宦而难饱而徒费声也。尾联结题，回到蝉身上。君与我对举，完全平等，我就是蝉，蝉亦是我，二者在作情感上的交流。蝉的鸣叫声惊动了我的心，我也真正理解了你这个弱小而高洁的小生灵。这样，就把咏物和抒情紧密结合起来，在意脉上倒贯全篇，呼应开头，使全诗的意境浑然一体。

孤 雁

崔 涂

几行归塞尽，念尔①独何之？暮雨相呼失②，寒塘欲下迟。渚云低暗度，关月冷相随。未必逢矰③缴④，孤飞自可疑⑤。

【译文】

仰望长空，几行北飞的大雁已消失在天际，只剩下一只孤雁还在艰难地挪移。我不由得为你担心忧虑，只身孤影要飞向哪里？黄昏中蒙蒙细雨，你的叫声悲凉而凄厉，却无法找到远去的伴侣。前面看见一个荒凉的水塘，想要落下栖身又惶恐迟疑。前面的征程遥远黯淡，洲渚上乌云笼罩而扑朔迷离，只有关塞那清冷的月光与你的身影相随。虽然不一定会遇到弓箭的袭击，但你自己独自远飞，毕竟令人担心疑虑。

【注释】

①尔：你，指孤雁。②失：失去的伴侣。③矰（zēng）：古代射鸟用的带绳的箭。④缴：射鸟箭上所带的丝绳。⑤疑：疑虑，谓担心。

【评析】

崔涂，生卒年不详，字礼山，江南人。僖宗文德元年（888）进士及第，长期漂泊，诗"多离怨之作"，格调低沉，意境较悠远。《全唐诗》存诗一卷。

这是一篇很著名的咏物诗，全篇用赋而比的手法写成。作者把全部情感倾注到孤雁的形象中，自己并不出面，与李商隐的《蝉》和骆宾王的《在狱咏蝉》有别，形成自己的特点。

"孤"字是全诗的诗眼。首联写孤的原因是离群，用"几行"和"独"相对比，孤雁的形象马上在画面上凸显出来。"念尔"一词隐含作者的同情之心，表现出诗人对客体的关注之情。颔联承前，具体描绘"独何之"的神态，表现孤雁失群后仓皇惊恐的神情，非常精彩。时值黄昏，孤雁经不住风雨的摧残，实在飞不动了。前面出现一个荒凉的水塘，它想要落下休息，但又有些害怕，几度盘旋，这句诗把迟疑惊恐的心理刻画得细致入微。颈联设想孤雁前程的艰难寂寞。特别要注意"低""冷"

二字的感情色彩。"低"突出其途中压抑阴郁的氛围，"冷"突出其孤苦冷清的境况。月冷云低，衬托出形单影只，突出行程的艰险、心境的凄凉。尾联写对孤雁的祝愿和同情。从语气上看像是安慰，实际上是更深的担忧。"矰缴"回应全诗，点出孤雁最惊恐的是矰缴，这是惊呼失伴，怕下寒塘的主要内容。"孤飞"二字点题终篇，结清题意。

本诗妙在托物言志，句句写雁，句句又都在写诗人自己，亦雁亦人。崔涂本是江南人，一生中却常在巴、蜀、湘、鄂、秦、陇等地做官，远离家乡和亲人，不也像这只孤雁吗？前途未卜，时时要防备遭人暗算，不也像这只孤雁吗？中间两联尤为精彩，蕴含着诗人对生活前景的担忧和恐惧，内容极其丰富。确有味之无极、闻之动心的艺术效果。

七言律诗

独不见①

沈佺期

卢家少妇郁金堂②，海燕③双栖玳瑁④梁。九月寒砧⑤催木叶，十年征戍忆辽阳⑥。白狼河⑦北音书断，丹凤城⑧南秋夜长。谁为⑨含愁独不见，更教⑩明月照⑪流黄⑫。

【译文】

卢家少妇的居室极其华贵，墙壁上涂抹着郁金苏合香，漂亮的玳瑁装饰着房梁，上面栖息着燕子双双。自从丈夫去镇守边防，每至九月寒秋霜降，满城的砧杵声仿佛在催促树叶飘落枯黄。思妇情不自禁地遥念起丈夫所在的辽阳。无法得到白狼河那边的音信，京师城南的思妇只觉得秋夜过于漫长。彻夜难眠的少妇已痛苦不堪，不知是谁，又让明亮的月光来映照这华丽的幔帐和这伤心的面庞。

【注释】

①独不见：乐府旧题，属杂曲歌辞类。一作"古意"，一作"古意呈补阙乔知之"。②"卢家"句：语本南朝梁武帝萧衍所作《河中之水歌》"……洛阳女儿名莫愁……十五嫁为卢家妇"，后世以"卢家妇"作为少妇的代称。郁金堂，以郁金苏合香为香料浸酒和泥涂壁的堂屋。一说，燃烧郁金苏合香料的堂屋。③海燕：又名越燕，产于南方滨海地区，春季北往，于室内营巢。④玳瑁：一种与龟相似的海生动物，甲黄黑相间，半透明，可制装饰品。⑤寒砧：寒风中捣衣的砧杵相击声。古代妇女一般在秋季捣衣赶制冬服，故捣衣声最能引起思妇对远方亲人的思念。⑥辽阳：泛指辽河以东地区，唐时政府派重兵镇守，为东北边防要地。⑦白狼河：今辽宁省大凌河，流经锦州入海，古称白狼水。⑧丹凤城：此指唐京城长安。丹凤，相传秦穆公的女儿弄玉吹箫引凤，凤凰飞临咸阳城，因而以"丹凤"为城名。后人即以丹凤称京城。又，汉武帝在长安建凤阙，唐代大明宫前又有丹凤门，故相沿成习，呼京城为丹凤城。⑨谁为："为谁"的倒文。为，一作"谓"，一作"知"。⑩更教：一作"使妾"。⑪照：一作"对"。⑫流黄：黄紫相间的丝织品，这里指帏帐。一说，指所捣的衣裳。

【评析】

这是一首较早出现的比较优秀的七律，写京中少妇对久戍不归的丈夫的深切思念之情，曾被人推为唐人七律的压卷之作，声誉甚高。

本诗具有较浓的乐府民歌风格，主要表现在首联对少妇家居环境的描写上。从"郁金堂""玳瑁梁"等词语的选用看，诗中女主人公似乎是位富家妻室，然而却不然，这里正运用了民歌中所常用的夸饰女子富有的传统手法，如《陌上桑》等均如此。本诗写女子居室华丽只是手段，其目的只为塑造她的美好形象，本意当不在"富"字上。另外须注意的是，颔联应以互文手法释诗，如此才格外精彩。这位思妇是年年九月思夫，而不是在第十年的九月才起了思夫之情。如此解诗可大大加深对本诗抒情深度的理解。再就是颈联写情，从男女各方落笔，如此更见双方情苦。后来高适《燕歌行》中的名句"少妇城南欲断肠，征人蓟北空回首"模仿的正是这种两地相思的笔法，甚至连"城南"也照用。另外，诗中选"白狼"为河名，带有险恶困危之意，说明男子在边地作战，生死攸关，前途难卜，十分令思妇担心，也该指明。

这首诗的主要特色在于情和景的高度融合。如首联的"郁金堂""玳瑁梁"，便是以夸饰之辞美化少妇之居室，其真实用意恐怕在于渲染一种和谐美满的家庭生活氛围，从而反衬我们的女主人公却独自居住其中，岂不可惜？第二句中的"海燕双栖"也是反衬。第三句又以"九月寒砧催木叶"的凄凉气氛正面烘托女主人公的压抑心境，也很合宜。另外，第六句中的"丹凤城"，是以美文来反衬女主人公内心的愁苦，她本可在这座漂亮的丹凤城中同丈夫共度幸福快乐的时光，然而却不能，又多么令人遗憾。末句同样用的是反衬手法：屋宇中美则美矣，又有明月，又有流黄，然而人却不能成双，如此茕茕孑立，形单影只，岂不可悲？综上所述，本诗在情景关系上主要运用反衬手法，使情和景在反向上汇合，从而凸显了女主人公的哀怨心情。

黄鹤楼①

崔 颢

昔人已乘黄鹤去②，此地空余黄鹤楼。黄鹤一去不复返，白云千载空悠悠。晴川历历汉阳树，芳草萋萋鹦鹉洲③。日暮乡关④何处是，烟波江上使人愁。

【译文】

从前的仙人已经驾着黄鹤飞走，此处只剩下这座空荡荡的黄鹤楼。黄鹤飞走后再也没有返回，只有那飘浮不定的白云，千载依旧，在楼的上空荡荡悠悠。举目远眺，江面分明，清清楚楚映入眼帘的是汉阳树，绿色撩人，布满芳草的是鹦鹉洲。苍茫的暮色渐渐来临，思念家乡的情绪笼罩我的心头。可此处无法望到我的家乡，只见江面上烟波浩渺，我不由得感到怅惘和忧愁。

【注释】

① 黄鹤楼：武昌西有黄鹤山，山西北有黄鹤矶，旧有黄鹤楼，故址在今武汉长江大桥桥头。传说仙人王子安乘黄鹤过此，故名。② 昔人：指传说中的仙人王子安。黄鹤：一作白云。③ 鹦鹉洲：唐时在汉阳西南长江中，后渐被江水冲没。东汉末年，创作《鹦鹉赋》的祢衡被黄祖杀于此洲，或因此得名。④ 乡关：家乡。

【评析】

据元人辛文房《唐才子传》记载，李白登黄鹤楼时曾想要吟诗，但见此作后为之敛手，说道："眼前有景道不得，崔颢题诗在上头。"其后又先后创作《鹦鹉洲》《登金陵凤凰台》二诗与之较胜。严羽在《沧浪诗话》中推崇说："唐人七言律诗，当以崔颢《黄鹤楼》为第一。"这些传说和评价都极大地提高了本诗的知名度。

本诗意境雄浑高古，诗味淳厚。前四句似随口吟出，气势奔腾。仙人跨鹤，本属虚无，但作者以无作有，借楼名起兴，说仙人一去不复返，就有一种岁月不返、古人不可复见的遗憾。仙去楼空，唯有悠悠的白云千载依旧，尤能表现世事迷茫，人生短暂渺小的感慨。缅怀古今，骋目四野，在这悠远广袤的时空中创造出令人迷惘若失的氛围，为后文的抒情张本。颈联转折，由对历史传说的缅怀回到现实，句式也由散漫不拘而变为整饰。前人或认为"似对非对",认为"历历"下属"汉阳树",而"萋萋"上属"芳草",结构上不一致。解诗不该如此拘滞,"历历"修饰"晴川"又有何不可,故当看作对偶句,而且对得比较巧妙。尾联以登高望远怀乡作结,情由景生,吐属自然,余韵悠悠。

本诗颇具艺术特色。前半首用散体变调,以意为主,几乎完全不管格律的要求。首联"黄鹤"一词重复出现且在同一位置上,这是平仄所不允许的。第三句几乎全用仄声字,第四句又用"空悠悠"三平调煞尾,均为律诗之大忌。颔联不用对仗,与律法也不合。我们万万不可如此。此诗后半首则严格按照格律来写,分毫不爽,甚合法度。结构与情感的表达相一致,故得到后人激赏。沈德潜在《唐诗别裁》卷十二中评此诗曰:"意得象先,神行语外,纵笔写去,遂擅千古之奇。"

送魏万①之②京

李 颀

朝闻游子唱离歌③，昨夜微霜④初渡河。鸿雁不堪愁里听，云山况是客中过。关城树色催寒近，御苑⑤砧声向晚多。莫见长安行乐处，空令岁月易蹉跎⑥。

【译文】

昨夜清冷，大地罩上一层白白的轻霜。凌晨，即将远行的游子，向前来相送的友人殷勤话别，情深意长。分别在即，本来就很惆怅，空中又传来征鸿鸣叫之声，更加凄楚感伤。山川云雾，在客游中领略别有一种感想。当你接近京师关隘的时候，树色已经枯黄，仿佛催促着寒气，倍觉苍凉。长安城中，每当日暮黄昏，便到处是捣衣的砧声，令人恓惶。到长安之后，千万不要看到到处都是游冶玩乐的处所，便贪图享乐而虚度了大好时光。

【注释】

① 魏万：又名颢，山东博平人，是李颀的晚辈诗人。隐居王屋山，自号王屋山人。② 之：动词，前往。③ 离歌：即"骊歌"。古逸诗有《骊驹》篇，据《大戴礼记》载：古代客人临去而歌《骊驹》，后世因将告别之歌称作"骊歌"。④ 昨夜微霜：即满地微霜的清晨。霜皆成于夜间，故称昨夜。⑤ 御苑：宫禁，此处代指长安。⑥ 蹉跎（cuō tuó）：虚度时光。

【评析】

诗无定法，却有一定规律可循。不同题材的诗在内容与结构上各有其要求。这是一首典型的送别诗，仔细分析琢磨，对我们掌握此类诗的写作及鉴赏要领大有益处。

关于"赠别"诗，元代的杨载在《诗法家数》中提出这样的要求："第一联叙题意起；第二联合说人事，或叙别，或议论；第三联合说景，或带思慕之情，或说事；第四联合说何时再会，或嘱咐，或期望。"参照这段话，我们再来回味简析本诗的结构，会别有一番体会。

首先，本诗首联叙题，点明分别时的情景和气氛。第二联叙别，述说别时及别后的孤独和冷清。第三联写景，带有同情之意。第四联嘱咐中含有期望之情。全篇用一"情"字贯穿起来，正合上文杨载所说的"赠别"诗的体式。再联系王勃的送别名篇《送杜少府之任蜀州》一诗的结构层次，便可领悟出一些写送别诗的道理来。

其次，本诗首联写法也很有特点。作者采取倒戟而入之势，显得生动活泼，出人意表。"朝闻"句直接写送别时的场面，次句才写到送别的地点和环境。作者用"度"字把霜拟人化，仿佛这些白茫茫的微霜是为今晨的送别特意渡河而来的，增强了表达效果。

登金陵凤凰台①

李 白

　　凤凰台上凤凰游，凤去台空江自流。吴宫②花草埋幽径，晋代衣冠③成古丘。三山④半落青天外，二水中分白鹭洲⑤。总为浮云⑥能蔽日，长安不见使人愁。

【译文】

　　相传在这座凤凰台上，曾有三只凤凰嬉戏游憩。如今凤凰早已飞去，台上空空荡荡，只有台下的长江独自奔流。一切繁华都已经成为过去，当年吴国宫殿的花草，如今已变得荒凉而深幽，东晋豪族曾经辉煌一时，如今都埋入长满蒿草的坟丘。只见那三山隐隐约约坐落在青天之外，白鹭洲把长江分为两道水流。可惜漫天的浮云竟遮蔽了太阳，眺望不到长安令我非常忧愁。

【注释】

　　①凤凰台：《江南通志》："凤凰台，在江宁府城内之西南隅，犹有陂陀，尚可登览。宋元嘉十六年，有三鸟翔集山间，文彩五色，状如孔雀，音声谐和，众鸟群附，时人谓之凤凰。起台于山，谓之凤凰台。山曰凤凰山，里曰凤凰里。"《珊瑚钩诗话》："金陵凤凰台，在城之东南，四顾江山，下窥井邑，古题咏唯谪仙为绝唱。"②吴宫：三国吴大帝孙权迁都建业，后孙皓营建新宫，大开园囿。③晋代衣冠：东晋时的王公大臣。东晋元帝司马睿亦以建康为都城，宫城仍用吴国故宫。王谢等大贵族很显赫。④三山：《江南通志》："三山在江宁府西南五十七里。"其山滨大江，三峰行列，南北相连。山在今南京市西南长江东岸。⑤"二水"句：王琦注："史正志《二水亭记》：秦淮源出句容、溧水两山，自方山合流，至建业贯城中而西，以达于江。有洲横截其间，李太白所谓'二水中分白鹭洲'是也。"白鹭洲，在金陵城西大江中。⑥浮云：喻指朝中奸佞。陆贾《新语》："邪佞蔽贤，犹浮云之障日月也。"

【评析】

　　据说李白写作此诗是想与崔颢的《黄鹤楼》诗比较胜负（参见前面《黄鹤楼》诗评析），其格律气势确实相似，难分高低。

　　首联写凤凰台的传说，十四字中连用三个凤字，却不嫌重复。音节流转明快，

和谐优美。两句诗与崔颢前四句内容相似。颔联就"凤去台空"进行发挥。六朝时的繁华显赫并未留下什么有价值的东西，一切都已成为历史的陈迹。颈联从历史回到现实，描绘眼前之景色。陆游《入蜀记》云："三山，自石头及凤凰山望之，杳杳有无中耳。及过其下，距金陵才五十余里。"这段话正好说明"三山半落青天外"的意境。两句诗气象壮丽，生动逼真，对仗工稳，实为佳句。尾联用比兴手法暗示皇帝已被佞幸小人所包围，抒发自己报国无门、忧伤愤懑的心情。"不见长安"暗点诗题中的"登"字，使全诗意义浑然一体。仔细体味，李白之愁是忠君忧国之愁，崔颢之愁是思乡之愁，李白愁的内容更深沉博大。

和贾至舍人早朝大明宫①之作

王 维

绛帻鸡人②送晓筹，尚衣③方进翠云裘④。九天阊阖开宫殿，万国衣冠拜冕旒⑤。日色才临仙掌⑥动，香烟欲傍衮龙⑦浮。朝罢须裁五色诏⑧，佩声归向凤池⑨头。

【译文】

黎明时分，皇宫内外分外寂静，负责伺更报晓的官员开始行动。他们头戴象征鸡冠的红色角巾，把表示时间的筹码送进宫中。各种人员开始忙碌，负责穿衣的宦官捧着龙袍脚步匆匆。层层宫门依次开启，响声隆隆，庄严肃穆的早朝即将举行。天子走上金銮殿，文武百官依次侍立，众多外国使臣也跪拜在大殿之中。当太阳刚刚照临时，在皇帝身后手持羽扇的宫女便开始移动，簇拥着皇帝离开皇宫。御炉中的缕缕香烟随着龙袍轻轻浮动，仿佛要依傍君王的威风。早朝已经结束，您将要回到中书省，裁好书写圣旨的五色纸，思索草拟圣旨的新内容。

【注释】

①大明宫：唐宫殿名，在长安城西北角。②绛帻鸡人：戴红色头巾的负责伺更报晓的官员。《汉官仪》：宫中夜漏未明，三刻鸡鸣，卫士候于朱雀门外，着绛帻（红布包头像鸡冠）鸡唱。鸡人，古官名，即鸡供奉。③尚衣：官员，负责供天子冕服。④翠云裘：用翠羽编织的有云纹图案的裘衣，此代指珍贵的龙袍。⑤冕旒：天子之冠。旒，冠前下垂的珍珠串。《礼记·礼器》："天子之冕，朱缘藻，十有二旒。"⑥仙掌：皇帝身后宫女所持的羽扇。一说指汉武帝所造的柏梁铜柱仙人掌，但与全诗意境不合，恐不确。⑦衮龙：天子所穿龙袍上面有龙的图案。⑧五色诏：即天子诏书，因用五色帛书写，故称。⑨凤池：凤凰池之简称，乃中书省所在地，故可代指中书省。贾至是中书舍人，在中书省任职，故云。

【评析】

这是一首和诗。原作是中书舍人贾至所写，描绘大明宫早朝时的恢宏气象，表现出大唐盛世的赫赫声威。

本诗层次清楚，按照时间顺序写来。首联写早朝的准备阶段，鸡人报晓、尚衣进裘均是真实的宫廷生活。颔联写早朝刚刚开始时的壮观场景。写景由外到内，场面宏大。"万国衣冠拜冕旒"一句表现出大唐帝国国势强盛，处在宗主国的地位，周围的许多属国臣服听命的威势。胡元瑞赞叹这联诗："高华博大，冠冕和平，使全诗为之生色。"确是知言。颈联写早朝刚刚结束之景，皇帝离去，香烟缭绕，充满富贵祥和气象。尾联恭维贾至甚得圣眷，回去即要忙于起草圣旨了。篇末归结到原唱上，深合和诗之体。

　　和贾至此诗的，除王维外，还有岑参和杜甫，当时唱和者恐怕不仅他们三人，但保存下来的却只有这三首，加上原作，共四首诗。由于这四首诗同一题材、同一形式、同时所作，四人的诗名都很响亮，故引起后人的广泛注意，比较评论优劣的大有人在。此处限于篇幅和体例，不再多说。

积雨辋川庄作

王　维

积雨空林烟火迟，蒸藜①炊黍饷②东菑③。漠漠水田飞白鹭，阴阴夏木啭黄鹂。山中习静观朝槿④，松下清斋⑤折露葵⑥。野老与人争席⑦罢，海鸥何事更相疑⑧。

【译文】

连日阴雨，空荡荡的山村中格外宁静。气压太低，做饭的炊烟非常迟缓地徐徐上升。广漠的水田中不时有白鹭飞起，浓郁茂盛的树木中不时传来黄鹂鸟的歌声。为了修炼静养之功，我在山中默默观察木槿早晨徐徐开花时的情景；为保持清淡的素餐，我在松树下采摘带着露水的绿葵而食用它的叶和茎。我已经完全与世无争，可那些飞翔着的海鸥为何还对我疑虑重重？

【注释】

①藜：一年生草本植物，高五六尺，新叶嫩苗可吃。②饷：送午饭到田间。③菑：开垦一年的土地。此处泛指田地。④朝槿：即木槿，落叶灌木，夏秋之际开花，有红、紫、白数种。朝开暮落，故曰朝槿。古人常用来作人生无常的象征。⑤清斋：即斋食。佛家过午不食叫斋。世俗以素食为斋。⑥露葵：即绿葵，一种素菜，见《颜氏家训·勉学篇》。⑦争席：指与人不拘形迹，毫无隔膜。《庄子·寓言》载：阳子居（杨朱）去见老子时，旅舍的人对他很客气，给他让座位。他从老子处学完道理返回时，人们不再给他让座，而与之"争席"了。郭象注云："去其夸矜故也。"谓毫无架子，与人平等相亲的生活态度。⑧"海鸥"句：《列子·黄帝》载：有人住在海边，与鸥鸟相亲相习。他的父亲知道了，要他把鸥鸟捉回去。他再去海边，鸥鸟便躲开他而不再飞近了。

【评析】

《旧唐书·王维传》载："维兄弟俱奉佛，居常蔬食，不茹荤血。晚年长斋，不衣文彩。"辋川庄是王维晚年的别墅，在今陕西省蓝田县境内。本诗把辋川庄优美恬静的田园风光与自己清淡幽雅的隐居生活结合起来，创造出一幅清新优美的画面。

前四句写田园风光之美。首联写田家生活。炊烟袅袅，农妇将饭送到田间。秩序井然，生活气息浓烈。颔联写自然景象。"漠漠水田"写视野的开阔，"阴阴夏木"写境界的深邃。"飞白鹭"是可见之形，"啭黄鹂"是能闻之声。前句是俯视，后句是仰听。两句中，上与下、广阔与纵深、听觉与视觉交织在一起，给人的感官造成强烈的印象。前人盛赞王维"诗中有画"，指的正是这种境界。后四句写自己清静无为的生活，确有不食人间烟火的味道。尾联的两个典故进一步表现自己要尽去世俗之心，屏绝尘想，与人无碍，与世无争的心境。

本诗形象鲜明，兴味深远。前人对其推崇备至，认为"淡雅幽寂，莫过右丞《秋雨》"。甚或有人推崇其为全唐七律的压卷之作（见赵殿成《王右丞集》卷十）。均可见其受重视的程度。

蜀　相①

杜　甫

蜀相祠堂②何处寻？锦官城③外柏森森。映阶碧草自春色，隔叶黄鹂空好音。三顾④频烦天下计，两朝开济⑤老臣心。出师未捷身先死⑥，长使英雄泪满襟。

【译文】

诸葛丞相的祠堂到什么地方去找寻？人们指给我，就在锦官城的外面，那里的松柏茂茂森森。我漫步走近，碧草映照石阶，空有一片绿茵。黄鹂鸟在密叶深处鸣唱，徒有一腔美妙的声音。当年的先主不怕麻烦，为天下苍生而三顾茅庐请出高人。诸葛亮鞠躬尽瘁，辅佐刘备开创基业，建立蜀汉而与吴、魏鼎足三分。辅弼刘禅拯救危难，表现出老臣的耿耿忠心。可惜北伐未成身先死去，常使后世的英雄人物泪流满襟。

【注释】

①蜀相：一作丞相。此诗以篇首二字为题。②祠堂：即今武侯祠，在成都市南郊公园内。晋时李雄在成都称王时所建。③锦官城：成都的别称。古锦官城是成都少城，毁于晋桓温平蜀之时。④三顾：刘备为请诸葛亮，曾三顾茅庐。⑤开济：开创基业，匡济危时。⑥"出师"句：《蜀志·诸葛亮传》："亮悉其众，由斜谷出据武功五丈原与司马懿对于渭南，相持百余日，疾卒于军。"

【评析】

本诗为唐肃宗上元元年（760）春杜甫到成都后初游武侯祠时所作，在喟叹诸葛亮功业垂成身死的同时，寄寓了作者忧国伤乱、怀才不遇的感慨。

首联写急于走访游览武侯祠的心情，以自问自答的方式点明其地理位置及总体印象。颔联写祠内的景色。作者选景布局别具匠心，不可不察。祠内景物甚多，巍峨的殿堂、庄严的雕像，诗人皆略而不写，却偏写"映阶碧草"和"隔叶黄鹂"，这本来都是美景，但加上"自""空"二字，境界迥变，渲染出祠内荒凉冷落的景象。这既是眼前实景，又是诗人主体心境的写照。"自""空"二字，在句中所用为拗格，但舍此二字，便无法恰切表现那种情境，可见作者遣词造句的良苦用心。颈联高度赞美诸葛亮的丰功伟绩和鞠躬尽瘁的敬业精神。上句写刘备识才礼贤，烘托诸葛亮的雄才大略，下句概括其一生的盖世功业。"两朝开济"四字极为精练，概括力强，一字千钧，充分显示出杜甫笔力的雄健老到。浦起龙评曰："五、六实拈，句法如兼金铸成，其贴切武侯，亦如熔金浑化。"（《读杜心解》）确如斯言，此为千古以来咏叹诸葛亮的最佳对联，后人无以过之。尾联抒情，既伤诸葛亮，也是诗人自伤。杜甫虽是诗人，但素有大志，自比稷契，终生忧国忧民。然而壮志未酬，天下大乱，悲从中来，洒下热泪也在情理之中。故泪满襟的英雄当然也包括诗人在内。

闻官军收河南河北

杜　甫

剑外①忽传收蓟北②，初闻涕泪满衣裳。却看③妻子愁何在④，漫卷诗书⑤喜欲狂。白日放歌⑥须纵酒，青春⑦作伴好还乡。即从巴峡穿巫峡，便下襄阳向洛阳。

【译文】

在这偏僻的剑门之外，官军收复蓟北的消息忽然传到耳旁。乍一听到时我惊喜万分，眼泪沾湿了衣裳。再看妻子的忧愁也一扫而光，忙忙叨叨地收拾书卷和书房，高兴得简直要发狂。这样喜庆的日子，只应当纵酒歌唱。我将在美丽春景中返回故乡。通过巴峡再穿过巫峡，过了襄阳后便直奔洛阳。

【注释】

① 剑外：即剑南，代指蜀中。② 蓟北：今河北省北部，安史叛军的根据地。③ 却看：再看，还看。④ 愁何在：言愁容已不可见。⑤ 漫卷诗书：胡乱地卷起诗书，喜极貌。⑥ 放歌：放声高歌，尽情欢乐。⑦ 青春：春天。

【评析】

唐代宗宝应元年（762）冬，唐军收复洛阳和河南大部分地区。第二年正月，史思明之子史朝义兵败自杀，部将纷纷投降，安史之乱结束。春天，消息传到蜀地，正流寓在梓州（治所为今四川省三台县）的杜甫听到这一消息后，欣喜若狂，写下这首"平生第一首快诗"（浦起龙《读杜心解》）。

本诗起笔突兀，感情如决堤狂涛随势而起。诗人多年漂泊在外，主要原因就是安史之乱未靖。所以乱平的消息，如春雷乍响，山洪突发一般，令他喜不自胜，全诗的感情即由这一消息所生发。颔联以转折承，写家人及自己的惊喜情态。"漫卷"这一细节极为生动逼真，乃人之常情，故也最动人。颈联对"喜欲狂"作进一步的抒写。"白日"和"青春"相互为文，衬托出诗人明朗欢欣的心境。"放歌""纵酒"既有战乱结束的喜悦，更有即将还乡的欢欣。下句直接道出久久积郁在心的愿望，"青春作伴好还乡"。尾联犹奇，连用四个地名，形成流水对，设想返乡的路线。"巴峡"和"巫峡"、"襄阳"与"洛阳",既各自对偶(句内对),又前后对偶,形成工整的地名对。再用"即从""便下"两个表现紧紧相连关系的词语绾合起来,文势迅急,一气贯注而下,生动地表现出作者返乡的心情是何等迫切,思乡之念又是何等强烈。久客在外急于还乡的感情具有很大的普遍性,故也最易引起人们的共鸣。

全诗感情奔放,气势充沛,快言快语,感人肺腑。诚如仇兆鳌在《杜少陵集详注》中引王嗣奭的话所云:"此诗句句有喜跃意,一气流注,而曲折尽情,绝无妆点,愈朴愈真,他人决不能道。"

登 高

杜 甫

风急天高猿啸哀，渚①清沙白鸟飞回②。无边落木萧萧下，不尽长江滚滚来。万里悲秋常作客，百年多病独登台。艰难苦恨③繁霜鬓，潦倒新停浊酒杯④。

【译文】

登上江边的高山，秋天的天空寥廓而高远。山风一阵紧似一阵，风声中夹杂着猿鸣的凄寒。俯视江面，江中的洲渚清晰可见，江边的沙滩白茫茫一片，几只水鸟在空中盘旋。随着阵阵秋风，满山遍野的落叶纷乱。俯瞰江面，滔滔的江水波浪滚滚、源源不断。面对这凄凉萧瑟的秋景，我悲从中来，思绪万千。想到自己大半生客居在万里之外，如今已到迟暮之年，弄得浑身是病，一个人孤零零登上高山，真是凄凉而又可怜。我真痛恨这混乱的世道，忧愁得两鬓如繁霜一般。本来想要借酒浇愁，但因有病不能再把酒杯来端。

【注释】

① 渚：水中小洲。② 鸟飞回：谓鸟因风急而在空中盘旋。③ 苦恨：特别恨、非常恨。④ "潦倒"句：当时杜甫因病戒酒，故云。

【评析】

本诗是杜诗中的精品，杨伦称赞此诗为"杜集七言律诗第一"（《杜诗镜铨》）。胡应麟更大加推崇，认为是古今七律之冠。

本诗思想容量很大，饱含诗人大半生的坎坷经历和穷困潦倒的喟叹，既富于形象性又有很大的概括力。前半首写登高所见之景，后半首写触景所生悲秋之情，笔法错落有致，隔句相承。一、三句写山上；二、四句写江面。一、二句精雕细刻，相当于绘画的工笔；三、四句大笔渲染，相当于绘画的写意。纵横开阖、天高地远、形声兼备，描绘出一幅萧条冷落、凄清寥廓的长江峡谷秋景图，为全诗的抒情渲染了悲剧气氛。

颈联是全篇的中心，"悲秋"二字是诗眼，两句诗含蕴丰厚，味之无穷。逢秋而悲，人之常情；客中悲秋，其悲更甚；常常作客，故常常有悲；故园万里，故悲中又牵惹乡关之思；独自登台，顿生身世伶俜之感；多病缠身，尤增凄苦之情；年值垂暮，平添功业无成之痛。万事尽不遂愿，身心俱已憔悴矣。可见，这两句诗思想含量极其丰富，表现出诗人当时极其复杂的感情世界。回环往复，笔触细腻。还应指出，此联中的"万里""百年"与上联的"无边""不尽"相互对应，均是一横一纵，一空间一时间，拓展了诗的境界。而且情景交融，互相渗透，诗人的忧思仿佛无边的落叶和不尽的长江一样无边无垠、绵绵不绝，使感情的抒发更加沉重凝练、博大深远。

本诗艺术上最显著的特点是通体对仗，而且对得精致工巧，甚至句中有对。如首联的"风急"对"天高"、"渚清"对"沙白"，给人以均齐对称之感。"一篇之中，句句皆律；一句之中，字字皆律。"（胡应麟《诗薮》）

登　楼

杜　甫

　　花近高楼伤客心，万方多难此登临。锦江①春色来天地，玉垒②浮云变古今。北极③朝廷终不改，西山寇盗④莫相侵。可怜后主⑤还⑥祠庙，日暮聊为《梁甫吟》⑦。

【译文】

　　高楼的近处鲜花开放，使我这个远方的客子更加感伤。在这国破家亡的艰难时刻，一个人孤独地来到楼上。骋目远眺，美丽的锦江在日夜流淌，两岸的春色蜿蜒绵长。玉垒山上的浮云飘忽不定，从古到今也没有固定的模样。大唐帝国的命运非常久远，就像天上的北极星那样。西南面的寇盗不要侵犯疆土，不要产生推翻朝廷的妄想。令人叹息的是那个昏庸误国的刘禅，至今依然有他自己的祠堂，还在承受着后人的祭祀，真是天大的荒唐。我还在默默地思想，不知不觉中已经暮色苍茫。姑且也像当年的诸葛亮，他爱好吟诵《梁甫吟》，我也写下这首诗章。

【注释】

　　①锦江：岷江支流，自四川郫县流经成都市区西南，杜甫草堂临近锦江。②玉垒：山名，在今四川省茂汶县。③北极：北极星，喻指唐王朝。④西山寇盗：指吐蕃。⑤后主：即蜀汉后主刘禅。⑥还：仍旧。⑦《梁甫吟》：《三国志·蜀志·诸葛亮传》："亮躬耕陇亩，好为《梁甫吟》。"

【评析】

　　本诗写于代宗广德二年（764）春，诗人客蜀已经是第五个年头。前一年春天刚刚平定安史之乱，秋天吐蕃便攻陷长安，代宗出逃。不久，郭子仪收复京师，代宗乘舆返回。年底吐蕃又攻陷蜀北的一些州县。朝廷内外交困，宦官专权，藩镇割据，朝政混乱不堪、灾难重重。这些都是"万方多难"的内容。

　　起笔突兀，因果倒装，先说见花伤心的反常现象，再说伤心是"万方多难"的缘故，出人意表。"万方多难"是全诗抒情的出发点。"登临"则是观景的前提，可见首联具有提纲挈领、统摄全篇的作用。颔联描写山河的壮丽，上句写空间之广阔，下句写时间之悠远。天高地迥，古往今来，构成一种阔大悠远、贯通古今的具有立体感的境界，充分显示出诗人视野的广博和胸襟的开阔。颈联议论天下大势。"终不改"三字表现出杜甫对唐王朝的一片忠心，倾诉了热爱国家和渴望安定统一的愿望，其中也包含着可贵的民族自豪感和自信心。尾联借古讽今，用曲笔表达对国家前途的无限关注之情。刘禅是亡国之君，仍受庙享，而当时的皇帝代宗李豫也非明主，正是由于他宠信宦官搞乱朝政才"万方多难"的。刘禅当初尚有名相诸葛亮辅佐，而代宗身旁却没有贤相能臣，国事岂不堪忧？但自己又万般无奈，空有济世之心，苦无献身之策。只能吟诗自遣忧愁，如此而已。愁思绵绵，情味深婉。

本诗在炼字方面特别突出，除尾联外，诗人将每句的句眼皆放在第五字。首句的"伤"字奠定全诗悲怆的基调，并造成悬念。次句的"此"字含义丰富，兼有此时、此地、此人等多种意义，强调环境之特殊。三句的"来"字显示出春色扑面而来。四句的"变"字语义双关，借浮云变幻喻世事沉浮多变。五、六、七句的"终""莫""还"三字也都非常警拔凝练，各有深味。

长沙过贾谊①宅

刘长卿

三年谪宦此栖迟②，万古惟留楚客悲。秋草独寻人去后，寒林空见日斜时。汉文③有道恩犹薄，湘水④无情吊岂知。寂寂江山摇落处，怜君何事到天涯。

【译文】

西汉时的才子贾谊曾被贬谪到这里，三年间抑郁寡欢迟疑徘徊。万古以来，只留下你客居此地时的悲哀。秋草荒芜，我独自追寻着昔人离开后留下的陈迹，只见林木萧条空疏，斜日的余晖映照着古老的旧宅。汉文帝是历史上有名的明君，对贾谊依然如此恩薄而无奈，湘水没有情感，又怎能理解当年贾谊凭吊屈原时的忧伤情怀？江山寂寞，秋风瑟瑟，落叶飘飘，枯木摇摆，我真的同情可怜你，当时究竟是为什么被贬谪到这样荒凉的地方来？

【注释】

① 贾谊：西汉著名政论家，少年得志，为大臣所忌，曾被贬为长沙王太傅。赴任途中在湘水凭吊屈原，作《吊屈原赋》。司马迁将其与屈原合写一传，即《屈原贾生列传》。贾谊宅：据说是贾谊在长沙的居处。《元和郡县志》卷二十九《江南道·潭州·长沙县》："贾谊宅在县南四十步。"② 栖迟：居住停留。③ 汉文：汉文帝。④ 湘水：屈原自投汨罗江，江通湘水，贾谊曾于湘水凭吊屈原。

【评析】

吊古之诗，多含伤今之意。吊古人之诗，多含自伤之情。否则就容易写成枯燥乏味的史论式的作品，难以引起读者的审美感受。本诗之妙正在于强烈的主观情感的渗入。

首联点出凭吊之人，连贯古今。谪宦虽然仅仅三年，但留下的却是万古之悲。给人以抑郁沉重的悲凉之感。"悲"字直贯篇末，奠定全篇凄怆悲愤的基调。颔联以眼前实景扣合题中的"过"（走访）字，写贾谊故宅的荒凉萧条，以景衬悲。贾谊在《鵩鸟赋》中有"庚子日斜兮，鵩集予舍""野鸟入室兮，主人将去"的句子，诗人巧妙地借用"日斜""人去"的字面，融入自己的诗境，浑化无迹。颈联转折叙事，寓意深刻，"汉文"句有潜台词，意谓贾谊遇到汉文帝那样的明君尚遭贬谪，其他尚有何说？自己的贬谪也就不值得悲哀了。豁达之中悲愁更深。"湘水"句表面叹贾谊，实则伤自己。贾谊吊屈原，屈原不知，自己吊贾谊，贾谊不也是不知吗？伤感之意又翻尽一层。尾联抒感，情景交融，"何事到天涯"有双关意，贾谊不该被贬谪到这天涯之地，我刘长卿又是为何到这里来呢？这是对封建专制制度及谄佞小人的谴责和控诉。

本诗结构安排值得借鉴。喻守真说："首联点宅，颔联点景，颈联点事，末联抒感。颔联上句是俯看，下句是仰望，颈联上句是褒，下句是贬。写景用事，都恰到好处。"

左迁至蓝关示侄孙湘

韩 愈

一封①朝奏九重天，夕贬潮州②路八千。欲为圣明除弊事③，肯将衰朽惜残年。云横秦岭④家何在？雪拥蓝关马不前。知汝⑤远来应有意，好收吾骨瘴江⑥边。

【译文】

一封谏书早晨呈给皇帝，傍晚便被贬往八千里外的潮州。为了圣明的天子革除弊政，我宁可豁上这把老骨头。回首望去，秦岭处云雾缭绕，不知家人的情况令我忧愁。蓝关这里风雪交加，就连马匹也似乎不愿意往前走。我知道你特意远来相送的心意，到那遥远荒凉的瘴江边上去收回我的骨头。

【注释】

①一封：指《论佛骨表》。封，指谏书，因其密封，直接交皇帝看。②潮州：亦称"潮阳郡"，州治在今广东省潮阳县。③弊事：政治上的弊端，指宪宗迎佛骨、佞佛事。④秦岭：即终南山，又名太乙山。横亘在陕西省南部，是我国地理上的南北分界线。⑤汝：指韩湘。⑥瘴江：充满瘴气的江边，即指潮州。

【评析】

中唐是我国历史文化转型的时期，韩愈是这一时期思想文化战线的重要人物。他坚决排斥佛老，主张恢复儒学的独尊地位。本诗便是他为排斥佛教不遗余力的见证。宪宗元和十四年（819）正月，派人从凤翔法门寺迎佛骨到宫中，皇帝、后妃、文武大臣、士庶民众争相参拜，沸沸扬扬，京师里掀起一个佞佛的高潮。韩愈历来排斥佛教，见佞佛的高潮一直不降温，便上《论佛骨表》，对佛教进行了尖锐而严厉的斥责，同时也指出东汉以来凡是佞佛的帝王都短命，触怒宪宗，欲处以极刑，多亏宰相及许多文武大臣力谏，才保住韩愈性命，被贬为潮州刺史。当走到蓝关时，侄孙韩湘赶来护送，韩愈随即写下此诗。

前四句写左迁的原因，抒发忠而获罪的悲愤及老而弥坚的果敢精神和为国事而不惜身家性命的大无畏气概，有一股强大的正义力量和浩然正气贯穿其中，不由得令人肃然起敬。五六句抒写内心的痛苦和悲愤。中唐时期对于被贬官员处罚是非常严厉的，本人当天必须离开京师上路，家属在一天后也必须离开。韩愈走时，年仅12岁的女儿挐正在病中，他走得匆忙，因为事情来得突然，全家马上陷入痛苦中。他此时最关心的是家人及那可怜的小女儿，你们现在在哪里？出城了吗？女儿的病怎样啦？"云横秦岭家何在"七字的背后，我们依稀可以看到诗人泪流满面的悲苦神情。最后两句仿佛在向韩湘交代后事：看来我必定要死在那瘴气十足的地方，后事只有你来料理了。语气沉痛而酸悲。

韩愈诗多险怪奇崛之笔，但本诗却很质朴刚健，格律严谨而感情深沉真挚。

遣悲怀三首（其一）

元 稹

谢公最小偏怜女①，自嫁黔娄②百事乖。顾我无衣搜荩箧③，泥④他沽酒拔金钗。野蔬充膳甘长藿⑤，落叶添薪仰古槐。今日俸钱过十万⑥，与君营奠复营斋。

【译文】

她是太子少保韦夏卿最宠爱的幼女，出身高贵而聪明美艳，就像当年深受谢安宠爱的谢道韫一般。自从嫁我这个黔娄一样的穷书生，诸事不顺受尽苦难。看到我没有衣服可以替换，你便翻箱倒柜到处翻检；我没钱买酒喝时，就死乞白赖地将你磨缠，你便拔下金钗充作换酒钱。家境贫寒，你甘于用野菜豆叶充作菜饭，用那些落叶的老槐枯枝当作薪柴点燃。如今我的俸禄已经超过十万，可是你却离我而去，我万分内疚，只能置办些斋品来祭奠再祭奠。

【注释】

①"谢公"句：晋太傅谢安侄女谢道韫聪颖有才辨。一日，谢安家人聚集。俄而空中飘雪。谢安问："何所似也？"安兄子谢朗曰："撒盐空中差可拟。"谢道韫马上说："未若柳絮因风起。"谢安大悦。（见《晋书·列女传》）作者此处化用此典，将岳丈太子少保韦夏卿比作谢安，将妻子韦丛比作谢道韫。韦丛是韦夏卿最小的女儿，故称"幼女"。②黔娄：战国时著名隐士，齐人。鲁恭公闻其贤，遣使欲聘为相，辞不受。齐王又礼之以黄铜百斤，聘为卿，又辞不受。甘守清贫，著书四篇，言道家之务，号"黔娄子"。死时衾不蔽体。（见《高士传》）此处是作者自喻。③荩箧：犹言草箧，简陋的衣箱，犹今日之柳条包也。荩，一作"画"。④泥：此处是软磨硬泡之意。⑤藿：豆叶，嫩时可食。长藿即长成、老了的豆叶。⑥"今日"句：此句过去有多种解释，均无法切合。或谓今日俸钱积余之数超过十万。或曰"十万"为夸张语，形容今日俸禄优厚。

【评析】

此首赞美妻子甘守清贫以协夫志的贤德品行，追忆夫妻和睦的幸福，表达对妻子未能与自己同享荣华富贵的惋惜遗憾之情。首联用典，抒写对韦氏能屈身下嫁的感激和未能使之幸福欢乐的愧疚。上句以东晋名士谢安最宠爱的侄女谢道韫比喻亡妻出身高贵及绝顶聪明贤惠，下句用战国时齐国贫士黔娄比喻自己满腹才学和清贫的处境。"百事乖"概括说婚后百事不顺，生活拮据困难，为中间四句张本，颔联与颈联便是"百事乖"的具体内容。颔联侧重描写夫妻感情的真挚和美，重点写妻子对自己无微不至的关怀体贴。两句诗纯用白描的笔法记叙夫妻间发生的日常生活的烦琐小事，却将处在困境中的夫妻恩爱写得活灵活现。"拔金钗"的生活细节不但表明当时已困难到了一定的程度，而且表现了妻子慷慨大度的品格，衬托出其对丈夫所爱之深，字里行间渗透着诗人的无限情思。

颈联侧重写亡妻甘守清贫的美德。人之忧患莫过于饥寒，野菜葵藿充食，其饥可知；老槐落叶充薪，其寒可知。两句诗在对往事的追忆中饱含着对亡妻的哀伤之情。尾联表现对妻子不能同享富贵的惋惜。"复"字用得很妙，既表现出诗人不知用什么方式来寄托哀思才好的怵极情状，又表现出此类活动的频繁，真实地凸显出诗人的凄苦心境。

遣悲怀三首（其二）

元　稹

　　昔日戏言身后^①意，今朝都到眼前来。衣裳已施^②行看尽^③，针线犹存未忍开。尚想旧情怜婢仆，也曾因梦送钱财。诚知此恨人人有，贫贱夫妻百事哀。

【译文】

　　从前说笑戏言死后如何如何的话，如今都到眼前来了。看到妻子的遗物我便伤心悲怀，她穿过的衣服大多我已施舍出去，但她做的针线活我尚珍存着不忍打开。因思念亡妻，我对她的那些奴婢仆人也格外照顾，也曾因在梦境中见到她并给她送去钱财。我知道这种遗憾人人都有，因为贫贱的夫妻过日子很艰难，一旦永诀，许多往事更令人悲哀。

【注释】

　　① 身后：指死后。② 施：施舍于他人。③ 行看尽：眼看快要施舍完。行，快要。

【评析】

　　此首意义紧承前首，重点写自己对亡妻的怀念与哀伤。开头两句追述往事，语带辛酸。妻子生前，夫妻之间的玩笑话，如今却一桩桩地成了悲怆的现实。中间两联用几件日常生活中的行为表现来具体刻画相思之情。四句诗从不同的角度表现哀悼情感之强烈缠绵，真是睹物亦思，见人亦思，无处不思，白昼亦思，梦中亦思，无时不思。梦中送钱的情景与前一首"今日俸钱过十万"两句表达的情思相互绾合，是至情至性的真实流露。最后两句一抑一扬，收束本诗，暗转下首。

遣悲怀三首（其三）

元　稹

　　闲坐悲君亦自悲，百年都是几多时。邓攸 ① 无子寻知命，潘岳 ② 悼亡犹费词。同穴 ③ 窅冥 ④ 何所望，他生缘会更难期。惟将终夜长开眼，报答平生未展眉。

【译文】

　　闲坐无事时，悲叹你的一生，我自己也非常酸楚凄悲。人的一生能有多久？我在世间还能活上几时？邓攸心地善良却偏偏没有儿子，潘岳写悼亡诗怀念爱妻，但对亡妻又有什么意义，只是枉费了语词。夫妻在阴暗的冥间同穴而居又怎能希冀？他生有缘重结伉俪更是渺茫难以预期。唉！我今生欠你的太多太多，只好长夜相思，来报答你平生愁苦不得舒展的双眉。

【注释】

　　① 邓攸：晋代人，字伯道，为河东太守。永嘉末遭石勒之乱，挈家出走，途中遇贼，度不能两全，因其弟早亡，便弃儿存侄邓绥。后历官吴郡太守、吏部尚书，清廉自持，但无子息。时人哀之曰："天道无知，使邓伯道无儿。" ② 潘岳：晋代诗人，字安仁，中年丧妻，作《悼亡诗三首》，后世颇为传诵。③ 同穴：《诗经·王风·大车》："榖则异室，死则同穴。" ④ 窅冥：渺茫的意思。

【评析】

　　此首由悲亡妻转而自悲，以"闲坐悲君亦自悲"承上启下。"悲君"总括前两首，"自悲"开本诗。妻子已死，人寿有限，虽曰百年，其能几时？"邓攸无子寻知命，潘岳悼亡犹费词"两句用典故含蓄表达"自悲"的内容。用典贴切，曲折地表现自己无子、丧妻的无限悲恻。颈联是对将来的遥思，如今已阴阳阻隔，无缘相见，但愿死后能同穴，在转生的来世能再结良缘。然而，"何所望""更难期"两词表明这些愿望是难以预期的，甚至是没有什么希望的。那么，唯一可以寄托哀思的现实的办法就是"惟将终夜长开眼，报答平生未展眉"了。感情真挚绵邈，柔肠千回百转，催人泪下。

三首诗紧扣诗题一气而下，以"悲"字贯穿始终。前两首重点悲亡妻，第一首侧重倾述夫妻的恩爱及亡妻对自己的体贴。第二首侧重写妻亡后自己的悲恸之情，从过去写到现在。第三首悲伤自己的孤苦凄凉，从现在写到未来。情感线索十分明晰。本诗的语言也极本色，情真语真，毫不藻饰雕绘，有的诗句已成为千古传诵的名句。如"昔日戏言身后意，今朝都到眼前来""贫贱夫妻百事哀""惟将终夜长开眼，报答平生未展眉"等句都是极为浅近自然之语，但所抒发的感情却极沉痛哀婉。这样，质朴平易的语言形式与深厚婉曲的情感内容达到高度完美的统一，这是至高至美的艺术境界。蘅塘退士云："古今悼亡诗充栋，终无能出此三首范围者，勿以浅近忽之。"并非溢美之词。

安定城楼①

李商隐

迢递②高城百尺楼，绿杨枝外尽汀洲③。贾生④年少虚垂涕，王粲⑤春来更远游。永忆江湖归白发，欲回天地⑥入扁舟⑦。不知腐鼠成滋味，猜意鹓雏竟未休⑧。

【译文】

高拔陡峭的城墙上矗立着高高的城楼，远远望去，绿杨树的外面是一片郁郁葱葱的绿洲。西汉初年的贾谊关怀国事而叹息垂泪，但当政者无动于衷，那眼泪真是白流。东汉末年的王粲才气十足，但无处施展才能而远游到荆州，寄人篱下的滋味令人生愁。我始终怀念退隐生活的乐趣，但想要在扭转乾坤后再去闲适优游。从来也没有争权夺利的欲望，但那些卑琐之人好像是庄子描写的鸱枭一样屡屡回头，龇牙吓唬天上飞过的鹓雏，猜疑之心总是无止无休。

【注释】

①安定城楼：安定是郡名，即泾州，泾原节度使治所。故址在今甘肃省泾川县北。②迢递：高峻貌。③汀洲：河水岸边和河中的平地。④贾生：指西汉初著名政论家贾谊。贾谊因关心国家前途，屡次上书提出建议，遭到大臣忌妒而被文帝贬黜。⑤王粲：东汉末年著名文学家，"建安七子"之一。因天下大乱而投依荆州刘表，不受重用。⑥欲回天地：想要干一番扭转乾坤的事业。⑦入扁舟：指泛舟归隐，暗用春秋时越国大夫范蠡功成身退，乘扁舟泛游五湖事。⑧"不知"两句：出自《庄子·秋水》中"惠子相梁，庄子往见之。或谓惠子曰：'庄子来，欲代子相。'于是惠子恐，搜于国中，三日三夜。庄子往见之，曰：'南方有鸟，其名为鹓雏，子知之乎？夫鹓雏，发于南海而飞于北海，非梧桐不止，非练实不食，非醴泉不饮。于是鸱得腐鼠，鹓雏过之，仰而视之曰："吓！"今子欲以子之梁国吓我耶？'"猜意，猜疑。鹓雏，凤凰一类的鸟。

【评析】

李商隐素有大志，但却被无情地裹挟进牛李党争的夹缝中，郁郁不得志。他新婚不久，参加博学鸿词科考试，本来已被主考官录取，却被中书省一当政者用红笔勾掉名字而落榜。此事是他深受党争之害的开端，而这件事对他是个沉重的打击。他当时寄居在岳父泾原节度使王茂元幕府，此诗便是在这种背景下所写。

首联擒题，从"高""远"两个方面落笔，写安定城楼的高耸雄伟的气势以及杨柳之外一片平坦苍茫的春景，视野开阔，为抒发高远深沉的人生感慨渲染气氛。颔联巧妙运用两个典故，感情容量很大。贾谊热切关心国计民生的精神与诗人极其相似，贾谊在《陈政事疏》中有"可为痛哭者一，可为流涕者二，可为长太息者六"的话，表现其对朝廷的赤胆忠心，但却遭到外放。王粲才华横溢，却要寄人篱下，与诗人当时的处境也很相像。两个典故准确传达出诗人的无奈和感伤。颈联抒写自己的理想和抱负，一进一退，相互映衬，将人生理想形象表现出来，这就是要先干一番利国利民的事业，然后便退隐江湖，过自由自在的隐居生活。这几乎是中国士人共同的人生理想。尾联再用典故表明自己的态度，并对那些猜疑嫉妒的小人表示鄙夷。将权势地位比喻成腐鼠，将那些争名夺利的势利小人比喻成鸱枭，真是绝妙的手法。庄子的原创令人佩服，李商隐的妙用给人以智慧和启迪。

锦 瑟

李商隐

锦瑟①无端五十弦，一弦一柱②思华年。庄生晓梦迷蝴蝶③，望帝春心托杜鹃④。沧海月明珠有泪⑤，蓝田⑥日暖玉生烟。此情可待成追忆，只是当时已惘然。

【译文】

锦瑟无缘无故地竟有五十弦，一弦一柱仿佛都在追忆思索已逝的美好华年。庄子在拂晓时梦见自己变成蝴蝶，醒后尚扑朔迷离，感到真假难辨。望帝杜宇死后，魂魄化成杜鹃，他在自己的叫声中寄托着心中的春情和幽怨。明月映照沧海，海中的珍珠宛如泪光般晶莹璀璨。晴日照耀蓝田，蓝田的宝玉仿佛升起氤氲的蓝烟，无法触摸却可以望见。这样的情景怎可指望等将来思索追忆，只是在当时便已感到迷茫和惘然。

【注释】

①锦瑟：瑟上有彩绘如锦者。传说古瑟有五十根弦。②柱：瑟上部件，弦的支柱，可活动。③"庄生"句：《庄子·内篇·齐物论》："昔者庄周梦为蝴蝶，栩栩然蝴蝶也。"④"望帝"句：望帝是周末蜀国一个君主的称号，名叫杜宇，相传死后魂魄化而为鸟，名杜鹃，鸣声凄哀。⑤"沧海"句：古人传说，海里的蚌珠与月亮相感应，月满珠圆，月亏珠缺。又有"鲛人泣珠"说，鲛人是在海里像鱼一样生活的人，能织绡，哭泣时眼泪变成珍珠。⑥蓝田：今陕西省蓝田县东南，以产玉著名。

【评析】

这是李商隐的代表作，自问世以来深受人们的喜爱。但这又是一首意境朦胧颇难解析的诗，自宋元以来，众说纷纭，莫衷一是。归纳起来不下十种，影响较大者起码有四：一是"爱情说"，此说又有咏在世情人与悼念亡妻之别；二是"自伤说"；三是"诗序说"；四是咏物即"咏瑟说"。通观全诗，细绎词语，当以"自伤说"为可取，其他各说均有不尽可通之处。限于篇幅，本文只作简略讲析，不作详细考证。

首联借物起兴，引发对一生遭际的追忆和联想。此诗写于诗人在世的最后一年，时年 47 岁。说"五十弦"是取其约数，不必拘实。颔联用比兴手法抒写对人生与社会的迷惘与怅恨，他本无意参加党争，却被裹挟在牛李党争之中难以自拔，屡受打击，"一生襟抱未曾开"。为何会如此，他不得其解，所以"迷"。他把这种凄迷与怨恨之情寄托在诗中，故云"春心托杜鹃"，情致婉曲。颈联概括自己诗歌创作的体会和达到的境界。"珠有泪"言诗中含有酸悲，本用血泪铸成；"玉生烟"言诗境氤氲灵动，朦胧美妙而不拘滞。尾联总括一生，回应开头，谓当时已经迷惘困惑，如今追思起来情何以堪。于此可见本诗是作者对人生悲剧的总结性回顾与感悟。

本诗用典浑化工巧，色彩浓郁艳丽，情思幽深细密，意境朦胧绵邈，确实达到了极高的艺术境界。钱锺书先生评此诗曰："《锦瑟》一篇借比兴之绝妙好词，究风骚之甚深密旨，而一唱三叹，遗音远籁，亦吾国此体绝群超伦者也。"(《谈艺录》补订本)

无　题

李商隐

昨夜星辰昨夜风，画楼西畔桂堂东。身无彩凤双飞翼，心有灵犀①一点通。隔座送钩②春酒暖，分曹射覆③蜡灯红。嗟余听鼓应官④去，走马兰台⑤类转蓬。

【译文】

这里的一切都和昨天夜晚一样，依然是群星闪烁，春风吹拂，也同样是在画楼西畔的桂堂之东。但昨日的欢情已成过去，只剩下我自己冷冷清清。昨天夜间，我们同在这里参加宴会和游戏，那种情景真令人陶醉和憧憬。你我虽没有像彩凤那可以比翼双飞的翅膀，无法接近相亲，却有像灵犀一样的心，默契相通。尽管隔着座位传送手钩，我也感到酒特别暖，虽然分组猜物，但蜡灯也显得格外红。可叹我们游玩尚未尽兴更鼓已响，我只能慷慷地离开这里，骑马赶往秘书省，就像秋天里随风飘转的飞蓬。

【注释】

①灵犀：《南州异物志》："犀有神异，表灵以角。"《汉书·西域传》如淳曰："通犀，谓中央色白，通两头。"犀牛角中间有一道贯通上下的白线，实为角质，古人以为灵异。②送钩：又称藏钩。钩弋夫人少时手拳，分其手，得一玉钩，手得展，后因有藏钩之戏（见《汉武故事》）。送钩，当指传钩而言。③射覆：亦古代一种游戏，类现代之猜物。《汉书·东方朔传》注："于覆器之下置诸物，令暗射之，故云射覆。"射，猜。④听鼓应官：唐制五更二点击鼓，街坊门开。应官，应付官差，上衙点卯。⑤兰台：指秘书省。《旧唐书·职官志》："秘书省，龙朔初改为兰台。"

【评析】

这是一首抒写艳情的诗。原诗二首，另一首是七绝，其有"岂知一夜秦楼客，偷看吴王苑内花"之句，可知作者怀念的是一位贵家女子。

对于本诗内容，后人解说不一。此处不作辨析和考证，就诗说诗，作一简明分析。全诗是追忆情事，首联写情事发生的时间和地点。诗人又来到"画楼西畔桂堂东"，看到风景如昨，星辰春风依旧，但佳人已不可复见，幸福的情景已不能再现，惆怅惘然，感伤不已。以下六句语意连贯，均是昨夜在此地时所发生的事，要统一把握，不可分裂。颔联总写与情人一见钟情而又不能互通款曲的复杂细微心理感受，比喻贴切而新奇。"身无"与"心有"，相互映照生发，组成一个蕴含丰富的意象。相爱的双方相见而不能相合，该何等的痛苦，但身未接而心灵却契合相通，内心中又是莫大欣慰。因有希望而又追求不到，心灵相通而身遭阻隔，便令人产生继续执着追求的热望，这种情感极富典型性，也极富感染力，故这一联成为咏爱情的名句而千古传唱。颈联是对这种情感的深化表现和具体化描写。"隔座送钩""分曹射覆"，座位不在一起，游戏又不在一组，身被阻隔而无法接近，即"身无彩凤双飞翼"也。"春酒暖""蜡灯红"是写心理感受，与情人在一起宴饮嬉戏，故觉酒也热，灯也亮，心情极为畅快，对方的神情亦如此，即"心有灵犀一点通"也。宴会上融洽欢乐的气氛烘托出对恋人心灵深处的无比喜悦。玩得越开心，忆起来越痛苦，越是遭受阻隔，渴望会合的感情越炽烈，留下的记忆越深刻，可见此联抒情之妙。尾联叹息被迫分别的憾恨。作者把爱情受阻的遗憾与身世飘蓬的慨叹结合起来，拓展了诗的内容，深化了诗的意蕴，使这首爱情诗也有了自伤身世的意味。

　　本诗结构很妙。喻守真所析甚是："本诗完全是追记所遇见的情事。首句是记'时'，二句是记'地'，三句是恨形体相隔，四句是喜心情相通，五六两句是记所遇时若即若离的情事，七八两句是记分别后的抱憾。"（《唐诗三百首详析》）

隋　宫

李商隐

　　紫泉①宫殿锁烟霞，欲取芜城②作帝家。玉玺③不缘归日角④，锦帆⑤应是到天涯。于今腐草无萤火⑥，终古垂杨⑦有暮鸦。地下若逢陈后主⑧，岂宜重问后庭花⑨。

【译文】

　　长安的宫殿城阙罩着风烟和云霞，荒淫的隋炀帝穷奢极欲，偏要把芜城作为帝王之家。如果不是传国的玉玺归到日角龙庭的唐王名下，他的荒淫绝没有止境，一定会继续开凿运河，真说不定要乘坐龙舟游到海角天涯。如今，荒芜的江陵隋宫中已看不见一星萤火，唯有那长堤上的垂杨，每到傍晚时啼绕着群群暮鸦。如果炀帝的阴魂不散，在九泉下遇到陈后主的话，怎好意思像在昔日的梦中那样，重新向他问起《玉树后庭花》。

【注释】

　　①紫泉：即紫渊（唐避高祖讳，改渊作泉），水名，在长安北。此处指长安。②芜城：即江都，今江苏省扬州市。③玉玺：皇帝用的印。④日角：额骨隆起像太阳一样，称为日角。《旧唐书·唐俭传》说李渊"日角龙庭"，有帝王之相。此处以"日角"代指李渊。⑤锦帆：指杨广的游船。⑥无萤火：杨广在洛阳景华宫曾征求萤火数斛，夜游时放出，照山谷。在江都时也常如此。江都有放萤院（见杜牧《扬州》），相传是炀帝放萤之处。⑦垂杨：指隋堤上护堤的柳树。⑧陈后主：名叔宝，荒淫亡国，死后谥号为"炀"，与杨广同，也是历史上著名的荒奢之主。⑨后庭花：《玉树后庭花》的省称，舞曲名，陈后主作新词。《隋遗记》载杨广曾在江都吴公宅鸡台于醉梦中恍惚与陈后主相遇，令陈后主之宠妃张丽华舞《玉树后庭花》。

【评析】

　　本诗题为"隋宫"，实际是讽刺隋炀帝荒淫误国的。首联点题。上句写长安宫殿之巍峨壮观，但炀帝尚不满足，又"欲取芜城作帝家"，正面点出所咏之题——隋宫。颔联按一般做法承前意，本诗却宕开一笔，用虚拟的语气设想炀帝若不亡国，定会荒淫不止的。这并不完全是悬想之语，而是出自对史实和人物性格的合理推断，深刻表现出杨广穷奢极欲导致亡国又至死不悟的可鄙可悲。用笔灵妙，命意深婉，出人意表。颈联是公认的佳句，用笔轻盈，含义深刻，涉及杨广的两个史实。一是放萤；二是植柳。白居易《隋堤柳》中写道："大业年中炀天子，种柳成行夹流水，西至黄河东至淮，绿影一千三百里。"如果只写此二事，尚无过人之处，而诗人却说"无萤火"，不仅说当年放萤的地方已成废墟，更深的含义是杨广为萤夜游，穷捕极搜，致使萤火虫绝了种。下句的"有暮鸦"亦有深意。今日之"有"正衬出昔日之"无"。试想当年炀帝南游时，鼓乐喧天，热闹非凡。乌鸦怎敢在堤柳上栖息？而今却"有暮鸦"，不正表现今非昔比，隋宫隋堤已一片荒凉了吗？两句诗都包含着今昔对比，但在艺术表现上却只写一个方面，另一方面留给读者去想象，感慨淋漓而又含蓄蕴藉。清代方东树《昭昧詹言》评这两句诗说："兴在象外，活极妙极，可谓绝作。"尾联活用杨广与陈叔宝在梦中相遇的史实，用假设、反话的语气深刻地揭示荒淫必亡国的主题，含蓄地说明杨广与陈叔宝是一丘之貉，都以荒淫亡国，都被追谥为"炀帝"。无论是谁，只图自己享受，不恤民生疾苦，都会被人民所唾弃，都会被历史所嘲弄，这是历史的严正裁判。诚如喻守真所云："末联以讥讽的笔调说炀帝和后主同是荒淫无道的君主，以刺炀帝，尤觉有无限风趣。"

无　题

李商隐

相见时难别亦难，东风无力百花残。春蚕到死丝①方尽，蜡炬成灰泪②始干。晓镜但愁云鬓改，夜吟应觉月光寒。蓬山③此去无多路，青鸟④殷勤为探看。

【译文】

　　我们相见一次可真难，分手时恋恋不舍，心里更是难。春风已柔弱无力，艳丽的百花都已凋残。春蚕的丝绵绵不断，只有到死时才能吐尽，蜡烛的泪点点常滴，只有燃成灰烬才能淌干。拂晓临镜梳妆时，才发现自己乌黑的美丽如云的鬓发在悄然改变，实在令人忧愁伤感。深夜里，在月光下独自吟诗的时候，你要珍重自己，不要让身子骨着了寒。蓬莱仙境本来离这里不算太远，我会派传达消息的青鸟常去把你探看。

【注释】

　　① 丝：与"思"谐音。② 泪：蜡烛燃烧时流溢的油脂。③ 蓬山：蓬莱山之简称，传说中的海上三仙山之一。此处借指对方的住处。④ 青鸟：《山海经·大荒西经》载，西有王母之山，"有三青鸟，赤首黑目"。注曰："皆西王母所使也。"又《汉武故事》载：西王母会汉武帝，先有青鸟到殿前。后人遂以"青鸟"代指使者。

【评析】

　　这是一首被广泛传诵的富有魅力的爱情诗，抒情缠绵悱恻，情感回环往复，感人至深。

　　首联写离别之苦。"相见时难"含蕴着诗人对外来阻力的深深不满和无穷的幽怨。正因见面十分困难，所以分手时更加难舍难分。两个"难"字，从客观写到主观，字面相同，含义有别。"东风无力百花残"用凋残的暮春景象委婉含蓄地倾吐出爱情生活不能美满的怅恨。骀荡的春风能催开满园的鲜花，给人们带来姹紫嫣红、生机勃勃的春天，但在诗人爱情的园田中却没有春光、没有温馨、没有快乐、没有幸福，有的只能是东风无力、百花凋残的无穷伤感。颔联承前，用比兴手法表白对爱情的忠贞不渝。两句诗在意义上看似重叠，实则各有侧重，上句情在缠绵，下句语归沉痛。极富形象性和感染力，深为后人所激赏。颈联转折，合写双方，在对对方的无限体贴和关怀中寄寓着极度孤独寂寞的愁苦之情，也包含着韶光空逝而又无可奈何的悲哀，体物细密，深情绵邈。尾联表达希望再度见面的美好愿望，又回到"相见时难"上来，与首句照应。全诗把相见和离别、希望和失望交织起来，情感丰富，复杂而细腻。

贫女

秦韬玉

蓬门^①未识绮罗香^②，拟^③托良媒益自伤。谁爱风流高格调^④，共怜时世俭梳妆^⑤。敢将十指夸针巧，不把双眉斗画长。苦恨年年压金线^⑥，为他人作嫁衣裳。

【译文】

我是个生长在蓬门荜户中的穷家女孩，从未穿过绫罗的华服丽裳。想要托媒嫁人也是徒劳，只能背地里暗自心伤。全社会的人都追求富贵新潮，有谁能怜爱自己这样格调高雅的俭朴梳妆？我敢自信地说，我有一手好针线活，十指非常灵巧，从不浓妆艳抹靠化妆来博得人们的欣赏。但我却年纪大而仍未嫁，非常恼恨懊丧。虽然年年手压金线刺绣，却只是为他人缝制出嫁的衣裳。

【注释】

①蓬门：是蓬门中人的略语。以柴木为门，指贫穷人家。②绮罗香：指富贵女子的衣饰。③拟：打算、想要。④高格调：气度胸襟超群。⑤俭梳妆：俭朴的梳妆。⑥压金线：用金线绣花，是刺绣的一种。

【评析】

这是一首比兴意义明显，颇为后人传诵的诗。全篇以未嫁贫女的独白，表现寒士怀才不遇、寄人篱下的怅恨。社会中，重出身门第而不重实际才能，许多怀抱利器者因无权势者引荐难以登第，更难得要职一展抱负，只能忍气吞声沉迹下僚。每个朝代的末世尤其如此。秦韬玉生活在晚唐，科场黑暗，官场腐败，故有此深慨。

首联以自述口吻述说自己的身世。"蓬门"点明身份，扣紧题目的"贫女"，次句的"自伤"为全篇意脉的筋骨。颔联紧承"自伤"来写，侧重于客观方面。"谁"字直贯两句，表现清高自持的品格为急功近利的社会习尚所不容的可悲。颈联侧重于主观方面，表现贫女的自负。"不把双眉斗画长"，不只是说自己不迎合流俗以艳妆取媚于人，更深层的意义是说自己天生丽质，双眉本来就非常美，不用化妆便可貌盖群女。这是极为自负的语气，须仔细品味。尾联结题，扣紧"自伤"二字。贫女虽貌美节高，却依然无法实现自己的人生价值，还是嫁不出去，只能年年为他人做嫁衣。"苦恨"二字语极沉痛。两句诗有广泛深刻的内涵，浓厚的生活哲理，使全诗的意义得到升华，具有更深广的社会意义。

本诗的比兴意义很明显，写得很巧妙。"拟托良媒"寄托着贫士无人荐引的苦闷哀怨；"谁爱风流"两句是对整个社会重门第轻人品的谴责和抗议；"敢将十指"两句比喻着寒士秀外慧中、超凡脱俗的孤高情怀；"为他人作嫁衣裳"则是久被压抑的封建文士的灵魂的呐喊和呼号，是饱含着血与泪的抗争与控诉。诚如俞陛云所说："此篇语语皆贫女自伤，而实为贫士不遇者写牢愁抑塞之怀。"（《诗境浅说》）

五言古诗

感 遇

张九龄

兰叶春葳蕤①，桂华秋皎洁。欣欣②此生意，自尔③为佳节。谁知林栖者，闻风④坐⑤相悦。草木有本心⑥，何求美人折。

【译文】

兰草在春天里生机勃勃，叶片茂盛而润泽。桂花到秋天时芳香清幽，那亮丽的花朵显得格外高雅圣洁。它们欣欣向荣，各自有其最美好的时节。谁知道那些栖身林下的隐士，闻听到它们的高风亮节，前来对其景仰和慕悦。兰草和桂花并不在乎这些，它们自然有其高洁的生活习性，哪里是希望有美人来欣赏和攀折。

【注释】

①葳蕤：草木枝叶茂盛纷披貌。②欣欣：欣欣向荣的略语，草木茂盛而有生气貌。③自尔：各自如此。④闻风：指仰慕兰桂芳洁的高风亮节。⑤坐：因。⑥本心：本来天生的习性。

【评析】

张九龄是盛唐最后一位贤相，为人方正廉明、刚直不阿，被著名奸臣李林甫排挤出朝廷，从此唐代政治由开明转向黑暗。本诗是他被贬之后所作，以兰桂自喻，表达坚守节操的志向。

"兰叶"两句对举两种在不同季节繁荣然而都很高洁美丽的花草，互文见义，作为全诗的主干意象。两句虽然分提花和叶，实际花叶皆包含在内。好花须绿叶扶，绿叶尤须好花衬，二者缺一不美。但二者确实各有侧重，春天的兰花叶片娇嫩润泽，熠熠生辉，用"葳蕤"极其精当；秋天的桂花点点黄金，错金镂彩于浓绿的树叶间，分外鲜明耀眼，用"皎洁"十分准确。两种花草比喻贤人君子的高雅品格，亦很恰切。"欣欣"两句一总一分，揭示出这两个意象的精神世界。它们在不同季节默默地向大自然奉献自己的美丽与芬芳。"谁知"两句转折，以人衬花草，为最后的收束点题作好铺垫。最后两句再起一波折，延伸前意，进一步表明兰桂高洁幽雅的品格。很明显，诗人在这里比喻一种高洁的人格，正人君子处心有道，行己有方，洁身修德完全是自我心性的要求，并非用来沽名钓誉或追求富贵的资本。全诗寓意复杂深婉，比喻精当，引人遐思。喻守真说："借物兴起的作品，处处须分不出物和人来。咏物就是说人，说人仍是咏物。……起首四句，用兰和桂来比喻，末二句即用'草木'二字扣住，照应分明。'何求美人折'用转笔跌出正意来。"

月下独酌

李 白

花间一壶酒，独酌无相亲①。举杯邀明月，对影成三人。月既不解饮，影徒随我身。暂伴月将影，行乐须及春。我歌月徘徊，我舞影零乱。醒时同交欢，醉后各分散。永结无情游，相期邈②云汉③。

【译文】

在花间放置一壶酒，我自斟自饮无人可亲。只好举起酒杯邀请天上的明月，再对着自己的身影成为三人。可惜月亮不能理解我饮酒的乐趣，影子也徒自伴随我的肉身，都不能真正理解我的心。只好暂时陪伴着月亮和身影，尽情享乐而必须趁着美好的青春。我放声歌唱时月亮好像在徘徊思索，我翩翩起舞时影子好像乱动乱伸。酒醒的时候我们共同交相欢乐，酒醉后便各自离分。我愿意和月亮、影子永远忘情地交游，约定共同到天上去交往诸神。

【注释】

① 无相亲：没有亲近的人在身边。② 邈：遥远，模糊不清。③ 云汉：天河。

【评析】

《月下独酌》共四首，这是第一首，表现世无知音而极其孤独寂寞的情怀，感情很强烈。

在柔和美好月光下的花丛间摆上一壶酒，良辰美景，环境清幽，这是一扬。但却一人独酌而没有一个可以亲近的人，显得很不和谐，孤独寂寞之情立现，这是一抑，成为全篇抒情的出发点。但诗人是个多情之人，他居然举起酒杯，邀请天上的明月来陪伴自己，还嫌不够，把月光下自己的身影也拉进来，于是便成了三个人，热热闹闹，开始喝起来，这又是一扬。但他马上意识到：月亮和影子并没有感情，也不理解自己，不能与自己交谈，更无法成为知心朋友，这又是一抑。但既然没有别的朋友，也只好暂时将就，姑且与月亮和影子相互陪伴吧。这实在是一种无可奈何的选择，因为寻求快乐需要趁着美好的春天。于是诗人便继续饮酒，酒酣时兴高采烈，歌舞起来，而且此时月亮和影子好像也参与其间，诗人歌唱时，月亮好像在徘徊思索，而诗人跳舞时，影子也跟着晃动，只要是醒的时候三个人便可以尽情欢乐，而醉后便各自分散了，这又是一扬一抑。最后又要与月亮和影子永远忘情交游，并要共同到天上去，将激情迸发出来，达到极点。

全诗的感情起伏回环，忽起忽落，这是李白抒情诗的一大特点。而贯穿全篇的则是旷世的孤独和奇妙的想象。仔细品味，花前月下，一个人弄壶酒喝，多么凄凉和无奈。最后还要与无情的月亮和影子永远结交，岂不是太悲哀了吗？但读完此诗，在令人压抑的同时依然有对美好生活的追求和向往，并不使人悲哀沉沦和颓废。

春 思

李 白

燕^①草如碧丝，秦^②桑低绿枝。当君怀归日，是妾断肠时。春风不相识，何事入罗帏^③？

【译文】

燕地的春草翠绿细小如丝，而秦地的桑树叶片茂密已压低树枝。当你思念故乡盼望返回之日，也正是我思念你肝肠寸断之时。春风与我并不相识，为什么要进入我那绫罗的床帏？

【注释】

① 燕：古燕国故地，在今河北省北部和辽宁省西部，是唐时的东北边塞，是思妇丈夫戍边之所。② 秦：秦地，指关中平原，今陕西省，女子所居之地。③ 罗帏：丝织的帏帐。

【评析】

本诗以表现闺中少妇思念戍边丈夫之情，委婉表达对边塞战争的厌弃和对和平生活的向往。

开头两句以景出情，通过对两地季节差异的想象性描述，曲折抒发对丈夫的关心和思念。燕地是丈夫所在地，他那里的春草刚刚发芽，而我这里的桑树已经枝繁叶茂。接下两句虽然是说双方都在相想，但是有时间前后和程度差异。当他开始相思之时，我已经肝肠寸断了。而这种时间上的差异是由两地季节差异造成的，是前两句诗意义的延伸。最后两句用比兴手法再次强调思妇的寂寞和相思。那闯入帏帐的春风更令人产生青春虚掷的无奈和忧伤。

本诗之妙在于紧扣题目"春思"的"春"字来写，从春景开篇，由自然之春引出人之春及男女之爱，借助想象由一女之思写到两地之思，最后由春风终篇，简洁明快，不枝不蔓，一唱三叹，写出了思妇的一往情深。喻守真说："燕草秦桑两句是并列的，是说燕地的春草，已如碧丝般地发绿，秦地的桑树，已经叶子很盛，枝干也垂下了。三四两句是垂直的，在诗法中叫作'流水对'，是说当你见到芳草而想归来的日子，正是我见到桑树而断肠的时候，这两句仍是承上面而下。末两句说出正意，说我心贞洁，不是外物可以引诱的。"

望　岳

杜　甫

岱宗①夫如何？齐鲁②青未了。造化③钟④神秀，阴阳⑤割昏晓。荡胸生曾云，决眦⑥入归鸟。会当凌绝顶⑦，一览众山小。

【译文】

雄踞五岳之首的泰山，你究竟如何辽阔崇高？你的青翠之色覆盖着齐鲁大地，无边无际，没完没了。自然生成时，你汇集了天下最神奇秀美的灵气，高耸云霄的山峰将阴阳两面分割成黄昏和拂晓。缭绕山腰的白云好像在胸中荡漾，极目远眺，可以看到归巢的飞鸟。总有一天我要登上这高峻的绝顶，一览周围群山的低矮和渺小。

【注释】

① 岱宗：泰山别名，也是对泰山的尊称。因古人尊泰山为五岳之首，故称岱宗。② 齐鲁：春秋时两个诸侯国。齐国在泰山之北，鲁国在泰山之南。③造化：大自然、造物主。④钟：聚集。⑤ 阴阳：指山南山北。山南为阳，山北为阴。⑥ 决眦：极力睁大眼睛，快要把眼眶睁裂。决，裂开；眦，眼眶。⑦凌绝顶：登上最高峰。

【评析】

本诗是杜甫早年的作品，在赞美泰山高大奇伟景象的同时，抒发了自己的远大理想和抱负，有一种藐视一切的高傲伟岸的气度和昂扬向上的精神，与后期诗作的沉郁顿挫不同。

开头两句采用自问自答的设问方式表达刚刚望到泰山时的喜悦、惊奇、仰慕、赞叹之情。诗人以前没有见过泰山，因此怀着敬畏与猎奇的心情来游览。"夫如何"，是自己急于看到泰山时的心理，也可引起读者的高度注意。"齐鲁青未了"是对泰山高大雄伟气势的赞美。"青未了"三字可谓俗语雅用，给人的印象很强烈，虽然侧重写泰山占地面积之大，但其巍峨崇高也暗含其中。浦起龙《读杜心解》说："写山势只'青未了'三字，胜人千百矣。""造化"两句突出泰山的高峻和壮美，"钟"字表现大自然对于泰山的偏爱，"割"字写出泰山的生命活力和崇高险峻的形象。"荡胸"

两句写望的主体感受。山间升腾飘浮的白云使诗人心潮起伏激荡，眺望那归巢的飞鸟简直要把眼眶睁裂，可见诗人对于泰山景色的钟爱，也写出了泰山的神韵。"会当凌绝顶，一览众山小"两句表达诗人一定要登临绝顶而一览天下的决心，从而表现出一种高瞻远瞩的气势和俯视一切的雄心。收束有力，将登山升华为一种人生境界，给人以启迪、鼓舞和力量。喻守真说："仇兆鳌说：'此诗用四层写：一二句是写远望之色，三四句是写近望之势，五六句是写近望之景，七八句是极望之情。上六句是实叙，下二句是虚摹。'这种看法，层次格外来得明白。"

渭川田家

王 维

斜光照墟落①，穷巷②牛羊归。野老念牧童，倚杖候荆扉③。雉雊④麦苗秀，蚕眠桑叶稀。田夫荷锄至，相见语依依。即此美闲逸，怅然吟式微⑤。

【译文】

夕阳的斜光笼罩着一个小村庄，一群群牛羊下山返回深邃的街巷。一个庄稼老头惦念放牧的儿童，拄着手杖等候在木头门旁。田野里的麦子开始开花，空气中弥漫着淡淡的清香。这一季节正是野鸡求偶之时，偶尔可以听到那和谐的歌唱。蚕开始睡眠，桑树叶已经稀少疏朗。一个农民扛着锄头，从田间回来走到老头的身旁。二人见面就交谈起来，非常亲切和安详。见到这些情景，美慕闲适安逸的念头立刻涌上我的心房。我不免惆怅彷徨，不知不觉间吟唱起《式微》这一诗章。

【注释】

① 墟落：村庄。② 穷巷：深邃的胡同。③ 荆扉：柴门。④ 雉雊：野鸡求偶时的鸣叫声。⑤ 式微：《诗经·邶风·式微》中有"式微式微，胡不归"之句。谓天已经黑了，为什么还不回家。诗人借以表达欲归隐田园之意。

【评析】

王维的山水田园诗代表盛唐这一诗派的最高成就，本诗是其田园诗的代表作。通过描绘一个小村庄日暮黄昏时宁静和谐的生活画面，委婉表达其对官场黑暗污浊的厌弃和对田园生活的向往。

开头四句叙事兼写景，是一幅小村夕照牧归图，生活气息很浓。"雉雊"两句的景物描写有声有色，而且大有深意。当麦苗开花之时，便是野鸡求偶之际，野鸡便鸣叫起来，当桑树叶稀疏时，蚕应当休眠，而蚕果真开始了睡眠。一切生命都按照本来的天性自然而然地生活着，没有外来的压迫，没有干扰，自由自在，这便是生命的最大自在，也是人生的最高境界。这便是一种宇宙精神，与佛教所追求的最高境界相吻合，是全诗意境的集中体现，故深受人们的喜爱。

西施咏

王　维

艳色天下重，西施①宁久微。朝为越溪②女，暮作吴宫妃。贱日岂殊众，贵来方悟稀。邀③人傅④脂粉，不自著罗衣。君宠益⑤娇态，君怜无是非⑥。当时浣纱伴，莫得同车归。持谢⑦邻家子⑧，效颦安可希⑨。

【译文】

美貌是天下人所重视的，西施那样的美人怎么会长久卑微？早晨还是越国溪水边浣洗衣服的民女，傍晚便成为吴国宫殿中高贵的宠妃。卑贱的时候哪里有特殊的出众之处，高贵的时候才发现她的美貌真是稀罕而难以匹敌。梳妆打扮时，招呼别人给她涂脂抹粉，起身行动时自有宫女替她披上罗衣。君王的宠爱使她日益骄矜，由于君王的怜爱也没有什么是非。当年和她共同浣洗衣服的女伴，再也不能和她同车而归。奉告东邻那位女子，盲目仿效别人怎能得到他人的赏识？

【注释】

① 西施：著名的古代美女，原是越国苎萝山卖柴者之女，曾在溪边浣洗衣服，为越王勾践所得，献给吴王夫差，颇受宠爱。②越溪：指若耶溪，在今浙江省绍兴市东南，传为西施浣纱处。③ 邀：招呼、召唤。④ 傅：同"敷"，涂抹。⑤ 益：更加。⑥ 无是非：无论怎样都好，没有是非可言。⑦ 持谢：奉告。⑧ 邻家子：传说中的东施。在古代，女子也可称"子"。⑨"效颦"句：据说西施因患心病而常捧心皱眉，样态很美。东施效仿，人们见了纷纷躲避。

【评析】

本诗属于咏史，借西施故事隐微抒发对世事变幻莫测的感慨以及对某些人一旦得志便恃宠而骄忘却故情之行为的喟叹。

西施是我国古诗中吟咏最多的历史人物之一，其他咏叹西施者多从两方面命意，或痛斥夫差贪恋女色亡国，或指责西施惑主乱政，多从政治上落笔。本诗则专门批评西施个人品行方面的缺点，人物形象更加丰满真实，使本诗产生更为深广的社会意义。透过诗的表层意义，我们可以感受到王维是在讥刺人生世相。世态炎凉，世事变幻莫测，人们的富贵发达与穷困潦倒并不完全取决于个人的天赋与才能，还需要一定的时运，有时还需要权势者为靠山。有些人一旦得势便趾高气扬、不可一世，令人作呕。一些势利之徒艳羡于此，便趋炎附势，如"东施效颦"一般，也很可怜可悲。西施是美丽的，但如果不是范蠡发现她、培养她、利用她，那么她可能依旧在若耶溪边漂洗衣服而成为村姑，绝不会有后来高贵豪华的生活。喻守真的分析可资参考："此诗分三段，首四句叙西施有了艳丽的姿色，哪怕遭遇不快。次六句是叙西施一朝得了吴王的宠爱，一时身价就抬高了。末四句推开一层说法，见得没有像西施姿色的人，徒然模仿西施的捧心而颦希望得人爱宠，未免自不量力了。"

子夜吴歌 ①

李 白

长安一片月，万户捣衣②声。秋风吹不尽，总是玉关③情。何日平胡虏④，良人⑤罢⑥远征。

【译文】

一片月光笼罩着长安城，千家万户中传出一片捣衣声。尽管秋风很硬，依然吹不去这动人心魄的捣衣声。一声声中都饱含着思念边关亲人的无比深情。什么时候能够扫平入侵的敌虏，使我们的丈夫不用远征。

【注释】

① 子夜吴歌：乐府诗题，亦称"子夜歌""子夜四时歌"，相传为晋代女子子夜所创。后作四时乐歌，歌词多是女子思念情人之哀辞。② 捣衣：衣服浆洗后放在砧石上用木杵捶打，使之光滑坚挺耐穿。捶衣声节奏感很强。③ 玉关：即玉门关，此处泛指边塞地区。④ 平胡虏：平定外族之敌。⑤ 良人：丈夫。⑥ 罢：停止。

【评析】

本诗是《子夜吴歌》四首之三——"秋歌"。通过千百妇女月夜赶制冬衣的描写，表现人民对和平生活的渴望和迫切期待，抒发对征人及思妇的同情之感。

开头两句境界阔大，声色兼备。月光冷淡，万户捣衣的声音壮观中有些悲凉，我们可以想象千家万户同时劳作的艰辛情景。"秋风吹不尽，总是玉关情"点明季节和捣衣的目的。原来捣衣制衣是为了在玉门关等地戍边的战士们，而在这声音中蕴含着浓烈的感情。"何日平胡虏，良人罢远征"则再进一步深化主题，由淡淡的幽怨推进到迫切的愿望，表达对战争的厌恶和对和平安定生活的向往。

本诗结构巧妙流畅。以月色砧声营造出妙境，以秋风和玉关带来别情，以平定胡虏停止战争表现愿望，逐层生发，最后点明主题。

游子吟

孟　郊

慈母手中线，游子身上衣。临行密密缝，意恐迟迟归。谁言寸草心①，报得三春晖②。

【译文】

慈祥的母亲手中拿着针线，腿上是儿子的衣衫。儿子临行时密密实实地缝，很怕儿子回来得晚。儿女如同春天的小草，无论用什么样的心情，也无法报答母亲给予的春风般的爱护和温暖。

【注释】

① 寸草心：小草长出的嫩芽。② 三春晖：春天的阳光，象征母爱的温暖。

【评析】

本诗题下自注："迎母溧上作。"这为我们全面准确理解本诗提供了依据。孟郊自幼丧父，家境贫寒，母亲将他和两个弟弟抚养成人，恩重如山。孟郊46岁进士及第，50岁才出任溧阳县尉之职。职务不高，俸禄不多，但毕竟是朝廷命官，可以奉养老母。因此他一到任所便"迎母溧上"，要尽自己的一点孝心，并写下这首歌颂母爱，欲给予回报的脍炙人口的小诗。

前四句叙事，是对于往事的回忆，在最细微的小事和细节中表现母爱，非常真实深沉。两鬓苍苍的母亲为即将远行的儿子在灯下密密实实地缝制衣服的情景如同浮雕般突出于画面，这幅生动的画面可以唤起许多人对于母亲关爱的亲切回忆。后两句则表达自己现在的心情，仿佛是在与人交流：自己迎接母亲前来，要尽孝心，自己的孝心如同春天的小草，而母亲的爱如同春天的阳光一般，小草是无论如何也报答不完的，只能是尽心而已。

孟郊诗多奇险古奥，但本诗却朴实无华，紧紧抓住母亲为儿子缝衣这一司空见惯的细节，用最朴实真挚的语言歌颂了朴实真挚的伟大的母爱，表达出子女的孝心无论如何也无法报答母亲恩情之万一这一思想，反映出中华民族孝敬老人这一最优秀的传统美德，因而一直在潜移默化地影响着世人，使他们在无形中增长孝敬之心。仅此一点，足以使本诗不朽矣！

七言古诗

登幽州台[①]歌

陈子昂

前不见古人，后不见来者。念天地之悠悠，独怆然[②]而涕下。

【译文】

前代燕昭王那样的明君我无法看见，以后的明君我也无法看见。我为何生活在如此黑暗的时代，我的命运为何如此偃蹇。想到天地的广阔和历史的悠远，我不由得非常伤感，不知不觉间，泪水竟沾湿了衣衫。

【注释】

① 幽州台：即蓟北楼，又称蓟丘、燕台，相传为燕昭王招纳贤才时所筑的黄金台。② 怆然：感伤貌。

【评析】

陈子昂是位很有政治才能的诗人，曾一度得到武则天的重视，但因他不肯阿附诸武，直言敢谏，尖锐批评时弊，故屡受打击。武则天万岁通天元年（696），契丹反，攻陷营州（今辽宁省朝阳市）。武攸宜奉命率军征讨，陈子昂随军任参谋。武攸宜轻率寡谋，次年兵败，形势紧急。陈子昂请求自率万人前驱击敌，武攸宜不准。稍后，陈子昂又提建议，武不但不采纳，反而责他多言，将其降为军曹，不得参与军务。陈子昂满腔忠愤，登上幽州台，面对苍茫的宇宙，慷慨悲歌，写下这篇千古绝唱。

幽州台是当年燕昭王的求贤台。燕昭王卑身求士，重用郭隗、剧辛、乐毅的感人情景，使诗人神往和感动。然而，燕昭王早已成为古人，自己无法追攀。现实却又如此残酷无情，自己怀抱利器，本欲大济苍生，但遭到百般压抑，不得施展。前贤不可复见，后贤又无法看到，自己偏偏生活在这样一个压抑扼杀贤才的时代。于是诗人面对苍茫的长空、无垠的大地，想到天长地久，宇宙无穷，而人生短暂，死不复生，已是一悲；而自己生不逢时，又增一悲。这双重的悲哀使他感慨万千，潸然泪下。

本诗在艺术表现上也颇有特色。前两句贯通古今，写出时间之悠远。第三句俯仰天地，写出空间之广阔。正是在这悠远广袤的时空中，诗人才感到人生短暂、生不逢时的巨大悲哀，而这种感受又是人们，尤其是封建文人所共有的。故诗人发自灵魂的呼喊如洪钟巨响，震荡着永远的时间与空间。这便是本诗千百年来盛传不衰的根本原因。喻守真说："歌也是诗体的一种，有短歌和长歌之别，这是属于短歌的一种，五七言句可以随便使用。"本诗实际是两句五言，两句六言，没有七言句，但也都归入七古。可见七古句式比较自由。

梦游天姥吟留别 ①

李 白

　　海客②谈瀛洲③，烟涛微茫信难求。越人④语天姥，云霞明灭或可睹。天姥连天向天横，势拔五岳⑤掩⑥赤城⑦。天台⑧四万八千丈，对此欲倒东南倾。我欲因之梦吴越，一夜飞度镜湖月。湖月照我影，送我至剡溪⑨。谢公⑩宿处今尚在，渌水⑪荡漾清猿啼。脚着谢公屐⑫，身登青云梯⑬。半壁见海日，空中闻天鸡。千岩万转路不定，迷花倚石忽已暝⑭。熊咆龙吟殷岩泉，栗深林兮惊层巅。云青青兮欲雨，水澹澹⑮兮生烟。列缺⑯霹雳，丘峦崩摧。洞天⑰石扉，訇然⑱中开。青冥⑲浩荡不见底，日月照耀金银台⑳。霓为衣兮风为马，云之君兮纷纷而来下。虎鼓瑟兮鸾㉑回车㉒，仙之人兮列如麻。忽魂悸以魄动，恍惊起而长嗟。惟觉时之枕席，失向来㉓之烟霞㉔。世间行乐亦如此，古来万事东流水。别君去兮何时还？且放白鹿㉕青崖间，须行即骑访名山。安能摧眉㉖折腰事权贵，使我不得开心颜！

【译文】

　　航海的游客谈论海上的瀛州，太虚无缥缈而难以寻求。越地的人谈论天姥山，虽然云雾缭绕却可以看见。天姥山连接高空向天横，气势超越五岳而盖过赤城。附近的天台山足有四万八千丈，但对天姥山好像倒伏一样向东南斜倾。听到这些情形，我不免心驰神往，想在梦中去游览这些胜景，一夜之间梦魂便飞越了镜湖的上空。月光照着我的身影，一直陪伴我到了剡溪。当年谢灵运住宿的地方依然还在，绿色的水波荡漾，不时传来猿猴的清啼。我穿上谢公屐，登上高耸入云的石头阶梯。半山腰处看见冉冉上升的海日，听到在空中鸣叫的天鸡。路径在岩壑间绕来绕去，到处是鲜艳夺目的花草令人着迷。我不时凭倚在石头上欣赏这千古难逢的美景而不愿离去，忽然间日头已经偏西。天色开始曚昽不明，突然听到熊在咆哮，龙在吟啼，那高亢的声音在山谷间震荡传递。这声音，不由得令人胆战心惊。云雾弥漫好像就要下雨，水光晃荡烟雾蒸腾。忽然间电闪雷鸣，山峦丘陵顿时倒倾。神仙洞府的一扇石门，轰隆隆地裂开中缝。烟雾弥漫，云气腾腾，看不见山川和丘陵。只见金光

219

灿烂，富丽堂皇的宫殿耀眼鲜明。那么多仙人出现在云中，彩虹是他们的衣裳，清风是他们的马匹，熙熙攘攘驾着彩云而下了云层。老虎为他们弹奏琴瑟，凤凰为他们拉车前行。仙人密密麻麻，好一派热烈动人的场景。不知为什么忽然一激灵，从恍惚的梦境中惊醒，不由得起来连声叹气。只见睡觉时的枕头床席，完全没有梦境中云雾缭绕的情景。仔细寻思反省，人世间的富贵荣华不过如此，如同过眼云烟，来也匆匆，去也匆匆，很快便没了踪影，仿佛流水一直向东。若问我今日告别诸公，什么时候才能返回鲁东，那实在难以说清。从此后我准备好骑乘的白鹿，随时跨上去寻访名山胜景。怎能点头哈腰胁肩谄笑地侍奉权贵，使我郁闷忧愤而没有一个好心情！

【注释】

① "梦游"句：又作"梦游天姥山别东鲁诸公"。② 海客：指航海经商之人。③ 瀛州：传说为海上三仙山之一。④ 越人：古代越国一带之人，指今浙江一带。⑤ 五岳：指泰山、嵩山、华山、衡山、恒山。⑥ 掩：盖过、超过。⑦ 赤城：即赤城山。位于今浙江省天台县北。⑧ 天台：即天台山，与赤城山相连。⑨ 剡溪：地名，位于今浙江省嵊县南。⑩ 谢公：指南朝诗人谢灵运，他曾游览天姥山，宿于剡溪。⑪ 渌水：绿水。⑫ 谢公屐：谢灵运发明的木制登山鞋，鞋底安装可以活动的木齿，上山时去掉前齿，下山时去掉后齿。⑬ 青云梯：陡峭之处的石阶磴道。⑭ 暝：天色昏黑。⑮ 澹澹：水波闪动貌。⑯ 列缺：闪电。⑰ 洞天：神仙洞府。⑱ 訇然：形容声音很大。⑲ 青冥：苍茫深远貌。⑳ 金银台：镶金嵌银的亭台楼阁，指神仙居所。㉑ 鸾：传说中凤凰一类的鸟。㉒ 回车：拉车、引车。㉓ 向来：先前，指梦境中。㉔ 烟霞：祥云缭绕的景象。㉕ 白鹿：仙人常用的坐骑。㉖ 摧眉：指俯首低眉。

【评析】

天宝三年（744）春夏之交，李白被体面地赶出长安，心情非常郁闷低沉。次年秋，他准备东游吴越，行前写此诗留赠东鲁亲朋。全诗借助想象，通过梦境，融汇古代神话、民间传说、历史典故，创造了一个光怪陆离的神仙世界，表达对现实社会之黑暗的强烈憎恨和对理想的追求。

开头八句通过仙界之"信难求"与天姥山之"或可睹"的对比，表示了自己的选择，再通过与五岳、赤城、天台的对比衬托突出天姥山之高大挺拔的气势和雄奇壮丽的姿态，为下文的梦游作好铺垫。

从"我欲因之梦吴越"到"仙之人兮列如麻"是第二层，也是主体部分，集中笔墨描绘出一个神奇的神仙世界，而且是基于对世俗世界游览的生活经验之上来写，给人以亲切感和真实感。诗人因向往而入梦，梦境中，在迷蒙月色的笼罩下，他飞渡镜湖而直抵剡溪，不仅找到当年谢灵运的住处，居然还穿上谢灵运制作的登山鞋，开始"身登青云梯"，在高耸入云的陡峭的石壁上攀登。在半山腰处看见海上日出的美妙景色，而此时又听到天空中神仙世界中仙鸡的报晓声，境界瑰丽神奇。"千岩万转"两句转折得非常巧妙，既写出了通往仙界路途的扑朔迷离，也为下文神仙洞府的出现奠定基础。在云雾缭绕、熊咆龙吟、电闪雷鸣中通往神仙洞府的石门"訇然中开"，于是便看到了仙界的景象，在云气之中看不见地面，宫殿楼阁金碧辉煌，仿佛都是金银建造的，老虎在鼓瑟，凤凰在拉车，仙人众多。这是多么美妙神奇、令人心驰神往的地方。

从"忽魂悸以魄动"到最后是第三层，由描写转向议论，表达绝不向权贵屈服的志节。当从理想的梦境中醒来，诗人重新感受到现实社会的污浊和权贵的庸俗卑鄙的巨大压力，但他没有屈服，而在最后喊出"安能摧眉折腰事权贵，使我不得开心颜"的心声，成为全诗的主旋律，表现对权贵的极端蔑视和与黑暗政治的彻底决裂，表现出独立高洁的伟岸人格，对后世产生深远的影响。

宣州[①] 谢朓楼[②] 饯别校书[③] 叔云[④]

李 白

弃我去者，昨日之日不可留；乱我心者，今日之日多烦忧。长风万里送秋雁，对此可以酣高楼。蓬莱[⑤]文章建安骨[⑥]，中间小谢又清发。俱怀逸兴壮思飞，欲上青天览明月。抽刀断水水更流，举杯消愁愁更愁。人生在世不称意，明朝散发[⑦]弄扁舟。

【译文】

过去的日子离我而去，想留也无法挽留；今天的日子使我心绪烦乱而更加忧愁。长风万里吹送南飞的大雁，正应当酣饮而登上高楼。您的文章像西汉那样雄浑厚重，而且兼有建安风骨的力度和通透。我诗歌的意境也很高拔，像南朝的谢朓那样清新明秀。我们都满怀壮志豪情，神思飞扬直上九重云霄。想要抽刀断水而水更流，想要举杯浇愁而愁更愁。人生在世不能开心，明天早晨我便披散开头发，无忧无虑地去摆弄小舟，随性所至而到处泛游。

【注释】

①宣州：今安徽省宣城市。②谢朓楼：即谢云楼，南朝诗人谢朓为宣城太守时所建。③校书：秘书省校书郎的简称。④云：指李云，李白的族叔。⑤蓬莱：海上三仙山之一。相传为神仙收藏秘录、典籍之所。东汉学者曾把藏书的东观称为蓬莱宫。唐人多用蓬山、蓬阁指秘书省。此处借指李云的文章。⑥建安骨：指汉末建安年间，曹操父子及建安七子所倡导的刚健遒劲的文风，后世称为"建安风骨"。⑦散发：披散开头发，表示不受礼法约束。

【评析】

本诗作于天宝十二年（753）秋，为饯别族叔李云而作。从诗题看，是一首饯别诗，但诗人只用"长风万里送秋雁，对此可以酣高楼"两句轻轻点出送别酣饮之意，而以绝大部分篇幅抒写其对理想的追求以及在现实的沉重压抑下心烦意乱、愁怀不解而想要归隐江湖的意愿。借题发挥，向族叔发泄自己内心的苦闷和忧伤。

起笔波澜突起，以两个类似散文的十一字长句，一气鼓荡，喷射出内心的积怨。复沓重叠的句式、拟人化的手法和时间上的承续和流动，造成强烈的抒情效果。弃我而去的"昨日"一事无成，而今日更使我心绪烦乱。两句诗中蕴含着诗人往昔岁月的多少坎坷、愤懑与不平，又牵动诗人报国无门的忧愁和痛苦。"长风万里"两句忽作转折，写即席所见到的壮美开阔的景色和由此引发的豪情壮志，情调由低沉转向高昂。"蓬莱文章建安骨"赞美李云的文章似西汉而有风骨，"中间小谢又清发"自诩自己的诗歌清新出奇。"俱怀"两句合写双方的志向远大，青天览月的壮志暗喻澄清天下的大志。然而，无论志向多么远大，但却无法摆脱黑暗现实的羁绊，诗人在高扬壮志后，突然用"抽刀断水水更流，举杯消愁愁更愁"这样两个精彩的比喻逆转，形成强烈的感情上的反差，给人以极强烈的印象。最后两句则表达对于黑暗政治的决裂，再度表现一种天马行空的放荡不羁的性格。全诗抒情大起大落，感情飘忽不定，语言自然奔放，充分体现了李白诗歌飘逸奔放的艺术特色。

白雪歌送武判官①归京

岑 参

北风卷地白草②折，胡天八月即飞雪。忽如一夜春风来，千树万树梨花开。散入珠帘湿罗幕③，狐裘不暖锦衾薄。将军角弓④不得控，都护铁衣冷难着。瀚海⑤阑干⑥百丈冰，愁云惨淡万里凝。中军⑦置酒饮归客，胡琴琵琶与羌笛⑧。纷纷暮雪下辕门⑨，风掣⑩红旗冻不翻。轮台⑪东门送君去，去时雪满天山路。山回路转不见君，雪上空留马行处。

【译文】

卷地而来的北风真是强硬，居然能把坚挺的白草刮折，北方的天气真是奇怪，八月里居然就飘起了大雪。忽然间好像是一夜春风吹来，千树万树的梨花都被吹开，漫山遍野一片洁白。潮湿的冷气散入珠帘，湿润了帐篷帷幔，使狐狸皮的大衣都不保暖，而那锦绣的棉被也轻薄而不耐严寒。将军们的弓弦冻得难以拉开，铠甲冰凉难以披挂上肩。广袤的大沙漠到处是冰川，阴云密布凝重令人心寒。中军大帐中设置饯别的酒宴，军乐队演奏的乐曲悲壮而缠绵。黄昏时又飘起了雪花，辕门处的一面红旗特别显眼，又湿又冻而非常僵硬，不能呼呼啦啦随风招展。在轮台的东门我送你归去，当时大雪已经覆盖全山。山路曲折起伏，你的身影忽隐忽现。最后终于消失在山岭的那一边，只有一行清晰的马蹄印留在地面。

【注释】

①判官：官职名，佐助节度使处理公文及日常政务。②白草：西北地区生长的一种草，秋天变白，冬枯不萎，性极坚韧。③罗幕：用丝绸制的幕帐。④角弓：用兽角装饰的弓。⑤瀚海：大沙漠。⑥阑干：纵横。⑦中军：古时军队分左、中、右三军，主帅在中军。此处指中军大营。⑧羌笛：古代西北地区羌族的乐器。⑨辕门：军营之门。春秋时战争形式是车战，扎营时将两辆战车的车辕竖起为门，称辕门，后世遂沿用之。⑩掣：牵引、扯动。⑪轮台：在今新疆维吾尔自治区内，唐代隶属北庭都护府。

【评析】

本诗如题所示，是白雪歌，也是送别诗，歌咏西北边疆的雪景和抒写别情构成本诗的两项内容。全诗共十八句，前八句写白雪，后八句表送别，中间两句为过渡，承上启下，归到哪部分都可，一般惯例将其归到前边，这样，前半首便是十句。开头两句描写边塞环境气候的恶劣。北风烟雪，极其艰苦。"忽如一夜春风来，千树万树梨花开"两句如神来之笔，异想天开的精彩的比喻给人以惊奇，将北风比喻为春风，将满树雪花想象成梨花，意境壮美，成为全诗的基调。接下六句用夸张笔法渲染天气的奇寒。"瀚海"两句承前启后，由景物描写过渡到抒情。"愁云"有双重意蕴，一是表现阴云密布的恶劣天气，二是因友人即将踏上遥远征程的担忧。后八句写送别。先写饯别宴会，写出了军营送别的特点。"风掣红旗冻不翻"准确描绘出边塞地区温差大的气候特色，而且在漫天皆白中，一面红旗的颜色也很跳跃活泼。最后两句写尽送别时的依依惜别的深情，可以体会到诗人伫立军营门前，遥望友人的身影在山路上忽隐忽现而最后终于消失的情景，仿佛一个空镜头，以景结情，与李白的"孤帆远影碧空尽，唯见长江天际流"两句异曲同工。

岑参边塞诗最突出的艺术成就是对边塞风光的描写，本诗中的卷地北风，"红旗冻不翻"的奇景，尤其是"千树万树梨花开"的景致，都很生动精彩。"全诗关键在四个'雪'：第一个雪字是写送别以前的雪；第二个雪字是写饯别时候的雪景；第三个雪字是写临别时候的雪景；第四个雪字是写送别之后的雪景。"（喻守真语）这种分析很有启发性，对于创作尤其有借鉴意义。

山 石

韩 愈

山石荦确①行径微，黄昏到寺蝙蝠飞。升堂坐阶新雨足，芭蕉叶大支子②肥。僧言古壁佛画好，以火来照所见稀。铺床拂席置羹饭，疏粝③亦足饱我饥。夜深静卧百虫绝④，清月出岭光入扉。天明独去无道路，出入高下穷烟霏。山红涧碧纷烂漫，时见松枥⑤皆十围。当流赤足踏涧石，水声激激风吹衣。人生如此自可乐，岂必局促为人鞿？嗟哉吾党二三子⑥，安得至老不更归！

【译文】

山石险峻陡峭，山路狭窄细微，黄昏时分来到寺庙，看到蝙蝠在翻飞。登堂入殿坐上台阶，观看充足的新雨，雨中的芭蕉栀子，一个叶子大，一个花儿美。僧人说古壁上的佛画非常好，端着灯火仔细端详，果然是难得一见的艺术珍宝。主人铺床扫席极其殷勤周到，准备好粗茶淡饭请我吃饱。夜深静卧在床，没有一点虫鸣的声音，爬上山岭的月亮，将清澈的月光照向山门。天亮后独自离去而迷失道路，上下高低走过山林。山花红，涧水绿，色彩缤纷，偶尔看见高大的松树、枥树，要将其搂抱住居然需要十个人。真是令人惊讶，光脚走在砾石上的水流里，水声悦耳风摆衣襟，令人悦目而开心。人生如此便足以快乐，为什么唯唯诺诺受人驱使而局促拘谨？叹息与我相好的那些友人，何必还留在官场而不赶快退隐山林！

【注释】

①荦确：大石矗立、山路险峻不平貌。②支子：即栀（zhī）子，常绿灌木，花大而白，有香气。③疏粝（lì）：此指简单的饭菜。疏，同"蔬"。粝，糙米。④百虫绝：听不到一点虫声。⑤枥（lì）：同"栎"，一种高大的落叶乔木。⑥吾党二三子：指和自己志同道合的几个朋友。

【评析】

本诗依照《诗经》的体例，取开头两字为题，实际是记游诗，并非描写咏叹山石。全诗采用素描似的散文笔法，借鉴传统的山水游记叙述一次游览寺院的经过。叙事简明，写景状物生动，虽然完全按照行程来写，没有穿插逆折之处，但给人的感觉却很清新简明，没有板滞拖沓的流水账之类的弊病。喻守真说："全诗层次，是分黄昏到寺，夜深留宿，天明辞去，三个时间。"

乐府

燕歌行 ① 并序

高　适

开元二十六年，客有从御史大夫张公出塞而还者，作《燕歌行》以示。适感征戍之事，因而和焉。

汉家烟尘在东北，汉将辞家破残贼。男儿本自重横行 ②，天子非常赐颜色。拟金伐鼓 ③ 下榆关 ④，旌旆 ⑤ 逶迤 ⑥ 碣石 ⑦ 间。校尉 ⑧ 羽书 ⑨ 飞瀚海，单于猎火照狼山。山川萧条极边土，胡骑凭陵杂风雨。战士军前半死生，美人帐下犹歌舞。大漠穷秋塞草腓 ⑩，孤城落日斗兵稀 ⑪。身当恩遇 ⑫ 常轻敌，力尽关山未解围。铁衣 ⑬ 远戍辛勤久，玉箸 ⑭ 应啼别离后。少妇城南欲断肠，征人蓟北 ⑮ 空回首。边风飘飖那可度，绝域 ⑯ 苍茫更何有。杀气三时 ⑰ 作阵云，寒声一夜传刁斗 ⑱。相看白刃血纷纷，死节从来岂顾勋。君不见沙场征战苦，至今犹忆李将军 ⑲。

【译文】

　　朝廷战争的烽火发生在东北，朝廷的将军离开家乡去击破敌寇。男子汉本来重视驰骋沙场，何况皇帝的赏赐非常丰厚。敲锣打鼓出了雄伟的山海关，队伍的旌旗曲折行进在碣石之间。紧急军书在广阔的沙漠上飞快传送，敌军演习的火把映照山川。山河萧条一直到广袤的边塞，敌人的骑兵如暴风雨一般攻来。战士们在前线与敌人浴血奋战，将军在大帐中为美人的歌舞鼓掌喝彩。大漠深秋蒿草已经枯槁，孤城落日战斗的士兵逐渐稀少。身受天子的重视却常常轻敌，士兵拼尽力气也不能解围。战士们极其辛苦长期在外戍守，家中的媳妇独宿空闺从春到秋。她们在繁华的城市中徒自悲伤，战士在荒凉的塞外白白思念亲人和故乡。边塞的凉风根本无法超越，苍茫的塞外只有荒凉与寂寞。白昼里杀声阵阵如云，夜晚间不时传来巡逻铜锣的声音。亲见雪白的刀刃上鲜血淋淋，只是为国而战哪里考虑名位功勋。你没有看见沙场战争的残酷，战士们都特别思念西汉的李广将军。

【注释】

① 燕歌行：乐府旧题，属《相和歌·平调曲》，多写征戍相思离别之情。燕，今河北省辽西一带。② 横行：指驰骋疆场为国效力。③ 拟金伐鼓：敲锣打鼓，指行军。④ 榆关：即今山海关。⑤ 旌旆：泛指军旗。旌，杆头上有羽毛装饰之旗。旆，大旗。⑥ 逶迤：连绵不断，蜿蜒绵长貌。⑦ 碣石：地名，前注皆云在河北昌黎县。不确，据 20 世纪 80 年代考古发现，当在今辽宁省境内。⑧ 校尉：职位仅次于将军的武官。⑨ 羽书：插有羽毛的紧急军书。⑩ 腓：枯萎。⑪ 斗兵稀：谓唐军伤亡惨重，战斗员稀少。⑫ 恩遇：皇帝的恩爱与优厚待遇。⑬ 铁衣：金属制的铠甲。此处指出征的战士。⑭ 玉箸：白色的筷子，比喻思妇的眼泪。⑮ 蓟北：蓟州之北。此处泛指边塞地区。⑯ 绝域：指人烟稀少、环境荒凉的边塞。⑰ 三时：指早、午、晚，即一整天都杀气腾腾。一说指春、夏、秋三季。⑱ 刀斗：古代军中值宿巡更时敲击的铜器，白天用来煮饭。⑲ 李将军：指西汉戍边名将李广，智勇双全，爱护士兵，号称"飞将军"。

【评析】

根据诗前小序，可知本诗是因张守珪军中之事而发，但不局限于一战一地，而是对开元年间唐军边塞战事的高度概括，重点揭露军中官兵苦乐悬殊的事实，抨击将帅腐败无能，同情浴血奋战的士兵及其家属。内容深刻而丰富。

全诗共二十八句，结构层次可分为四部分，前三个层次每层八句，最后一层次四句，比较整齐。开头八句写边塞烽烟突起，军队奉命出师。"山川"至"力尽"八句为第二层次，写唐军虽然英勇奋战，但战斗依然失利。"铁衣"至"寒声"八句为第三层次，写战士与妻子的两地相思，缠绵幽怨，气氛凄凉。最后四句是第四层次，通过对汉代飞将军李广的怀念，点出主旨，委婉抒发对边将无能腐朽的不满。"战士军前半死生，美人帐下犹歌舞"两句用对比手法表现将帅奢侈享乐而不恤士卒的丑恶行径。揭露当时军队中的本质问题，有极其深广的社会意义，为后世所传诵。

古从军行^①

李　颀

白日登山望烽火，黄昏饮马傍交河^②。行人刁斗风沙暗，公主琵琶^③幽
怨多。野营万里无城郭，雨雪纷纷连大漠。胡雁哀鸣夜夜飞，胡儿眼泪双双
落。闻道玉门犹被遮^④，应将性命逐轻车^⑤。年年战骨埋荒外，空见蒲萄入
汉家^⑥。

【译文】

白天登上山顶眺望烽火，黄昏饮马来到交河。行军的士兵冒着昏暗的风沙，和
亲的公主忧愁和怨恨特别多。驻扎在野外而没有城郭，雨雪纷飞弥漫在荒沙大漠。
胡地的大雁夜夜悲哀鸣叫，胡地兵卒的眼泪不停滴落。听说边关依然被把守的官兵
拦遮，到塞外征战的官兵只能追随着将军去拼杀争夺。年年有战士的白骨埋葬在荒
凉的塞外，只是把葡萄引进到了中国。

【注释】

① 古从军行：乐府旧题。② 交河：水名，位于今新疆维吾尔自治区吐鲁番市西北。③ 公
主琵琶：汉武帝与乌孙王和亲，命江都王刘建的女儿刘细君以公主身份嫁给乌孙王昆莫。送嫁
时，恐其途中愁怨，故弹琵琶以娱之。④ "闻道"句：汉武帝为取良马，派李广利进攻大宛，
结果出师不利，士卒伤亡过半。广利上书请求罢兵，武帝大怒，命使臣到玉门关拦截，说："军
有敢入，斩之。"⑤ 轻车：汉有轻车将军、轻车都尉，此泛指将帅。⑥ "年年"两句：意谓战
士年年暴尸边境，换来的仅仅是葡萄的移植。蒲萄，即葡萄。

【评析】

《从军行》属乐府《相和歌·平调曲》旧题，多写从军征战的苦怨。这首诗借汉
喻唐，明写汉武帝穷兵黩武，实则讥讽唐玄宗开边西北，给人民造成的不尽苦难，
表达了诗人对死难士卒的深切同情。

诗人开篇便极力描述紧急征战的苦况。将士们日行千里，匆匆赶赴战地，在风
沙滚滚、天昏地暗的苍凉景色中，充满无限怨恨之情。并用万里征途不见人烟、茫
茫大漠雨雪纷飞的凄清冷落环境，强烈渲染悲凉的氛围。接着，诗人一变常人狭隘

的民族偏见，以"胡雁哀鸣""胡儿眼泪双双落"，表达北方少数民族子弟的悲苦，从而极大地拓展了诗歌思想内容的广度和深度，使得诗歌的社会意义更为深远。"闻道"四句，巧借汉武帝派遣使者到边关阻挡李广利班师回朝之事，影射唐玄宗的好大喜功和穷兵黩武，为不断扩边，全然不顾战士死活。尤其是"年年战骨埋荒外，空见蒲萄入汉家"两句，以鲜明对比手法，指出天子以连年战争的巨大代价，换来的只不过是葡萄的移植而已。这不仅把拓边战争的掠夺本质揭露得十分深刻，而且鲜明地表达了诗人对唐代统治者的强烈义愤和对捐躯沙场者的无限同情。

在艺术上，这首诗能融现实与史事于一体，不仅生动地层现了万里边疆的寂寥荒漠的典型景象，而且通过汉、胡两军悲苦幽怨的相互映衬与白骨、葡萄的鲜明对比，表达出诗人强烈的批判精神，在唐代边塞诗中可谓上乘之作。

蜀道难①

李　白

　　噫吁嚱②，危乎高哉！蜀道之难，难于上青天！蚕丛及鱼凫③，开国何茫然！尔来④四万八千岁，不与秦塞⑤通人烟。西当太白⑥有鸟道，可以横绝峨眉巅⑦。地崩山摧壮士死⑧，然后天梯⑨石栈⑩相钩连。上有六龙⑪回日⑫之高标⑬，下有冲波逆折之回川。黄鹤之飞尚不得过，猿猱欲度愁攀援。青泥⑭何盘盘，百步九折萦岩峦。扪参历井⑮仰胁息⑯，以手抚膺坐长叹。问君西游何时还？畏途巉岩⑰不可攀。但见悲鸟号古木，雄飞雌从绕林间。又闻子规⑱啼夜月，愁空山。蜀道之难，难于上青天，使人听此凋朱颜⑲！连峰去天不盈尺，枯松倒挂倚绝壁。飞湍瀑流争喧豗⑳，砯崖转石万壑雷㉑。其险也如此，嗟尔远道之人胡为乎来哉！剑阁㉒峥嵘而崔嵬，一夫当关，万夫莫开。所守或匪亲，化为狼与豺。朝避猛虎，夕避长蛇㉓；磨牙吮血，杀人如麻。锦城㉔虽云乐，不如早还家。蜀道之难，难于上青天，侧身西望长咨嗟㉕！

【译文】

　　啊！啊！啊！高啊！真高啊！蜀道的艰难，比上青天还要难。传说中的蚕丛和鱼凫，他们建立国家的年代该是多么久远，真是一片茫然。从那时以来四万八千多年，也不与秦国交通往还。西面的太白山上有鸟飞的道路，可以穿越峨眉山的山巅。山崩地裂后五位力士壮烈而死，然后出现天梯石栈相互勾连，一条蜀道连接起秦地和蜀川。上面有可以令太阳回转的高高的山峰，下面有水波冲荡曲折的沟川。黄鹤要想飞过去都无法穿越，猿猴想要爬过去也忧愁如何攀援。青泥岭是多么迂回盘旋，百步里便九次拐弯，围绕着岩石和山峦。我仿佛摸着参星经过井星仰头喘气，用手抚摩着胸口而坐下长叹。问你们西游蜀地何时回还，令人生畏的道路极其艰险而不可攀援。只见悲哀的鸟在古树间号叫，雄鸟飞、雌鸟从，环绕在树林之间。又听到子规鸟在夜月下悲啼，悲哀的声音传遍空山。蜀道之难，真的比上青天还要难，使人听到这些立即愁损容颜。连续的山峰离天不到一尺，枯老的松树倒挂着依靠绝壁。

飞快的水流瀑布争着在岩石间回转，撞击着山崖宛如万壑雷鸣。蜀道的险要便是如此，叹息你们这些远方之人，为什么要到这里来？剑阁高耸而险峻，一个人把守关口，一万个人也休想打开。守关的人如果不是亲近之人，便会变为虎豹和狼豺。人们早晨要躲避猛虎，傍晚要躲避大蛇，这些凶残的猛兽磨牙吸血，杀人如麻。锦官城虽然快乐，也不如早早回家。蜀道之难，真的比上青天还要难。我侧身向西眺望，感叹又感叹。

【注释】

① 蜀道难：乐府古题，属《相和歌·瑟调曲》。② 噫吁嚱：惊叹声，蜀地方言。③ 蚕丛、鱼凫：传说中古代蜀国的两个国王。④ 尔来：此来，指从蚕丛、鱼凫开创国家以来。⑤ 秦塞：秦国的边境，此处指关中平原。⑥ 西当：西对。太白：秦岭山峰名，在今陕西省眉县南。⑦ 峨眉：即峨眉山。在今四川省峨眉县西南。巅：顶峰。⑧ "地崩"句：据《华阳国志·蜀志》载：秦惠王将五美女许嫁给蜀王。蜀王派五力士前去迎娶。返回途中见一大蛇钻进山洞，五力士拽住蛇尾将其拉出，结果山崩地裂，五力士和美女皆被压在底下，山即分成五岭。摧，倒塌。⑨ 天梯：非常陡峭险峻的山路，如同登天的梯子。⑩ 石栈：即栈道，在山腰凿石架木而成的道路。⑪ 六龙：神话传说羲和驾着一辆车，由六条龙拉，上面载着日头自东向西行驶。⑫ 回日：使羲和所驾驶的日车无法通过，只好回去。⑬ 高标：指最高峰。⑭ 青泥：岭名，在今陕西省略阳县西北，为唐代入蜀要道。⑮ 扪：摸。参、井：古代天文学上两星宿名。古代将星宿分属地面上相应的州郡，称分野。参星属蜀之分野，井星属秦之分野。历，经过。⑯ 胁息：屏住呼吸，形容极其紧张。⑰ 巉岩：险恶陡峭的山壁。⑱ 子规：即杜鹃鸟。相传是古代蜀王杜宇的魂魄所化，啼声悲切，如言"不如归去"。⑲ 凋朱颜：谓使人脸色变白。凋，衰谢。朱颜，红润的容颜。⑳ 飞湍：飞奔而下的急流。瀑流：瀑布。喧豗：轰鸣声。㉑ 砯：水击岩石的声音。此处用如动词，撞击。万壑雷：形容激流在山谷间撞击岩石后发出的雷鸣般的声音。㉒ 剑阁：又名剑门关，在今四川省剑阁县北。㉓ 猛虎、长蛇：比喻叛乱之人。㉔ 锦城：锦官城，即今四川省成都市。㉕ 咨嗟：叹息声。

【评析】

本诗是李白诗歌的代表作之一，全诗将奇特的想象、恣意的夸张和有关神话传说、历史故事融为一体进行写景抒情，生动描绘出蜀道崔嵬峥嵘的面貌和阴森幽邃的气氛，有力地突出了蜀道险峻高拔而难以攀越的凛然气势，并为整体画面涂上一层苍凉古朴而又神奇迷幻的色彩，散发着浓郁的浪漫气息。

本诗可分三个层次，从开头到"然后天梯石栈相钩连"是第一层，写蜀道开辟之难。蚕丛、鱼凫开国的茫然以及五大力士拽大蛇尾而开辟道路的描写，渲染了蜀道的艰危和神奇。从"上有六龙回日之高标"到"嗟尔远道之人，胡为乎来哉"是第二层，描写蜀道的跋涉攀登之难。"扪参历井"两句，仿佛是诗人亲自爬山的经历，使人感到真实亲切，但李白终生也未走过蜀道，更可见其想象的能力。号古木的悲鸟、争喧豗的瀑流都有声有色，增加了感情色彩。从"剑阁峥嵘而崔嵬"到最后是第三层，写蜀地形势的险要和环境的险恶，即蜀地居留之难。这样，全诗由"蜀道开辟难""蜀道攀登难""蜀地居留难"三个部分绾合在一起，突出了蜀道难的主题，并用"蜀道之难，难于上青天"贯穿其中，仿佛有一股生气贯注其中，使全诗成为一个有机的整体，一气呵成，可谓神品。

李白诗歌的一大特点是强烈的主观抒情色彩，本诗最为鲜明地体现了这一特点。开篇即以"噫吁嚱！危乎高哉！蜀道之难，难于上青天"的强烈感叹抒发其对于蜀道高峻艰险的惊愕和感叹，感情奔涌澎湃，感染力极强。其后对这一主调的反复咏叹，更令人荡气回肠。另外，句式灵活多变，语言奔放恣肆也体现出李白七言歌行体的独特个性。

将进酒①

李　白

君不见，黄河之水天上来，奔流到海不复回。君不见，高堂明镜悲白发，朝如青丝暮成雪。人生得意须尽欢，莫使金樽空对月。天生我材必有用，千金散尽还复来。烹羊宰牛且为乐，会须一饮三百杯。岑夫子②，丹丘生③，将进酒，杯莫停。与君歌一曲，请君为我倾耳听。钟鼓馔玉④不足贵，但愿长醉不复醒。古来圣贤皆寂寞，惟有饮者留其名。陈王⑤昔时宴平乐⑥，斗酒十千恣欢谑⑦。主人何为言少钱，径须⑧沽取对君酌。五花马⑨，千金裘⑩，呼儿将出⑪换美酒，与尔同销万古愁。

【译文】

你没有看见吗？黄河的水是从天上而来，一直奔流到大海而不再返回。你没有看见吗？在高堂上梳妆的时候，面对明镜而悲叹满头白发，早晨还是乌黑的头发到晚上便已雪白。既然人生如此短暂，就应该尽情欢乐，不要使精致的酒杯空对着明月。天生我这样的人才必然有用，千金用尽还会再来。烹羊宰牛尽情享乐吧，应当连续痛饮三百杯。岑夫子，丹丘生，请喝酒，酒杯不要停。我给你们赋上一首诗，请你们侧耳倾听。敲钟击鼓而享用名贵的酒菜，那种富贵的生活并不值得羡慕倾心，我只愿长在醉乡中遨游而不愿清醒。自古以来圣贤之人都非常穷困寂寞，只有酒徒才能留下姓名。从前的陈思王曹植在平乐馆中恣意游乐，一斗酒便是十千钱而尽情戏谑。主人何必说缺少金钱，尽管买酒与你们痛饮欢乐。五花马，千金裘，呼唤侍儿统统拿出去兑换美酒，与二位共同浇去心头那万古的忧愁。

【注释】

①将进酒：乐府旧题，属《鼓吹曲·铙歌》。将(qiāng)，请。②岑夫子：指诗人的朋友岑勋。③丹丘生：诗人朋友元丹丘。④钟鼓馔玉：泛指贵族之家豪奢的生活。钟鼓，贵族宴饮时奏乐的乐器。馔玉，精美的饭菜。⑤陈王：指三国曹植。曹植曾被封陈思王。⑥平乐：指平乐观，汉明帝时建造。⑦恣欢谑：尽情欢乐享受。⑧径须：尽管、直接，意谓毫不犹豫。⑨五花马：毛色斑驳名贵的马。⑩千金裘：价值千金的名贵皮衣。⑪将出：拿出来。

【评析】

本诗表面看有些消沉，好像是劝人饮酒之诗，骨子里却充满了抗争和愤激。诗人豪饮高歌，借酒浇愁，抒发忧愤深广的人生感慨。

本诗笔触突兀，以两个"君不见"提唱，领出两个排比句式如天风海雨，表露出诗人对于蹉跎岁月的深沉忧虑和强烈的感伤。"人生得意"两句诗情陡然转折，由悲转乐，表现对自己才能的自信和前途的希望，特别是"天生我材必有用"一句，不知给后人带来多少鼓舞和力量。"钟鼓馔玉"以下八句，在酣饮纵乐表面豪放下却可以感受到诗人被时代埋没的激越愤怒之情。最后四句再作跌宕，以借酒消愁来呼应开头，揭示主题。

本诗所宣泄的情绪在封建社会乃至于在整个人类社会的历史上都具有普遍而深广的社会意义，因此也将永远被人们所传唱。宇宙无限，人生苦短，这是人类要永远面对的矛盾，而且是永远无法解决的矛盾。而在短暂的人生中，不得意处常八九，而怀才不遇又是绝大多数文人的共同命运，也就是李白所说的"古来圣贤皆寂寞"，这便成为"万古愁"，如此深广久远的愁，不借酒来消一消又能如何？因其抒发的千古文人和正直士人的共同的悲哀，故亦最容易引起人们的共鸣。

行路难①

李　白

金樽清酒斗十千，玉盘珍馐直万钱。停杯投箸②不能食，拔剑四顾心茫然。欲渡黄河冰塞川，将登太行雪满山③。闲来垂钓碧溪上④，忽复乘舟梦日边⑤。行路难，行路难，多歧路，今安在？长风破浪⑥会有时，直挂云帆济沧海。

【译文】

镏金的酒杯，过滤后的昂贵清酒，每一杯酒就是金钱十千，玉制的菜盘，珍贵的菜肴，每一盘菜便值一万大钱。面对如此高贵的酒菜，我偏偏摔下筷子，放下酒杯而不能下咽。拔出宝剑四面环顾，心中一片茫然。我想要渡过黄河时，大冰块便塞满了江面。我要登太行山时，大雪便封住路径而落满山间，真令人沮丧无奈而又焦烦。但这也没有什么了不起，我还有机会和时间。姜太公八十多岁垂钓在渭水河畔，遇到文王，依然扭转乾坤而惊天动地。闲暇无事时我也到碧溪上去钓鱼，或许哪一天忽然做个梦而被请进宫里，干一番伟业而惊天动地。唉！人生道路是真难啊！人生道路是真难啊！到处都是岔道和险滩，我的道路究竟在哪边？没关系，没有关系！我李白肯定会成功，到那时，我将要驾长风而破浪万里，高挂船帆一直渡过沧海而到达理想的境地。

【注释】

①行路难：属乐府《杂曲歌辞》，多写仕途艰难和离别的伤悲。②箸：筷子。③"欲渡"两句：用自然界旅途的艰险暗喻仕途的艰难险阻。④"闲来"句：用姜太公钓鱼之典。传说姜尚在未发达前曾在渭水河畔碧溪上钓鱼，后被周文王召去，成就一番事业。⑤"忽复"句：用殷商名臣伊尹之典。传说伊尹梦见自己乘船在天空飘，后从太阳边上落下。醒后请人圆梦，圆梦者认为是大吉大利之梦，伊尹将被国君起用。后伊尹果然被汤重用，成为重臣。⑥长风破浪：借用南朝宗悫"愿乘长风破万里浪"的话表达自己一定会有远大前途。

【评析】

李白在天宝元年（742）秋季被召进京师当翰林供奉，三载春天便被体面赶出朝廷。本诗当是他被迫离开京师时所作。诗中交织着理想与现实，希望与失望的痛苦与矛盾，感情大起大落，翻卷纵横。

诗开篇便以"金樽清酒""玉盘珍馐"这样精美高贵的酒宴气氛与"停杯投箸""拔剑四顾"这极不协调行为动作组合起来，暗示出诗人内心的苦闷、忧愤、茫然。化用鲍照"对案不能食，拔剑击柱长叹息"的诗句而与自己的处境心境吻合，浑然天成。"欲渡"两句用自然环境的险恶象征自己人生道路的险阻，是传统的比兴手法，以此抒发对于现实黑暗的愤怒激越之情。此时诗人的感情已经压抑到极点，下面的两句巧用典故，给人以峰回路转之感，在艰难的人生跋涉中又看到了希望。姜太公和伊尹之事，属于熟典，不但准确传达出诗人的自信和希望，而且间接表现出诗人的志向和抱负。可以想象，此时的瞬间，诗人处于对美好前景的憧憬中。但稍微一冷静，马上认识到自己现实的处境，于是便又低落下来，用两个"行路难"的叠唱和"多歧路，今安在"来抒发自己前途渺茫的感慨，并为后面的再度高昂蓄势。最后，诗人感情再度扬起，唱出"长风破浪会有时，直挂云帆济沧海"的高调，并以此终篇，使全诗的格调高昂，给人以鼓舞和力量。

兵车行①

杜 甫

车辚辚②，马萧萧③，行人④弓箭各在腰。爷娘妻子走相送，尘埃不见咸阳桥⑤。牵衣顿足拦道哭，哭声直上干⑥云霄。道旁过者问行人，行人但云点行⑦频。或从十五北防河⑧，便至四十西营田⑨。去时里正⑩与裹头⑪，归来头白还戍边。边庭流血成海水，武皇⑫开边⑬意未已⑭。君不闻，汉家山东⑮二百州，千村万落生荆杞⑯。纵有健妇把锄犁，禾生陇亩无东西⑰。况复秦兵耐苦战，被驱不异犬与鸡。长者虽有问，役夫敢申恨？且如今年冬，未休关西卒。县官急索租⑱，租税从何出？信知生男恶，反是生女好。生女犹得嫁比邻，生男埋没随百草。君不见，青海头⑲，古来白骨无人收。新鬼烦冤旧鬼哭，天阴雨湿声啾啾⑳。

【译文】

车声辚辚，马声萧萧，新兵的弓箭各自背挎在腰。爹妈妻儿小跑着前来相送，尘埃滚滚已经看不见咸阳桥。牵掣衣襟踩着脚拦道哭叫，哭声简直要冲上九霄。道旁一位过路者询问征人，征人只是说："征兵征役过于频繁。"有的人15岁便到北面的河岸去守边，有的人40岁还要到西面去驻扎屯田。去时是里正包裹的头巾，回来时满头白发还要去戍守边陲。边疆上战士的鲜血流成了海水，但皇帝开疆拓土的念头还没有停止。您没有听说吗？汉代山东二百多州，千万村落都已荒凉而长满荆棘。即使有健壮的妇女也能扶犁耕地，但地垄却或长或短、或粗或细，一点儿也不整齐。何况秦地的士兵耐于苦战，被到处驱遣好像轰赶狗和鸡。您老人家虽然相问，可征夫谁敢申说怨恨？就说今年冬天吧，应当休息的关西兵并没有返回家门。县官紧急催逼税租，税租又从何处而出？如今确实知道是生男孩不好，反而是生女孩好。生女孩还可以出嫁给邻居而活命，生男孩则要战死疆场抛尸在僻野荒郊。您没有看见吗？在那遥远荒凉的青海边上，自古以来的白骨便无人掩埋，如今又增添许多新的尸骨遗骸。新鬼在大发牢骚，怨声滔滔，旧鬼在悲哀地哭泣，幽咽凄凉。满天阴雨，空气潮湿，那声音、那气氛，真令人揪心断肠，忧愁又悲伤。

【注释】

① 兵车行：诗人自创的乐府新题。② 辚辚：车轮滚动声。③ 萧萧：马鸣声。④ 行人：行役之人。此处指随行出征之人。⑤ 咸阳桥：即中渭桥，位于长安西北。⑥ 干：冲犯。⑦ 点行：按照名册抽丁入伍。⑧ 北防河：在黄河以北戍守。⑨ 营田：古代戍边的一种形式，军队驻扎边疆，平时种田，战时打仗。⑩ 里正：即里长，唐时百户为里，设里正。⑪ 与裹头：给征夫包裹头巾，意谓年龄小。⑫ 武皇：汉武帝，此处代指唐玄宗。⑬ 开边：以武力开拓疆土。⑭ 意未已：念头没有停止。已，停止、止息。⑮ 山东：指华山以东的中原地区。⑯ 荆杞：荆棘和枸杞，泛指灌木丛。⑰ 无东西：谓地垄粗细不匀，长短不齐，庄稼长得杂乱不齐。⑱ 索租：催逼租税。⑲ 青海头：青海边。⑳ 啾啾：呜咽哭泣之声。

【评析】

本诗是诗人困守长安时所作，在天宝后期，朝廷连年发动边塞战争，穷兵黩武，给百姓带来了深重灾难，诗人作此诗表示同情，揭露战争的罪恶。据《资治通鉴》载，天宝后期，杨国忠为建立自己的威信，频繁发动对西北、东北、西南少数民族的战争，仅751年就进行讨伐南诏、出击大食、攻打契丹的征战，结果皆损兵折将，大败而返。为补充兵丁，杨国忠下令御史分道捕人，甚至绳绑索捆，"行者愁怨，父母妻子送之，所在哭声震野"。本诗所反映的正是这种情况。

开头六句描绘一个大军开行，军人家属前来送别的生离死别的场面，画面生动逼真，形声兼备，渲染悲剧气氛，奠定全诗基调。从"道旁过者"起到"生男埋没"句是第二层，多角度揭露开边战争造成的深重的社会灾难。"或从十五"四句揭示战争时间之长，连续几十年征战，"君不见汉家山东"两句揭示战争影响地域之宽广，而中间两句"边庭流血成海水，武皇开边意未已"是全诗的主题句，揭示战争的根源和性质。接着又从战争破坏了生产，战争期间还要夹杂着苛捐杂税，使民不聊生，以致造成心理变态，逐层加深地揭示战争的严重后果，这就从更深的层次上揭露了战争的罪恶，强化了主题。最后四句是一个层次，用边地阴惨的景象和想象中的鬼哭作结，进一步揭示战争的后果。

在艺术表现上，本诗有两点值得注意：一是首尾呼应，以人哭开头，用鬼哭结尾，使全诗笼罩在哭声中，加强了气氛；二是采用代言体，从"行人但云"以下便是征夫的语气，用第一人称控诉战争的罪恶，比第三人称叙述式强烈得多。本诗主题深刻，是杜甫用新题写现实，即新题乐府的奠基之作，标志着杜甫现实主义诗风的形成。

唐宋词

菩萨蛮①

温庭筠

小山重叠金明灭②，鬓云欲度香腮雪③。懒起画蛾眉④，弄妆梳洗迟。

照花前后镜⑤，花面交相映⑥。新帖绣罗襦，双双金鹧鸪⑦。

【译文】

小山式的双眉紧皱不开，额头的金色也黯淡没有光彩，两鬓带卷的头发已经散开，好像要遮掩那雪白的双腮。她懒洋洋地从床上起来，开始慢腾腾地重新描眉化妆，动作非常缓慢懈怠。

化妆即将结束时插上一朵花，她用两面镜子前后反复观看，镜子中的美人和花相互辉映光彩灿烂，那情景真令人心满意足。她心情有些好转，太阳已经转向正南。她开始绣花，刚刚贴到罗襦上一个图案，那是一双金色的鹧鸪鸟双宿双眠。看到这幅图形，她不由得一阵阵感伤缠绵。

【注释】

① 菩萨蛮：唐玄宗时教坊曲名，后用为词调。又名"子夜歌""重叠金"。② "小山"句：意谓由于彻夜难眠，枕被把眉额上的妆饰磨损。小山，唐代一种眉式。重叠，皱眉貌。金，唐代妇女眉额间妆饰之"额黄"，或饰以金粉。明灭，指因"额黄"上之金粉脱落而黯淡。③ "鬓云"句：云，喻头发丰盛，鬓丝缭乱。度，遮，掩。雪，形容其白。④ 蛾眉：形容女子细美而长的眉毛。《诗经·卫风·硕人》："螓首蛾眉。"⑤ "照花"句：意谓对镜簪花，用前后二镜对照才能看清后影。⑥ "花面"句：意谓花与面容相互映衬，更见其美。⑦ "新帖"两句：意谓在罗制的短衣上，贴上成双成对的鹧鸪图案以便刺绣。

【评析】

本词通过对一贵族女子晨起梳妆过程的描述，表达其盛年独处的空虚、孤寂之感，全词流露出淡淡的哀愁，笔触细腻，刻画精微。

开头两句只写女主人公的面庞，从眉毛额头写到头发和脸面，百无聊赖的慵懒情态立刻展现在读者面前。"懒起"两句写其画妆迟迟，可见她无心梳洗的娇懒之态。

下片承前，其"照花前后镜"的神态刻画出自我欣赏的神情，转以双鹧鸪作衬，又显示出女主人公顾影自怜之意。通过一组动作的描写，几个画面的递接，完成了一幅美人梳妆图。整首词只围绕梳妆一事来写，感情不外露。第三句的"懒"、第四句的"迟"为点睛之笔：懒于起身，弄妆而迟。篇末的"双双金鹧鸪"则暗点和反衬孤单。化景为情，以景现情，可谓本篇的主要艺术特色。

乌夜啼①

李　煜

林花谢了春红，太匆匆！②无奈朝来寒雨晚来风③。

胭脂泪④，相留醉，几时重⑤，自是人生长恨水长东。

【译文】

树上的花儿都已凋零，再也看不见姹紫嫣红的美景。早早晚晚不是下雨就是刮风，春天去得如此匆匆，真令人无奈而又伤心。

掺和着胭脂的泪水流个不停，令人陶醉而无限伤神，不知我们是否还能相逢。从来就是如此，人生不断产生憾恨，流水也不断滚滚向东。

【注释】

①乌夜啼：词牌名，又名"相见欢""秋夜月""上西楼"。②"林花"两句：意谓林中盛开的鲜花已匆匆凋谢，春天时的红艳不可复得。谢，凋谢，飘落。③"无奈"句：承上而言"太匆匆"的原因，在于风雨的摧残。④胭脂泪：女子脸上搽胭脂，流泪而带着胭脂的红色，故云。⑤几时重：犹言"何时可再会"。

【评析】

本词题旨表面看是咏别情，但仔细探讨，其深切悲慨绝非一般的闺怨离情，很难说没有寄托。本词当是其降宋之后所作。上片借惜花自悲身世，悲"朝雨、晚风"摧残不已；下片云含泪留醉尚且不能，何况重返故国？因而"长恨""长东"，悲慨难平。

上片着笔于自然景物，用的是写实的"赋"，但实际上又有比拟、象征之意，故可看作"赋而比"之手法。"林花"句象征美好时日已去，"无奈"句则见恶势力更施暴虐，如雪上加霜，却又无力抗争。下片"兴"而生感，不便明于抒情，托之于伤春伤别之词，抒发人生苦短、好景难再的巨大悲痛。上片春红凋谢、朝雨晚风已为下片"胭脂泪"伏脉。"胭脂泪"亦承上片落花而来，语意双关，转折自然，结构巧妙。

本篇状物与抒情，客观与主观高度统一，结合得极其完美。从首句的"林花谢了春红"转入次句，即以"太匆匆""无奈"等带有强烈感情色彩的词语，转为主观感受。下片从自然转向人事，由实转虚，层层深入，使感情更直切。

乌夜啼

李 煜

无言独上西楼。月如钩，寂寞梧桐深院锁清秋①。

剪不断，理还乱，是离愁②，别是一般滋味在心头。

【译文】

默默无言独自登上西楼，月亮弯弯如钩。庭院中只有梧桐树默默树立，院门紧锁，该是多么冷清的深秋。

用剪子也无法剪断，越想厘清越混乱，那是离别故国故宫的浓愁。一种异样的滋味总是缠绕在我的心头。

【注释】

① "寂寞"句：意谓种着梧桐树的寂静庭院被秋色所笼罩。② 离愁：应指离开故国的去国之愁。

【评析】

宋人黄升《唐宋诸贤绝妙词选》卷一在此词调名下题注："此词最凄惋，所谓'亡国之音哀以思'。"此乃深中肯綮之言。从深深的寂寞、万般的无奈、无法排遣的离愁中确实可以品出"亡国之音"的况味。故本篇与前一首可看作姊妹篇，前者伤春，本篇悲秋，借闺怨、离愁委婉抒写亡国之幽怨。

首句叙事，仿佛自画象。"无言独上"，隐寓心中愁思郁积。唐圭璋云："此种无言之哀，更胜于痛哭流涕。"（《唐宋词简释》）"月如钩"两句以景色渲染愁情，其中"锁"字极富意味。一是见院落紧闭，环境冷清；二是暗示出自己是"囚居"；三是可约略感觉作者之心正被忧愁缠绕围锁。下片抒写离愁，以"剪不断，理还乱"与"别是一般滋味"作形容、限定，以见胸中之忧愁与别人不同，且无法解脱。联系其亡国之君的特殊遭遇及处境，可以推想其内心痛苦之深重。

词上片写景，下片抒情，是早期词常见格局。写景纯用白描，勾画简约却包蕴丰富之情韵。抒情貌似直接，却又含蓄能留，余味深长。"剪""理"二字，使"离愁"由抽象变为具体，出奇制胜。

虞美人 ①

李　煜

春花秋月何时了②，往事知多少③？小楼昨夜又东风④，故国不堪回首月明中。

雕阑玉砌应犹在，只是朱颜改。问君能有几多愁？恰似一江春水向东流。

【译文】

春天的花，秋天的明月该是多么美好，这种美景什么时候才能终了？在过去的时光里，我享受的荣华富贵说不清有多少。而如今，这样的美景只能引起我的无限苦恼。小楼昨天夜晚又吹来了春风，在月明时回忆故国的往事更令人倍感伤情。

故国的宫殿应当依然存在，只是那里的主人已经改变。如果问我的忧愁有多少，那真是无边无际，就好像春天的长江之水，滚滚流向东边。

【注释】

①虞美人：唐玄宗时教坊曲名，后用为词调。②"春花"句：对人生厌倦的感叹。了，完结。③"往事"句：面对春花秋月，回想过去有多少欢娱岁月，故有此叹。④"小楼"句：意谓春天又来到了这里。小楼，指作者在汴京的住所。东风，春风。

【评析】

这是一首抒情词，抒发其故国之思、亡国之恨。其中既有为失去曾经拥有的荣华富贵的帝王生活而生发的痛苦哀叹，也包含了对故国河山的深情怀恋和对自己逸乐亡国的深切悔恨。《历代诗余·词话》引《乐府纪闻》："后主归宋后，与故宫人书云：'此中日夕只以眼泪洗面。'每怀故国，词调愈工。……其赋《虞美人》有云：'问君能有几多愁？恰似一江春水向东流。'旧臣闻之，有泣下者。七夕，在赐第作乐，太宗闻之，怒。更得其词，故有赐牵机药之事。"可见李煜之死，与本词有关，亦从另一角度表现其艺术感染力之强。

本词痛定思痛，倾吐痛不欲生之苦楚。作者以自然而精练的语言，借"雕阑玉砌"等景物，抒发欢娱难再、物是人非、江山易主的伤痛。言浅情深，艺术上极为成功。词的末两句，以"一江春水"为喻，使抽象无形的愁绪有了载体，变得形象可感，写出了胸中忧愁的无边无际、无穷无尽。

　　本词情调虽感伤低沉，但情感真切，表达自然，纯用白描手法直抒胸臆。王国维谓"词至李后主而眼界始大，感慨遂深，遂变伶工之词为士大夫之词"（《人间词话》），指的主要就是这一点。

宴山亭①·北行见杏花

赵 佶

裁剪冰绡②，轻叠数重，淡著胭脂匀注③。新样靓妆④，艳溢香融，羞杀蕊珠⑤宫女。易得凋零，更多少无情风雨。愁苦。问院落凄凉，几番春暮？

凭寄离恨重重，这双燕，何曾会人言语。天遥地远，万水千山，知他故宫⑥何处。怎不思量，除梦里有时曾去。无据⑦。和梦也新来不做。

【译文】

仿佛是能工巧匠的杰作，用洁白透明的素丝裁剪而成。那轻盈的重重叠叠的花瓣，如同淡淡的胭脂色晕染均匀。新的式样，美的妆束，艳色灼灼，香气融融。蕊珠宫中的仙女，见到它也会羞愧得无地自容。可是那娇艳的花朵最容易凋落飘零，又有那么多苦雨凄风，无意也无情。这情景实在令人愁苦，不知经过几番暮春，院落中只剩下一片凄清。

我被拘押着北行，凭谁来寄托这离恨重重？这双燕子，又怎能理解人的语言和心情？天遥地远，已走过了万水千山，又哪里知道故宫此时的情形？怎么能不思量，但也只有在梦里才能相逢。可又不知什么原因，几天来，竟连做梦也无法做成。

【注释】

① 宴山亭：也作《燕山亭》。词牌名，双调99字。② 冰绡（xiāo）：洁白透明的丝织品。③ 匀注：均匀地晕染。④ 靓（jìng）妆：粉黛妆饰。⑤ 蕊珠：道家称天上宫阙之名。⑥ 故宫：指汴京中的宫殿。⑦ 无据：不知何故。

【评析】

本词是徽宗皇帝被掳北行见杏花有感而作。上片借杏花的娇艳及被风雨摧残的衰败景象象征美好事物的逝去，寄托着对帝王生活的痛苦回忆。下片直接抒情，表现对故国河山的无比眷恋。

上片开头三句以人工之巧比喻杏花的天生丽质。"裁剪冰绡"状其质地，"轻叠数重"状其形状，"胭脂匀注"状其色彩，从不同角度描绘杏花的姿色。"新样靓妆"

三句描状其艳香与神韵，把杏花拟人化，为全词的抒情张本。紧接着写其受摧残而凋零的苦况。亦花亦人，暗转下片。下片直抒胸臆，用"双燕何曾，会人言语"烘托极度的孤独忧伤。末尾几句写连在梦里见一见故国宫殿的慰藉也得不到，因为连梦也做不成。抒情上有递进关系，真挚深沉，比李后主的"梦里不知身是客，一晌贪欢"更凄楚动人。王国维在《人间词话》中云："尼采谓一切文学，余爱以血书者。后主之词，真所谓以血书者也；宋道君皇帝《燕山亭》词亦略似之。"这确是一篇用血和泪写成的辞章，也正是其感人之处。

苏幕遮 ①

范仲淹

碧云天，黄叶地，秋色连波，波上寒烟翠。山映斜阳天接水，芳草无情，更在斜阳外。

黯乡魂 ②，追旅思，夜夜除非，好梦留人睡。明月楼高休独倚。酒入愁肠，化作相思泪。

【译文】

蓝天白云，黄叶满地，秋色连着水波，水波上寒烟凄迷。斜阳映照着群山，蓝天与白水连在一起，色彩浑然如一。碧绿的春草无情无义，向远处延伸着、延伸着，直到斜阳之外的天际。

思乡的情怀令我惨惨戚戚，旅居塞外更加深我的愁思。日日夜夜都寂寞难耐，只有在美好的梦境中苦挨着时日。明月映照之时，千万不要到高楼凭栏独立，因为徒自望乡而又回归无计。闷酒进入愁肠，全都化作了相思的眼泪。

【注释】

① 苏幕遮：唐教坊曲名，后用作词牌，双调62字。② 黯（àn）乡魂：因思念家乡而极度伤心。

【评析】

本词抒写怀乡思归之情。范仲淹曾驻守西北边陲，故有是作。黄升《花庵词选》题作"别恨"。上片以暮秋景色烘托离愁别绪，下片抒发羁旅外地的游子殷切盼归的情愫。邹祗谟说："范希文《苏幕遮》一调，前段每入丽语，后段纯写柔情，遂成绝唱。"（《远志斋词衷》）

上片极力渲染暮秋景色，按空间顺序写来。由天而地，由近而远。"芳草无情，更在斜阳外"，因芳草连接远处的家乡而道出思乡之情，想象新奇，抒情婉曲，实为隽语。沈际飞在《草堂诗余正集》中说："'芳草更在斜阳外''行人更在春山外'两句，不厌百回读。"可见此句受推崇之程度。下片前四句抒写缠绵不断的思乡之情。"黯"

字写"乡魂"之暗淡凄伤，又暗用《别赋》"黯然销魂者，惟别而已矣"的句意，感情容量很大。用"追"字写"旅思"之缠绵不休，难以排遣，足显炼字之功。"夜夜除非"句状其无聊之甚，结尾之句写深夜不寐，明月独倚楼的情景，意境如画，尤为精彩。

青门引①

张　先

乍暖还轻冷，风雨晚来方定。庭轩②寂寞近清明，残花中酒③，又是去年病。

楼头画角④风吹醒。入夜重门静。那堪更被明月，隔墙送过秋千影。

【译文】

天气刚转暖，还有阵阵轻微的寒冷。一天里风雨交加，傍晚时才雨停风定。庭院中寂寞冷清，又到了清明。在残花中饮酒酩酊，与去年是一样的情景，一样的心病。

楼头上画角嘶鸣，在风声中更令人心惊，我被这声音惊醒，这才发现已经入夜人静。层层大门关闭，庭院中更加寂静。心绪本来纷乱不宁，哪料想，隔墙那面又送过来荡秋千的婀娜身影，更引起我无尽的情思，那相思激动的心绪实在难以平静。

【注释】

① 青门引：词牌名，此调仅此一体，双调52字。② 庭轩：庭院中的画廊。此代指庭院。③ 中（zhòng）酒：醉酒。④ 画角：由西域传入的管乐器。因外加彩绘，故称画角。

【评析】

本词抒写春日的寂寞之心和怀旧之情。无名氏《草堂诗余》题作"怀旧"，与词之内容相合。上片写主人公暮春风雨之后，傍晚之时，借酒排愁。下片写入夜之际，见景而生怀人之情。

起笔二句，写对春天气候的感觉，体会精微，描写细腻。气候变化不定，人心神不安。风雨令人生愁，寂寞令人难耐。又当清明花残时节，颇有美景不长之慨，于是一年一醉，以醉遣愁。这是无奈中的一种选择。下片换头二句，以悲凉的画角声衬托自己庭院重门深闭的阒寂。酒醒时已入夜，伤心人醒时自然更加痛苦。黑夜使人心情更加压抑暗淡。结尾两句抒情再进一层，正在怅惘之时，月光竟把隔墙荡秋千的影子送过来。"那堪"暗示出词人见这一影子而生的抑郁寡欢的情怀。或者作者所怀之人是位爱荡秋千的女子，故见影而思人。但作者并未说破，大增幽眇之意味。黄蓼园云："末句那堪送影，真是描神之笔，极希微窅渺之致。"（《蓼园词选》）

浣溪沙 ①

晏 殊

一曲新词酒一杯，去年天气旧亭台。夕阳西下几时回？

无可奈何花落去，似曾相识燕归来。小园香径 ② 独徘徊。

【译文】

填一曲新词请倩人演唱，斟一杯美酒仔细品尝，非常惬意而宠辱皆忘。时令气候依旧，亭台池榭依旧，都与去年一个模样。夕阳西下，几时才能回转再放光芒？

无可奈何，百花再次残落；似曾相识，春燕又归画堂。美好的事物无法挽留，即使再现与先前也绝非一模一样，只不过似曾相识有些相仿，想到这些怎不令人感伤。我独自在充满花香的小径徘徊彷徨，思量又思量。

【注释】

① 浣溪沙：词牌名，本词属正体，双调 42 字。② 香径：充满花香的园间小路。

【评析】

本词是一首脍炙人口的小令。作者意在抒发春光流逝，好景难再，人生易老的感伤。语言婉转流利，意蕴虚涵深广，并能给人以一种哲理的启迪。

起句写对酒听歌的环境，感情轻松喜悦，意态潇洒安闲。次二句写天气亭台依旧，但见夕阳西下，时光流逝，好景难长。"几时回"于盼望中充满着怅惘迷茫。其中不仅有情感活动，而且包含着深沉的哲理的思考。意蕴上与刘希夷的名言"年年岁岁花相似，岁岁年年人不同"相近。过片对起，由于对仗工巧浑成，流利含蓄，意蕴丰富深刻而成千古名句。在惋惜与欣慰的交织中，包含着这样的生活哲理：无法阻止美好事物的逝去，但在其逝去之后，还会有美好事物的出现。生活并不会因为美好事物的消逝而变得一片虚无，暗淡无光。只不过是再现的事物已不再是原来的，只是"似曾相识"罢了。这确是人人都可领悟而又未能用艺术语言表达的一种充满思考的感受。杨慎评曰："'无可奈何'二语工丽，天然奇偶。"（《词品》）尾句的"独徘徊"增加了神韵。

踏莎行

欧阳修

候馆①梅残，溪桥柳细。草薰风暖摇征辔②。离愁渐远渐无穷，迢迢不断如春水。

寸寸柔肠，盈盈③粉泪④。楼高莫近危阑倚。平芜⑤尽处是春山，行人更在春山外。

【译文】

馆舍庭院里的梅花已经凋残，小溪桥头的柳树，新生的枝条迎风招展。春草散发着清香，春风和煦而又温暖。行人信马由缰，辔头轻轻摇晃，离家也渐渐遥远。我的愁绪越来越浓，如滔滔奔流的春水般无尽无穷，连绵不断。

柔肠寸寸，千绕百转；晶莹的泪珠流过粉妆的双脸。画楼太高，且不要凭倚高栏，只因所见到的情景更令人难堪。在平坦开阔的草原的尽处，是充满春意的远山，而那位心上的人，还要在远山的那一边。

【注释】

① 候馆：迎宾候客之馆舍。② 征辔（pèi）：行人坐骑的缰绳。辔，缰绳。③ 盈盈：泪水充溢貌。④ 粉泪：泪水流到脸上，与粉妆和在一起。⑤ 平芜：平坦开阔的草原。

【评析】

本词抒写离愁别绪。黄升题作"相别"，基本切合题意。上片写行人忆家，下片写闺人忆外。首三句写郊外美景如画，风和日丽，柳细草香，信马徐行，倒也自在。"离愁"两句意转，为全词之眼，以不断之春水状无穷之离愁，化抽象为具象，比喻贴切。下片写闺人，因忆而登楼，因念而望远。才见到平芜已远，而春山更远，那位情侣又在春山之外，远之又远，只可想象而不可目见，思恋之情何禁？抒情极柔婉深厚。本词艺术手法值得借鉴，上片以美景而衬愁情，正因良辰美景，才更思侪俪相偕之情，情致蕴藉。下片用推进一层之法，明说"楼高莫近危阑倚"，却偏要去登楼远眺，可见相思情感何其深切，何其浓烈。本词章法也值得借鉴，金圣叹云："前半是自叙，后半是代家里叙，章法极奇。……从一个人心里，想出两个人相思，幻绝，妙绝。"（《唱经堂批欧阳永叔词十二首》）

蝶恋花

欧阳修

庭院深深深几许，杨柳堆烟，帘幕无重数。玉勒雕鞍^①游冶处，楼高不见章台路^②。

雨横风狂三月暮，门掩黄昏，无计留春住。泪眼问花花不语，乱红^③飞过秋千去。

【译文】

庭院深深，层门紧闭，悄无人声。晓雾未散，轻烟笼罩杨柳，迷迷蒙蒙。帘幕低垂，一层又一层。我的心中无限空虚，顿生孤独怅惘之情。意中人骑着配有玉勒雕鞍的宝马，正在烟花柳巷中游乐遣兴。因离得太远，纵然登上高楼，也无法望到章台路的情景。那里便是娼妓歌女集中的地方，到处是红袖摇摇，软语娇声。

一场暴雨，一阵狂风，气候变化不定。已到暮春三月，风雨更加无情。虚掩房门，没有办法留住半寸光阴。这情景撕碎了我的心。无人可倾诉心曲，我只好含泪去问红花，可花也无情，不但不答应，反而随风而起，纷纷扬扬，飞过闲挂着的秋千，所看到的只是一片片飞着的残红。

【注释】

①玉勒雕鞍：嵌玉的马笼头和雕画的马鞍。形容马饰的华贵。②章台路：唐人小说中多以章台路、章台街为妓女聚居处。③乱红：落花纷乱。

【评析】

本词描写闺中少妇的伤春之情。上片写深闺寂寞，阻隔重重，想见意中人而不得；下片写美人迟暮，盼意中人回归而不得。幽恨怨愤之情自现。

上片开头三句写"庭院深深"的境况，"深几许"于提问中含有怨艾之情，"堆烟"状院中之静，衬人之孤独寡欢，"帘幕无重数"，写闺阁之幽深封闭，是对大好青春的禁锢，是对美好生命的戕害。"玉勒"二句写意中人任性冶游而又无可奈何，女子怎能不怨？下片首句用狂风暴雨比喻封建礼教的无情，以花被摧残喻自己青春被毁。

"门掩黄昏"句喻韶华空逝，人生易老之痛。结尾二句写女子的痴情与绝望，含蕴丰厚。毛先舒评此二句说："此可谓层深而浑成。何也？因花而有泪，此一层意也；因泪而问花，此一层意也；花竟不语，此一层意也；不但不语，且又乱落，飞过秋千，此一层意也。人愈伤心，花愈恼人，语愈浅而意愈入，又绝无刻画费力之迹，谓非层深而浑成耶！"（《古今词论》）可谓妙悟之言。李清照激赏此词，以首句开篇，仿制数首，也可见本词艺术魅力之大。

雨霖铃①

柳　永

　　寒蝉凄切，对长亭②晚，骤雨初歇。都门③帐饮④无绪，方留恋处、兰舟⑤催发。执手相看泪眼，竟无语凝噎⑥。念去去、千里烟波，暮霭⑦沉沉楚天⑧阔。

　　多情自古伤离别，更那堪、冷落清秋节。今宵酒醒何处？杨柳岸、晓风残月。此去经年⑨，应是良辰好景虚设。便纵有、千种风情⑩，更与何人说？

【译文】

　　清秋时节，寒蝉的叫声哀婉凄切。正当傍晚时分，长亭外一场急雨刚刚停歇。在这都门送别的酒宴上，我没有情绪，因为对你实在恋恋不舍。正当此时，行船又鸣起响笛，催促我登舟出发。你我紧拉着手流泪对视，千言万语竟无话可说，只一个劲儿地气堵喉噎。想到这样一分别，我即将到千里之外，烟波浩渺，暮霭沉沉，楚天辽阔。

　　多情的人自古以来就怕离别，更何况又是这冷落的清秋时节。今天晚上只须醉酒沉睡，待醒来时，一定是天将拂晓，晨风吹拂，河堤上的杨柳在微风中摇曳，远方的天空挂着一弯残月。我这一次离开你，起码也要一年多。在这一年多的时间里，无论多么好的良辰美景，都会形同虚设，因你我不在一起，纵然有千般风情万种蜜意，更向何人诉说？

【注释】

　　①雨霖铃：唐教坊曲名，后作词牌。双调103字。②长亭：古制，十里一长亭，五里一短亭，为驿道上休息和送别之所。③都门：即京都城门。④帐饮：设帐宴别。⑤兰舟：形容船之精美。⑥凝噎（yē）：形容过于激动说不出话来。⑦暮霭（ǎi）：傍晚时的雾气。⑧楚天：长江中下游一带，古属楚国。此处借指南方。⑨经年：一年以上。⑩风情：男女间的爱恋之情。

【评析】

　　本词是柳永代表作之一，写其离开汴京与恋人的惜别之情。上片写别时之场景，情意缱绻，下片设想别后之凄凉，深情绵邈。

　　开头三句叙事，点明时地与气候特点，渲染气氛。时当初秋，满目萧瑟。又值傍晚，暮色阴沉，更兼急雨滂沱之后，继之以寒蝉悲鸣。所见所闻，无不凄凉。"都门"三句以传神之笔刻画典型环境中的特殊心境。正在难舍难分之时，船偏要出发。"执手"二句写难舍之情与激动之至，纯用白描手法，形象逼真生动，如在目前。结尾二句设想别后的征程。"千里"写其遥远，"暮霭沉沉"状其惨淡，"楚天阔"衬其孤单。境界开阔而情思悠远。换头用推进累加手法抒写别情之难堪，别离已令人伤怀，深秋时别离又推进一层。"今宵"三句是承上句，暗应上片，"都门帐饮"句，意谓别后只有借酒昏睡。待醒来时所见只能是"杨柳岸、晓风残月"了。境界开阔清幽，游子落寞凄凉之情怀具在画面之中，情与景会，遂成千古之名句。结尾四句，直抒胸臆，情感再起波澜。"良辰美景虚设"，更突出情人之地位。情人不在，则无良辰美景可言矣，因无人可诉衷曲。后四句或云为女方设想，虽亦通，但还是理解为合写双方为好，这样更能突出词人的多情。

蝶恋花

柳 永

伫倚①危楼风细细，望极春愁，黯黯生天际。草色烟光残照里，无言谁
会凭阑意。

拟把②疏狂③图一醉，对酒当歌，强乐④还无味。衣带渐宽终不悔，
为伊消得⑤人憔悴。

【译文】

我独自在楼头上伫立，徐徐的春风温馨而轻细。我凝神远眺，空旷的原野连着
天际。我油然而生春愁，那愁情真是千丝万缕。碧色的草地上，升腾着迷蒙的雾气，
夕阳斜照里，那景致更是优美迷离。我久久地，久久地无言站立，谁能理解我此时
的心意？

本打算排遣这疏狂的情绪，所以才去狂饮而大醉。可是对着美酒歌舞，虽然勉
强去寻欢作乐，竟感到无滋也无味。唉！看来这人世之间，什么也不如真情更可贵。
因为相思，我日益消瘦，衣带渐宽，可我毫不后悔。为了你，我宁可忍受一切折磨，
不怕消瘦，不怕憔悴。

【注释】

①伫倚：长时间地倚栏站立。②拟把：打算。③疏狂：狂放不羁，不受约束。④强（qiǎng）
乐：勉强寻欢作乐。⑤消得：值得，能忍受得了。

【评析】

本词为登楼思远之作。上片写倚栏远眺，借景写情，点出愁字而不说破愁之内
容。下片先叙事，用醉酒、寻欢作乐皆无法消愁作铺垫，写愁情之深及无法排遣，
尾句始揭破谜底，原来这一切都是"为伊"。以此倒贯全篇，构思甚妙。

开头写登楼远眺而引起春愁，其实是因愁才登楼的。此意自可领会得到。"风细
细""草色烟光"皆为和谐之景，但只能更增愁绪，故歇拍处再云"无言谁会凭栏意"。
此即以乐景写哀情，更增一倍悲哀之法，亦是佳人不在身边，"良辰美景虚设"之

意，属反衬法。下片前三句用欲擒故纵之笔法，先以醉亦难消愁、乐也难消愁铺垫，最后两句用凝重之笔揭示主旨，抒发对恋人刻骨铭心的思念之情，大有为情而死亦不悔的意蕴，成功地刻画出一位志诚男子的形象。结尾两句表现出执着坚定的态度，被王国维借用来比喻成大事者或成大学问者所必历之三境界中的第二境，使之流传更广，几乎家喻户晓，使其思想意义也得到很大扩展。

八声甘州①

柳　永

对潇潇暮雨洒江天，一番洗清秋。渐霜风凄紧，关河②冷落，残照当楼。是处③红衰翠减④，苒苒⑤物华⑥休。惟有长江水，无语东流。

不忍登高临远，望故乡渺邈⑦，归思难收。叹年来踪迹，何事苦淹留⑧？想佳人、妆楼颙望⑨，误几回、天际识归舟？争知⑩我，倚阑干处，正恁⑪凝愁！

【译文】

伫立在江边的楼头，面对着潇潇的暮雨，那暮雨仿佛在洗涤清冷的残秋。渐渐地雨散云收，秋风一阵紧似一阵，山河冷落，落日的余晖映照江楼。满目凄凉，到处是残花凋叶，那些美好的景色都已歇休。一切仿佛都静止了，只有楼下的长江在活动，但仿佛也在暗自伤心，默默地无语东流。

实在不忍心登高远眺，望到故乡的方向云烟渺茫，归乡的思绪便难以排遣束收。唉，真令人伤心。这几年来四处奔波，究竟是为什么才苦苦地到处滞留？思念中的那位佳人，一定天天登上江边的画楼，盼念眺望着我的归舟。可是误认了一舟又一舟，仍不见我的身影，心里必然要充满责怪和怨尤。可你哪里知道我啊，在这里正倚栏眺望思乡，也是这样的深深忧愁。

【注释】

①八声甘州：唐教坊大曲名，又名"甘州""潇潇雨""宴除池"等，后用作词牌。正体双调97字。因共八韵，故称。②关河：即山河。③是处：处处、到处。④红衰翠减：花残叶枯。⑤苒苒：同"冉冉"，渐渐地。⑥物华：美好的景物。⑦渺邈：遥远。⑧淹留：滞留、久留。⑨颙（yóng）望：抬头凝望。⑩争知：怎知。⑪恁（rèn）：这样。

【评析】

本词抒写羁旅行役之苦，是柳永的代表作。上片写登楼所见之秋景，凄清寥廓。下片写对家乡亲人的眷恋之情，深挚婉曲。

开篇单字领起，"对"字用得精当有神，振醒全篇。即全词均是作者的所见所感。暮雨是大背景，"霜风凄紧"三句由远及近，视野开阔，意境高远雄浑，苏东坡盛赞此三句，认为"唐人佳处，不过如此"。"是处"二句描状衰残之景以烘托人之离愁。"惟有长江水，无语东流"用拟人法衬游子之忧伤，又暗转下片。只见江水东流，而游子不能东归，只能眺望而已。下片抒写对佳人的思念之情。共有三个画面，游子登楼怅望，忧思百端，"想佳人"三句则是设想对方盼望自己之景，结尾再回到自己一方来。这样，由此及彼，再由彼返此，回环往复，抑扬顿挫，抒情效果极佳。陈廷焯评此词云："情景皆到，骨韵俱高。无起伏之痕，有生动之趣。古今杰构，耆卿集中仅见之作。"（《词则·大雅集》）

桂枝香①

王安石

登临送目，正故国②晚秋，天气初肃③。千里澄江似练④，翠峰如簇⑤。归帆去棹残阳里，背西风，酒旗⑥斜矗。彩舟云淡，星河⑦鹭起，画图难足。

念往昔，繁华竞逐，叹门外楼头⑧，悲恨相续。千古凭高对此，谩嗟⑨荣辱。六朝⑩旧事随流水，但寒烟衰草凝绿⑪。至今商女⑫，时时犹唱，后庭遗曲⑬。

【译文】

登上高楼远眺，正是故国晚秋的时候，天清气爽，一片肃穆。清澈的千里长江似一条白色的素绢，萦绕婉曲；翠色的山仿佛向这里聚拢，累积攒簇。江面上归来的船只，远行的棹桨，都航行在残阳的余晖里。江岸上，酒店幌子尚未摘去，背着秋风而倾斜着挑起。淡淡的浮云中，画船往来，粼粼星光闪烁的江面上，几只白鹭刚刚飞起，那种美的意蕴，用图画实在无法表现描摹。

追念这里的往日，何等繁华，曾是六朝古都，但一切都成为过去。隋将韩擒虎已到门外，陈后主与张丽华还在结绮楼上欢乐淫靡。实在令人叹息，可恨而又可悲。千古以来，多少志士仁人登高远眺，对此也只能空叹荣辱。六朝的往事如江水般逝去，剩下的只是寒烟凄迷，衰草暗绿。时至今日，那些卖唱的歌女，还常常演唱那首《玉树后庭花》的遗曲。

【注释】

① 桂枝香：词牌名，又名疏帘淡月。此调9体，本词属正体，双调101字。② 故国：故都，指金陵（今江苏省南京市）。③ 初肃：开始出现肃杀之气。④ 练：白绸。⑤ 簇（cù）：聚集、簇拥。⑥ 酒旗：又称酒帘。酒店前挂的作为标志的布帘。⑦ 星河：银河、天河，此处借指长江。⑧ 门外楼头：用陈后主宠张丽华亡国之典。浓缩唐杜牧《台城曲》"门外韩擒虎，楼头张丽华"二句诗义。⑨ 谩嗟：徒然感叹。⑩ 六朝：指东吴、东晋、宋、齐、梁、陈六个朝代，因其均建都金陵，故常并称。⑪ 凝绿：暗绿色。⑫ 商女：卖唱的歌女。⑬ 后庭遗曲：指陈后主作艳曲《玉树后庭花》。后人视之为亡国之音。

【评析】

本词属登高怀古之作。据说当时同用此调写金陵怀古的有 30 余家,唯独本词沉雄悲壮,寄慨尤深,被推为绝唱。在王安石词作中传诵最广。词的上片写景状物,下片怀古抒感,结构层次甚为分明。

上片开门见山,标明时地,"故国"为地,"晚秋"为时,"初肃"点醒节令气候之特征。三句以大笔勾勒总体轮廓,给人以总的印象。"澄江似练"妙用谢朓"澄江静如练"的句义,描状长江远眺之景,"翠峰如簇"描状远山。以下几句刻画近处之景。"归帆去棹""酒旗斜矗"写物而藏人。"彩舟云淡,星河鹭起"二句点景兼色彩,然后以"画图难足"收束上片。既赞江山如画,又有"意态由来画不成"之慨。上片词意,步步紧逼,开头领起,然后写远景再近景,再点染色彩,画面层次分明,气韵生动。下片前四句因景生情,感叹六朝皆以荒乐而相继覆亡,只留下悲恨而已。"门外楼头"四字,凝缩杜牧诗句之义,简明凝练,用事典型,笔力千钧。中间五句进一步抒发沧海桑田的历史变迁。六朝繁华皆成往事,所见者只是秋草碧碧,寒烟笼罩的江面而已。结尾三句再用杜牧"商女不知亡国恨,隔江犹唱后庭花"句意收束全词。谓亡国之音,犹时时可闻,亡国之鉴,岂不可忧?点醒全篇,寓意含蓄警拔,有味之无穷之韵致。

临江仙 ^①

晏几道

梦后楼台高锁，酒醒帘幕低垂。去年春恨却^②来时。落花人独立，微雨燕双飞。

记得小蘋^③初见，两重心字罗衣^④。琵琶弦上说相思。当时明月在，曾照彩云^⑤归。

【译文】

梦醒之后，人去楼空，楼门都已上锁；酒醒之时，锦帐中冷冷清清，帘幕低垂。又是去年春天充满离恨的时候，落花纷纷，一个人独自伫立；细雨微微，一双燕子在雨中低飞。

记得初次见到小蘋之时，她穿着双重心字式的罗衣。尽情地演奏着琵琶，倾诉芳情怨思。当时的月光皎洁美好，曾照着她离去时的情影，仿佛彩云般翩翩而归。

【注释】

①临江仙：唐教坊曲名，后用作词牌，双调58字。②却：正当、恰巧。③小蘋：歌女名。④"两重"句：衣领屈曲如双线心字。⑤彩云：喻指小蘋。

【评析】

本词为怀念歌女小蘋所作。上片写别后的孤独和刻骨相思，写今日；下片追忆初见小蘋时的印象及小蘋归去时的情景，写去年。虚中有实，实中有虚，风情旖旎。

晏几道是位痴情之人。他的痴情在这首词作中表现得亦极为充分。据《小山词跋》云："始时沈十二廉叔，陈十君宠家有莲、鸿、蘋、云，品清讴娱客，每得一解，即以草授诸儿，吾三人持酒听之，为一笑乐。已而君宠疾废卧家，廉叔下世，昔之狂篇醉句，遂与两家歌儿酒使俱流转人间。"《小山词》中写到的这四位歌女的词就有十余首，涉及蘋、莲二人者尤多。这四人后来的命运是很悲惨的。本词即抒写对小蘋的思念之情。上片因念人而喝酒沉睡，醒后又到外面去独立，看燕双飞。第三句"去年春恨却来时"非常重要，暗示出前后动作的时间和原因。下片回忆与小蘋初见时的美好印象及分别时的情景，更增加今日的惆怅。风格曲折深婉，意境朦胧含蓄，深得吞吐腾挪之妙。陈廷焯评此词曰："既闲婉，又沉着，当时更无敌手。"(《白雨斋词话》)

鹧鸪天①

晏几道

彩袖殷勤捧玉钟②，当年拚却③醉颜红。舞低杨柳楼心月，歌尽桃花扇底风。

从别后，忆相逢，几回魂梦与君同。今宵剩把④银釭⑤照，犹恐相逢是梦中。

【译文】

你捧着玉制的酒杯非常深情地劝酒，我宁可喝醉也要尽兴。酒宴中，我们狂饮狂欢，放荡纵情，轻歌曼舞，直到月下杨柳树；歌喉婉转，直到摇动的桃花扇缓缓而停。

自从分别之后，总是盼望着相逢，几回在梦中与君重畅欢情。今天我们真的相聚在一起，我尽情地端着银灯，端详着你的面容，很怕这次真的相逢，也是在梦境之中。

【注释】

① 鹧鸪天：词牌名，双调55字。② 玉钟：珍贵的酒杯。③ 拚（pàn）却：甘愿，不顾惜。④ 剩把：尽把。⑤ 银釭（gāng）：银灯。

【评析】

本词表现与一位红粉知己久别重逢的欣喜。上片写当年相聚的欢乐之况，下片写今日重逢的惊喜之情。

上片描绘当年初会时的欢情。歌女殷勤劝酒，词人拼命痛饮。在杨柳簇拥的楼中歌舞，不惜时光之流逝。设色绮丽，"彩袖""玉钟""醉颜红""杨柳楼""桃花扇"均是锦词丽语，状当年之欢娱。"杨柳"又暗喻女子之腰肢，"桃花"暗喻女子之面庞，此义均在有无之间，妙极。下片写今日相逢之惊喜。本已相逢，偏疑是在梦中，竟把灯来照，犹显风情之致。本词之艺术手法，全在虚实相映处。上片用绚丽之字面描摹当年欢聚之况，似实而虚，是过境，如电影镜头般倏归乌有。下片写不期而遇的重逢，似虚而实，是现境。两种境界互相补充配合，相互映衬，表现出词人的多情，钟情，痴情。陈匪石评曰："笔特天矫，语特含蓄，其聪明处固非笨人所能梦见，其细腻处，亦非粗人所能领会，其蕴藉处更非凡夫所能跂望。"（《宋词举》）

水调歌头①

苏 轼

丙辰②中秋，欢饮达旦，大醉，作此篇，兼怀子由。

明月几时有？把酒问青天。不知天上宫阙③，今夕是何年。我欲乘风归去，又恐琼楼玉宇，高处不胜寒。起舞弄清影，何似在人间。

转朱阁，低绮户④，照无眠。不应有恨，何事长向别时圆？人有悲欢离合，月有阴晴圆缺，此事古难全。但愿人长久，千里共婵娟⑤。

【译文】

天上的明月啊，你何时才把素辉洒向人间？我端起酒杯，深情地询问苍天。不知天上的宫阙，今天晚上是哪一年？我想乘风飞去，又怕那里是玉的世界，到处是晶莹的楼阁，洁白的栏杆。在那云霄的高处，难以忍受凄寒，翩翩起舞只能对着自己的身影，又哪里能比得上人间。

明月高高升起，渐向西偏。皎洁的月光转过红色的楼阁，斜射花窗的窗帘，照着失眠人的脸面。明月啊，你也不应该有什么恨怨，为何偏在我离别的时候你才圆。唉，想来这也是常情，不该把你埋怨。因为人间自有悲欢离合，月亮也有阴晴缺圆，此事自古以来就难求万全。这也没有什么遗憾，只愿我们两人都能健康平安，虽然遥隔千里，却能共同欣赏这美好的月光，共度这怡人的夜晚。

【注释】

① 水调歌头：词牌名，双调95字。② 丙辰：宋神宗熙宁九年（1076）。③ 天上宫阙：指神话传说中的月宫。④ 绮（qǐ）户：粉饰、雕花的门窗。⑤ 婵娟：美好貌。也指美女，此处代指月亮。

【评析】

本词是中秋望月怀人之作，表达了对胞弟苏辙的无限怀念。立意高远，构思新颖，意境清新如画，情理俱佳，颇耐品味。胡仔云："中秋词，自东坡《水调歌头》一出，余词尽废。"（《苕溪渔隐丛话》）

全词以明月为线索，隐显明暗交错，处处咏月，同时也处处在抒发人的主观情感。起笔突兀，生发人生感慨，是对人生宇宙哲理的深深的思索。接着写欲脱离尘世而升仙境，但又恐"高处不胜寒"，表现出词人对人生的热恋。表面写仙凡之想，实质是作者出世入世思想矛盾的曲折表现。下片从月亮的转移变化，盈亏圆缺，联想到人生的悲欢离合，从而得出不应事事都求完美无缺的结论。全词贯穿着情感与理智的矛盾，波澜起伏，跌宕有致。最后以旷达情怀收束，是词人情怀的自然流露。情韵兼胜，境界壮美，熔抒情、写景、说理于一炉，具有很高的审美价值。

定风波^①

苏 轼

三月七日，沙湖道中遇雨，雨具先去，同行皆狼狈，余独不觉。已而遂晴，故作此词。

莫听穿林打叶声，何妨吟啸^②且徐行。竹杖芒鞋^③轻胜马，谁怕？一蓑烟雨任平生。

料峭^④春风吹酒醒，微冷，山头斜照却相迎。回首向来萧瑟处^⑤，归去，也无风雨也无晴。

【译文】

不要听风穿树林的声音，树叶也带来风雨之声，这又怎能妨碍一边吟诗长啸，一边缓步徐行。穿着草鞋，拄着竹杖，一身轻松。胜过车马喧嚣拥挤，闹闹哄哄。谁怕这么点风风雨雨，我毫不在意，任凭一阵烟雨迷蒙。

料峭春风又把我吹醒，微微感到有些寒冷。前面罩上斜阳的山头却来相迎。回头望刚才来时淋雨的地方，归去时又一片平静，也没什么风雨，也无所谓晴明。

【注释】

① 定风波：唐教坊曲名，又名"定风流""定风波令"等，双调62字。② 吟啸：吟咏、长啸，意态闲适貌。③ 芒鞋：草鞋。④ 料峭：形容春天的微寒。⑤ 萧瑟处：指先时淋风雨之地。

【评析】

词人从黄州去沙湖途中偶遇小雨，本是司空见惯的日常小事，却写出如此清新隽永的佳篇。写眼前景，寓心中事，因自然现象，谈人生哲理，足显作者才思之敏捷，思维之活跃。

上片起二句写风雨来得突然而且还不小，竟"穿林打叶"。"莫听"二字已见性情，大有"泰山崩于前而岿然不动"之气概，不仅如此，尚能"吟啸""徐行"，是加倍手法，显出不为外物所动之心境。"竹杖"二句以实寓虚。"竹杖芒鞋"为步行旅游时所用，属于闲人，车马则是富贵宦达之象征，属于官员，均为行路所用。"轻

胜马"表现出作者当时轻松的心态，即所谓"无官一身轻"之意。故转出结句"一蓑烟雨任平生"。"任凭风吹浪打，胜似闲庭信步"。下片换头三句是写实，春风虽微寒，但驱雨散去，山头夕照相迎，身上暖暖烘烘。一切都已过去，就像什么也没发生。回首望去，感触顿生："归去，也无风雨也无晴。"自然界中风雨阴晴变幻莫测，不要管它；社会生活，仕途之上，也是如此，也不必管它。如果不在乎风风雨雨，也就不必盼什么天晴。这便是"也无风雨也无晴"的深刻含义，也是本词思想意义的深刻性之所在。全词则表现出一种听任自然，不怕挫折，乐观旷达的大丈夫的胸怀。郑文焯评曰："此足征是翁坦荡之怀，任天而动。琢句亦瘦逸，能道眼前景，以曲笔直写胸臆，倚声能事尽之矣。"(《手批东坡乐府》)

卜算子①·黄州定惠院寓居作

苏 轼

缺月挂疏桐，漏断②人初静。谁见幽人③独往来，缥缈④孤鸿影。

惊起却回头。有恨无人省⑤。拣尽寒枝不肯栖，寂寞沙洲⑥冷。

【译文】

半轮月亮冉冉升空，刚刚超过枝叶稀疏的梧桐。滴漏声断断续续，喧嚣的俗世刚刚平静。谁能看见一位幽独的人独来独往，只有那缥缈单飞的孤鸿。

它被无端惊起，不断地回头观察动静。它有无限的怨恨，却无人理解同情。它拣尽寒枝而不肯栖息，又降落在那寂寞的沙滩上，尽管那里非常荒凉清冷。

【注释】

①卜算子：词牌名，双调44字。②漏断：滴漏声断断续续，写夜极静。③幽人：幽居之人。④缥缈：恍惚迷离，若有若无貌。⑤省（xǐng）：理解、体察。⑥沙洲：水中沙滩。

【评析】

本词写于黄州定惠院寓居时，是作者刚从乌台诗案解脱出来，只身到黄州时所写，抒写从政失意而寂寞孤独的情愫。上片以幽人引出孤鸿，下片以孤鸿暗比幽人。惊魂甫定，顾影自怜，不肯栖寒枝上的孤鸿形象，正是诗人的自我写照。

开头两句写景点时。"漏断"一词，许多书均注为夜太深而水尽。但与"人初静"不合。既然云"人初静"，当是人定之初，漏壶断无水尽之理，故释为"断断续续"之意为好，且能衬出夜静之氛围，于情于理均合。三四句写人与鸿。"独往来"写人之孤独与清高；"缥缈"写"孤鸿"的拔俗。下片表面写鸿，以鸿之形象托己之情怀。"惊起"写词人无故被陷害，险遭杀头之祸，"回头"句写惊魂未定，进行人生反思，无人理解其当时之凄苦心境。最后两句写宁守寂寞清冷也不肯攀高结贵的品格。咏物而不滞于物，主客体浑然一体，寄托遥深，深得比兴之妙。

江城子①·乙卯②正月二十日夜记梦

苏　轼

十年生死两茫茫，不思量③，自难忘。千里孤坟，无处话凄凉。纵使相逢应不识，尘满面，鬓如霜。

夜来幽梦忽还乡，小轩窗④，正梳妆。相顾无言，惟有泪千行。料得年年肠断处，明月夜，短松冈⑤。

【译文】

十年了，你我一生一死，阻隔在阴阳两方。我们都迷迷茫茫，谁也不知道对方的生活状况。尽管没有有意去想，却自然难以相忘。你在千里之外的一座孤坟里，没有人可以倾诉衷肠。即使我们相逢，大概你也不认识我了，因为我已衰老，满面尘土，两鬓雪白如霜。

夜里，在隐约迷蒙的梦境中，我飘飘忽忽回到家乡，又看到你当年的模样。正在花格小窗下临镜梳妆。我们对视竟无语凝咽，只是流下热泪千行。梦醒后我更加思量。预料得到，以后年年令我伤心的地方，就是那月色凄迷、长着矮松树的小山冈。

【注释】

①江城子：词牌名。唐时原为单调，至宋，始作双调。本词双调70字。②乙卯：宋神宗熙宁八年（1075）。③思量：想念。④轩窗：小室之窗。⑤短松冈：种着小松树的山冈。此处代指亡妻坟地。

【评析】

本词是文学史上第一首悼亡词。苏轼妻子王弗于英宗治平二年（1065）病逝于京师汴梁，次年归葬四川故里。至此正是十年。作者在悼念亡妻的同时，也委婉地抒发了十年间仕途坎坷，命运多舛的慨叹。

全词以梦为线索分为三层。上片写梦前的思念，表现出对亡妻的一片深情。"纵使"二句包含着仕途失意的感伤。下片前五句写梦中相逢。用生活小细节抒发伉俪间的深情。"小轩窗，正梳妆"如特写镜头，含蓄地写出亡妻的美貌与多情。"相顾无言，惟有泪千行"感情容量很大。这几句词恍惚迷离，似真实幻，哀婉凄绝。结尾三句写梦醒后的悲凉心情，进一步抒发对亡妻的无限怀念。全词语言质朴自然，感情沉挚深厚。

念奴娇①·赤壁②怀古

苏　轼

　　大江东去，浪淘尽、千古风流人物③。故垒④西边，人道是，三国周郎⑤赤壁。乱石穿空（一作"崩云"），惊涛拍岸（一作"裂岸"），卷起千堆雪。江山如画，一时多少豪杰！

　　遥想公瑾当年，小乔初嫁了⑥，雄姿英发⑦。羽扇纶巾⑧，谈笑间，樯橹⑨灰飞烟灭⑩。故国神游⑪，多情应笑我，早生华发⑫。人生如梦，一尊⑬还酹⑭江月。

【译文】

　　大江向东方滚滚奔流，波浪淘滤出千古的英雄。在那古代营垒的西边非常荒凉，人们说是当年周瑜进行赤壁大战的地方。高峻凌乱的石头上溅起云雾似的浪花，拍打江岸的波涛好像要将其撕裂一样。江面上卷起层层雪白的波浪，仿佛千堆雪花一般模样。江山如同美丽的图画，引得多少豪杰为之血战沙场。

　　遥想当年的周瑜，娶得小乔那样的倾国之色，英雄之气焕发而风流倜傥。戴着青布头巾，摇着羽毛扇，运筹帷幄而胸有取胜的良谋。说说笑笑之间，曹操的无数战船便灰飞烟灭。我的精神去游览那往日的故国，应该嘲笑我情太浓太多，居然早早使头发花白。唉！人间仿佛是一场梦境，令人难以捉摸，还是端起酒杯，将酒洒向江面，来祭奠这清澈的江面上的明月。

【注释】

　　① 念奴娇：词牌名。② 赤壁：此指赤鼻矶，在今湖北省黄冈市西。此处非三国时周瑜破曹操之赤壁，其确址乃在今湖北省赤壁市（原蒲圻县）。③ 风流人物：指杰出的历史名人。④ 故垒：过去年代遗留的营垒。⑤ 周郎：周瑜，字公瑾，建安三年，孙策封其为"建威中郎将"，时年二十四岁，吴中皆呼为周郎。⑥ "小乔"句：《三国志·吴志·周瑜传》载，周瑜从孙策攻皖，"时得桥公两女，皆国色也，策自纳大桥，瑜纳小桥"。乔，本作"桥"。赤壁之战时周瑜已结婚十年，言"初嫁"，系夸其少年得志。⑦ 雄姿英发：谓周瑜体貌非凡，言谈卓绝。⑧ 羽扇纶（guān）巾：

儒将不披甲胄的便装打扮。羽扇：取白色鸟羽制成的扇。纶巾：以青丝制成的头巾。⑨ 樯橹：樯，挂帆的桅杆。橹，一种摇船的桨。⑩ 灰飞烟灭：这是描绘以火攻战败曹军的场景。⑪ 故国神游："神游故国"的倒文。故国，指古战场赤壁。⑫ "多情"二句："应笑我多情"的倒文。这是自我嘲讽。华发，白发。⑬ 尊：酒杯。⑭ 酹（lèi）：以酒洒地，表示祭奠。

【评析】

此词作于神宗元丰五年（1082）。苏轼《与范子丰书》云："黄州少西，山麓斗入江中，石室如丹，传云曹公败所，所谓赤壁者；或曰非也。"可见苏轼对指赤鼻矶为赤壁，亦未确指，故云。

这首词是苏轼因"乌台诗案"贬谪黄州后所作。词的上片扣"赤壁"之题，写江山雄奇之景。首两句总写江山、人物，由景出人，接两句点明赤壁，"乱石"三句，正面描摹赤壁风景，为下片怀古抒情作环境气氛渲染。"江山如画"结上，"一时多少豪杰"启下。下片扣"怀古"之题，由江山到人物，由写景入抒情。先从各个角度刻画周瑜之年少有为，反衬自己老大未能有所作为。"故国"以下三句方自抒内心痛苦，借酒消愁。清代黄苏对本词分析比较精当："题是怀古，意谓自己消磨壮心殆尽也。开口'大江东去'二句，叹浪淘人物，是自己与周郎俱在内也。'故垒'句至次阕'灰飞烟灭'句，俱就赤壁写周郎之事，'故国'三句是就周郎拍到自己，'人间如梦'二句总结以应起二句。总而言之，题是赤壁，心实为己而发，周郎是宾，自己是主，借宾定主，寓主于宾，是主是宾，离奇变幻，细思方得其主意处，不可但诵其词而不知其命意所在也。"（《蓼园词选》）揭出了此词在艺术上"借宾定主"的写法。

本词气势磅礴，境界宏大，格调雄伟，是其豪放词的代表作。"东坡在玉堂，有幕士善讴，因问：'我词比柳词何如？'对曰：'柳郎中词，只好十七八女孩儿，执红牙拍板，唱'杨柳岸，晓风残月'，学士词须关西大汉，执铁板，唱'大江东去'。公为之绝倒。"（《吹剑续录》）

满庭芳^①

秦 观

山抹微云，天连衰草，画角声断谯门^②。暂停征棹^③，聊共引离尊^④。多少蓬莱旧事^⑤，空回首、烟霭纷纷。斜阳外，寒鸦万点，流水绕孤村。

消魂^⑥当此际，香囊^⑦暗解，罗带^⑧轻分。谩赢得、青楼^⑨薄幸名存。此去何时见也？襟袖上、空惹啼痕。伤情处，高城望断，灯火已黄昏。

【译文】

远山的山腰飘着浮云，如同画家的彩笔晕染而成。枯黄的秋草绵延到天际，城楼上传来断续的画角之声。暂时停下行船，姑且共同端起告别的酒樽。多少令人缅怀的欢情旧事，也只能在回忆中重温，眼前见到的只是烟霭纷纷。斜阳之外，寒鸦万点，流水环绕着一个荒僻的小村。

实在令人伤心，正当此际，你我又要分离，暗自解下香囊，轻轻分开罗带。枉自在青楼中觅得知音，博得个薄幸的名声。此次一去不知何时才能再见，衣襟、衣袖上空自留下泪痕。正在特别感伤的时分，远处的高城再也看不见，亮起了点点灯火，已经过了黄昏。

【注释】

①满庭芳：词牌名，双调95字。②谯门：城上望远的高楼。下为门，上为楼。③征棹：行船。棹为摇船用具，此代指船。④尊：同"樽"，盛酒器。⑤蓬莱旧事：指词人客居会稽时的一段爱情故事。蓬莱阁在今浙江省绍兴市卧龙山下，吴越王钱镠所建。⑥消魂：极度伤心貌。⑦香囊：盛香料的口袋。⑧罗带：丝带。古人用丝带打同心结，表男女真心相爱。⑨青楼：古诗词中有二解。一指贵族女子所居，一指妓院，此处指后者。

【评析】

本词是元丰二年（1079）岁暮，作者告别会稽情侣之作。据胡仔《苕溪渔隐丛话》引《艺苑雌黄》云："程公辟守会稽，少游客焉，馆之蓬莱阁。一日，席上有所悦，自尔眷眷不能忘情，因赋长短句。所谓'多少蓬莱旧事，空回首，烟霭纷纷'是也。"

此段话可作本词之注脚。上片写临行饯别时的景物和场面，下片写彼此互赠情物及别后回首的情怀。

开篇三句写别时景况。"抹"字用得有神，以画意入词，表现山远而模糊。下句表旷远，又衬出双方心情的暗淡。"谯门"角声又增悲凉气氛，点明时间已晚。"暂停"二句写饯别时情景。"多少蓬莱旧事"是对二人往日恋情的美好回忆，但如今也无踪无影；"烟霭纷纷"有双关意，既是眼前实景，又暗示往事如烟。"斜阳"三句，由隋炀帝的诗句"寒鸦千万点，流水绕孤村"化用而来。写起程时郊外之景色，衬托离别之凄苦。下片前四句写依依惜别之情，二人皆伤心至极，默默地互赠礼品。"谩赢得"二句有自疚之感，也有不得于时的政治失意之慨，显然是化用杜牧"十年一觉扬州梦，赢得青楼薄幸名"的句意。"此去"二句写别后之痛苦，绾合双方。"惹啼痕"者不仅是作者自己，也包含那位佳人。结尾三句再用欧阳詹"高城已不见，况复城中人"的句意作结，无奈之情与相思之苦俱在其中，意味深婉。

本词在当时风行一时，到处传唱。据吴曾《能改斋漫录》引晁补之的话，记载这样一件事。杭州西湖有一小官偶然唱这首词的一句曰："画角声断斜阳。"旁边有位名叫操琴的歌伎在身旁纠正说："'山抹微云，天连衰草，画角声断谯门。'非'斜阳'也。"那位小官因而逗她说："你能改韵吗？"操琴即改作阳字韵云："山抹微云，天连衰草，画角声断斜阳。暂停征辔，聊共饮离觞。多少蓬莱旧侣，频回首，烟霭茫茫。孤村里，寒鸦万点，流水绕低墙。　魂伤，当此际。轻分罗带，暗解香囊，谩赢得青楼，薄幸名存。此去何时见也，襟袖上，空有余香。伤心处，长城望断，灯火已昏黄。"

鹊桥仙 ①

秦 观

纤云弄巧②，飞星传恨③，银汉迢迢暗度④。金风玉露⑤一相逢，便胜却人间无数。

柔情似水，佳期如梦，忍顾鹊桥⑥归路。两情若是久长时，又岂在朝朝暮暮⑦。

【译文】

纤细轻柔的彩云仿佛在卖弄巧妙，牛郎、织女二星仿佛在传递他们的幽怨。在七夕的夜晚，他们正在暗暗渡过银河前去见面幽欢。神仙世界中的一次相逢和爱恋，便胜过凡夫俗子的无数次缱绻。

温柔的爱情像水一样晶莹，短暂的幽会仿佛梦境一般朦胧。不忍心回头看望归去时的鹊桥，那实在令人忧心忡忡。两人的情意若能天长地久，又何必追求日日夜夜都在一起厮守？

【注释】

① 鹊桥仙：词牌名。②"纤云"句：意谓缕缕云彩变幻出巧妙的花样。秋云多变幻，俗称"巧云"，以喻织女织出云锦的手艺精巧。旧俗，七夕为乞巧节，"巧"字亦扣七夕。③飞星：指牛郎、织女二星。传恨：流露离别之恨。④"银汉"句：指牛郎、织女渡银河相会。银汉：银河。⑤金风玉露：秋风白露。旧说以四季分配五行，秋令属金，故秋风曰"金风"。唐李商隐《辛未七夕》诗："由来碧落银河畔，可要金风玉露时。"⑥忍顾：不忍顾。鹊桥：传说七夕织女渡银河，使鹊为桥。⑦朝朝暮暮：谓朝暮相守，时刻不分离。

【评析】

牵牛、织女之名最早见于《诗经》的《大东》，而二星成为夫妇的故事则成于汉代，以这一神话题材写诗在汉魏时代便已经出现。《古诗十九首》中的《迢迢牵牛星》便属此类。其后，由这一天象所引起的民间传说不断增添新的内容，并引出一些风俗。文人以此为题材的作品也不断出现。以宋词言，欧阳修、张先、柳永、苏轼等著名词人都有此类题材的辞章。但秦观此词却能自出机杼，化故为新，一反相思离别的缠绵感伤，而歌颂牛郎、织女的坚贞爱情，立意新颖，格调高雅清新，给人以启迪和安慰。

上片写牛郎、织女相会。以两对句起头，既写七夕景色，又景中见情，第三句写双星渡河，四、五句表明了对这一神话故事爱情意义的认识。过片亦为对句，写双星的短暂会晤，"忍顾"一句包含了深深的依恋和惆怅。接着转而为高昂，深化了双星故事的意义，且使人的感情拔俗而升华。古人忌以议论入词，此词中的写景、抒情则仅为辅弼，而以议论来点明题旨，并赋予这样的意义：如果夫妻感情纯真，两情相悦，那么即使短暂的分别又有什么关系？心灵的默契相通胜过肉体的长相厮守，这便为分别离居的夫妻找到了感情方面的一种寄托。歌颂和提倡高尚美好的爱情观，是本词的思想价值所在，也是其备受重视和喜爱的根本原因。

全词用象征手法，以天上牛郎、织女双星暗喻人间之男女。句句写天上，句句喻人间；句句写双星，又句句喻男女。

卜算子

李之仪

我住长江头①，君住长江尾②。日日思君不见君，共饮长江水。

此水几时休，此恨何时已。只愿君心似我心，定不负相思意。

【译文】

我住在长江的上游，你住在长江的下游。我天天都在把你思念，可却没法见到你的颜面。尽管我们喝的是一江之水，却要受着相思的熬煎。

此水什么时候不再奔流，我的相思什么时候才能止休。但愿你的心与我一样，定不会辜负对方的终日凝愁。

【注释】

①长江头：指长江上游。②长江尾：指长江下游。

【评析】

这是一首情意绵绵的恋歌。以长江之水起兴，抒写对情人的无限爱慕相思之情。构思新颖，比喻巧妙，明白如话，深得民歌神韵。

上片前两句叙事兼抒情，写出情人相隔之遥。三四句写同住江边而不能相见的遗憾和苦苦相思的情怀。前两句以江水为喻，意谓只要江水长流，我的相思便不能断绝。化用汉乐府《上邪》"山无陵，江水为竭，冬雷震震，夏雨雪，天地合，乃敢与君绝"的诗意。最后两句则是由顾敻《诉衷情》词中"换我心，为你心，始知相忆深"的词意化出，但更委婉含蓄，浑化无迹，洵为高手。

蝶恋花

周邦彦

月皎^①惊乌栖不定，更漏^②将残，辘轳^③牵金井。唤起两眸^④清炯炯^⑤，泪花落枕红绵冷。

执手霜风吹鬓影，去意徊徨^⑥，别语愁难听。楼上阑干^⑦横斗柄，露寒人远鸡相应。

【译文】

月光皎洁明亮，乌鸦躁动不安。更漏将残，摇动辘轳汲水的声音传到耳边。这声音使女子的神情更加焦烦，两只明亮的眼睛泪水涟涟。一夜来眼泪未断，湿透了枕中的红绵。

手拉着手来到庭院中，秋风吹着美人的鬓影。离别的双方恋恋不舍，告别的愁语让人不忍细听。楼上星光灿烂，斗柄横空。清露寒冷，伊人越走越远，偶尔传来晨鸡的报晓之声，与那远人的脚步声遥相呼应。

【注释】

① 月皎：月色洁白光明。《诗经·陈风·月出》："月出皎兮。"② 更漏：即刻漏，古代记时器。③ 辘轳：井上汲水辘轳的器具。④ 眸：眼珠。⑤ 炯炯：明亮貌。⑥ 徊徨：徘徊、彷徨的意思。⑦ 阑干：横斜貌。

【评析】

本词写一对情侣清晨依依惜别的深情。上片从室外之声写到室内之人。些许声响便惊觉离人，心理刻画细腻入微。下片从室内写到室外，言别时之苦，情景相生。全词通过时间的推移、景物的变化和生动的细节描写来渲染别情。首尾呼应，意脉清晰。

上片前三句写室外之景，重点写清晨的声音，而且都很细小，取材典型。"唤起两眸清炯炯"一句状写女子之情。或曰"唤起"是从梦中唤醒，非也。这里的"唤起"有惊起的意思。因女子本未睡，只是泪眼凄迷罢了。她最怕天亮，而居然有乌鸦躁动之声，尤其是有人起来汲水，天不就要亮了吗？故"两眸清炯炯"，试想从梦中惊醒，如何能"清炯炯"？下句"泪花落枕红绵冷"，更证明这一点。这句暗示泪水流得多，时间长，几乎全夜中都在不断流泪，故枕中的红绵才能冷。此乃细微之处，不可不察。下片写离别之景，最后两句意境颇佳，声情并茂。黄蓼园说："按首一阕言未行前闻乌惊漏残，辘轳响而惊醒泪落。次阕言别时情况凄楚，玉人远而惟鸡相应，更觉凄婉矣。"（《蓼园词选》）

临江仙

陈与义

忆昔午桥^①桥上饮，坐中多是豪英。长沟^②流月去无声。杏花疏影里，吹笛到天明。

二十余年如一梦，此身虽在堪惊。闲登小阁看新晴。古今多少事，渔唱起三更。

【译文】

回忆往昔，曾在午桥桥上豪饮，座中多是杰出的英雄。月光随着长沟的水波静静奔涌。在杏花的疏影里，我们吹笛狂欢，直到天明。

二十多年如同梦境，此身虽还活在世上，但一想到当年的大乱便胆战心惊。如今我闲着无事登上小楼，瞭望雨后新晴的美景，感叹古今多少兴亡旧事，只能交付给那些渔翁，任凭他们在三更里歌唱吟咏。

【注释】

① 午桥：即午桥庄，在洛阳南十里，是中唐名相裴度的别墅，号绿野堂。② "长沟"句：此句即杜甫《旅夜书怀》"月涌大江流"之意，谓时间如流水般逝去。

【评析】

陈与义是由北宋入南宋的爱国志士，在诗词作品中慷慨悲歌，尽情地抒发自己壮志难酬报国无门的愤懑。本词即属此类。上片追忆以前在故乡洛阳豪饮欢乐的生活，逸兴遄飞；下片感慨二十多年的沧桑巨变与身世飘零，感慨殊深。

午桥是中唐名相裴度的别墅。裴度是维护朝廷集权，反对藩镇割据，坚决主张武力镇压淮西吴元济叛乱并取得成功的人物，属中兴名臣。上片开头写在午桥豪饮，尽是英杰，表现出当年是位血气方刚、立志报国的志士。"杏花疏影里，吹笛到天明"，是传诵之名句，情境俱现，风格俊朗。下片伤今。"二十余年"含义颇丰，北宋亡后，作者避乱江南，到处漂泊，历尽艰辛。这是痛定思痛的哀叹。"闲登小阁"句是感情的过渡，一为解闷，二为含有天道有常，不为尧存，不为桀亡的深慨，虽然国事日非，而照样有风和日丽之美景，又包含对南宋小朝廷偏安苟存的不满。正因看新晴，才可听到渔歌。尾二句化用张升《离亭燕》词："多少六朝兴废事，尽入渔樵闲话"之意。"三更"只是为了押韵，不必拘滞。尾二句宕开，故作旷达语，尤觉叹惋之意袅袅不绝。全词在豪放中见深婉，情真意切，空灵超旷。胡仔评曰："清婉奇丽，简斋唯此词为最优。"(《苕溪渔隐丛话》)

青玉案

贺　铸

凌波①不过横塘②路，但目送、芳尘③去。锦瑟华年④谁与度？月桥花院，琐窗⑤朱户，只有春知处。

飞云冉冉蘅皋⑥暮，彩笔⑦新题断肠句。试问闲愁都⑧几许？一川烟草，满城风絮，梅子黄时雨⑨。

【译文】

你那轻盈的步履不肯来到横塘，我依旧伫立凝望，目送你带走了芬芳。不知你与谁相伴，共度这锦瑟般美好的时光？在那修着偃月桥的繁花锦簇的院子里，朱红色的小门映着花格的琐窗。可这只能是我的想象，只有春风才能知道你生活的地方。

满天碧云轻轻飘扬，长满杜衡的小洲已暮色苍茫。佳人一去而不复返，我用彩笔写下这伤心的诗行。如果要问我的伤心多深多长，就像这烟雨笼罩的一川青草，就像这满城随风飘转的柳絮沸沸扬扬，就像梅子黄时的雨水，无边无际，迷迷茫茫。

【注释】

① 凌波：形容女子走路时步态轻盈。曹植《洛神赋》："凌波微步，罗袜生尘。"② 横塘：在苏州南十里许。贺铸筑有别墅，常乘扁舟往来其间。见龚明之《中吴记闻》。③ 芳尘：指美人的行踪。④ 锦瑟华年：比喻美好的青春时期。李商隐《锦瑟》："锦瑟无端五十弦，一弦一柱思华年。"⑤ 琐窗：雕刻或彩绘有连环形花纹的窗子。⑥ 蘅皋：长着香草的水边高地。⑦ 彩笔：传说南朝作家江淹有五色笔，诗文多佳句。后来梦见郭璞向他索还彩笔，从此文思枯竭，写不出好的诗文，人谓"江郎才尽"。⑧ 都：统统、总共。⑨ 梅子黄时雨：四五月梅子黄熟，其间常阴雨连绵，俗称"黄梅雨"或"梅雨"。

【评析】

本词是幽居怀人之作。抒写盼望美人前来而美人不至的惆怅幽怨的心情。结尾处"一川烟草，满城风絮，梅子黄时雨"，以江南景色比喻忧愁的深广，兴中有比，意味深长，被誉为绝唱，贺铸也因此而有"贺梅子"的雅号。

词上片前三句写视觉形象。一位婀娜多姿的美人，只见身影，却没有来到横塘路词人的住处，词人只好悻悻地望着她的倩影渐渐离去。这一形象是引起词人怅惘想象的基因，也是理解本词的关键。"锦瑟华年"四句设想美人的生活环境和欲访无路的苦闷。此四句也是理解本词的要点，或云本词是悼亡之作，若从这几句来分析，此说未妥。下片开头两句写昏暮景色，暗示出抒情主人公等待盼望那位"凌波"仙子直到黄昏，仍不见踪影，故"闲愁"太多，逼出结尾的三句。三句均为江南景象，多方面比喻愁苦的深广和长久。"一川烟草"以面积广大喻愁之多，"满城风絮"以整个空间立体地比喻愁之深广，"梅子黄时雨"以连绵不断比喻愁之时间长和难以断绝。连用三种凄美的意象比喻闲愁，含蓄不尽，工妙绝伦，深得时人激赏。黄庭坚曾赞曰："解作江南断肠句，只今惟有贺方回。"（《寄贺方回》）如细品全词之意，当是词人看到一位姿容神韵俱佳的女子，而又未得与之亲近，盼望相见而不得，内容上无非取意于《洛神赋》而已。但此情又为封建士大夫欣赏，而且写得精妙，故成为一时佳话。

凤凰台上忆吹箫

李清照

香冷金猊①，被翻红浪②，起来慵自梳头。任宝奁③尘满，日上帘钩。
生怕离怀别苦，多少事、欲说还休。新来瘦，非干病酒，不是悲秋。

休休，这回去也，千万遍《阳关》④，也则难留。念武陵人远⑤，烟锁
秦楼⑥。惟有楼前流水，应念我、终日凝眸。凝眸处，从今又添，一段新愁。

【译文】

狮形铜炉里的香已经冷透，红色的锦被乱堆床头，如同红色的波浪，我也无心
去收。早晨起来，懒洋洋地不想梳头。任凭梳妆匣落满灰尘，任凭朝阳的日光照上
帘钩。我生怕离别痛苦，有多少话要向他倾诉，可刚要说又不忍开口。新近来渐渐
消瘦，不是因为喝多了酒，也不是因为悲秋。

算了吧，算了吧，这次他必须要走，即使唱上一万遍《阳关三叠》，也无法将他
挽留。想到心上的人就要远去，剩下我独守空楼。只有那楼前的流水，应顾念着我，
映照着我整天注目凝眸。就在凝眸远眺的时候，从今而后，又增添一段日日盼归的
新愁。

【注释】

① 金猊（ní）：狮形铜香炉。② 红浪：红被乱摊床上如波浪貌。③ 宝奁（lián）：华贵的梳
妆镜匣。④ 阳关：即《阳关三叠》，为唐宋时送别曲。⑤ 武陵人远：陶渊明《桃花源记》中载，
武陵渔人误入桃花源，离开后再去便找不到路径了。此处借指丈夫赵明诚要去很远的地方，自
己难以寻觅。⑥ 秦楼：相传秦穆公女弄玉所居之所。此代指自己居所。

【评析】

本词抒写惜别的深情和别后刻骨铭心的怀念。上片写不忍丈夫离去，着意刻画
慵懒的情态，下片着重写怀念和痴情。笔触细腻生动，抒情极凄婉。

上片开头五句只写一个"慵"字。香冷而不再去换新香点燃，一慵也；被也不叠，
任凭胡乱摊堆床上，二慵也；起床后连头也不愿梳，何谈化妆，三慵也；梳装匣上落

满灰尘，懒得擦，懒得动，四慵也；日上帘钩，人才起床，五慵也。词人为何如此慵懒而没心情？原来是"生怕离怀别苦"。这句为全词之眼，在上片的中间位置，括上而启下。"多少事，欲说还休"，体现出主人公心地善良和对丈夫深挚的爱。杨慎评此句说："'欲说还休'与'怕伤郎，又还休道'同意。"（杨慎批点本《草堂诗余》卷四）可谓深得其心。因为告诉丈夫，也只能增添丈夫的烦恼而已，故宁可把痛苦埋藏心底，这又是一种什么样的深情啊！歇拍三句为上片之警策，本来因怕分别才容颜瘦损，但作者偏不直接说出。"新来瘦，非干病酒，不是悲秋"。那是为了什么，答案不言自明，而情味弥足矣。

下片设想别后的情景。"休休"是大幅度的跳跃，省略了如何分别如何饯行的过程，直接写别后的情景。"念武陵人远，烟锁秦楼"两句写自己的孤独。"楼前流水"句暗承上片的秦楼。以下三句近乎痴话。流水本是无情物，怎能"念"呢？但正因这样写，才突出词人的孤独与痴情。一是写出终日在楼前凝眸远眺，或盼信或望归。二是楼前的流水可以映出她凝眸的神情，也只有流水方可证明体验她的痴情。抒情何其深婉，入木三分。结拍三句用顶真格将词意再度深化，"一段新愁"指什么？含蓄而又明确，与上片结拍的写法属同一机杼。沈际飞评云："清风朗月，陡化为楚云巫雨，阿阁洞房，立变为离亭别墅。"（《草堂诗余正集》卷三）全词心理刻画十分细腻精致，在封建女性文学中实属难能可贵。

醉花阴①

李清照

薄雾浓云愁永昼，瑞脑②销金兽③。佳节又重阳，玉枕纱厨，半夜凉初透。

东篱④把酒黄昏后，有暗香⑤盈袖。莫道不消魂，帘卷西风⑥，人比黄花瘦。

【译文】

终日里阴阴沉沉，弥漫着薄雾浓云，我的心情愁苦烦闷。兽形的铜炉，瑞脑香已渐渐燃尽。又一度的重阳佳节来临。到了夜半时分，纱窗玉枕，感觉到一阵阵的轻凉侵身。

黄昏后在东篱下自饮自斟，轻淡的香气充满衣襟。不要说此情此景不令人伤心，当秋风吹卷门帘的时候，就会发现屋里的人比外面的黄色菊花还要瘦损。

【注释】

①醉花阴：词牌名，双调52字。②瑞脑：即龙脑，香料名。③金兽：兽形铜香炉。④东篱：语出陶渊明《饮酒》（其五）的"采菊东篱下，悠然见南山"。⑤暗香：指菊花的香气。⑥帘卷西风：西风卷帘的倒装。西风，秋风。

【评析】

本词抒写重阳佳节独守空闺的苦况。上片由白天写到夜晚，愁苦孤独之情充满其中。下片倒叙黄昏时独自饮酒的凄苦，末尾三句设想奇妙，比喻精彩，是古今盛传的佳句。

开头两句渲染寂寥无聊的环境氛围，天气阴沉，香已燃尽。词人不再续香，衬托出心境之不佳。"佳节又重阳"点明时令，也暗示心绪不好的原因。每逢佳节倍思亲。佳节时本应该夫妻团圆、共同饮酒赏菊，而如今只有自己，所以才会"玉枕纱厨，半夜凉初透"。这种凉，既是身体之凉，更是心里之凄凉。下片前两句倒叙黄昏独自饮酒赏菊的凄凉，扣住"重阳"。末三句以菊花之瘦比喻人之瘦，本来已很新颖，再用人比黄花还瘦的夸张笔法，更出人意表，据伊世珍《嫏嬛记》载，李清照将此词寄给赵明诚，"明诚叹觉、自愧弗逮，务欲胜之。一切谢客，忘食忘寝者三日夜，得五十阕。杂易安作，以示友人陆德夫。德夫玩之再三，曰：'只三句绝佳。'明诚诘之。答曰：'莫道不消魂，帘卷西风，人比黄花瘦。'正易安作也。"

声声慢①

李清照

寻寻觅觅，冷冷清清，凄凄惨惨戚戚。乍暖还寒②时候，最难将息。三杯两盏淡酒，怎敌他、晚来风急？雁过也，最伤心，却是旧时相识。

满地黄花堆积，憔悴损，如今有谁堪摘？守著窗儿，独自怎生③得黑？梧桐更兼细雨，到黄昏、点点滴滴。这次第④，怎一个愁字了得！

【译文】

如同是丢了什么，我在苦苦寻觅。只见一切景物都冷冷清清，使我的心情更加愁苦悲戚。忽冷忽热的天气，最难保养身体。虽然喝了几杯淡酒，也无法抵挡傍晚时秋风的寒气。正在伤心的时候，又有一群大雁，向南飞去。那身影、那叫声，却是旧时的相识。

满地上落花堆积，菊花已经枯黄殒落，如今还有谁忍心去摘？守着窗户独坐，孤苦伶仃，怎样才能挨到入夜？在这黄昏时节，又下起了蒙蒙细雨，梧桐叶片落下的水滴，声声入耳，令人心碎。此情此景，又怎是一个愁字概括得了？

【注释】

①声声慢：词牌名，双调97字。②乍暖还（huán）寒：乍暖乍寒，忽冷忽热。③怎生：怎样。生，语助词。④次第：光景、情景。

【评析】

本词是李清照晚年所作，抒写其孤苦无依的生活境况和极度的精神痛苦。开头连用七组叠字，且在感情上层层递进，有统摄全篇之效。全词以暮秋景色为衬托，通过一些生活细节来表现孤独痛苦的心境，如泣如诉，非常感人。

词之开头连用七对叠字，分为三组，"寻寻觅觅"表现一种空虚失落感，仿佛在寻觅什么，实质是想在现实生活中寻找点慰藉，以排遣内心的痛苦，但所看到的环境却是"冷冷清清"，这更加重了痛苦的程度，故云"凄凄惨惨戚戚"。14个字表现了感情流动的过程，且统摄全篇。以下的饮酒、听雁、观花、守窗听雨均属生活细节，由"寻寻觅觅"引发而来，其景物描写则由"冷冷清清"引发而来，贯穿全词的感情则是"凄凄惨惨戚戚"。"乍暖"两句写气候之多变。"三杯"三句写饮酒御寒，但酒单愁浓，是天寒更是心冷。"雁过也"之含义尤丰，雁可北去南归，而作者却无法回到自己的故乡；鸿雁似可传书，但丈夫已死，书信何传？故这一意象中包含故国之思和亡夫之痛。下片承前，写地面落花狼藉之残象，俯仰皆是萧飒之景。"守窗独坐"以下，完全口语化，却表现出极丰富的感情，尾句更是直截了当，仿佛是灵魂的呼喊，震颤人心。陈廷焯说："后幅一片神行，愈唱愈妙。"（《白雨斋词评》）全词情景相生，巧用"黑""得"等险韵，工妙自然，笔力矫健。九组叠字的运用也增强了音韵效果，使全词顿挫凄绝，如泣如咽。

永遇乐

李清照

落日熔金①，暮云合璧②，人在何处。染柳烟浓，吹梅笛怨③，春意知几许。元宵佳节，融和天气，次第岂无风雨。来相召、香车宝马，谢他酒朋诗侣。

中州④盛日，闺门多暇，记得偏重三五⑤。铺翠冠儿⑥，捻金雪柳⑦，簇带⑧争济楚⑨。如今憔悴，风鬟霜鬓⑩，怕见夜间出去。不如向、帘儿底下，听人笑语。

【译文】

落日金光灿灿，像熔化的金水一般，暮云色彩淡蓝，仿佛碧玉一样晶莹鲜艳。景致如此美好，可我如今又在何地哪边？新生的柳叶如绿烟点染，《梅花落》的笛曲中传出声声幽怨。春天的气息已露出端倪。但在这元宵佳节融和的天气，又怎能知道不会有风雨出现？那些酒朋诗友驾着华丽的车马前来相招，我只能报以婉言，因为我心中愁闷焦烦。

记得汴京繁盛的岁月，闺中有许多闲暇，特别看重这正月十五。帽子上镶嵌着翡翠宝珠，身上戴着金纸捻成的雪柳，各个打扮得俊丽翘楚。如今容颜憔悴，头发蓬松也无心梳理，更怕在夜间出去。不如从帘儿的底下，听一听别人的欢声笑语。

【注释】

①熔金：形容日将落时金黄的颜色。②暮云合璧：形容日落后，红霞消散，暮云像碧玉般合成一片。江淹《拟惠休怨别》："日暮碧云合，佳人殊未来。"③吹梅笛怨：笛曲中有《梅花落》，声调凄楚哀怨。④中州：今河南省，此处指北宋都城汴京。⑤三五：古人常称阴历十五为"三五"，此处指元宵节。⑥铺翠冠儿：装饰着翡翠羽毛的帽子。⑦捻金雪柳：当时妇女时兴的一种装饰物。雪柳用绢或纸制成。捻金，用金纸捻丝。加上金丝的雪柳更为名贵。⑧簇带：宋时方言，插戴满头之意。⑨济楚：宋时方言，整齐美丽。⑩风鬟霜鬓：形容头发蓬松散乱。

【评析】

本词是李清照后期所作。通过今昔对比，抒写今昔苦乐不同的情景，表达忧时伤世怀念故国的情思。上片描绘元宵节傍晚时分的景物和自己的感受。下片写闭门幽居，抚今追昔，悲不自胜的感受。结尾两句抒情极为凄楚，令人鼻酸。

上片写今年元宵节的情景。开头两句对仗工整，辞采鲜丽。如此气候，预示当晚的灯节将有一番热闹场面。但下面一句陡转，"人在何处"，是一声充满迷惘与痛苦的叹息，包含着词人抚今追昔的意念活动，也是全词情感的基调。"元宵佳节"三句又一波折，前两句美景中也有哀怨，"次第岂无风雨"仿佛是无端忧虑，但这正表现出作者多年来颠沛流离饱经折磨的特殊心境，也为下文不应邀出去作铺垫。谢绝同游正表现出她的心绪落寞。下片转写当年汴京元宵节的繁盛及自己无忧无虑的幸福情景。"铺翠冠儿"三句集中写当年着意穿着打扮，既切合青春少女的特点，又体现出当时青春的活力，也可通过这个侧面想象当时汴京热闹繁荣的景象。以下再次陡转，写现在蓬头垢面无心打扮的情形，与往昔形成鲜明的对比。两种迥然不同的心境，反映出南渡前后词人两种不同的生活境况和精神面貌，在那个时代里有典型意义。

全词在艺术上运用今昔对照与丽景哀情相映的手法，并有意地将当时的口语与精致的文学语言交错融合，形成一种文白相济、雅俗共赏的风格。

满江红①

岳飞

怒发冲冠②，凭栏处、潇潇③雨歇。抬望眼、仰天长啸，壮怀激烈。三十功名尘与土，八千里路云和月。莫等闲、白了少年头，空悲切。

靖康耻④，犹未雪。臣子恨，何时灭！驾长车，踏破贺兰山⑤缺。壮志饥餐胡虏肉，笑谈渴饮匈奴血⑥。待从头、收拾旧山河，朝天阙⑦。

【译文】

我愤怒得头发冲冠，独自登高凭栏，阵阵风雨刚刚停歇。抬头远眺，天空高阔。我禁不住热血沸腾，仰天长啸，壮怀激烈。三十多年的功名如同尘土，转战八千余里，经过多少风云和淡月，熬过多少个日日夜夜。人生啊，也太短暂；光阴啊，也太紧迫！有志的男儿，要抓紧时间建功立业，不要随随便便把时光消磨，等两鬓苍苍时徒自悲切。

靖康年间的奇耻大辱，至今也不能洗雪。作为国家臣子的愤恨，何时才能泯灭！我要驾上战车，指挥千军万马横扫残胡，踏破贺兰山缺。我满怀壮志，饥饿时要吃敌人之肉，谈笑时若是口渴，也要喝敌人的鲜血。待我重新收复旧日的山河，再带着捷报去朝拜京城的宫阙，向皇帝奏报光复中原的喜悦。

【注释】

①满江红：唐教坊曲名，后用作词牌。双调93字。②怒发冲冠：愤怒时头发直竖，上冲帽子。《史记·刺客列传》："士皆瞋目，发尽上指冠。"③潇潇：风雨之声。④靖康耻：指靖康二年（1127），金兵攻陷汴京，掠走徽、钦二帝及皇后、嫔妃，中原沦丧的奇耻大辱。⑤贺兰山：亦名阿拉善山，在今宁夏回族自治区和内蒙古自治区交界处。此处泛指金兵占领区。⑥胡虏、匈奴：泛指敌人。此处指金兵。⑦天阙：天子宫殿前的楼观。朝天阙即朝见皇帝。

【评析】

这是一首气壮山河、传诵千古的名篇，表现了作者大无畏的英雄气概，洋溢着爱国主义激情。上片通过凭栏眺望，抒发为国杀敌立功的豪情，下片表达雪耻复仇、重整乾坤的壮志。

　　开篇几句出语不凡，立意高远，抒写出登高临远，俯仰天地时不可抑制的悲愤之情，以及誓死抗敌的决心，气冲斗牛，令人振奋。"三十"两句，自伤神州未复，劝人及时奋起，可为千古箴铭。下片直抒胸臆，表白国耻未雪，誓将扫平入侵之敌，重整山河以报效国家的耿耿忠心，有穿云裂石之声。全篇洋溢着一位爱国志士蔑视敌人、誓与之血战到底的英雄气概。又出自一位名将之手，具有震天撼地的力量。沈际飞评曰："胆量、意见、文章悉无今古。"（《草堂诗余正集》）陈廷焯评曰："何等气概，何等志向！千载下读之，凛凛有生气焉。"（《白雨斋词话》）本词将以其爱国的正气及催人奋进的精神永远为后世所传诵，将与天地同在，与日月争辉。壮哉斯词，伟哉岳飞。

六州歌头

张孝祥

长淮①望断②，关塞③莽然④平。征尘暗，霜风劲，悄边声。黯销凝⑤。追想当年事⑥，殆⑦天数，非人力，洙泗⑧上，弦歌⑨地，亦膻腥⑩。隔水毡乡⑪，落日牛羊下⑫，区脱纵横。看名王⑬宵猎⑭，骑火⑮一川明。笳鼓悲鸣，遣人惊。

念腰间箭，匣中剑，空埃蠹⑯，竟何成。时易失，心徒壮，岁将零⑰。渺神京⑱。干羽⑲方怀远⑳，静烽燧㉑，且休兵。冠盖使㉒，纷驰骛，若为情㉓。闻道中原遗老，常南望、翠葆霓旌㉔。使行人到此，忠愤气填膺㉕。有泪如倾。

【译文】

远望宽阔的淮河对岸，只见草木丛生与关塞齐平。战火的飞尘已经暗淡，霜风凄紧，边境上悄然寂静。我不由得暗自伤神。追想当年的形势，大概只是天数，难道不是人事所造成？可叹洙水泗水一带，自古以来礼乐兴盛，文化繁荣，如今到处弥漫着牛羊的膻腥。江对岸便是敌人的帐篷，一群群牛羊在日暮时归来，戍边的堡垒土房到处纵横。敌人的将领在夜间习武，骑兵的火把映得满河通明，胡笳战鼓阵阵悲鸣，真令人魄动魂惊。

可叹我腰中的弓箭、匣里的宝剑，空自受着虫蛀尘封，究竟能有什么用？时光最易消逝，空怀壮志豪情，年岁将要迟暮飘零，而京师距离我又是那么遥远迷蒙。朝廷正重用怀远主和的大臣，停止一切边备和战争，即将全面休息军兵。衣冠楚楚乘坐豪华车辆的求和大使，纷纷然来往奔行，真叫人百感交集难以为情。听说中原的父老弟兄，年年盼望王师北征，经常向南眺望皇帝的车驾和旌旗。就连过路的人听到此事，也都满腔忠义气愤填膺，热泪涌流犹如雨倾。

【注释】

①长淮：淮河。当时为宋金东部分界线。②望断：极目远望。③关塞：边防上的险关要塞。④莽然：草木丛生貌。⑤黯销凝：暗自销魂凝思，形容因感伤而沉思貌。⑥当年事：指靖康年间金兵南侵灭北宋事。⑦殆：大概、也许。⑧洙泗：古代鲁国的两条河，洙水和泗水，流经曲阜。此

处代指中原文化发达地区。⑨ 弦歌：弹琴唱歌，此指礼乐教化。⑩ 膻腥：牛羊的气味。⑪ 毡乡：古代北方少数民族大多住毡帐，故称其居所为毡乡。⑫ "落日"句：黄昏时牛羊下山回圈。⑬ 名王：古代少数民族对贵族头领的称呼。⑭ 宵猎：夜间打猎。此处指夜间军事演习。⑮ 骑（jì）火：骑兵打着的火把。⑯ 空埃蠹：白白积满尘埃，被虫蛀蚀。此指闲置不用。⑰ 岁将零：一年将尽。⑱ 神京：此指南宋京师临安（今浙江省杭州市）。⑲ 干羽：盾牌和雉羽。古代两种舞具。《尚书·虞书·大禹谟》："帝乃诞敷文德，舞干羽于两阶。七旬，有苗格。"⑳ 怀远：以文德怀柔远人。此处谓朝廷对敌妥协。㉑ 烽燧：战争烟火。古代边防有警，则在高台上点烟火以告警。夜间举火为烽，白天燃烟为燧。㉒ 冠盖使：穿官服乘马车的使臣。此处指去金求和之使臣。㉓ 若为情：何以为情。㉔ 翠葆霓旌：指皇帝的车驾。翠葆，用翠羽装饰的车盖。霓旌，绘有云霓的彩旗。㉕ 填膺：塞满胸怀。

【评析】

这是一首慷慨悲壮之作。宋孝宗隆兴元年（1163），张浚奉命出师北伐。由于投降派阻挠及前线将帅不和，致使符离之败，北伐受挫。投降派得势，下令撤毁边备，决定与金"议和"。时张孝祥在建康（今江苏省南京市）任留守。相传此词是一次宴会上所作，张浚听后为之"罢席而入"（《朝野遗记》）。上片写登高眺望所见到的边备松弛，金人气势嚣张的景象，令人气沮。下片抒发报国无门、壮志难酬的悲愤，强烈地谴责了统治者苟且偷安，误国误民的罪行。

上片开头五句描绘宋朝守备松弛、边境荒凉的气象。"追想当年事"六句寓意较深刻。表面说当年战败大概是天意，那么今日之败又是什么呢？作者并非为当年开脱，主要是衬今。实质上当年亦非天意，而是取决于人事的。"隔水毡乡"以下到歇拍，写淮河对岸敌占区的红红火火。牛羊下山乃百姓生活的安定祥和，名王宵猎，说明金兵大规模演习。这与宋朝边境的死气沉沉、萧条冷落形成鲜明的对比。表现出深深的忧虑、无奈而又痛心疾首的感情，令千古英雄吞声。下片前八句抒发报国无门、壮志难成、人生易老的悲慨，语句短促，情绪激昂，令人击案。"干羽方怀远"以下六句写求和使臣纷纷奔驰的丑态，讽刺统治者急于投降、畏敌如虎的可悲行径。语含讥讽。结尾六句写中原遗老渴望王师北伐恢复中原的殷切心情。全词将写景、议论、叙事、抒情紧密地结合起来，纵横开阖，笔力峻健，痛快淋漓，骏发踔厉，激越感人。陈廷焯评曰："淋漓痛快，笔饱墨酣，读之令人起舞。"（《白雨斋词话》）

念奴娇

张孝祥

洞庭青草①，近中秋、更无一点风色。玉界琼田三万顷，著我扁舟一叶。素月分辉，明河共影，表里俱澄澈。悠然心会，妙处难与君说。

应念岭海②经年③，孤光④自照，肝胆皆冰雪。短发萧骚⑤襟袖冷，稳泛沧浪空阔。尽挹⑥西江，细斟北斗⑦，万象为宾客。扣舷⑧独啸，不知今夕何夕⑨。

【译文】

洞庭青草，临近中秋没有一点风色。三万顷的湖面宽广寥廓，就像美玉铺成的田野，就像洁白的玉的世界。上面只有一只小舟，仿佛一片小小的树叶。明月的光辉分给湖面，银河的影像在碧波中轻轻摇曳。水面天光，人心物象，整个宇宙都空明澄澈。心中悠然而领悟到一种境界，那种美妙细微的感受，实在难以用语言向您诉说。

想起在岭南这几年，皎洁的月光照见了我，我的忠肝义胆高洁晶莹犹如冰雪。如今我的短发萧条稀少，风满襟袖微有寒冷的感觉，但我毫不在意，心坚似铁，稳坐着小船，泛舟在这沧浪空阔。我要尽舀西江的江水当作美酒，用北斗当酒勺自斟自酌，请世间的万物来做宾客。我要尽兴狂饮，拍打船边引吭高歌。我高兴得忘记了一切，真不知今夜是哪一天的月夜。

【注释】

① 洞庭青草：湖名。二湖相连，在湖南岳阳市西南，总称为洞庭湖。② 岭海：一作岭表。即岭南，两广之地。北有五岭，南有南海，故称岭海。③ 经年：年复一年，几年。④ 孤光：指月亮。陆龟蒙《月成弦》诗："孤光照还没。"⑤ 萧骚：萧条稀少貌。⑥ 尽挹（yì）：舀尽。⑦ 北斗：北斗七星，排列形似长勺。屈原《九歌·东君》："援北斗兮酌桂浆。"⑧ 扣舷：拍打船边。⑨ 今夕何夕：《诗经·绸缪》："今夕何夕，见此良人。"后世用作赞叹良夜的常用语。

【评析】

此词别本题作《过洞庭》。张孝祥于乾道二年（1166）在桂林因遭受谗言而落职，由桂林北归途经洞庭湖时创作本词。上片描写广阔清静、上下澄明的湖光水色，表现作者光明磊落、胸无点尘的高尚人格。下片抒发豪爽坦荡的志士胸怀，表现了大无畏的英雄气概，充满了浪漫主义色彩。在词人将自己的全部身心都融入完全净化的美的世界中的同时，也可隐约体悟他心灵深处的孤独和高傲，反衬出现实社会生活的污浊与黑暗。

上片描绘中秋前夕洞庭湖风平浪静，水月交辉，上下澄明，清奇壮美的景色，与词人的主体人格相一致，达到一种宠辱皆忘，物我浑然不分的境界。情景交融。歇拍两句由景入情，暗转下片。下片抒发自己襟怀坦荡，无愧人生的高洁人格。"肝胆皆冰雪"可谓一切志士仁人的共同品性，是人类最宝贵的品格。结尾几句以西江酌斗、宾客万象的奇思妙想和伟大气魄，表现他淋漓的兴致和凌云的气度。有人说本词相当于苏轼的《前赤壁赋》，可谓真知灼见。在政治上遭受挫折之后，尚能泰然自若，游于物外的处世态度，表现出对宇宙奥秘和人生哲理的深刻领悟，达到一种超越时空的极高的精神境界。王闿运极力推崇此词说："飘飘有凌云之气，觉东坡《水调》犹有尘心。"（《湘绮楼词选》）

卜算子·咏梅

陆　游

驿①外断桥边，寂寞开无主。已是黄昏独自愁，更著②风和雨。

无意苦争春，一任③群芳④妒。零落成泥碾⑤作尘，只有香如故。

【译文】

驿馆外面断桥的旁边，有一株开放的梅花寂寞而孤独，既无人欣赏也无人保护。已到黄昏日暮，她仿佛在独自感伤愁苦，更何况又有凄风苦雨。

她也没有心思苦苦争占春光，任凭那些凡花俗卉去中伤嫉妒。高洁芳芬是她天生的禀赋，对那些林林总总的庸俗行为自然不屑一顾。纵然片片零落被碾成泥土，那淡淡的清香却依然如故。

【注释】

① 驿：驿站。② 更著：又加上。③ 一任：任凭，不在乎。④ 群芳：普通的花卉。此处喻指政界中的群小。⑤ 碾：轧碎。

【评析】

这是一首千古传诵的托物咏怀的名篇。作者借物言志，显示出高贵的品格。上片写梅花之孤独和险恶的生活环境，下片写其高洁自持的气节和自身的美好清香。通过对梅花的高度礼赞，表达了作者的高尚人格。花人合一，是一首精妙的咏物词。

陆游特别喜欢梅花，《剑南诗稿》中咏梅的诗很多，笔者未作精确的统计，凭印象也在百首以上。故他对梅的精神气质有深刻的理解。本词遗貌取神，并未对梅花作正面的描绘，只写了她的一种神韵、一种品格。上片写环境之恶。地点是"驿外断桥边"，驿本来是客子居所，而梅花又在驿外，见其荒野偏僻。"开无主"是无人欣赏之意，这是枝无人保护、无人赏识的野梅。时间则是"黄昏"，为人最难堪之时，气候则风雨，为人所愁苦之物象。上片极力渲染梅花所处的严酷的现实环境，正是当时主和派掌权，作者备受压抑的社会环境的艺术写照，也为下片扬起蓄势。看，可敬的梅花无意去争占什么春光，任凭群芳嫉妒。美的高洁的东西却不为社会所承认，而伪诈低劣却凭种种包装炫耀着自己。但美的就是美的，内在的真实的价值是永远不灭的。故梅花虽然零落而被碾成尘土，其清淡的香气却依然如故。这不也正是作者虽饱受打击、家居近20年，但依然高洁自持，绝不与琐屑群小为伍的一种自我表白吗？同时也显示出一种伟岸高傲的大丈夫气节。作者在《梅花绝句》中说："闻道梅花坼晓风，雪堆遍满四山中。何方可化身千亿，一树梅花一放翁。"这里，词人便与梅化为一体，在精神气质上完全相同了。正因本词的气格高妙，故备受后人青睐。

水龙吟·登建康赏心亭①

辛弃疾

楚天千里清秋，水随天去秋无际。遥岑远目，献愁供恨，玉簪螺髻②。落日楼头，断鸿声里，江南游子。把吴钩③看了，栏干拍遍，无人会、登临意。

休说鲈鱼堪脍，尽西风、季鹰归未？④求田问舍，怕应羞见，刘郎才气。⑤可惜流年，忧愁风雨，树犹如此⑥！倩何人唤取，红巾翠袖⑦，揾⑧英雄泪！

【译文】

楚地到处是一派清秋景象，水光连接着天边，秋色无边无际。我眺望远方的群山，峭立挺拔的宛如玉簪，平缓团圆的如同美人的螺髻。都攒蹙累积，仿佛在向我倾诉着怨恨忧郁。面对着落日，我独立楼头，听着南飞鸿雁的哀啼。我这位江南的游子啊，把手中的宝刀看了又看，拍打着楼上的栏杆徘徊不已，可又有谁能理解我现在的心意？

不要说鲈鱼脍的味道鲜美，秋风已起，我却不能像张季鹰那样潇洒地归去。我更不愿像许汜那样求田问舍，只知自私自利而不顾国家大计，怕被刘备那样的英雄人物轻视鄙夷。可惜岁月飞逝，大好年华在风雨中白白抛弃，就连那些没有知觉的树木，也会随着时光而老去，想到这里，我不禁悲愤交加，暗自垂涕，也不知求谁去请那些多情的美人，用她们的红巾绿袖，把我这英雄的眼泪轻轻揩拭。

【注释】

①赏心亭：《景定建康志》卷二十二："赏心亭在下水门之城上，下临秦淮，尽观览之胜。丁晋公渭建。"②玉簪螺髻：玉制的头簪，团形的发髻。这里比喻尖形、团形的各种山峦。③吴钩：一种弯形的刀。盛产于吴国而弯形，故称。④"休说"二句：用张翰典。《晋书·张翰传》："翰（字季鹰）因见秋风起，乃思吴中菰菜、莼羹、鲈鱼脍，曰：'人生贵得适志，何能羁官数千里以要名爵乎？'遂命驾而归。"此翻用其意。⑤"求田"三句：据《三国志·魏志·陈登传》载，许汜与刘备同在荆州刘表处，三人共同评论天下之人。许汜说陈登有豪气，并说自己到陈登家做客，

陈登很怠慢，他住大床、上床，而让客人住下床。刘备听后，说：当今天下大乱，你却求田问舍，令陈登失望。陈登那样做还算给你面子，"如小人，欲卧百尺楼上，卧君于地，何但上下床之间耶？"刘郎，指刘备。⑥树犹如此：《世说新语·言语》："桓公北伐，经金城，见前为琅琊时种树已皆十围，慨然曰：'木犹如此，人何以堪！'攀枝执条，泫然流泪。"庾信《枯树赋》作"树犹如此"。⑦红巾翠袖：古代女子装束。此处指歌女。⑧搵（wèn）：擦、揩拭。

【评析】

本词是作者于淳熙元年（1174）在建康任江东安抚司参议官时所写。上片借景抒情，写登高远望时的复杂悲怆之情。下片以古喻今，对四位历史人物进行褒贬，抒发壮志未酬的抑郁情怀。慷慨悲歌，令人荡气回肠。辛弃疾满怀报国热情南归，志在恢复中原。但南宋统治者对他百般猜忌，始终不敢重用，使其长期沉沦下僚，基本处在投闲置散的位置上。他感到极其压抑、愤懑，在登高望远之际，见景生情，抒发多年积郁在胸的满腔怨气、怒气。开篇两句写秋日之大背景，视野极为开阔。"遥岑"三句用倒装笔法和移情手法写自己对大好河山沦陷的痛心。"落日楼头"至上片歇拍，如特写镜头，把作者焦虑、幽怨、悲愤又无可奈何的复杂情绪表现出来。"看吴钩""拍栏干"均是细节刻画，凸显出词人忧心如焚的精神状态。从写景角度看，由大到小、由远及近，层次分明。下片连用三个典故，正反两面见意。用张翰之典，既有故乡难归之慨叹，也有不忍置国事于不顾而隐居的责任感，这正是作者性格的两个重要方面。许汜之典，对那些只知购田买房、自私自利的官员表示极大的鄙夷之情。结尾六句抒发举世皆浊我独清，世无知己之深慨，与上片"无人会，登临意"遥相呼应，章法谨严。本词写尽英雄失路之感，如垓下悲歌，动人心魄。

摸鱼儿①

辛弃疾

淳熙己亥②，自湖北漕③移湖南，同官王正之置酒小山亭④，为赋。

更能消、几番风雨，匆匆春又归去。惜春长怕（一作"恨"）花开早，何况落红无数。春且住！见说道、天涯芳草无归路。怨春不语。算只有殷勤，画檐⑤蛛网，尽日惹⑥飞絮。

长门事⑦，准拟佳期又误。蛾眉曾有人妒。千金纵买相如赋，脉脉此情谁诉？君莫舞，君不见、玉环⑧飞燕⑨皆尘土！闲愁最苦！休去倚危阑，斜阳正在，烟柳断肠处。

【译文】

还能经受得住几番风风雨雨，匆匆忙忙，春天又要归去。我珍惜春光长，怕花儿开得太早，何况如今已落红无数。春天啊，请停住你的脚步。你没听说吗，芳草遍布天涯海角，你已经没有归路。我真怨恨，春光对我的痴情不屑一顾，又默默地归去。看起来，对春天有真情实意的，只有画檐上的那些蜘蛛网，终日里尽量沾惹些点点飘飞的柳絮。

长门之事，预定好的日期又误，美人一定被人谗毁嫉妒。即使花费千金购买司马相如的长门赋，君王不肯见我，我的无限深情又向谁倾诉？那些得宠的美人们，你们也不要欢歌曼舞。你们没看到吗，当年杨玉环、赵飞燕，比你们不知要受宠多少倍，可她们都死得那么可悲而又痛苦，如今早已成了尘土。闲愁最苦，不要去凭倚高高的栏杆远望，一轮将要沉落的斜阳，正在那烟柳迷茫的令人断肠的去处。

【注释】

①摸鱼儿：唐教坊曲名，后用作词牌。又名"摸鱼子""安庆摸"等。双调116字。②淳熙己亥：宋孝宗淳熙六年（1179）。③漕：漕司（转运使）的简称。④山亭：在湖北漕司官衙内。⑤画檐：画有图案或彩色的屋檐。⑥惹：沾住。⑦长门事：据司马相如《长门赋序》，汉武帝时陈皇后失宠，幽居长门宫。她曾以百金为酬请司马相如代写《长门赋》，武帝读后感动，后

复为宠。此事史籍中无载。⑧玉环：唐玄宗宠妃杨玉环，宠极一时，后在马嵬驿被赐死。⑨飞燕：汉成帝皇后赵飞燕，宠冠后宫，后被迫自杀。

【评析】

本词是在调动职务临行时所赋，感慨殊深，兴寄深婉，全用比兴手法抒情达意。表面写美女伤春，蛾眉遭妒的怨恨，实际上寄托作者怀才不遇、壮志难酬的愤慨及对国家前途命运的深切关注。上片通过惜春、留春、怨春三层意象抒发对春光的无限留恋和珍惜之情，下片用美女遭妒比喻爱国志士受谗遭贬，谴责投降派误国误民的罪行。外柔婉而内激越，表达了深沉的爱国忧时之情。

辛弃疾率领义军南归，本欲为朝廷效力以收复中原，但当政者对他百般猜忌，不敢委以重任。他多年任闲职，而且又频繁调动，使他无法干成任何事业。本词正是又调动他职务时所作，岂能不感慨万千？全词借助凄美的意象，以哀婉的情调抒发激烈的政治幽愤和沉痛的爱国感情，寄托遥深。梁启超评曰："回肠荡气，至于此极。前无古人，后无来者。"（《艺蘅馆词选》引）

永遇乐·京口①北固亭②怀古

辛弃疾

千古江山，英雄无觅，孙仲谋③处。舞榭歌台，风流总被，雨打风吹去。斜阳草树，寻常巷陌，人道寄奴④曾住。想当年，金戈铁马⑤，气吞万里如虎。

元嘉⑥草草⑦，封狼居胥⑧，赢得仓皇北顾⑨。四十三年⑩，望中犹记，烽火扬州路。可堪回首，佛狸祠⑪下，一片神鸦⑫社鼓⑬。凭谁问，廉颇⑭老矣，尚能饭否？

【译文】

千古江山依旧，但像孙仲谋那样识人重贤的英雄，却再也无处寻觅。那些繁华的舞榭歌台，英雄们的风流韵事，都被无情的风雨吹打而去。那普普通通的街巷，所看到的只是斜阳映照着荒草枯树，人们说寄奴曾经在这里居住。遥想当年，他指挥千军万马挥师北伐，气吞骄虏如同下山的猛虎。

元嘉年间又是多么轻率，想勒铭狼居胥山建立奇功，结果只落得大败溃逃，不断地回头北望敌兵的追逐。如今已经过去43年，在望中我还清楚地记得，当年曾与金兵激战过的扬州路。真是不堪回顾，金人的统治竟如此牢固。在那佛狸祠堂的前面，神鸦的叫声杂和着喧闹的社鼓。有谁还能来问一问：廉颇将军果真衰老了吗？他的饭量是否依然如故？

【注释】

①京口：今江苏省镇江市。②北固亭：在镇江东北北固山上，又名北顾亭。面临长江。晋人蔡谟为储军备而建。③孙仲谋：孙权，字仲谋，三国时吴帝。曾一度建都京口。④寄奴：南朝宋武帝刘裕的小名。刘裕生于京口，曾北伐，并收复过长安、洛阳。⑤金戈铁马：形容兵强马壮。⑥元嘉：南朝宋文帝刘义隆（刘裕之子）的年号（424—453）。⑦草草：匆匆忙忙，轻率。⑧封狼居胥：汉武帝时，骠骑将军霍去病曾追击匈奴至狼居胥山，在山上筑坛祭神而还。狼居胥，一名狼山，在今内蒙古自治区西北部。⑨仓皇北顾：荒乱败退中回望追敌。⑩四十三年：辛弃疾于绍兴三十二年（1162）渡江南归，至写此词时正四十三年。⑪佛狸祠：北魏拓跋焘的

祠庙，在今江苏省六合县东南。拓跋焘小名佛狸，当年兴兵南侵，进驻瓜步山，在山上建行宫，后改为佛狸祠。⑫ 神鸦：祭祀时飞来觅食的乌鸦。⑬ 社鼓：社日祭神的鼓声。⑭ 廉颇：战国时赵国名将。晚年遭谗被黜逃往魏国。后来秦攻赵，赵王想再起用廉颇，派使臣去探望。使者受廉颇仇人之贿，说廉颇饭量依然很大，但"顷之，三遗矢〔屎〕矣"。于是廉颇未被起用。

【评析】

本词作于宁宗开禧元年（1205），时作者任镇江知府，已66岁。当时宰相韩侂胄准备北伐，作者一方面坚决主张抗金，同时又担心主事者轻敌冒进而致败，对当权者不能真正理解、重用他表示愤慨。上片即景生情，由眼前之景联想到两位著名的历史人物，即孙权与刘裕，对他们的英雄业绩表示无限的向往和怀念。下片用刘义隆草率北伐失败的史实告诫当政者。接着宕开，回忆43年前率兵南归时如火如荼的战斗场面。结尾用廉颇自喻，抒发有志报国而不被重用的忧伤与苦闷。

上片开头连用两个典故，皆由眼前景物引出，自然而贴切。这两个人物的共性是绝不妥协，或坚决抗击来犯之敌，或毅然率兵北伐。同时，孙权又有用人之明，先用周瑜，后用陆逊，均表现出非凡的胆识。这正是南宋统治者所缺少的。作者的感慨也可想而知了。下片开头以刘义隆贪功名而草率北伐的悲惨结局向当权者提示和警告，不要贪不世之功名而草率出兵，可谓石破天惊之语。"四十三年"战斗场景的插入，也有深意，当年自己满腔爱国热血，在极艰危的情况下血战南归。结果43年过去，一切依旧，佛狸祠照样在金人统治之下，而且一派和平景象。43年的时间却一事无成。最后再用廉颇之典，将遭谗受贬、小人当政等诸多感受都委婉地抒发出来，慷慨悲歌，千古后读来仍令人回肠荡气，扼腕啮齿。全篇苍劲沉郁，豪壮中有悲凉。杨慎在《词品》中评曰："辛词当以'京口北固亭怀古'《永遇乐》为第一。"

青玉案·元夕

辛弃疾

东风夜放花千树。更吹落、星如雨。宝马雕车^①香满路，凤箫^②声动，玉壶^③光转，一夜鱼龙^④舞。

蛾儿雪柳黄金缕^⑤，笑语盈盈^⑥暗香去。众里寻他千百度^⑦，蓦然^⑧回首，那人却在，灯火阑珊^⑨处。

【译文】

夜晚的东风，仿佛吹开了盛开鲜花的千万棵树木，又吹落空中的繁星如雨。华丽的车马熙熙攘攘，脂粉和香气弥漫着大街小巷。随处可以听到悦耳的音乐之声，明月如同悬在空中的玉壶，闪着素光在空中缓缓移动，鱼龙形的彩灯整夜都在翻腾飞舞。

美人的头上都戴着时髦的饰物、鲜亮的闹蛾雪柳和黄金缕。一个个喜笑颜开，带着淡淡的香气从我面前轻盈过去。我在众多的美人里寻找她千百次，猛然间一回头，看见了她，她正微笑着站在灯火冷清的地方。

【注释】

① 宝马雕车：装饰华丽的马车。② 凤箫：即排箫。形状参差不齐如凤翅，故云。③ 玉壶：比喻月亮。朱华《海上生明月》诗："影开金镜满，轮抱玉壶清。"一说指精美可转动的灯，亦通。④ 鱼龙：指鱼灯、龙灯。⑤ "蛾儿"句：皆是当时元宵节时女子的饰物。《武林旧事·元夕》："元夕节物，妇人皆戴珠翠、闹蛾、玉梅、雪柳、菩提叶……"⑥ 盈盈：形容女子仪态美好。⑦ 千百度：千百次、千百遍。⑧ 蓦然：忽然。⑨ 阑珊：零落、冷清。

【评析】

本词描绘元宵佳节通宵灯火的热闹场景，梁启超谓"自怜幽独，伤心人别有怀抱"（《艺蘅馆词选》引），认为本词有寄托，可谓知音。上片写元宵之夜灯火辉煌，游人如云的热闹场面；下片写不慕荣华、甘守寂寞的一位美人形象。美人形象便寄寓着作者理想人格的化身。

上片状景，动态静态相结合，极力渲染元宵佳节中灯火辉煌，尽情狂欢的景象，为结尾处美人的出场作铺垫。下片"蛾儿""笑语"两句，用特写镜头刻画一群妇女结伴上街逛花灯，寻欢作乐的场面，为美人的出场作社会生活背景的铺垫。经过这两种铺垫，最后四句，美人才出场，大有千呼万唤始出来的情味。那位美人，不在灯火通明之所，也不在盈盈众女之中，而在灯火零落的暗淡之处，自甘寂寞孤独。一种超凡出尘、不同流俗、高洁自持的奇女子形象立刻出现在我们的面前，仿佛一尊雕像般鲜明生动。这是极崇高的一种精神境界，是迥异于常人的一种精神境界。王国维把这种境界称为成大事业者、大学问者的第三种境界，确是大学问者的真知灼见，吾然之矣，吾然之矣。

菩萨蛮·书江西造口①壁

辛弃疾

郁孤台②下清江③水，中间多少行人泪？西北望长安④，可怜无数山。

青山遮不住，毕竟东流去。江晚正愁余⑤，山深闻鹧鸪⑥。

【译文】

郁孤台下的清江水，中间不知有多少逃难者的眼泪。我翘首向西北眺望长安，可惜无数的山峰遮住了我的视线。

但青山毕竟遮不住奔流的江水，江水依旧向东流去。黄昏中我独立江边正在忧郁，深山里又传来鹧鸪鸟的哀啼。

【注释】

① 造口：即皂口，镇名，在今江西省万安县西南 60 里处。② 郁孤台：在今江西省赣州市西北田螺岭上。③ 清江：赣江与袁江合流处旧称清江。④ 长安：今陕西省西安市。为汉唐故都。此处代指京师。⑤ 愁余：使我发愁。⑥ 鹧鸪：鸟名。传说其叫声如云"行不得也哥哥"，啼声凄苦。

【评析】

本词是淳熙三年（1176）作者在赣州任江西提点刑狱时所作。上片寓情于景，写登台远眺时产生的种种复杂的感情。前两句以虚笔写山河破碎的憾恨，后两句写对故国的无限思念。下片以江水为喻，抒写抗金复国的决心和壮志难酬的苦闷。

关于本词之发端，罗大经在《鹤林玉露》中有几句话非常重要。他说："盖南渡之初，虏人追隆祐太后御舟至造口，不及而还。幼安自此起兴。"上片便以此开端。四十多年前金兵追当时政治中心人物隆祐太后至造口，这是国耻，易引起人们对这段往事的痛苦回忆和对敌人的深仇大恨。人们行至此则易伤心落泪，所云"中间多少行人泪"，正谓此也。"西北"二句叹息北望故国山川阻隔，暗喻恢复无望及自己被小人阻绝而难得皇帝信任的双重忧愁，言简意丰，语意痛切。下片"青山遮不住，毕竟东流去"两句写出客观规律不可抗拒，历史毕竟要发展这一深邃的哲理而成千古名句，有鼓舞人心的作用。最后则再闻鹧鸪之声暗寓自己的抗金主张"行不得也"。满腔忠愤之气，郁闷孤独之怀尽可体会得出，又暗应开头"郁孤台"的字面，妙极。全词从抒情结构上呈现出抑、扬、抑、扬、抑的格局，大开大合，起伏顿挫，章法亦妙极。梁启超评曰："《菩萨蛮》如此大声镗鞳，未曾有也。"（《艺蘅馆词选》引）

点绛唇

姜夔

丁未^①冬，过吴松^②作。

燕雁无心，太湖西畔随云去。数峰清苦。商略^③黄昏雨。

第四桥^④边，拟共天随^⑤住。今何许^⑥。凭栏怀古，残柳参差舞。

【译文】

　　春燕和鸿雁都无忧无虑，没有什么意绪，在太湖的西畔伴随着云彩飞去。湖边的山峦清寂愁苦，缭绕着浓云重雾。仿佛在低声细语，商量着黄昏时能不能下雨。

　　我真想在第四桥边找个去处，和那位潇洒的天随子结邻而住。试问现在是什么世道？我倚栏远目，伤今怀古，不由得满心愁苦。只见衰败不齐的残柳，在西风中寂寞地飘拂。

【注释】

　　①丁未：宋孝宗淳熙十四年（1187）。②吴松：即今吴县，属江苏省。③商略：商量、酝酿。④第四桥：即吴松城外的甘泉桥。⑤天随：唐代陆龟蒙，自号天随子。⑥何许：何处、何时。

【评析】

　　淳熙十四年（1187）冬，作者由杨万里介绍，到苏州拜访范成大，途中创作此词。小词清新蕴藉，寓情于景，即兴抒感，表达了怀念古人和伤时忧世的情怀，也寄寓着自己的身世之感。

　　姜夔一生倾慕晚唐诗人陆龟蒙，陆对当时的黑暗深恶痛绝，不赴朝廷征召，曾在松江隐居，这是本词抒情的出发点。开头以燕雁自况，且翻进一层。燕雁到处飘零，但它们不知愁苦。自己知愁苦却偏偏情同燕雁，这是本句的深沉处，细索可得深味。"数峰"二句是写景名句，用拟人化手法描绘山雨欲来的群山为云雾所遮仿佛背人私语的情状，化静为动，极有韵致。下片开头两句点地点事，表现自己的志节。结片三句抒发历史变迁，人事沧桑之慨，极含蓄清空。陈廷焯赞云："感时伤事，只用'今何许'三字提倡，'凭栏怀古'下，仅以'残柳'五字咏叹了之，无穷哀感，都在虚处，令读者吊古伤今，不能自止，洵推绝调。"（《白雨斋词话》）

踏莎行

姜夔

自沔东①来。丁未②元日，至金陵，江上感梦而作。

燕燕轻盈，莺莺娇软③，分明又向华胥④见。夜长争得薄情知？春初早被相思染。

别后书辞，别时针线。离魂暗逐郎行远。淮南皓月冷千山，冥冥归去无人管。

【译文】

像燕子一样灵巧轻盈，像黄莺一样娇软的声音。我看得非常真切分明，在梦境中又一次见到你的音容。你嗔怪我太薄幸，不理解你在漫漫长夜中相思的深情，也不理解你在初春时便被相思所折磨的苦痛。

分别后你给我的情书尚在，我依旧穿着你分别时亲手缝制的衣衫。你的魂魄暗暗随着我，来到海角天边。淮南的寒月，笼罩着万水千山，一片迷茫凄寒。可你只一个人孤苦伶仃地归去，也没有人陪伴和照管。

【注释】

①沔东：唐宋时州名，今湖北省武汉市汉阳区。②丁未：孝宗淳熙十四年（1187）。③"燕燕"二句：燕燕、莺莺均代指情人。④华胥：传说中的古国名。《列子·黄帝》："昼寝，而梦游于华胥之国。"后遂代指梦境。

【评析】

本词是为怀念合肥恋人而作。上片写梦中相见，迷离恍惚。下片写梦后相思，情深入骨。

姜夔年轻时往来于江淮间，曾热恋合肥一位擅弹琵琶的歌女，二十年后仍不能忘情，词集中为此女所作将近20篇，可见其情之深笃。上片记梦中，前两句以燕喻其体态轻盈姣好，以莺喻其声音之温柔动听，第三句点明是梦境。"夜长"两句较含蓄，理解为梦中之景亦可，即梦中恋人对他的埋怨和嗔怪。下片写梦后，前两句睹物思人。结三句最奇妙精绝，不是自己做梦，而是恋人像《离魂记》的女子一样，魂魄跟随自己而来。自己梦醒，魂魄自然要归去，而归去的路上却"无人管"。意境极为凄黯，感情极为深厚。末二句成为传世名句，王国维说："白石之词，余所最爱者，亦仅二语：淮南皓月冷千山，冥冥归去无人管。"（《人间词话》）

扬州慢①

姜 夔

　　淳熙丙申②至日③，予过维扬④。夜雪初霁⑤，荠麦弥望⑥。入其城，则四顾萧条，寒水自碧，暮色渐起，戍角悲吟。予怀怆然，感慨今昔，因自度此曲⑦。千岩老人⑧以为有黍离之悲也。

　　淮左名都，竹西⑨佳处，解鞍少驻初程。过春风十里⑩，尽荠麦青青。自胡马窥江⑪去后，废池乔木，犹厌言兵。渐黄昏，清角吹寒，都在空城。

　　杜郎⑫俊赏，算而今、重到须惊。纵豆蔻词⑬工，青楼梦好⑭，难赋深情。二十四桥⑮仍在，波心荡、冷月无声。念桥边红药⑯，年年知为谁生？

【译文】

　　淳熙三年冬至，我路过扬州。夜雪初停，青青的野麦一望无边。进城之后，又见到处一片萧条，寒水自然清碧，暮色渐渐笼来，戍楼中号角悲鸣。我的心情悲怆感伤，感慨今昔盛衰变化之速，因此自创这首词曲。千岩老人认为有《黍离》之悲。

　　扬州是淮左著名的都会，这里有风景清幽的竹西亭。我解下马鞍，稍微停止一下行程。昔日歌舞繁华的扬州，如今看到的只是野麦青青。自从金兵南侵退去，就连这废弃的城池和古老的树木，都讨厌提起战事和军兵。渐渐到了黄昏，凄清的号角吹响，空城中回荡着凄寒的声音。

　　曾在这里观赏游冶的杜牧，假如今天重来此城，也会触目惊心。纵然那豆蔻词写得极工，青楼梦的词句再好，恐怕也难以表述沉痛的心情。二十四桥还在，波心中荡漾着冷月的光影，却一点也没有声音。可叹桥边艳丽的红色芍药，年年是为谁开花而献上一片艳红？

【注释】

　　①扬州慢：词牌名，姜夔自度曲，双调98字。②淳熙丙申：宋孝宗淳熙三年（1176）。③至日：指冬至日。④维扬：今江苏省扬州市。⑤初霁：刚晴。⑥弥望：满眼。⑦自度此曲：自己创制这个曲调。⑧千岩老人：萧德藻，字东夫，号千岩老人，福建闽清人。⑨竹西：

扬州城北门有竹西亭。⑩ 春风十里：杜牧《赠别》诗："娉娉婷婷十三余，豆蔻梢头二月初。春风十里扬州路，卷上珠帘总不如。"⑪ 胡马窥江：指金兵南侵。⑫ 杜郎：指唐代诗人杜牧。⑬ 豆蔻词：即前注所引之《赠别》诗。⑭ 青楼梦好：杜牧《遣怀》诗："十年一觉扬州梦，赢得青楼薄幸名。"青楼，指妓女所居之地。⑮ 二十四桥：相传唐代扬州城内有桥二十四座，至宋代尚存七座。⑯ 红药：红色芍药花。

【评析】

金兵南侵以来，繁华的扬州屡遭兵燹，成为一座空城。淳熙三年，年轻词人初到扬州时触景生情，感伤时事，写下此词。上片以所见所闻的衰景哀音写名城之萧条，下片借杜牧描写扬州繁华的艳诗婉抒词人伤时感世之哀情。

上片前三句叙事，交代写作背景。早听说过扬州是名城，此次初来。"过春风"以下六句写乍到城中的印象，满目荒凉。"废池乔木，犹厌言兵"八字，抒发对金兵南侵的深恶痛绝之情，概括力极强，想象丰富，令人惊心动魄。"渐黄昏"三句由视觉转向听觉，把空城荒寒之景象描绘得有声有色，状物绘景本领实高。下片设想当年在扬州有过许多风流韵事的杜牧，假如所面对的是这样的情景，绝对写不出那么多脍炙人口的艳情诗来，委婉地表现出对扬州遭到战争破坏的无限惋惜和感伤。全词结构严密，意脉清晰，从解鞍入城，黄昏听角到月夜问花，按时间顺序写来。从抒情看，先写所见，次写所闻，再写心中所思，逐层写来。从感情容量来看，如同一篇浓缩了的《芜城赋》。因其既表现出金兵入侵造成的灾难，又抒发了时人对战争恐惧与厌恶的心理，故为当时传诵，有深广的社会历史意义。

暗　香^①

姜　夔

辛亥^②之冬，余载雪诣^③石湖^④。止既月^⑤，授简索句^⑥，且征新声^⑦，作此两曲，石湖把玩不已，使工妓肄习之，音节谐婉，乃名之曰：《暗香》《疏影》。

旧时月色，算几番照我，梅边吹笛？唤起玉人，不管清寒与攀摘。何逊^⑧而今渐老，都忘却春风词笔。但怪得竹外疏花^⑨，香冷入瑶席^⑩。

江国，正寂寂，叹寄与路遥^⑪，夜雪初积。翠尊^⑫易泣，红萼^⑬无言耿相忆。长记曾携手处，千树压、西湖寒碧。又片片、吹尽也，几时见得？

【译文】

辛亥年冬天，我冒雪去拜访石湖居士。居住一个多月。居士给我纸张向我索要词作，并要求我创作新曲，于是我创作了这两首词曲。石湖居士吟赏不已，教乐工歌伎练习演唱，音调节律和谐婉转。于是将其命名为《暗香》《疏影》。

回忆起旧时的月色，曾多少次照我在梅边吹笛。那幽怨的笛声感染了美貌的你。全不顾夜间的寒气，踏着月光去攀折梅枝。如今我像何逊般渐渐老去，早已失却当年的风情，荒废了昔日的诗笔。只是惊叹那竹外的疏梅斜倚，清幽的香气荡入筵席。

江南的冬夜是多么深寂，想要折梅寄给远方的友人，可惜路途太遥远迷离，何况白茫茫夜雪初积。面对着翡翠杯我暗自饮泣，红梅也默默无语，我深情地把你追忆。我永远会深深牢记，当初和你携手赏梅。那千树万树盛开的红梅，照映着西湖的寒碧。如今梅花又被片片吹落，真不知我们几时能再度相遇？

【注释】

①暗香：词牌名。姜夔自度曲。与《疏影》同时创作。调名取自林逋《山园小梅》："疏影横斜水清浅，暗香浮动月黄昏。"又名"红情"。双调97字。②辛亥：宋光宗绍熙二年（1191）。③诣（yì）：到达。④石湖：在苏州西南，诗人范成大晚年居此，自号石湖居士。⑤止既月：停留一个多月。⑥授简索句：给纸索取诗词。⑦征新声：征求新词调。⑧何逊：南朝梁诗人，

有《咏早梅》诗。⑨ 竹外疏花：竹林外稀疏的梅花。苏轼《和秦太虚梅花》："江头千树春欲暗，竹外一枝斜更好。"⑩ 瑶席：华美丰盛的筵席。⑪ 叹寄与路遥：感叹路程太远，音信不通。暗用陆凯寄范晔诗句"折梅逢驿使，寄与陇头人"之意。⑫ 翠尊：翠绿色的酒杯。⑬ 红萼：指红梅。

【评析】

本篇和《疏影》是咏梅词中的精品。本篇在咏梅同时抒发了怀念故人的情怀。但"玉人"究竟是情人还是友人，或另有所指，则众说纷纭。本词之艺术魅力也正在于意象朦胧，虚幻空灵。

上片起笔从怀旧说起，在时间上宕开去。玉人折梅的境界甚美，美人和梅花交相辉映。从此句看，作者所怀者还是恋人。"何逊"二句为作者自谦之词，并含有无限今昔之慨。歇拍二句点出梅花的幽香，扣合题目。下片用驿寄梅花之典，传达相思之情。"长记"以下再折入对往事的回忆，并点出西湖，拓展空间，遥应开头的几句。"千树"二句描写千树红梅开放映入碧水中的景象，壮观绮丽，是写景名句。结尾两句叹梅已落尽，旧欢难寻，表现迷惘惆怅之情。以问句收，尤显深婉味永。全词意境优美，笔调空灵。超越时空，放得开收得拢。从梅之开写到梅之落，从石湖之梅写到西湖之梅。开阔纵横，笔力遒健。

疏　影①

姜　夔

　　苔枝②缀玉，有翠禽③小小，枝上同宿。客里相逢，篱角黄昏，无言自倚修竹④。昭君⑤不惯胡沙远，但暗忆、江南江北。想佩环⑥、月夜归来，化作此花幽独。

　　犹记深宫旧事⑦，那人正睡里，飞近蛾绿⑧。莫似春风，不管盈盈，早与安排金屋⑨。还教一片随波去，又却怨、玉龙哀曲⑩。等恁时、重觅幽香，已入小窗横幅。

【译文】

　　苔梅结满枝头，宛如点点美玉。一对小小的翠鸟在枝头上栖息。客居他乡时，我和梅花相遇。黄昏时她默默无语，在篱边的角落，把高高的翠竹凭倚。王昭君远嫁到黄沙弥漫的边地，她过不惯那里的生活，思念着故国山川的秀丽。想必是她的魂魄在月夜归来，化成梅花，才如此高洁幽独，芳香凄迷。

　　还记得寿阳宫中的旧事，寿阳公主正在春梦里，飞下的一朵梅花正落在她的眉际。不要像无情的春风，不管梅花如此美丽清香，依旧将她风吹雨打去。应该早早给她安排金屋，让她有个好的归宿。但这只是白费心意，她还是一片片地随波流去。又要埋怨玉笛吹奏出哀怨的乐曲。等那时，想要再去寻找梅的幽香，所见到的只能是在小窗上的画幅里，一枝梅花稀疏美丽。

【注释】

　　①疏影：词牌名。姜夔自度曲。又名"绿意"，双调110字。②苔枝：枝有苔藓的梅枝。③翠禽：翠色羽的小鸟。据《龙城录》载，隋代赵师雄在罗浮松林中遇一女子，同到酒店对饮，有一绿衣童子歌舞助兴，赵酒醉卧于林间。次日酒醒起视，身在大梅花树下。树上有翠鸟欢鸣。才悟出女子乃梅花所化，绿衣童子即树上之翠鸟也。④"无言"句：杜甫《佳人》诗："天寒翠袖薄，日暮倚修竹。"⑤昭君：王昭君，名王嫱，西汉元帝时远嫁匈奴和亲。⑥佩环：即环佩，玉饰。此处代指王昭君。杜甫《咏怀古迹五首》之三："画图省识春风面，环佩空归夜月魂。"⑦深宫旧事：《太平御览》："宋武帝女寿阳公主人日卧于含章殿檐下。梅花落公主额上，

成五出花，拂之不去。……宫女奇其异，竞效之。今梅花妆是也。"⑧ 蛾绿：指女子的眉毛。
⑨ 金屋：据《汉武故事》载，武帝小时对姑母说："若得阿娇作妇当作金屋贮之。"⑩ 玉龙哀曲：
玉笛吹奏的《梅花落》曲。

【评析】

本篇描写黄昏赏梅及由此引发的种种联想和感慨。上片以梅喻昭君，叹其高洁
芬芳却不为时人欣赏而幽怨孤独的神韵。下片因见落梅而生惜花之情，由此引出有
关梅花的美好典故。结片三句写只能看到画中之梅，抒发对梅花落尽的无限感伤。

本词与《暗香》同时所写，均咏梅花，是姊妹篇。两词意境朦胧，在咏梅时寄
寓了很深的感慨。但究竟寄托之意为何，却难指实。《暗香》亦如题面，侧重写梅的
幽香冷艳，寄寓怀人之情，怀者当是恋人。《疏影》侧重写梅花的稀疏，感伤其凋零，
寄寓时事及身世之感。有盛世难再之叹。有人认为为徽、钦二帝被掳死在北国而作，
有人认为这是为那些被掳北去的诸后妃而作。两种说法均有一定的道理，后说似稍
妥帖一些。读者尽可作见仁见智的理解。总之，这两首词确实很美，圆融绵丽，很
值得玩索。张炎在《词源》中赞曰："前无古人，后无来者。自立新意，真为绝唱。"

绮罗香①·咏春雨

史达祖

做冷欺花，将烟困柳，千里偷催春暮。尽日冥迷，愁里欲飞还住。惊粉重、蝶宿西园②，喜泥润、燕归南浦。最妨它、佳约风流，钿车③不到杜陵④路。

沉沉江上望极，还被春潮晚急⑤，难寻官渡。隐约遥峰，和泪谢娘眉妩。临断岸、新绿生时，是落红、带愁流处。记当日、门掩梨花⑥，剪灯深夜语⑦。

【译文】

你带来微微的清冷，把初放的花欺凌。你带来烟雾蒙蒙，笼罩得春柳困眼蒙眬。你弥漫千里随处可见，悄悄催促着春光，令他脚步匆匆。你使整个天地昏暗迷蒙，令人春愁不断，你却时下时停。因沾了你，令蝴蝶吃惊自己的翅膀太重，宿在西园不敢飞行；因为你把春泥润湿融融，喜得春燕飞往水边，一口口衔来堆在房檐下。更要紧的是你使道路泥泞，妨碍了那些相约的风流男女，使他们华丽的小车不能到达杜陵，耽误了多少幸福的约会相逢。

极目眺望，江面上烟雾沉沉。再加上春潮正迅急，令人难把官家的渡口找寻。远山全都隐隐约约，宛如美人那含泪多情的眼睛和眉峰。临近残断的河岸，可见你使绿绿的水波涨起，使水面上漂着片片落红，带着忧愁漂流向东。记得当日，正是因为有你，我怕梨花被吹打才掩院门。正是因为有你，我才和那位佳人在西窗下剪灯谈心。

【注释】

①绮罗香：词牌名，双调104字。②西园：泛指园林。③钿车：用珠宝装饰的车，古时为贵族妇女所乘。④杜陵：汉宣帝陵墓。在今西安市东南，此泛指游乐之地。⑤春潮晚急：韦应物《滁州西涧》诗："春潮带雨晚来急，野渡无人舟自横。"此二句化用其意。⑥门掩梨花：李重元《忆王孙》词："欲黄昏，雨打梨花深闭门。"⑦剪灯深夜语：李商隐《夜雨寄北》诗："何当共剪西窗烛，却话巴山夜雨时。"此处化用其意。

【评析】

本词是咏春雨的杰作。全篇没有一个"雨"字，而春雨的意象贯穿始终，处处可感。上片写春雨中的各种物象，使人清晰地看到绵绵丝雨编织成的凄迷之境，刻画出神。下片写作者傍晚时眺望雨中江上的景色。最后三句化用诗词名句中的意境渐渐由外到内，先说闭门，再说室内，微露感伤怀人之情。

史达祖最长于咏物，本篇写得出神入化，风情旖旎，极为精彩。上片先用拟人手法，写春雨的寒气摧残百花，困住娇柳，催送春光。再写物与人对春雨的感受，体物入微，想象极为丰富。下片侧重写春雨中无限怅惘的思绪和惜花伤春的意绪，情寓景中，充满了诗情画意。前人多有赞此词者，而先著所评最为精当："无一字不与题相依，而结尾始出雨字，中边皆有。前后两段七字句，于正面尤著到。如意宝珠，玩弄难于释手。"（《词洁》）

双双燕①·咏燕

史达祖

过春社②了，度帘幕中间，去年尘冷。差池③欲住，试入旧巢相并④。还相⑤雕梁⑥藻井⑦，又软语⑧、商量不定。飘然快拂花梢，翠尾分开红影。

芳径⑨，芹泥⑩雨润，爱贴地争飞，竞夸轻俊⑪。红楼归晚，看足柳昏花暝。应自栖香正稳，便忘了、天涯芳信⑫。愁损翠黛双蛾，日日画阑独凭。

【译文】

春社已经过去，一双小燕子飞过帘幕的中间，只觉得去年生活过的地方，冷冷清清，灰尘落满。漂亮的燕尾轻轻扇动，要停未停，试验着要进入旧巢并宿双眠。马上又飞去相看房顶上的雕梁藻井，要选一个新的筑巢地点。它们在温柔亲切地商量，叽叽喳喳软语呢喃。飘飘然轻快地飞掠花梢，剪刀式的翠尾倏然把花影分向两边。

小径间芳香弥漫，春雨滋润的芹泥又柔又软。小燕愿意贴地争飞，显示自身的灵巧轻便。回归红楼时天色已晚，已把柳昏花暝的美景尽情赏玩。回到新巢中，相依相偎睡得又香又甜，便忘了把天涯游子的芳信递传。使那位佳人终日里愁眉不展，天天独自倚着栏杆思念游子。

【注释】

① 双双燕：词牌名。史达祖自度曲，因咏双双飞燕，故以为名。双调98字。② 春社：立春后第五个戊日，在春分前后。农村在此日祭祀社神以祈求丰收，故称"春社"。相传燕子春社时来，秋社时去。③ 差池：燕子飞时尾翼舒张貌。④ 相并：相互依偎并栖。⑤ 还相：又仔细相看。⑥ 雕梁：雕刻或绘有图案的屋梁。⑦ 藻井：画有图案的天花板，因用方木架成，形似井栏，故称藻井。⑧ 软语：燕子轻声呢喃貌。⑨ 芳径：散发着花香的小路。⑩ 芹泥：长有水芹之处的泥土。⑪ 轻俊：轻盈俊俏。⑫ 芳信：情书。

【评析】

本词是宋人咏物词名篇之一。在咏燕中融入闺怨之情，上片正面描绘燕子春社回归，重返旧居的欢愉情状；下片以双双燕的快乐团圆反衬闺妇的孤独寂寞。

本词之妙有三。一是观察细致，摹写精妙。"飘然快拂花梢，翠尾分开红影"两句写燕子在飞行中捕捉昆虫，从花木枝头一掠而过的景象。许多昆虫在花蕊处或花间，故燕捕昆虫要掠过花梢。"拂"字写出其速度之快和轻便的情态。"翠尾分开红影"，暗示出燕子双尾叉形，极精妙入微，不能移到他物上。"爱贴地争飞"是燕子特有的一种飞翔姿势，天阴欲雨时，燕子飞得很低很低。"帘幕""雕梁藻井""芳径""芹泥"等都与燕子的生活环境和习性有关，是其生活的背景。二是神形兼备。咏物最难处是传神。本词中的双燕则有神采，有感情。"还相雕梁藻井，又软语商量不定"，把一双情燕温柔多情商量住旧巢还是垒新巢的情景刻画得出神入化，多像一对相亲相爱和谐幸福的青年夫妇。其他动作中也无不渗透着喜悦欢快的情感，这是最成功之处。三是前后呼应，咏燕中流露出惜春伤春的意绪，这层意思又是借思妇的眼写出的。上片"度帘幕中间，去年尘冷"二句为伏笔，须细思详参。这对春归的小燕子，飞过帘幕，暗示出这是闺房。"去年尘冷"指去秋离到今春回归这段时间里，这里冷冷清清，连梁上的灰尘也无人打扫。为何如此呢？作者未写，但读者自可体会。结片处才出现"愁损翠黛双蛾，日日画阑独凭"的形象，遥应"去年尘冷"，而燕子的这一切举动神态又完全出自这位思妇的眼睛。她埋怨燕子只顾自己快活，在外面风光一天，把柳昏花暝的春景看个够，可就是不把自己的情书带回来。情书尚未来，情人又在何方？她又怎能不思念、不感伤？全词至此戛然而止，余味无穷。全词在抒情方面含蓄深婉，有几个层次，表层写燕之形神，深层婉抒思妇之怨，再深层则发自己韶光之虚度的感伤。第三层意蕴非常含蓄，但仔细体味，尚依稀可感。一首咏物词写得如此生动而有思致，实在难得。王士禛在《花草蒙拾》中说："仆每读史邦卿'咏燕'词，以为咏物至此，人巧极天工矣。"确是如此，在咏燕词中，本篇当为古今第一。

下编

冻云黯淡天气
扁舟一叶
乘兴离江渚
度万壑千岩
越溪深处
怒涛渐息
樵风乍起
更闻商旅相呼
片帆高举
泛画鹢
翩翩过南浦
望中酒旆闪闪
一簇烟村
数行霜树
残日下
渔人鸣榔归去
败荷零落
衰杨掩映
岸边两两三三
浣纱游女
避行客
含羞笑相语
到此因念
绣阁轻抛
浪萍难驻
叹后约
丁宁竟何据
惨离怀
空恨岁晚归期阻

写作篇

雪云散尽
放晓晴池院
杨柳于人便青眼
更风流多处
一点梅心
相映远
约略颦轻笑浅
一年春好处
不在浓芳
小艳疏香最娇软
到清明时候
百紫千红花正乱
已失春风一半
早占取
韶光共追游
但莫管春寒
醉红自暖
柳阴直
烟里丝丝弄碧
隋堤上
曾见几番
拂水飘绵送行色
登临望故国
谁识京华倦客
长亭路
年去岁来
应折柔条过千尺
闲寻旧踪迹

古典诗词是中国文化中的精粹，我们应当大张旗鼓地提倡和继承。如果我们实事求是地回首20世纪整个诗坛的状况，便必须直面一个事实，即一个世纪的新诗尝试并不理想，因为新诗并没有走进生活，没有走进人们的心田。有时，我们漫步在校园中或行走在大街上，看到妈妈领着两三岁的儿童，儿童张口背诵的几乎都是唐诗，不是"白日依山尽，黄河入海流"便是"锄禾日当午，汗滴禾下土"，或是"春眠不觉晓，处处闻啼鸟"，根本听不到新诗的声音。

当然，我们不能据此便否定新诗的成就。但也必须看到，古典诗词具有永久的魅力，古典诗词的形式并没有过时，我们应当努力学习掌握并运用之，为新的时代歌唱，为新世纪的精神文明增添新的色彩。

但是，时代已发生天翻地覆的变化，今天的生活面貌与古人也有很大的差异，完全墨守成规是没有必要的，将唐诗宋词的形式完全照搬过来也是不现实的。因此，我们必须在继承的基础上进行创新，要创作出新世纪的格律诗、格律词来。这便要求我们既要静下心来，努力刻苦地学习古代诗词中的精品，也要有勇气创作出一种符合现代人欣赏习惯和适合现代人口味的崭新的格律诗的体式来。下面便从内容和形式两方面来谈一谈对于这一问题的思考。

第一节　要有新规则新格律

没有规矩不成方圆。由于古体诗不存在格律诗的各种要求，故可以放开写作。而近体诗和词作则有很明确的要求。我们先讲格律诗。在形式方面，要完全遵循古典诗词的格律要求，既然是写古典诗词，那么就要原汁原味，就要遵循其格律方面的规矩，有所遵循才会有统一的尺度。而且，古典诗词形式是很精美的，可以说是唐代诗人在吸收南朝永明体创作经验的基础上，经过许多诗人苦心探索和尝试才逐渐形成的，是在积累几百年前人创作经验基础上创造出来的，是极其完美精彩的诗歌形式。故我们应当借鉴，基本上应当按照原有的格律要求来作。即平仄句式，粘对规则要严格遵守，不能放开。最近看到一些刊物上发表的"七律""五律"之类的诗歌，有的完全没有格律，失粘、三平调等都出现，严重的甚至还换韵。可以说基本不懂格律。但在语音方面，则要以现代汉语为准绳，这样才可以推广和有现实意义。于是，便需要在两个方面作改革。

一、摒弃平水韵

由于现代汉语的发音和古代已经不同，故要以现代汉语的语音实际作为创作现代古典格律诗规范的标准。要挣脱古代音韵的束缚，放宽用韵的限制，重新确定韵部和用韵的标准。即不再采用传统的平水韵，作诗时完全不必考虑属于平水韵什么韵部的问题，只要求读起来押韵上口。这样，只要普通话说得比较标准，在作诗时都没有押韵的障碍。

因为如按照平水韵，东、冬属于不同的韵部，它们每个字下又都有属于自己韵部的字。

一东韵部的字有：

东、同、铜、桐、筒、童、中、衷、忠、螽、冲、戎、崇、嵩、弓、宫、融、雄、熊、穹、穷、冯、风、枫、丰、充、隆、空、公、功、工、攻、蒙、濛、笼、聋、栊、洪、红、鸿、虹、丛、翁、葱、聪、听、骢、通、蓬、篷、胧、匆、峒、狨、幪、忡、鄸、樱、朦、眬、蘢。

二冬韵部的字有：

冬、农、宗、锺、钟、龙、舂、松、衝、容、蓉、庸、封、胸、雍、浓、重、从、逢、缝、踪、茸、峰、蜂、锋、烽、筇、慵、恭、供、鬆、凶、溶、邛、纵、匈、凶、洶、丰、彤。

古人作诗时，需要将各自韵部的字都熟练背诵下来，否则便容易相互混淆，那叫"逸韵"，属于错误，如果是考试，成绩要大受影响，有时则干脆不及格。而今天，则应当将两个韵部的字完全合并，即只要含韵母"ong"的字都可以押韵。再如，平水韵中，"庚""青""蒸"三字属于不同韵部，而今天，则应当将这三个韵部的字合并起来，即只要含有韵母"eng""ing"的字均可以看作一个韵部，可以通押。甚至不同卷的韵部也应当合并，如平水韵中的"上平声"中，十三元、十四寒、十五删与"下平声"中的一先、十四盐、十五咸这六个韵部的字都含有韵母"an"，故可以合并为一个韵部。以此类推，只要主要韵母相同的字便可以看作同一韵部。因为我们现在已经进入了一个新时代，说的是现代汉语，平时交谈用的是现代汉语，每天听的是现代汉语，为何不与实际生活结合起来，而偏要胶柱鼓瑟、作茧自缚，再去背诵什么"一东""二冬"之类的平水韵呢？因此，在用韵方面，我们一定要破旧立新，与时俱进，建立新的规则。这样，运用起来就方便多了。

顺便说一下关于儿童是否应该背诵"笠翁对韵"的问题，我在和一些有意学习古典诗词创作的同人交流或者讲授这方面知识时，遇到一些家长问及这个问题。他们感觉很困惑和纠结，不知何去何从。我很明确表达自己的意见，即不提倡，因为"笠翁对韵"是旧时代语音环境下的产物，是让儿童熟记平水韵韵部的好方法，在当时确实很有效果。但是，如果我们摒弃平水韵的话，再花很大精力去背诵就没有必要了。现在有的国学堂还在提倡，我感觉不应该，主要原因是脱离现实生活，与现行的语音实际不相符合。

二、采用现代新韵

前文提到，新式古典诗词在用韵上要彻底放开，完全摒弃平水韵，也不用《中原音韵》的十九个韵部，而是基本采纳在近现代普遍流行，在新诗、歌曲、说唱文学及各种韵文形式中普遍采用的"十三辙"，稍加改造，将第十三辙中所包含的两个韵部分开，成为十四个韵部。具体韵部分工及名称如下：

1. 发花部。含有韵母 a、ia、ua 的字。

2. 梭波部。含有韵母 o、uo 的字。

3. 乜斜部。含有韵母 e、ie、Áe 的字。

4．姑苏部。含有韵母 u 的字。

5．衣期部。含有韵母 i、Á 的字。

6．怀来部。含有韵母 ai、uai 的字。

7．灰堆部。含有韵母 ei、uei 的字。

8．遥迢部。含有韵母 ao、iao 的字。

9．由求部。含有韵母 ou、iou 的字。

10．言前部。含有韵母 an、ian、uan、Áan 的字。

11．人辰部。含有韵母 en、uen、in、Án 的字。

12．江阳部。含有韵母 ang、iang、uang 的字。

13．中东部。含有韵母 ong、iong 的字。

14．庚青部。含有韵母 ing、eng、ueng 的字。

er 音的字很少，尽量不用作韵脚，如果避不开，则应当归到灰堆部，因为二者声音最接近，而不能单立一部。

只要是同部的字便可以押韵，但平仄不能通押，即平声韵则要严格使用平声字，仄声韵则严格使用仄声字。因为韵部已经放开到最大限度，因此不能有丝毫差错，不能越雷池半步。唐诗中有一些邻近的韵部可以通押，首句入韵的韵脚也放宽限制，邻近的韵均可。而新式古典诗词则不允许这样做。另外，前文提到的平仄两读的字照常保留，因为在现代汉语中，其中的绝大多数依然有平仄两读的音，只不过是在不同的地方读法不同罢了。

三、取消入声字

在语音运用上，要以现代汉语的语音实际为准则，即不再追求古代音韵和古代音调。入声字进入哪个声部便属于那个声部的平仄，而不都作为仄声来用。如"急""菊""捷""歇"等字在唐代是入声，属于仄声，而现代前三个属于阳平，"歇"字属于阴平，都是平声，那么我们再运用这些字的时候，便一律都按照现代的实际发音而作为平声字用。而其他古音也一律按照今天的发音。如前文提到的杜牧诗句

"包羞忍耻是男儿"的"儿"在唐代读"ní"的音，这样才能与"期""知"押韵。而现代则直接发"ér"的音。总之，以中国社会科学院语言研究所词典编辑室所编撰的《现代汉语词典》（现在出版界使用字词便以此书为标准）为准绳，该如何发音便如何运用。阴平、阳平便为平声，上声、去声便为仄声。这样，既便于学习掌握，也便于欣赏。

但是，对于入声字我们还是应该有所了解，尤其是对于分析和鉴赏古典诗词则是必备的知识。而给我们带来麻烦的入声字主要是归入平声中的部分，而归入上声和去声的则没有关系，因为这些字在古代和现代都属于仄声。那么我们只要把归入平声中的比较常用的入声字基本能够识别就可以了。为方便起见，我把这类入声字归类，请参见第一部分。

第二节 要有时代感和真性情

每一时代要有一时代之诗歌，这样才会有强大的生命力。即新的格律诗要有新思想，要表现新事物，要反映新生活，要运用新词语，要歌咏新时代。不是那种无病呻吟的矫揉造作，不是那种充满陈腐气味，放到古诗中都难以挑选出来的老气横秋的东西。目前看到许多诗歌缺乏时代感，无论从感情表达还是从遣词造句以及风俗习尚方面都缺乏现代意识。

1998 年秋，刚满 20 岁的女儿去美国哈佛大学读书，我心中始终很惦念，积思成梦，于是写作一诗以记当时之心情和经过。

夜起来

1998 年 11 月 6 日凌晨丑末作

人生怕意外，忽见女儿来。本在波士顿，何故遽返回？容颜颇憔悴，脸色亦凄哀。似有无穷恨，泪眼复愁眉。百问无答语，欲言语又塞。悲醒知华胥，再睡续前裁。吾本刚强人，泪水在眼隈。明知梦虚幻，偏自生嫌猜。咽痛难入睡，夜半起徘徊。披衣下床去，蹑足到书斋。开机上因特，发信问详赅。茶坐等回话，痴想何愚哉！女或正上课，或坐实验台。驹骙骋旷野，鸿鹄出蒿莱。踌躇志正满，终日笑颜开。曷能即见信，空等一何呆！夜深百虫死，天阴星不开。回房复入梦，但盼好梦来。

（注：上床未睡，女儿来电话告知无恙，方安心大睡至七时余，妻叫方醒。）

其中的"因特"一词，便是当时出现的新词，具有时代特征。这一词语确定了本诗写作的时代。诗歌具有记录感情和事件的作用。本诗既有时代感，也有真情实感，故现在一读，依旧怦然心动。

文学创作一定要有真情实感。最精彩的诗歌本身便是激情的产物，只有诗人受到激情驱使而不写作不行时所产生的诗歌才会打动人心。虽然现在无法进行试验，但我有一个感觉，即诗歌能否感人，取决于创作主体在写作时情感投入的多少，情感投入越多打动读者的可能越大，打动的程度就越高。情感是抽象的，但文字所组成的语言则将诗人的情感物化（相对而言）并凝固下来。当读者阅读作品时，将其物化的情感再逐渐还原出来，还原的程度越高，其动人的力量越大。如果我们分析一些名篇，便可发现这一现象。

孟郊从小丧父，母亲含辛茹苦将其哺育成人，故对母亲的感情特别深厚，其《游子吟》一定是含着眼泪写成的，故我们读来格外感动。陈子昂的《登幽州台歌》也是激越情感驱使下的灵魂的呼喊，故具有极强的穿透力和感染力。南唐后主李煜后期的词和宋徽宗被掳后的词作都是用血泪写成的，是真情实感的产物，故同样感人。用血和泪创作的作品是感人的，有真情实感时才进行创作则是成功的前提。清代学者顾炎武认为"诗主性情，不贵奇巧"，也是从创作方面着眼的。故诗歌作品的思想感情是根基和主干，决定诗歌成败和感人的程度。

一次，在北京参加"全国高校大学语文教学研讨会"，上午最后一个发言的是东南大学王步高教授，这是一位早就闻名而未见面的先生。他发言的中心是我们的高校应该重视传统文化和国学的教学，应该重视大学语文而不应该把英语看得过重。他结合自己的人生经历和中国古代士人精神对他的影响侃侃而谈，还谈到他被错误关押而绝不妥协不检讨而被无罪释放的经过，激情荡漾，掌声极其热烈。我被安排在下午第一个发言，由于被王步高先生的讲演所感动，便产生创作的冲动，激情所至，很快写成一首词，在下午发言时最后用抑扬顿挫的声调即兴朗诵了这首词："闻王步高教授发言偶感赋《西江月》：万古中华正气，百年断续鲜传。王君台上慷慨谈，赢取掌声一片。苏轼黄州骨鲠，文山图圄浩然。人生孰不赴黄泉，唯有国魂不散。2007年6月9日北京科技大学培训中心报告厅即兴。"一是感慨中国传统文化的阴阳来复；二是感慨王步高先生的伟岸精神。这首词也为我赢取了同样热烈的掌声。有真情催促，诗词的创作便会思如泉涌，成功的概率就大，而且也有意义。

第三节 如何创作的几个问题

一、多背诵琢磨

借鉴模仿永远是个好办法。儿童的学习首先就是模仿，艺术起源也有模仿说，模仿是学习掌握技能的捷径之一。蘅塘退士引用当时的谚语云："熟读唐诗三百首，不会作诗也会吟。"辽宁地区也有类似的话说："背会唐诗三百首，不会作诗也会绺。"这些都是很有道理的。写什么题材的诗，便参照同类题材的诗歌进行比较琢磨，仔细分析自己作品与精品的差距，以便找出努力的方向来。而且，自己心中有许多样板诗词不仅可以在内容方面参照和模仿，而且可以在形式格律方面作为楷式。参照模仿达到熟练甚至出神入化之程度时，便是创新的开端。要兼收并蓄，吸取各家精华，杜甫说的"转益多师"便是这个意思。

诗的格律比较好掌握，词律几乎没有什么规律可循，特别难记，因此背诵著名的词更重要。因为背诵词谱太枯燥乏味，远不如背诵典型篇章有意思。然后以此为楷模去创作，作品出来后再与词谱对照，进行调整修改。应当特别强调的是，模仿是为了创作，继承是为了创新。如果一味模仿继承而不推陈出新则是死路一条。明代诗人模仿的水平极高，模仿的作品也极多，但流传下来的很少。吃别人尝过的馍是为了品尝研究其制作的方法，使其为我所用，如果靠此来维持生活，无异于坐吃等死。我认为，没有三五百首经典诗词熟烂在胸，反复进行反刍和咀嚼，便很难写好古典诗词。

我在写作《唐诗三百首译注评》的时候，便喜欢作诗，而且作得也比较顺畅。在写作《宋词三百首译注评》的时候，便经常有创作词的冲动，故爱写词。在写作《元曲三百首译注评》的时候，便喜欢写作小令。连续分析吟诵数篇《中吕·山坡羊》，便为其所动，于是写作一篇。我曾经担任沈阳师范学院中文系 1988 级一班班主任两年，从 1998 年开始，在沈阳的所有学生，还有附近城市如抚顺、鞍山、辽阳的学生每年聚会一次，其他地方的学生也有特地前来参加的。2015 年是郭凤琴做东，她拟定时间地点后征求我意见，当即非常高兴，即兴作小令一首云："闻女弟子郭凤琴在北京风味主办沈阳师范学院中文系八八·一班师生素食会喜赋《中吕·山坡羊》：一年一度，心花锦簇。温情洒满杏坛路。念人生，何促促，前有万年后千古，得欢聚时且欢聚。聚，真幸福！忆，更幸福！"自我感觉把真情表达出来了。已经毕业二十多年的步入中年的一批学生和年过花甲已经退休的老师每年一聚，确是人生之幸事。

阅读什么、思考什么，便会对此有兴趣、有灵感。故经常阅读背诵思考一些诗词精品是非常重要的。

二、关于平仄

从了解平仄规律到能够实际运用还有相当大的距离，这是古典诗词创作最难的一关，而且是必须跨越的一关。否则，便无从谈起。要闯过此关，需要从以下几个方面努力。首先，要多掌握一些平仄不同的同义词，这样便于在实际创作时选择。因为汉语开始时绝大多数是单音词，这样的同义词极其丰富，如"关"和"闭"都是关门的意思，一个是平声，一个是仄声。杜甫《返照》诗："衰年病肺唯高枕，绝塞愁时早闭门。"此处平仄要求必须用"闭"字。苏轼《北寺》诗："畏虎关门早，无村得米迟。"则必须用"关"字，而"闭门"和"关门"在意义上并没有什么差别。"开"和"启"都是开的意思，现代可以连用为合成词，创作古典诗词时必须单用，也是平仄不同的同义词。"启门"和"开门"意义上差不多，但一个是仄平，一个是平平。再如"绿藓"和"苍苔"意思差不多，但平仄相反。菡萏和莲花则只是名称不同，虽然雅俗稍有差别，但均可用在古典诗词中，两词的平仄也不同。平仄不同而意义相同或相近的词语是大量的。譬如"天"，在古代汉语中便有碧汉、彼苍、碧空、碧落、碧霄、碧虚、苍昊、苍穹、苍冥、苍旻、苍天、苍宇、东旻、皇天、九霄、霄汉、云汉、云霄、紫霄、天都、洪钧等一百多个名称，平仄均很多。此类词语有一本专业工具书，即杨士首、杨北宁编著的《古汉语同实异名词典》（吉林教育出版社出版），可以利用。此类词语掌握多一些，在运用时便会很自如，可以左右逢源。

其次，一些并列词组也可以进行前后位置的调动以适应平仄需要。如"清风朗月"一词，我们需要平平仄仄时，便可以直接用"清风朗月"，如果需要仄仄平平时，则可以说"朗月清风"。如果押韵需要变化，还可以说成"风清月朗"或"月朗风清"，可见此类词语运用中的灵活度极高。我们应当巧妙运用。类似词语甚多，如三番五次、三言两语、千锤百炼、万紫千红、万水千山、山清水秀等都有这种特点。在古典诗词中运用的例证也很多，我们应当多揣摩。

最后，可以运用倒装手段来调整语序使之符合平仄要求。如前面提到的"竹喧归浣女，莲动下渔舟"便属于此类。再如张祜《金陵渡》诗"一宿行人自可愁"便是"行人一宿自可愁"的倒装，苏轼《念奴娇》中"故国神游，多情应笑我"则是"神游故国，应笑我多情"的倒装。此类例证俯拾皆是，不多举例。而且，有一些出现频率较高的常用字本来就有平仄两种读法，也为调整平仄提供一些方便。如看、教、过、叹、禁、探、应、论、忘、望、离、醒、量等，这些字可以根据句子要求来确定平仄，可以说是"万金油"词语，运用时不必考虑平仄的问题。比如李商隐《无题》："青鸟殷勤为探看"的"看"便读平声，如果读仄声便是错读。此诗问题不大，但苏轼《江城子》中"十年生死两茫茫，不思量，自难忘"的"量"和"忘"字都读平声，按照词谱此二字都要求平声，而这两个字又都可以平仄两读，故在此处都应当读为阳平声。这类字我们今天依然可以保留。掌握上述几个方面的知识和方法，平仄的问题便可以逐渐解决。熟能生巧，这方面训练多了，出口便可合律，并不是太难的事。

三、关于对仗

对仗是五律和七律中间两联的要求，对仗与否，对仗质量高低往往决定该诗的水平，因此，对仗也是近体诗创作必须解决的一个难题。首先，不要把对仗看成很神秘很困难的事。俗语说："会了不难，难了不会。"只要掌握其规律，是可以在一定时间内掌握的。如果从理论上看，似乎很烦琐，很高深。《诗人玉屑》卷七记载上官仪关于六对、八对的理论说：

唐上官仪曰："诗有六对：一曰正名对，天地日月是也；二曰同类对，花叶草芽是也；三曰连珠对，萧萧赫赫是也；四曰双声对，黄槐绿柳是也；五曰叠韵对，彷徨放旷是也；六曰双拟对，春树秋池是也。"又曰："诗有八对：一曰地名对，送酒东南去，迎琴西北来是也；二曰异类对，风织池间树，虫穿草上文是也；三曰双声对，秋露香佳菊，春风馥丽兰是也；四曰叠韵对，放荡千般意，迎延一介心是也；五曰连绵对，残河若带，初月如眉是也；六曰双拟对，议月眉欺月，论花颊胜花是也；七曰回文对，情新因意得，意得逐情新是也；八曰隔句对，相思复相忆，夜夜泪沾衣，空叹复空泣，朝朝君未归是也。"

上面的说法比较烦琐，没有多少实际指导意义。而且所举例句也没有什么精彩之处。但基本都属于"正对"，也叫"的对"，即真正的地地道道的对仗。还有人创造一种名词曰"借对"，同书同卷有这样一段话：

"根非生下土，叶不坠秋风。""五峰高不下，万木几经秋。"以"下"对"秋"。盖"夏"字声同也。"因寻樵子径，偶到葛洪家。""残春红药在，终日子归啼。"以"子"对"洪"，以"红"对"子"，皆假其色也。"闲听一夜雨，更对柏岩僧。""住山今十载，明日又迁居。"以"一"对"柏"，以"十"对"迁"，假其数也。

仔细分析这段话的意思，其实就是利用汉语的同音字进行假借相对，因此可以称"借对"，也可以称"假对"。因为"下"和夏天的"夏"同音，便利用这个音和"秋"字相对；利用"子"和紫色的"紫"同音来与"红"字相对，"柏"和千百的"百"同音，"迁"和千百的"千"同音，便分别与"一""十"相对。应当说，这种对偶是在难以寻找工整对句情况下的一种变通措施，有牵强附会的嫌疑，偶一为之尚可，万不可刻意追求，否则便会走向魔道。

再说，这些诗句的创作者是否在追求对偶都值得怀疑，很可能是这些理论家们自作多情无事找事从字缝里看出来的。仅以"因寻樵子径，偶到葛洪家"为例，"子"要假借为"紫"，而葛洪的"洪"也需要假借为"红"才可。两个字都需要假借，便是问题了。而且"樵子"和"葛洪"一个是宽泛的人，一个是具体的人，相对也没有什么不可以，为什么要在"子"和"洪"字上做文章？

如果将对仗简单分类，可以分为"工对"与"宽对"两种。前面的所谓"六对""八对"都属于"工对"，而后面的"借对"便属于"宽对"。"宽对"即放宽要求，基本对偶便可，有些地方稍微不对偶也可以。当然以"工对"为上。古人非常注重对句的锤炼，我们在读古代诗话时经常可以看到摘出一些名句进行欣赏和评价的现象。古人评价诗作往往也选择名联进行。盛唐宰相张说曾经将王湾的"海日生残夜，江春入旧年"题写在政事堂，大加揄扬，便是著名的例子。

四、注意修改与锤炼

无论水平多么高的诗人，在创作诗后都非常注意修改和锤炼。贾岛作诗遇到韩愈征求意见而产生的"推敲"一词，是大家非常熟悉的典故，尽管有人怀疑此事的真实性，但也看出人们对于推敲锤炼字句感兴趣的程度。王安石"春风又绿江南岸"的"绿"字也是经过多次修改才最后确定的，一个字使全诗生色。杜甫作诗也非常刻苦，注意修改锤炼。他说："为人性僻耽佳句，语不惊人死不休。"可以看出他对于精彩诗句的重视，其中也包含修改锤炼的意思。他又说："陶冶性灵存底物，新诗改罢自长吟。"修改完后还要朗诵长吟，如果感觉不舒服，还要修改。据《苕溪渔隐丛话前集》卷八引《漫叟诗话》说：

> "桃花细逐杨花落，黄鸟时兼白鸟飞。"李商老云，尝见徐师川说，一士大夫家有老杜墨迹，其初云，"桃花欲共杨花语"，自以淡墨改三字，乃知古人字不厌改也。不然，何以有日锻月炼之语！

白居易的诗很流畅，好像写得很容易，其实不然，张文潜说："世以乐天诗为得于容易而来。尝于洛中一士人家见白公诗草数纸，点窜涂之，及其成篇，殆与初作不侔。"（《苕溪渔隐丛话前集》卷八）这样的材料我们在许多诗话或笔记中都可以看到。

这样，从掌握平仄规律到学习对仗以及修改锤炼的过程都基本介绍了。至于如何布局谋篇，如何处理情景、虚实之关系等更具体的问题，我们下文再谈。

还要说明的是，当内容表达与格律要求发生矛盾无法解决时，便采取形式服从内容的原则，千万不要削足适履，更不要画蛇添足，辞不害意，一旦内容好，如果改动一个字便走味，那么宁可不改。崔颢的《黄鹤楼》诗前半首不合格律要求，但意境气势太好，故诗人没有改动，时人及后人同样给予极高的评价。创作时，先立意，以意统率全篇。如果是律诗，在作完后再按照格律去调整。尤其注意不要失粘。因为一旦失粘，就会出现邻近两联诗的平仄格式完全相同的情况，这是律诗创作绝不允许的。还有一些拗救的规则可以弥补平仄难以调整时的困难。拗救的规则在一般诗词格律书中都有介绍。

应当指出，按照新的规则，创作新式古典诗词便不是很困难的事情了。我们应当大胆尝试，勤奋刻苦地写作，一定会有好的作品出现。当然，写作古典诗词并不是轻松容易之事，不要说我们，古人写作也不轻松。贾岛说他的"独行潭底影，数息树边身"是"两句三年得，一吟泪双流"。"三年"才得此两句诗，可见其艰难的程度。当然，"三年"的含义包括生活体验在内，但也可看出其作诗是非常刻苦的。李贺更是呕心沥血，他母亲看着都心疼。陈师道偶然来灵感，有冲动，便急忙回家，关门，上床，蒙被，凝思苦想，因此有"闭门觅句陈无己"之诗句。孟浩然和王维好像是很平淡雍容的人，但作诗极其用功，《云仙散录》说："诗非苦吟不工，信乎！古人如孟浩然，眉毛尽落；裴祐袖手，衣袖至穿；王维走入醋瓮，皆苦吟者也。"孟浩然眉毛都累掉了，王维居然走进醋缸里，可见其专心致志到何等程度。诗是用心血和汗水写出来的，想轻易得到是不可能的。再有，古人所写的诗也不全是精品，也都有过长期努力的过程。杨万里中年后尽毁以前的作品，许多诗人都有自己销毁自己作品的情况。因此，开始时写的诗质量不高是正常的，可以理解的。千万不要因为吃力或稍遇挫折便灰心丧气。不经过"戛戛乎其难哉"的艰辛，便不会"汩汩然来矣"的欣慰，更不要想"浩乎其沛然矣"的成功的喜悦。只有不断努力，刻苦发奋，才会取得成功。

第四节 章法和句法

一、章法

作诗要完整，要有篇章结构，一般称为章法，也叫篇法。明王世贞在《艺苑卮言》中说："首尾开阖，繁简奇正，各极其度，篇法也。"（卷一）清方东树在《昭昧詹言》中说："章法不成就，则率漫复乱，无先后起结，衔承次第，浅深开合，细大远近虚实之分，令人对之愦昧，不得爽豁。"（卷十四）当然，这主要是以长篇古诗来说的，一般五律或七律一共四联八句，不至于"率漫复乱"，但也有章法的问题。

关于七律的章法。明王世贞在《艺苑卮言》卷一中说："章法有起，有束，有放，有敛，有唤，有应。大抵一开则一阖，一扬则一抑，一象则一意，无偏用者。""大抵一开则一阖，一扬则一抑，一象则一意"的意见值得关注，即律诗一共就八句，故一定要有开阖，即开放和收拢，扬抑即上扬和下抑，象意即景物和感情，这样才能有抑扬顿挫，有感情的波澜。元人杨载在《诗法家数》中对于律诗四联的结构有很具体的分析，他说：

> 破题：或对景兴起，或比起，或引事起，或就题起。要突兀高远，如狂风卷浪，势欲滔天。领联：或写意，或写景，或书事、用事、引证。此联要接破题，要如骊龙之珠，抱而不脱。颈联：或写意、写景、书事、用事、引证。与前联之意相应，相避。要变化，如疾雷破山，观者惊愕。结句：或就题结，或开一步。或缴前联之意，或用事，必放一句作散场。如剡溪之舟，自去自回，言有尽而意无穷。

这种说法有一定道理，对于四联之间的结构关系说得比较清楚，对于初学者是有启发的。一般来说，要结合这种理论分析具体的诗歌会更有启发。在《作品篇》中有的作品评析里，我曾经指出过这一点。如杜甫的《登高》，破题是对景兴起："风急天高猿啸哀，渚清沙白鸟飞回。"颔联则是写景："无边落木萧萧下，不尽长江滚滚来。"颈联则是写意："万里悲秋常作客，百年多病独登台。"结句则是结题："艰难苦恨繁霜鬓，潦倒新停浊酒杯。"杜甫七律的结构章法普遍好，而且可以理解，故多琢磨杜甫的律诗对于学习作诗很有帮助。明胡应麟《诗薮》卷二中说："作诗不过情景二端，如五言律体，前起后结，中四句二言景，二言情，此通例也。"这种说法都是经验之谈，要好好体会。

当然，章法问题只有规律，有理路，但没有固定的格式，即没有固定的法。创作多了，便会从心所欲不逾矩。写诗只有一定的理，而没有一定的法。只有靠作者心灵的妙运了。

二、首联

诗作文章，开头结尾是关键，而中间两联则有许多变化，又需要对仗，故此处不讲。下面简单介绍一下首联的常见写法。

首联是起句，要有气势，高拔有张力。杨载说，破题"要突兀高远，如狂风卷浪，势欲滔天"。明谢榛《四溟诗话》卷一中也说："凡起句当如爆竹，骤响易彻。"都提倡起句要在气势上使读者感到震撼，引发阅读的兴趣。这是总的要求，但不是所有律诗都如此。律诗中首联常见的方式有如下几种。

因果倒置式。在因果关系方面正常语序是先因后果，而首联则可以先果后因，这样可以提起精神来。如杜甫的《登楼》："花近高楼伤客心，万方多难此登临。""花近高楼"本来应该高兴，但却伤心，是因为"万方多难"。如果倒转过来，"万方多难此登临，花近高楼伤客心"，就感觉索然寡味。类似的还有：

岑参的《送张子尉南海》："不择南州尉，高堂有老亲。"

高适的《哭单父梁少府》："开箧泪沾臆，见君前日书。"

杜甫的《舟月对驿近寺》："更深不假烛，月朗自明船。"

皇甫冉的《酬李补阙》：“十年归客但心伤，三径无人已自荒。”

白居易的《对镜》：“三分鬓发二分丝，晓镜秋容相对时。”

多琢磨这些首联的意蕴，便会有一些体会和启发。

上景下事式。即出句写景，对句叙事。景为事之所有。最典型的是王维的《观猎》：“风劲角弓鸣，将军猎渭城。”沈德潜的《唐诗别裁集》卷九评此诗曰：“起二句若倒转，便是凡笔，胜人处全在突兀也。”类似的例子还有：

杜甫的《咏怀古迹五首》之三：“群山万壑赴荆门，生长明妃尚有村。”

李益的《盐州过胡儿饮马泉》：“绿杨遭水草如烟，旧是胡儿饮马泉。”

杜牧的《九日齐山登高》：“江涵秋影雁初飞，与客携壶上翠微。”

首句置问式。这实际相当于散文开头的设问法，能够起到引起读者注意的作用。比较典型的是杜甫《蜀相》的首联：“丞相祠堂何处寻，锦官城外柏森森。”由于这种方式比较好理解，不多说。

三、尾联

下面再讨论一下尾联的写法。唐宋后，人们十分重视律诗的结句。《诗法家数》总论中说：“诗结尤难，无好结句，可见其人终无成也。”谢榛在《四溟诗话》卷一中说：“结句当如撞钟，清音有余。”实际就是“言有尽而意无穷”的意思。但如何做到这一点，则很难说清楚。下面我们简单介绍几种常用的结尾法。

首尾呼应式。首联和尾联遥相呼应，尾联往往回答首联提出的问题，使全诗成为一个艺术的整体。如孟浩然的《留别王维》：“寂寞竟何待，朝朝空自归。欲寻芳草去，惜与故人违。当路谁相假，知音世所稀。只应守寂寞，还掩故园扉。”首句提出如此寂寞应该如何，最后说还是守寂寞而回家归隐吧。

岑参的《初授官题高冠草堂》：“三十始一命，宦情多欲阑。自怜无旧业，不敢耻微官。涧水吞樵路，山花醉药栏。只缘五斗米，辜负一钓竿。”首联说30岁才得到一个官职，已经没有什么心情。最后说为了那点微薄的俸禄，还是不能隐居。

杜甫的《月夜》：“今夜鄜州月，闺中只独看。遥怜小儿女，未解忆长安。香雾云鬟湿，清辉玉臂寒。何时倚虚幌，双照泪痕干。"当时杜甫被安史叛军裹挟而身陷已经沦陷的长安，怀念在鄜州的妻子儿女，首联写妻子望月怀念自己，尾联则设想团圆后的幸福。尾联的"双"也照应首联的"独"。

点意式。即在尾联点出全诗写作的主旨，类似散文的篇末点题。如沈佺期的《遥同杜员外审言过岭》："天长地阔岭头分，去国离家见白云。洛浦风光何所似，崇山瘴疠不堪闻。南浮涨海人何处，北望衡阳雁几群。两地江山万余里，何时重谒圣明君。"当时沈佺期和杜审言都被流放到岭外，同时过岭，同样的遭遇有同样的心愿，都希望早日回到朝廷。

王维的《酬张少府》："晚年唯好静，万事不关心。自顾无长策，空知返旧林。松风吹解带，山月照弹琴。君问穷通理，渔歌入浦深。"尾联用典故隐含与世浮沉的思想，点明主旨。

王维的《送杨少府贬郴州》："明到衡山与洞庭，若为秋月听猿声。愁看北渚三湘远，恶说南风五两轻。青草瘴时过夏口，白头浪里出溢城。长沙不久留才子，贾谊何须吊屈平。"最后点出友人不久就会离开贬所，不必忧伤。

概括式。即尾联对全诗主旨进行概括性的总结。如李商隐《马嵬》："海外徒闻更九州，他生未卜此生休。空闻虎旅传宵柝，无复鸡人报晓筹。此日六军同驻马，当时七夕笑牵牛。如何四纪为天子，不及卢家有莫愁。"尾联总结前三联的意蕴，用反问的方式概括主题：为什么当了四十多年的皇帝，连自己的妻子都不能保护，反倒不如民间的女子生活平静幸福。

以景收尾式。这种律诗大部分事前面叙事抒情，而在最后一联或者最后一句用景来收尾，景要与诗人的心情相关，产生一种含蓄蕴藉之美。如李白的《夜泊牛渚怀古》："牛渚西江夜，青天无片云。登舟望秋月，空忆谢将军。余亦能高咏，斯人不可闻。明早挂帆去，枫叶落纷纷。"最后纷纷飘落的枫叶烘托出诗人迷茫的心态。

以上关于律诗章法的介绍要灵活掌握，不要为其束缚。明人李东阳在《麓堂诗话》中说："律诗起承转合，不为无法，但不可泥。泥于法而为之，则撑挂对待，四方八角，无圆活生动之意。然必待法度既定，从容闲习之余。或溢而为波，或变而为奇，乃有自然之妙，是不可以强致也。若并而废之，亦奚以律为哉！"这是很有见地的。

四、绝句

下面再略谈一下绝句的章法问题。绝句一般认为相当于律诗的一半，故也称为"截句"，故绝句没有对仗的要求。但绝句也有自己的结构特点。清人施补华在《岘佣说诗》中说："五绝只二十字，最为难工，必语短意长而声不促，方为佳唱。若意尽言中，景尽句中，皆不善也。"沈德潜的《说诗晬语》卷上说："七言绝句，以语近情遥，含吐不露为主。只眼前景、口头语，而有弦外音、味外味、使人神远，太白有焉。"

五绝由于短小，字数少，故经常出现一句话分置上下句的情形。如唐人韦承庆的《南中咏雁诗》："万里人南去，三春雁北飞。未知何岁月，得与尔同归。"最后两句是说不知什么时候能够和你同时回归，就是一句话的内容。

七绝布局的关键是第三句的转折，此句写好，全诗皆活。如李白的《早发白帝城》："朝辞白帝彩云间，千里江陵一日还。两岸猿声啼不住，轻舟已过万重山。"施补华说："前二句如此迅捷，则轻舟之过万山不待言矣。中间却用'两岸猿声啼不住'一句垫之。无此句，则直而无味，有此句，走处仍留，急语仍缓，可悟用笔之妙。"（《岘佣说诗》）沈德潜在《唐诗别裁集》卷二十也说："入'猿声'一句，文势不伤于直，画家布景设色每于此处用意。"元人杨载在《诗法家数·绝句》中说："大抵起承二句固难，然不过平直叙起为佳，从容承之为是。至如宛转变化工夫，全在第三句，若于此转变得好，则第四句如顺流之舟矣。"

杨载说的这种章法，主要是绝句常用的结构。前两句多写景叙事，语势比较平稳。而第三句在诗意中作一转换，或者提振，或者别出一意，使语势产生变化，这样就直接为最后一句铺平垫稳，然后第四句顺流而下，水到渠成，便是所谓的"顺流之舟"了。

如高适的《别董大》："千里黄云白日曛，北风吹雁雪纷纷。莫愁前路无知己，天下谁人不识君。"前两句写景，渲染气候之恶劣，第三句一转，即使如此气候也不必忧愁，因为前路会有知己接待照顾的，第四句便顺势而下，极其自然流畅。

再如王昌龄的《出塞二首》之一："秦时明月汉时关，万里长征人未还。但使龙城飞将在，不教胡马度阴山。"前两句用互文见义的手法写边塞问题由来已久，第三句则转写只有名将可以缓解这一问题，最后一句则顺势而出。

再如陆游的《楚城》："江上荒城猿鸟悲，隔江便是屈原祠。一千五百年间事，只有滩声似旧时。"前两句写景点出屈原祠，第三句转向历史时间的久远，第四节写自然依旧而人世已经沧桑巨变矣。

从以上三诗看，前两句都是写景或叙事，第三句在意义上有转折，第四句则顺承第三句而来。这是多数七绝的写法，我们仔细揣摩就会有所心得。但这只是一般规律，并不是说不这样写就不是好绝句。杜甫著名的绝句："两个黄鹂鸣翠柳，一行白鹭上青天。窗含西岭千秋雪，门泊东吴万里船。"一句一景，没有转折，但却是精品。

五、句法

在章法基本明白后，再谈谈关于句法的问题。篇章是由句子组成的，故诗句是否精彩是非常重要的。前人评价陶渊明的诗"有篇无句"，是说篇章结构好，全篇的意境好。评价谢灵运的诗"有句无篇"，是说有很多精练的句子，而缺乏浑融完整的意境。但陶渊明和谢灵运时代还没有出现律诗，故也没有这种要求。但是诗歌要追求浑融完整的意境和绵词丽句的统一则是应该的。律诗的句法，最基本的句式要求符合律句的节奏。诗句和词句、曲句的节奏是不同的，故节奏感非常重要。一般来说，七律每句的节奏是"4-3"，其中的"3"字节奏段又可以分为"1-2"或"2-1"，而"4"字节奏段又可以分为"2-2"。简言之，七言的律句节奏是"2-2-2-1"，或者是"2-2-1-2"，不能例外。我们随便举几个例句。如"漠漠水田飞白鹭"，便是2-2-1-2的节奏。"无边落木萧萧下"，便是2-2-2-1的节奏。"沧海月明珠有泪"，便是2-2-1-2的节奏，而如果分成两块，全部都是4-3的节奏。

五言律诗的节奏则是"2-3"，再分则是"2-1-2"或者"2-2-1"的节奏。如"国破山河在"，便是2-2-1的节奏。"感时花溅泪，恨别鸟惊心"，则是2-1-2的节奏。

"明月松间照，清泉石上流"，是 2-2-1 的节奏。"竹喧归浣女，莲动下渔舟"，则是 2-1-2 的节奏。节奏本来是诗歌中的音乐单位，但吟诵时也需要这种节奏，相当于音乐演奏中的节拍，故这种节拍和意义要一致才完美。因此，律诗的句式在节奏韵律上便只有上述的模式。七言句可以概括为"2-2-2-1"和"2-2-1-2"两式。五言句则概括为"2-2-1"或"2-1-2"两式，违反的句式则属于病句。这样的节奏诵读起来才朗朗上口，听众听起来也舒服顺畅。周紫芝在《竹坡诗话》中曾经批评杜牧的《华清宫三十韵》中的诗句"一千年际会，三万里农桑"，说这种诗句无论阅读还是欣赏都很别扭，就因为是"3-2"的节奏，不符合常规。杜牧的诗还不是五律，这样的句子都遭受批评，可见诗句的节奏是非常重要的。

于此可见，初学者在句式上要注意遵守这最常用的四种句法，这样在句法上就不会有大的问题。

在句法上有一种比较常用的修辞手法，即倒装。即诗句中的句子成分不按照语法的正常顺序排列，而是根据需要颠倒位置。有时是为了翻新出奇，在表达上增加味道，有爽健的感觉。有时是为了调整平仄，是格律的需要。总之，诗句的词语在位置上比较灵活，也是理解上需要灵活的一个关键点。就倒装而言，人们比较熟悉的是杜甫《秋兴八首》之八中的"香稻啄余鹦鹉粒，碧梧栖老凤凰枝"一联，是表现长安物产之美的。正常语序应该是"鹦鹉啄余香稻粒，凤凰栖老碧梧枝"，但这里强调的是"香稻"和"碧梧"，故将其放置在最前面。如果不知道是倒装，则不知说什么。"香稻"和"碧梧"都是植物，怎么会有施动"啄"和"栖"的性能？故无论作诗和解诗，都必须要懂得倒装的句式。

唐人李华《春行即兴》："芳树无人花自落，春山一路鸟空啼。"本来应该是"一路春山"，但这样就不合平仄了，也不对仗。陆游《秋晚思梁益旧游》："如今历尽风波恶，飞栈连云是坦途。""风波恶"是"恶风波"的倒装。王维的"竹喧归浣女，莲动下渔舟"一联也是典型的倒装，其中还有省略，正常语序应该是，因浣女归而竹喧，因渔舟下而莲动。类似的诗句还有很多，我们稍加注意便可以理解，故不多举例。

第五节　字法

前面两节分别谈了章法和句法，作诗最见功夫的则是字法，即古人常说的炼字或者诗眼，诗眼实际也是炼字的结果。中国汉字基本是单音词，即一个字就是一个词，故字法实际也是词法，这是需要知道的。汉字是音、形、义三位一体的，这是汉字的特点，也是汉语的特点。这样，字便是诗歌的最小单位，故炼字是最见功夫的。律诗在用字上有一些讲究和要求。下面分别简介之。

一、关于旁犯

"旁犯"也叫"傍犯"。主要是指中间两联，不要有重复的字。明谢榛的《四溟诗话》卷二说："两联最忌重字。"便是指中间两联最要避免重复的字，重复了就叫旁犯。因为中间两联要求对仗，每个字都很重要，故不要重复。而且即使全篇律诗，也要尽量避免旁犯，即运用相同的字。因为旁犯是后人提出的，唐代人并没有这么多讲究。故唐代大诗人王维和杜甫也难免犯这种错误。如王维的《出塞》（时为御史监察塞上作）："居延城外猎天骄，白草连山野火烧。暮云空碛时驱马，秋日平原好射雕。护羌校尉朝乘障，破虏将军夜渡辽。玉靶角弓珠勒马，汉家将赐霍嫖姚。"第三句和第七句的最后一字都是"马"字，清人沈德潜在《说诗晬语》卷下中便举此诗为例说："终是右丞之累。"在《唐诗别裁集》卷十三此诗下也说："二'马'字押脚，亦是一病。"

杜甫的《孤雁》诗："孤雁不饮啄，飞鸣声念群。谁怜一片影，相失万重云？望尽似犹见，哀多如更闻。野鸦无意绪，鸣噪自纷纷。""鸣"字在首尾两联中都出现，也属于旁犯。当然，前一个"鸣"字是孤雁的哀鸣，后一个"鸣"字是野鸭的聒噪之鸣，鸣的主体和意义都不同，似乎不应该算，而且我们也不应该如此苛刻。但我们自己作诗时，能够避免一下也好。

另外，有三种情况不能算旁犯。一是诗人有意为之；二是叠音词；三是对举句。如杜甫的《白帝》："白帝城中云出门，白帝城下雨翻盆。高江急峡雷霆斗，古木苍藤日月昏。戎马不如归马逸，千家今有百家存。哀哀寡妇诛求尽，恸哭秋原何处村。"这首诗就包括这三种情况。从开头两句的重复是有意为之，而颈联则属于对举，故前句两个"马"字，后句两个"家"字。而第七句的"哀哀"是叠音词。我们知道这种要求和具体内容，主要是避免犯低级错误。

二、炼字与诗眼

元代杨载在《诗法家数》总论中说："诗要炼字。字者，眼也。如老杜诗：'飞星过水白，落月动沙虚。'炼中间一字。'地坼江帆隐，天清木叶闻。'炼末后一字。'红入桃花嫩，青归柳叶新。'炼第二字。非炼'归''入'字，则是儿童诗。又曰：'暝色赴春愁'，又曰：'无因觉往来'，非炼'赴''觉'字，便是俗诗。"古人论炼字的话很多。最明显的例子便是晚唐诗人贾岛因为自己拿不准到底是"僧敲月下门"好还是"僧推月下门"好而有点着魔误撞韩愈，韩愈认为用"敲"字比"推"字好，这便是"推敲"一词的来历。于此可知，所谓炼字就是把最精彩、最准确的字用在最重要的位置上。一般来说，大多数的炼字是选用形象、生动、有力的动词或形容词做诗句中的谓语中心词。

诗句中需要炼字的地方叫诗眼，而诗眼没有固定的位置。元代杨载《诗法家数》总论中说："句中要有字眼，或腰，或膝，或足，无一定之处。"杜甫的《春日江村五首》之二中的"过懒从衣结，频游任履穿"，《绝句漫兴九首》之七中的"糁径杨花铺白毡，点溪荷叶叠青钱"都是炼第一字。但炼首字的毕竟不多，大部分是炼第三字或第五字。炼字要根据诗意来决定，总的目的是强化诗歌的表现力，这就需要作者语言素养和驾驭语言的功夫。炼字不是选择艰涩生僻的字词，而要尽量选用常用的字词，杜甫炼字的地方很少有生僻字。宋人魏庆之在《诗人玉屑》卷三中提出"眼用活字"，是很有道理的。他举的例子也是如此。如骆宾王《初秋于窦六郎宅宴》中的"草砌销寒翠，花枝敛夜红"便是炼"销"和"敛"字，戴叔伦《客夜与故人偶集》

中的"风枝惊暗鹊，露草覆寒蛩"也是炼第三字。许浑《赠河东虞押衙二首》之二中的"万里山川分晓梦，四邻歌管送春愁"则是炼第五字。这些字都是常用字。

炼字的典型故事除贾岛和韩愈之间的"推敲"之外，流传比较广的还有王安石的《泊船瓜洲》诗中"春风又绿江南岸"的"绿"字，在确定诗句前，绿字的位置曾用过"到""入""过""满"等十多字，最后感觉还是"绿"字最好。确实，"绿"字表现出春风吹拂下江南生机盎然的景象，其他字都没有这种表现力。宋人叶梦得《石林诗话》卷中记载这样一个故事：

> 王荆公编《百家诗选》，尝从宋次道借本，中间有"暝色赴春愁"。次道改"赴"字作"起"字，荆公复定为"赴"字，以语次道曰："若是'起'字，人谁不能道？"次道以为然。

宋次道是北宋著名藏书家宋敏求，王安石编《百家诗选》便是应他之请而编的。这部总集所选都是在北宋时没有专集流传之诗人的诗集，对于唐诗流传有很大功绩。王安石下了很大功夫。

宋人陶岳《五代史补》卷三记载：

> 齐己，长沙人……时郑谷在袁州，齐己因携所为诗往谒焉。有《早梅》诗曰："前村深雪里，昨夜数枝开。"谷笑曰："'数枝'非早，不若'一枝'则佳。"齐己瞿然，不觉敛衣叩地膜拜。自是士林以谷为齐己一字师。

另外，诗句各个字之间的搭配也很重要，即所表现的景物要相互协调，实际就是把眼前景真实表现便是好诗句。叶梦得的《石林诗话》卷下分析杜甫的诗句说：

> 老杜"细雨鱼儿出，微风燕子斜"，此十字殆无一字虚设。细雨着水面为沤，鱼常上浮为淰；若大雨则伏而不出矣。燕体轻弱，风猛则不能胜，唯微风乃受以为势，故又有"轻燕受风斜"之语。至"穿花蛱蝶深深见，点水蜻蜓款款飞"。"深深"字

若无"穿"字,"款款"字若无"点"字,皆无以见,其精微如此。

确实如此,这段分析很精到,值得仔细揣摩。

炼字是为了更好表达,只要能够把自己的真实感情表达出来便是好诗。明代丘濬在《答友人论诗》中说:"吐语操辞不用奇,风行水上茧抽丝。眼前景物口头语,便是诗家绝妙辞。"主张顺应自然之理,如同风行水上的轻轻波纹,如同抽蚕丝时顺着其自然的理路,这无疑是正确的。

三、关于俗语和色彩字的运用

关于俗语是否可以入诗,古代看法不同。我仔细考虑过这个问题。首先要明确俗语的含义。如果是人们日常生活习惯用语,应该说可以入诗。但如果指时代感很强而不是同代人便不太明白的俗语则不应该入诗。如宋人张镃《诗学规范》中引王君玉的话说:"诗家不妨间用俗语,尤见功夫。雪止未消者,俗谓之'待伴'。尝有《雪诗》:'待伴不禁鸳瓦冷,羞明常怯玉钩斜。''待伴''羞明'皆俗语,今采拾入句,了无痕颣,此点瓦砾为黄金手也。"这里的"待伴""羞明"具有非常强的时代性和地域性,"羞明"是指眼睛有问题,害怕强光刺激。但这样的词语意思太偏僻,有点类似现在的网络语言,似乎不宜提倡。而唐代诗人李约《赠韦况》:"我有心中事,不与韦三说。秋夜洛阳城,明月照张八。"简直就没有诗味了。明人杨慎在《升庵诗话》卷四中讥笑其为"劣唐诗"。

诗中色彩词语的运用则不应该设定什么规矩,一是看实际的景物如何;二是根据诗之意境的需要。王维和杜甫诗中色彩字运用得比较多,也非常准确。王维的《春园即事》诗中,"开畦分白水,间柳发红桃"一联备受赞美的原因就在于色彩鲜明自然。大家最熟悉的杜甫《绝句四首》之三"两个黄鹂鸣翠柳,一行白鹭上青天"两句中便有四个表现色彩的字眼,给人的画面感很强,效果很好。杜甫的《蜀相》"映阶碧草自春色,隔叶黄鹂空好音"中的"碧"和"黄"字都很醒目。再如白居易的《暮江吟》"一道残阳铺水中,半江瑟瑟半江红"成为流传的名句,就在于表现江面颜色的生动。类似的例证不胜枚举，故不赘言。总的原则是根据眼前景、心中情灵活运用，没有禁忌。

四、关于虚字和实字

古典诗词中的虚字和实字的概念和现代汉语语法中的虚词和实词不同。诗词中只有名词属于实字，其他的词都算虚字。动词、形容词、代词以及其他虚词都属于虚字。明人谢榛的《四溟诗话》卷四说："七言近体，起自初唐应制，句法严整。或实字叠用，虚字单使，自无敷演之病。如沈云卿《兴庆池侍宴》：'汉家城阙疑天上，秦地山川似境中。'杜必简《守岁侍宴》：'弹弦奏节梅风入，对局探钩柏酒传。'宋延清《奉和幸太平公主南庄》：'文移北斗成天象，酒近南山献寿杯。'观此三联，底蕴自见。"沈云卿是沈佺期，杜必简是杜甫爷爷杜审言，宋延清是宋之问，都是武则天时期著名诗人。

这里的"叠用"是指双音节而不是叠音。这三联诗的共同点是，实字都是双音节词，如沈佺期的诗句"汉家城阙疑天上，秦地山川似境中"，"汉家""城阙""天上"，"秦地""山川""境中"。而其中的"疑""似"两字属于虚字，都是单使。杜审言两句诗的虚字则是"入""传"，宋之问两句诗的虚字则是"成""献"，在诗句中都有重要的表现力。而且，这三联的句法也代表七律最常用的三种句式和节奏。"汉家城阙疑天上，秦地山川似境中"的节奏是"2-2-1-2"；"弹弦奏节梅风入，对局探钩柏酒传"的节奏是"2-2-2-1"；"文移北斗成天象，酒近南山献寿杯"的节奏是"2-2-1-2"，可见字法和句法是相互关联的，是否单使与音节和节奏有关系。"文移北斗成天象，酒近南山献寿杯"，如果仔细推敲的话，两句诗中的"移""近"也算是虚字，但是它和前面的字构成词组，就不能算虚字单使。故是否单使取决于在音节中的位置关系。

明人李东阳的《麓堂诗话》说："诗用实字易，用虚字难。盛唐人善用虚，其开合呼唤，悠扬委曲，皆在于此。用之不善，则柔弱缓散，不复可振，亦当深戒。"这种说法有道理。实字即名词或名词性词组，是用来表现事物和抒发感情的最基本的

361

语言，故容易使用。即使全句都是名词，人们同样可以读懂而且理解。如王维《送梓州李使君》中的"山中一夜雨，树杪百重泉"、杜甫《旅夜书怀》中的"细草微风岸，危樯独夜舟"都是名词的并列，但同样可以描绘出一种意境。最可说明问题的是马致远小令《天净沙·秋思》中开头的鼎足对："枯藤老树昏鸦，小桥流水人家，古道西风瘦马"，九个名词并列，没有任何方位词和修饰语，但意境却极其鲜明，而且读者也能够想象出相反相成的一组画面。其实，实字用好也非易事，也需要很高的文化修养和敏捷的悟性和灵感。而用好虚字则属于炼字的重要内容了。有一种凑数的虚字则要尽量避免，如"剩有""无那""试看""空使""莫教"等，这些虚字不是不可用，但要慎重，否则就容易成为可有可无的字，使诗歌臃肿而肤浅。

五、叠字和连绵字的运用

诗歌中适当使用叠字和连绵字会增加许多意蕴。首先在音韵方面就很有效果，有一种朗朗上口的音乐感。唐诗中有许多精彩的诗句。如王维《积雨辋川庄作》中的"漠漠水田飞白鹭，阴阴夏木啭黄鹂"一联一直脍炙人口，就在于"漠漠""阴阴"的准确生动。杜甫《登高》中"无边落木萧萧下，不尽长江滚滚来"的"萧萧""滚滚"同样有极强的表现力。杜甫很善于运用叠字，《曲江二首》之二的"穿花蛱蝶深深见，点水蜻蜓款款飞"，《江畔独步寻花七绝句》之六的"留连戏蝶时时舞，自在娇莺恰恰啼"，都极其精美，成为名句。皇甫冉《三月三日义兴李明府后亭泛舟》"处处艺兰春浦绿，萋萋藉草远山多"，杜牧《早雁》"须知胡骑纷纷在，岂逐春风一一回"，都是运用叠字很成功的诗句。

连绵字也称连绵词，是由两个音节构成的单纯词，在意义上是一个整体，一般不可拆开来用，一般也不能颠倒使用。连绵字也有不同情况，有的属于外来的名词性单纯词，如"葡萄""苜蓿"等，大部分是先秦遗留下来的，是由两个字组成的，单个字也可以使用。如"窈窕""参差""萧条"等。连绵字大部分有音韵特点，即不是双声就是叠韵，只有少部分不是这样。

诗中运用连绵字，在绘景状物上具有生动形象性，在音韵上有婉转流畅的效用。

清人李重华在《贞一斋诗说》中说："叠韵如两玉相扣，取其铿锵，双声如贯珠相联，取其宛转。"运用连绵字，在中国诗歌中有悠久的历史，《诗经》中便有大量的双声叠韵的连绵字。如《诗经》第一篇《周南·关雎》中便有"窈窕淑女，君子好逑""参差荇菜，左右流之"，"窈窕"和"参差"都是连绵字。唐诗中运用这种词语的例证太多，无须举例。

第六节　诗词创作中的修辞

修辞是所有文学创作中都要运用的手段，旨在使作品更精彩。前面已经涉及很多这方面的知识，如炼字、倒装、对仗等都属于修辞知识。这里只选在诗词中出现频率较高，在创作中也需要尽量掌握的知识简单介绍。

一、关于比兴

比兴是中国诗歌传统中出现早、运用比较多的手法。《诗经》六义便是风、雅、颂、赋、比、兴。赋是直接描写铺陈，写景和叙事等都属于赋。"比"就是比喻、打比方。"兴"是先说别的事物或情景引出要说的内容，朱熹概括为"先言他物以引起所咏之词"。比的关键点是相似点，兴的关键点是相关点。很多时候，比兴是合在一起使用的。最典型的便是《诗经·周南·关雎》篇的首章："关关雎鸠，在河之洲。窈窕淑女，君子好逑。"由和谐欢唱的关雎鸟引出一对相互爱恋的青年男女，便是兴，但相互爱恋又是比，故属于兴而比的手法。杜甫的《新婚别》开头便是比兴手法："菟丝附蓬麻，引蔓故不长。嫁女与征夫，不如弃路旁。"

比兴手法多见而容易理解，是诗人抒发感情最常用的方式。明人李东阳在《麓堂诗话》中说："所谓比与兴者，皆托物寓情而为之也。盖正言直述，则易于穷尽，而难于感发，唯有所寓托，形容摹写，反复讽咏，以俟人之自得。"因为不通过物象而难表达思想感情，因此，"托物寓情"是诗词作品中比较普遍的现象。而这一点在咏物诗中是最明显的。唐代咏物诗中很著名的有骆宾王的《在狱咏蝉》、李商隐的《蝉》、崔涂的《孤雁》，还有张九龄的《咏怀》（江南有丹橘）等都非常精美，因为这几首诗在前面的"作品编"中都选入并分析了。故参照其作品即可。这类作品的特点是咏物而不囿于物，抒情言志而不离物。在中国文学史上咏物诗最精彩而完整的要推屈原的《橘颂》，既契合物象又寄托自己的主体人格精神，美之甚矣，令人百读不厌，并受到高尚品格的熏陶。

二、关于用典

用典是诗词创作中很重要的一环，如果运用得当，便会锦上添花，典雅含蓄。所谓的用典就是在作品中使用以前的故事或者名言警语，前者称"事典"，后者称"语典"。用典可以极大提高作品的内容含量和极大扩展表现力。

胡应麟在《诗薮·内编》卷四中说："诗自模景述情外，则有用事而已。用事非诗正体，然景物有限，格调易穷，一律千篇，只供厌饫，欲观人笔力材诣，全在阿堵中。且古体小言，姑置可也；大篇长律，非此何以成章？"强调用典的重要性，是有道理的。当然不能说不用典就写不出好诗，而且用典要有尺度，不要为炫耀博学而用典，要根据作品的需要，掌握一个度。沈德潜在《说诗晬语》卷下中说："援引典故，诗家所尚，然亦有羌无故实而自高，胪陈卷轴而转卑者。"这两种意见综合起来便很值得我们时刻注意和思考了。这就是要提高自己运用典故的能力，但不要为用典而用典。

唐诗中用典精彩的例子太多，下面随意举出几例作为参照。李商隐的《安定城楼》颔联："贾生年少虚垂泪，王粲春来更远游。"上句说自己关心国家命运痛心疾首却报国无门，下句说自己寄人篱下之处境，非常切合自己的心志和生活境遇。尾联为"不知腐鼠成滋味，猜意鹓雏竟未休"，运用《庄子》中一鹓雏得腐鼠而怕高洁的凤鸾来抢夺的故事也极其恰当。王维的《积雨辋川庄作》尾联："野老与人争席罢，海鸥何事更相疑。"典故也出自《庄子》，用来表达自己无意在官场与人争夺却同样遭到嫉妒的心情。宋词中用典的作品也非常多，而运用典故多而好的首推辛弃疾。

第七节　关于词牌与词谱

词的起源时间说法不一，但肯定起源于唐代则无问题。因词是从诗发展而来，开始时主要是由近体诗发展变化而来，故其产生定在近体诗定型之后，其名称也叫"诗余"。其特点是句式长短不齐，因此也叫"长短句"。因其另一特点是合乐而唱，因此也称"曲子"或"曲子词"。

按照篇幅长短，字数多少，词可分为三大类：58字以下者为小令，59字至90字者为中调，91字以上者为长调，长调又称慢词。此说虽有人提出异议，但大致不错。这样便于掌握记忆，一些细微问题需要专家去研究。

按照词的段落，词可以分为四种形式：一段的叫单调；两段的叫双调；三段的叫三叠；四段的叫四叠。双调最多，单调和三叠次之，四叠非常少见。这里有一个问题需要注意，即小令等术语是按照篇幅长短确定的，而单调等术语是按照段落确定的，二者常常出现交叉的现象，主要是双调，因为从对应角度看，双调对的好像是中调，但千万不可如此理解，在分析评述词作时不要混淆。双调可以包含小令、中调、长调三种情况。如最常见的《菩萨蛮》《虞美人》《清平乐》《浣溪沙》《点绛唇》《西江月》等都是小令，《江城子》《蝶恋花》《破阵子》《青玉案》等则是中调，《满江红》《声声慢》《八声甘州》《永遇乐》《水龙吟》等都是长调，但这些词都是双调。

词以双调为最多，关于双调还有一些常见的术语需要掌握。双调是两段，前段可以叫前阕，也可以叫上阕，还可以叫前片或上片；与此相对，后段可以称后阕、下阕、后片、下片。至于到底该用哪对词语则完全由个人习惯而定。但要用对应的一对为好。比如说上片，后面便应当用下片，不要说成上片、后片或下阕之类，显得别扭。如果上下片第一句的句式相同，叫"过片"，也叫"重头"，《江城子》《蝶恋花》等便是重头。如果不一样，就叫"过变"，也叫"换头"，如《菩萨蛮》《八声甘州》等便是换头。

上面所举《菩萨蛮》《江城子》《蝶恋花》之类统称为词牌。词牌并不是词的题目，与内容没有必然联系。当然，有些词牌原始产生时可能与内容有联系，这不是我们所要探讨的内容，故略而不论。后人便根据其平仄、字数、句数、韵脚等情况将其标示出来，这就是词谱。人们按照词谱的平仄、字数、句式、用韵来填写词句，便叫"填词"。如前文所述，词谱的平仄、句式没有规律可循，因此学习作词最好是背诵名作而不必去背诵词谱。后文附录常见的 25 个词谱，供大家学习创作时参考。因诗律好掌握，且前文已将两式五律格式录出，依次可以推演出所有格律诗的格式来，故不再附录诗谱。

关于词之创作，初学时建议熟背一些名词，揣摩其结构句法和意境，尽量要烂熟在胸。然后根据其平仄格式和句式进行写作。先以意为主，写完后再依照词谱调整平仄。先根据自己的喜好经常写几个词牌，不断增多，逐渐就会有所领悟和提高。

附　录

词谱 [1]

渔歌子　27字　单调

仄仄平平仄仄平

平平仄仄仄平平

平仄仄

仄平平

平平仄仄仄平平

渔歌子　张志和

西塞山前白鹭飞，

桃花流水鳜鱼肥。

青箬笠，

绿蓑衣，

斜风细雨不须归。

浣溪沙　42字　双调

仄仄平平仄仄平

平平仄仄仄平平

平平仄仄仄平平

仄仄平平平仄仄

平平仄仄仄平平

平平仄仄仄平平

浣溪沙　晏殊

一曲新词酒一杯，

去年天气旧亭台。

夕阳西下几时回？

无可奈何花落去，

似曾相识燕归来。

小园香径独徘徊。

---

[1]　凡是带灰色底色的字均是可平可仄，韵脚用下画线标注。

菩萨蛮　44字　双调

平平仄仄平平仄

平平仄仄平平仄

仄仄仄平平

仄平平仄平

仄平平仄仄

仄仄平平仄

仄仄仄平平

仄平平仄平

菩萨蛮　辛弃疾

郁孤台下清江水，

中间多少行人泪？

西北望长安，

可怜无数山。

青山遮不住，

毕竟东流去。

江晚正愁余，

山深闻鹧鸪。

卜算子　44字　双调

仄仄仄平平

仄仄平平仄

仄仄平平仄仄平

仄仄平平仄

仄仄仄平平

仄仄平平仄

仄仄平平仄仄平

仄仄平平仄

卜算子　苏轼

缺月挂疏桐，

漏断人初静。

谁见幽人独往来，

缥缈孤鸿影。

惊起却回头，

有恨无人省。

拣尽寒枝不肯栖，

寂寞沙洲冷。

诉衷情　44字　双调

平平仄仄仄平平

仄仄仄平平

平平仄仄平仄

诉衷情　陆游

当年万里觅封侯，

匹马戍梁州。

关河梦断何处？

仄仄仄平平

尘暗旧貂裘。

平仄仄

胡未灭，

仄平平

鬓先秋，

仄平平

泪空流。

仄平平仄

此生谁料，

仄仄平平

心在天山，

仄仄平平

身老沧州。

更漏子　46 字　双调

更漏子　温庭筠

仄平平

玉炉香，

平仄仄

红蜡泪，

平仄仄平平仄

偏照画堂秋思。

平仄仄

眉翠薄，

仄平平（换平韵）

鬓云残，

仄平平仄平

夜长衾枕寒。

平仄仄（换仄韵）

梧桐树，

仄平仄

三更雨。

平仄仄平平仄

不道离情正苦。

平仄仄

一叶叶，

仄平平（换平韵）

一声声，

仄平平仄平

空阶滴到明。

西江月　50 字　双调

西江月　辛弃疾

仄仄平平仄仄

明月别枝惊鹊，

平平仄仄平平   清风半夜鸣蝉。

平平仄仄仄平平   稻花香里说丰年，

仄仄平平仄仄   听取蛙声一片。

仄仄平平仄仄   七八个星天外，

平平仄仄平平   两三点雨山前。

平平仄仄仄平平   旧时茅店社林边，

仄仄平平仄仄   路转溪桥忽见。

醉花阴　52字　双调   醉花阴　李清照

平平仄仄平平仄   薄雾浓云愁永昼，

仄仄平平仄   瑞脑销金兽。

仄仄仄平平   佳节又重阳，

仄仄平平   玉枕纱厨，

仄仄平平仄   半夜凉初透。

平平仄仄平平仄   东篱把酒黄昏后，

仄仄平平仄   有暗香盈袖。

仄仄仄平平   莫道不消魂，

仄仄平平   帘卷西风，

仄仄平平仄   人比黄花瘦。

鹊桥仙　56字　双调   鹊桥仙　秦观

平平仄仄   纤云弄巧，

平平仄仄   飞星传恨，

仄仄平平仄仄   银汉迢迢暗渡。

平平仄仄仄平平	金风玉露一相逢，
仄仄仄平平仄仄	便胜却人间无数。

平平仄仄	柔情似水，
平平仄仄	佳期如梦，
仄仄平平仄仄	忍顾鹊桥归路。
平平仄仄仄平平	两情若是久长时，
仄仄仄平平仄仄	又岂在朝朝暮暮。

蝶恋花　60字　双调 | **蝶恋花　欧阳修**

仄仄平平平仄仄	庭院深深深几许？
仄仄平平	杨柳堆烟，
仄仄平平仄	帘幕无重数。
仄仄平平平仄仄	玉勒雕鞍游冶处，
平平仄仄平平仄	楼高不见章台路。

仄仄平平平仄仄	雨横风狂三月暮，
仄仄平平	门掩黄昏，
仄仄平平仄	无计留春住。
仄仄平平平仄仄	泪眼问花花不语，
平平仄仄平平仄	乱红飞过秋千去。

江城子　70字　双调 | **江城子　苏轼**

平平仄仄仄平平	十年生死两茫茫，
仄平平	不思量，
仄平平	自难忘。

仄仄平平，仄仄仄平平	千里孤坟，无处话凄凉。
仄仄平平平仄仄	纵使相逢应不识，
平仄仄	尘满面，
仄平平	鬓如霜。

平平仄仄仄平平	夜来幽梦忽还乡，
仄平平	小轩窗，
仄平平	正梳妆。
仄仄平平，仄仄仄平平	相顾无言，惟有泪千行。
仄仄平平平仄仄	料得年年肠断处，
平仄仄	明月夜，
仄平平	短松冈。

满江红　93字　双调　　　　满江红　岳飞

仄仄平平	怒发冲冠，
平平仄、平平仄仄	凭栏处、潇潇雨歇。
平仄仄、仄平平仄	抬望眼、仰天长啸，
仄平平仄	壮怀激烈。
仄仄平平平仄仄	三十功名尘与土，
平平仄仄平平仄	八千里路云和月。
仄平平、仄仄仄平平	莫等闲、白了少年头，
平平仄	空悲切。

仄平仄	靖康耻，
平仄仄	犹未雪。
平仄仄	臣子恨，
平平仄	何时灭！

仄平平，平仄仄平平仄

仄仄平平平仄仄

平平仄仄平平仄

仄平平、仄仄仄平平

平平仄

驾长车，踏破贺兰山缺。

壮志饥餐胡虏肉，

笑谈渴饮匈奴血。

待从头、收拾旧山河，

朝天阙。

水调歌头　95字　双调

仄仄平平仄

仄仄仄平平

平平仄仄平仄

仄仄仄平平

仄仄平平仄仄

仄仄平平仄仄

仄仄仄平平

仄仄平平仄

仄仄仄平平

水调歌头　苏轼

明月几时有？

把酒问青天。

不知天上宫阙，

今夕是何年。

我欲乘风归去，

又恐琼楼玉宇，

高处不胜寒。

起舞弄清影，

何似在人间。

平平仄

平平仄

仄平平

平平仄仄

平仄仄仄仄平平

仄仄平平仄仄

仄仄平平仄仄

仄仄仄平平

仄仄平平仄

仄仄仄平平

转朱阁，

低绮户，

照无眠。

不应有恨，

何事长向别时圆？

人有悲欢离合，

月有阴晴圆缺，

此事古难全。

但愿人长久，

千里共婵娟。

375

念奴娇　100字　双调

念奴娇　苏轼①

平平仄仄

大江东去，

仄平平、仄仄平平平仄

浪淘尽、千古风流人物。

仄仄平平，平仄仄

故垒西边，人道是，

仄仄平平平仄

三国周郎赤壁。

仄仄平平

乱石穿空，

平平仄仄

惊涛拍岸，

仄仄平平仄

卷起千堆雪。

平平平仄

江山如画，

仄平平仄平仄

一时多少豪杰 。

平仄平仄平平

遥想公瑾当年，

平平平仄

小乔初嫁了②，

仄仄平平仄

雄姿英发③。

仄仄平平平仄仄

羽扇纶巾，谈笑间、

仄仄平平平仄

樯橹灰飞烟灭。

仄仄平平

故国神游，

平平仄仄

多情应笑我④，

仄仄平平仄

早生华发⑤。

平平平仄

人生如梦，

仄平平仄平仄

一尊还酹江月。

---

① 本词当用入声韵，平仄相当灵活，而且用一些拗句。

② 一般是四字句。词谱是根据一般情况定的。

③ 一般是五字句。

④ 一般是四字句。

⑤ 一般是五字句。

水龙吟　102字　双调

平平仄仄平平

平平仄仄平平仄

平平仄仄

平平仄仄

平平仄仄

仄仄平平

仄平平仄

仄平平仄

仄平平仄仄

平平仄仄

平平仄，平平仄

仄仄平平仄仄

仄平平，仄平平仄

平平仄仄

平平仄仄

平平仄仄

仄仄平平

平平仄仄

仄平平仄

仄平平仄仄

平平仄仄

仄平平仄

雨霖铃　103字　双调

平平平仄

水龙吟　辛弃疾

楚天千里清秋，

水随天去秋无际。

遥岑远目，

献愁供恨，

玉簪螺髻。

落日楼头，

断鸿声里，

江南游子。

把吴钩看了，

栏干拍遍，

无人会，登临意。

休说鲈鱼堪脍，

尽西风，季鹰归未？

求田问舍，

怕应羞见，

刘郎才气。

可惜流年，

忧愁风雨，

树犹如此！

倩何人唤取，

红巾翠袖，

揾英雄泪！

雨霖铃　柳永

寒蝉凄切，

仄平平仄、仄平平仄　　　　　　对长亭晚、骤雨初歇。

平平仄仄平仄　　　　　　　　　都门帐饮无绪，

平平仄仄、平平平仄　　　　　　方留恋处、兰舟催发。

仄仄平平仄仄　　　　　　　　　执手相看泪眼，

仄平仄平仄　　　　　　　　　　竟无语凝噎。①

仄仄仄、平仄平平　　　　　　　念去去、千里烟波，

仄仄平平仄平仄　　　　　　　　暮霭沉沉楚天阔。

平平仄仄平平仄　　　　　　　　多情自古伤离别，

仄平平、仄仄平平仄　　　　　　更那堪、冷落清秋节。

平平仄仄平仄　　　　　　　　　今宵酒醒何处?

平仄仄、仄平平仄　　　　　　　杨柳岸、晓风残月。

仄仄平平　　　　　　　　　　　此去经年，

仄仄平平仄仄平仄　　　　　　　应是良辰好景虚设。

仄仄仄、仄仄平平　　　　　　　便纵有、千种风情，

仄仄平平仄　　　　　　　　　　更与何人说?

永遇乐　104字　双调　　　　　**永遇乐　李清照**

仄仄平平　　　　　　　　　　　落日熔金，

仄平平仄　　　　　　　　　　　暮云合璧，

平仄平仄　　　　　　　　　　　人在何处?

仄仄平平　　　　　　　　　　　染柳烟浓，

平平仄仄　　　　　　　　　　　吹梅笛怨，

仄仄平平仄　　　　　　　　　　春意知几许?

平平平仄　　　　　　　　　　　元宵佳节，

平平平仄　　　　　　　　　　　融和天气，

_____

①　此句一般作上四下七。

378

仄仄仄平平仄	次第岂无风雨。
仄平平、平平仄仄	来相召、香车宝马,
仄平仄平平仄	谢他酒朋诗侣。
平平仄仄	中州盛日,
平平平仄	闺门多暇,
仄仄平平仄仄	记得偏重三五。
仄仄平平	铺翠冠儿,
平平仄仄	捻金雪柳,
仄仄平平仄	簇带争济楚。
平平平仄	如今憔悴,
平平仄仄	风鬟霜鬓,
仄仄仄平平仄	怕见夜间出去。
平平仄、平平仄仄	不如向、帘儿底下,
平仄仄仄	听人笑语。

临江仙　60字　双调　　　　临江仙　陈与义

仄仄平平平仄仄	忆昔午桥桥上饮,
平平仄仄平平	坐中多是豪英。
平平仄仄仄平平	长沟流月去无声。
平平平仄仄	杏花疏影里,
仄仄仄平平	吹笛到天明。
仄仄平平平仄仄	二十余年如一梦,
平平仄仄平平	此身虽在堪惊。
平平仄仄仄平平	闲登小阁看新晴。
平平平仄仄	古今多少事,
仄仄仄平平	渔唱起三更。

379

清平乐　46 字　双调

仄平平仄

仄仄平平仄

仄仄平平平仄仄

仄仄平平平仄

平平仄仄平平

平平仄仄平平

仄仄平平仄仄

平平仄仄平平

清平乐　辛弃疾

茅檐低小，

溪上青青草。

醉里吴音相媚好，

白发谁家翁媪？

大儿锄豆溪东，

中儿正织鸡笼。

最喜小儿亡赖，

溪头卧剥莲蓬。

鹧鸪天　55 字　双调

仄仄平平仄仄平

平平仄仄仄平平

平平仄仄平平仄

仄仄平平仄仄平

平仄仄

仄平平

平平仄仄仄平平

平平仄仄平平仄

仄仄平平仄仄平

鹧鸪天　晏几道

彩袖殷勤捧玉钟，

当年拚却醉颜红。

舞低杨柳楼心月，

歌尽桃花扇底风。

从别后，

忆相逢，

几回魂梦与君同。

今宵剩把银釭照，

犹恐相逢是梦中。

渔家傲　62 字　双调

仄仄平平平仄仄

平平仄仄平平仄

渔家傲　范仲淹

塞下秋来风景异，

衡阳雁去无留意。

仄仄平平平仄仄　　　　　　四面边声连角起，
平仄仄　　　　　　　　　　千嶂里，
平平仄仄平平仄　　　　　　长烟落日孤城闭。

仄仄平平平仄仄　　　　　　浊酒一杯家万里，
平平仄仄平平仄　　　　　　燕然未勒归无计。
仄仄平平平仄仄　　　　　　羌管悠悠霜满地，
平仄仄　　　　　　　　　　人不寐，
平平仄仄平平仄　　　　　　将军白发征夫泪。

浪淘沙　54字　双调　　　**浪淘沙　李煜**
仄仄仄平平　　　　　　　　帘外雨潺潺，
仄仄平平　　　　　　　　　春意阑珊，
平平仄仄仄平平　　　　　　罗衾不耐五更寒。
仄仄平平平仄仄　　　　　　梦里不知身是客，
仄仄平平　　　　　　　　　一晌贪欢。

仄仄仄平平　　　　　　　　独自莫凭栏，
仄仄平平　　　　　　　　　无限江山。
平平仄仄仄平平　　　　　　别时容易见时难。
仄仄平平平仄仄　　　　　　流水落花春去也，
仄仄平平　　　　　　　　　天上人间。

忆江南　27字　单调　　　**忆江南　李煜**
平仄仄　　　　　　　　　　多少恨，
仄仄仄平平　　　　　　　　昨夜梦魂中。

仄仄平平平仄仄　　还似旧时游上苑，

平平仄仄仄平平　　车如流水马如龙。

仄仄仄平平　　花月正春风。

忆秦娥　46字　双调　　　**忆秦娥　李白**

平平仄　　箫声咽，

平平仄仄平平仄　　秦娥梦断秦楼月。

平平仄　　秦楼月，

平平仄仄　　年年柳色，

仄平平仄　　灞陵伤别。

平平仄仄平平仄　　乐游原上清秋节，

平平仄仄平平仄　　咸阳古道音尘绝。

平平仄　　音尘绝，

平平仄仄　　西风残照，

仄平平仄　　汉家陵阙。

如梦令　33字　单调　　　**如梦令　李清照**

仄仄仄平平仄　　昨夜雨疏风骤，

仄仄仄平平仄　　浓睡不消残酒。

仄仄仄平平　　试问卷帘人，

仄仄仄平平仄　　却道海棠依旧。

平仄　　知否，

平仄　　知否？

仄仄仄平平仄　　应是绿肥红瘦。